2018 中国小小说年选

江 冰 编选

南方出版传媒
花城出版社
中国·广州

图书在版编目（CIP）数据

2018中国小小说年选 / 江冰编选. -- 广州：花城出版社，2019.1
（花城年选系列）
ISBN 978-7-5360-8818-4

Ⅰ.①2… Ⅱ.①江… Ⅲ.①小小说－小说集－中国－当代 Ⅳ.①I247.8

中国版本图书馆CIP数据核字（2018）第287046号

出 版 人：詹秀敏
责任编辑：欧阳蘅　蔡　安　李珊珊
技术编辑：薛伟民　凌春梅
封面设计：庄海萌

丛书篆刻：朱　涛
封 面 图：（清）光　绪　白缎地广绣三阳开泰

书　　名	2018中国小小说年选
	2018 ZHONGGUO XIAOXIAOSHUO NIANXUAN
出版发行	花城出版社
	（广州市环市东路水荫路11号）
经　　销	全国新华书店
印　　刷	广东新华印刷有限公司
	（广东省佛山市南海区盐步河东中心路23号）
开　　本	787毫米×1092毫米　16开
印　　张	20　1插页
字　　数	350,000字
版　　次	2019年1月第1版　2019年1月第1次印刷
定　　价	58.00元

如发现印装质量问题，请直接与印刷厂联系调换。
购书热线：020－37604658　37602954
花城出版社网站：http://www.fcph.com.cn

| 目录 |

小小说的短章文学传统及其他
——序《2018中国小小说年选》| 江　冰　……001

凤凰鸟 | 曾　剑　……001
今夜有雪 | 曾　剑　……005
麦穗的故事 | 常辰哲　……008
碎饼桥 | 陈力娇　……011
踢来踢去的球 | 陈力娇　……014
硬气 | 戴永洋　……017
醉书 | 范子平　……020
羊的契约 | 非花非雾　……022
绝境勇士 | 韩　光　……024

回不去的乡村 | 冷　江　……026
关关雎鸠 | 李伶伶　……029
落叶终须归根 | 李学英　……032
魏紫姚黄 | 梁　爽　……034
排长相亲 | 吕政保　……036
暖冬 | 梅凤艳　……038
柳先生的正骨膏 | 青霉素　……041

请不要这样叫我 | 青霉素　……043
芳华 | 孙　丹　……046
布局 | 田双伶　……048

婚礼｜田双伶　　　　　　　　　……051
挥手帕的女孩｜田玉莲　　　　　……053
深算｜田玉莲　　　　　　　　　……056
艺名｜徐建英　　　　　　　　　……059
高高树上听远方｜严德勇　　　　……061
拥抱｜尹威华　　　　　　　　　……063
快刀｜于心亮　　　　　　　　　……066

偷拳｜于心亮　　　　　　　　　……069
呼日格窃贼｜张　港　　　　　　……072
莫斯科的冬夜｜张俏明　　　　　……075
冯丽｜赵明宇　　　　　　　　　……078
王领作｜赵长春　　　　　　　　……080
遭遇狙击｜张凤坡　　　　　　　……082
酒匠海半仙｜海　飞　　　　　　……084
酒里金刚｜海　飞　　　　　　　……087
公主与妖精｜周洁茹　　　　　　……090

广州爱｜周洁茹　　　　　　　　……093
平原｜陈　毓　　　　　　　　　……096
我们都爱管闲事｜邓洪卫　　　　……099
我们都爱看美女｜邓洪卫　　　　……101
爱情来临｜非　鱼　　　　　　　……104
今夜月圆｜非　鱼　　　　　　　……107
瞬间｜夏　阳　　　　　　　　　……110
致我们那些美好的年华与糟糕的爱情｜夏　阳　……112
情人节，我只想活在故事里｜秦　俑　……114
长得帅的才叫青春｜秦　俑　　　……118

33天婚姻｜王 溱　　　……122

父亲的行为艺术｜王 溱　　　……125

拆敖包｜申 平　　　……128

炸龙头｜申 平　　　……130

香港亲家｜刘建超　　　……133

阳光老人｜刘建超　　　……136

故事接龙｜高沧海　　　……139

郭大葫芦｜白 秋　　　……142

你和谁去过世界之窗｜徐 东　　　……145

我是半月塘前的一株紫薇｜朱文彬　　　……148

不能说的夏天｜肖曙光　　　……151

亲爱的老领导｜大 海　　　……153

我大爷的幸福生活｜冷清秋　　　……156

寻找弯锥｜孙艳梅　　　……159

看到美人你会想起什么｜陈小庆　　　……162

鄂西寄来的一封信｜余清平　　　……165

元宵｜郭一琦　　　……167

爸爸的老婆叫什么｜曾咏梅　　　……170

时光书｜潘家辉　　　……172

悬崖上的花｜黄月潮　　　……175

射日｜崔子琳　　　……178

小径｜于德北　　　……181

是为也｜于德北　　　……183

大哥｜袁炳发　　　……186

同学｜袁炳发　　　……188

钱是什么东西｜曲文学　　　……191

来生我还嫁给你｜曲文学　　　……193

婚事｜脱微娜 ……196
伤害｜朱守林 ……199

催眠大师｜纪洪平 ……202
拼个情人过圣诞｜郑德库 ……205
过年｜朴连生 ……208
一局｜韩山寺 ……210
黄瓦匠｜马犇 ……212
走眼｜顾文显 ……214
听雨｜马贵明 ……217
丁叔｜季节 ……220
九江和三俊子｜安石榴 ……223
俺娘｜田洪波 ……225

害人的面子｜付慧 ……227
罪与罚｜宗玉柱 ……229
山爷｜顾长虹 ……231
红包｜王爽 ……233
普通告别｜王小东 ……235
忍｜于金凤 ……239
点亮心灯｜于柏秋 ……241
半个苹果｜佟掌柜 ……244
玉如意｜白小川 ……246
无妄之忧｜佟继萍 ……248

倔驴杨二｜柴亚娟 ……250
妈妈的灯｜长白山 ……253
纸蝴蝶｜勾连颖 ……255

刘三 | 王　哲	……257
丰娘 | 曲子清	……259
关于一匹枣红马的记忆 | 于　博	……262
杀手 | 刘红敏	……265
奇怪 | 车永华	……267
常二哥 | 熊　伟	……269
旺宝的幸福 | 王永莲	……271
呼唤 | 高振霞	……273
祭 | 道　非	……276
王大麻花 | 隋　荣	……278
谎言 | 高沧海	……280
午夜的红酒 | 叶　子	……283
好了，朕已阅！ | 李　响	……285
校庆 | 申　弓	……288
卡壳 | 陈耀宗	……290
隐形人 | 胡　玲	……293
Eva | 黄　荟	……296
草木 | 严东林	……299
栗虚谷 | 杨小凡	……302

小小说的短章文学传统及其他
——序《2018中国小小说年选》

_江 冰

  古希腊美男子纳西斯痴爱自己的美貌，成天坐在河边，从水中的倒影里自我欣赏，竟然不慎落水，成了水仙花，后人称之为"纳西斯情结"，用中国的话说就是顾影自怜到了不可救药的地步。

  这是一篇大家熟悉的神话传说。巴西作家保罗．柯艾略在其小说《牧羊少年奇幻之旅》中，提到了王尔德改写的关于水仙少年的寓言故事。让我们看看王尔德是如何改写这个人们熟悉的水仙故事，他是这样开篇——

  水仙少年死后，山林之神来到湖边，看见一潭淡水变成了一潭咸咸的泪水。"你为何流泪？"山林女神问道。

  "我为水仙少年流泪。"湖泊回答。

  "为水仙少年流泪，我们一点也不惊讶。"山林女神说道，"我们总是跟在他后面，在林中奔跑，但是你有机会如此真切地看到他英俊的面庞。"

  "水仙少年长得漂亮吗？"湖泊问道。

  "还有谁，比你更清楚这一点呢。"山林女神惊讶地回答，"他可每天，都在你身边啊。"

  湖泊沉默了一会儿，最后开口说："我是为水仙少年流泪，可我从来没有注意他的容貌，我为他流泪，是因为每次他面对我的时候，我都能从他眼睛深处，看到我自己的美丽影像。"

  作者笔下的人物，生动形象，措辞优美，更重要的是，王尔德的想象指向了那耳喀索斯的深层次陷阱：自恋者眼中的他者也是自恋者，彼此眼中都只有自己的镜像。

人格化湖泊形象的推出,进一步深化了主题。而这样一种深化,给我们带来更大的惊喜,这就是"阅读中的意外,意外中的阅读"。我享受并赞美这样的"意外",惊喜人类思维与表达可以开出如此惊艳的花朵!

正是带着如此期待,我再一次踏上寻找2018年最佳小小说的旅途——

曾剑的《凤凰鸟》,晨光早霞幻化一只凤凰,兵哥哥又捉了一只凤凰,神奇化的处理与现实中的重病相会合,让一个起死回生的故事充满温暖与情趣。《今夜有雪》属于军队生活题材,颇具新鲜感的描述,恰到好处地引出主题。结尾"防护林加宽了,在风中几千株树苗,向部队集合的兵,一个个站得那么直,那么整齐"——传统的军民情谊主题在此焕发青春。常辰哲《麦穗的故事》写一个憨厚的乡村男孩,如何成长为一个现代军人,朴实的描写中有一副剪影令人心动:副连长默默守护,风中站成一个"沙人"。细节结实,笔画简洁。

陈力娇的《碎饼桥》耐人寻味,表层叙事与深层叙事构成反差,儿童心理的活灵活现与社会伦理评价有一个跌宕起伏。主题延伸,可读可思。

非花非雾的《羊的契约》充满生活气息的羊倌生活因为城里一个故事,而有了循环往复的过程,由此推出"契约与诚信",主题水到渠成。

梁爽的《魏紫姚黄》描写俩闺蜜变成情敌的心理过程,细致入微,波澜起伏,好在街尾一声叹息:化敌为友,仁慈释怀,让闺蜜的友谊重归于温情。青霉素的《柳先生的正骨膏》,写医术高明的柳先生如何应对日本侵略者。文末两句点明主题,可谓弘扬民族正气。艺术处理恰到好处,超越了模式化的结尾,具有逆转翻盘的艺术效果。《请不要这样叫我》写贪官双规后特殊心理过程,如何在人生反思后逐渐醒悟,丝丝入扣,合乎情理。

田双伶的《布局》生动描写了高明女棋手,如何接近书生的恋爱过程,投其所好,耐心布局,最终手到擒来,收获好郎君。情趣盎然,妙不可言。她的另一篇《婚礼》写痴情男子凌晨早起,准备去为婚礼摄像,而美丽新娘正是他的前女友。因为贫穷,他不但失去了爱情,还得委屈前往,凄苦心情谁解?小说家双伶善于运用生动笔调写波澜不惊的日常生活,并在意识流动与现实抒情之间保持一种良好互动式的平衡。

田玉莲的《深算》篇幅不大却写尽中国乡村戏班子"戏不外传"之传统。情节跌宕起伏,结尾老谋深算之歹毒使得全篇在保持乡土气息的前提下,透视出中国乡村传统"阴险狡诈"的一面。于心亮的《偷拳》一波三折地写乡村少年拜师学艺不成,只好转由弟子传授,学农活、练气力,成了练拳的基本功。不料，师父突然死了，一个逆转使作品耐人寻味。读之生动，思之深沉。

张港的《呼日格窃贼》恍若写了一个桃花源：质朴无华，无欺无诈。钓鱼能手刘一竿为了面子，偶尔犯错偷窃小村庄的鱼，后良心发现重返小村道歉，居然发现无法沟通。因为这个桃花源式的小村，人们交流的语汇中没有"偷"字。奇特想象寓意讽刺当下现实，别有一番韵味。张俏明《莫斯科的冬夜》，用灵动的年轻人生活写酒吧歌手，传达面对爱情的冷漠无知与始终不渝，小说中弥漫着一种令人缅怀的伤感。

海飞的《酒匠海半仙》在2000余字篇幅里，写了一个可歌可泣充满乡村气息的抗战故事。主人公海半仙与酒文化亲密无间，海清身边那只大白鹅活灵活现，占山为王的铜锣寨，以及裁缝小艾的爱情，无不生动地勾勒了一幅乡镇民间的风情图。

周洁茹的《广州爱》以丰盈细节与女主人公心绪流动，交相辉映地构成一种动人力量。广州、深圳、香港，居然在微小式篇幅里同步呈现。透过三座城，女主人公看到三个人，城与人，人与城，极具画面感的场景中流贯着一种耐人寻味的情愫，阅读诱惑力的另一端则是非同一般的文本魅力，其叙事方式既抒情又简洁，点到为止，留有空白。

《平原》用小小说写大平原，撑得住吗？哦，陕西的陈毓举重若轻，一指禅呵！黄土高坡、百里秦川、古城西安，仿佛赋予那么一个底气，坚实地撑着，磐石一般。篇名是平原，写的却是大山。大山里的老汉，不服平原山水，一门心事返回故土。结局意料之外却又情理之中，合乎艺术构思：魂归故里。作品质朴而雄浑，有一股力量从字里行间迸发出来。

非鱼的《爱情来临》展示乡村打工者的生命状态：就是一粒尘土，尘土与尘土相遇，稍微加一点风，就又成了各自飘浮的尘土。在这样一个理念下，写微不足道的乡村男女打工者的爱情，质朴自然，水到渠成；温暖心间，光芒照耀。

夏阳的《瞬间》善于捕捉人在都市的情绪波动刹那，用一个看似绚烂的细节，唤醒一个男人对于生活的重新关注。庸常生活中亦有诗意亦有美，我们缺少的是发现美的眼睛，发现美并将其传达出来，作者做到了。

秦俑的《情人节，我只想活在故事里》，写得太多以至泛滥的情人节，在作者笔下重新焕发光彩。"开房与买花"，两个细节贯穿一生，颇具美感。结尾一句给予信心：爱情一直在，温暖你一生。

王溱的《33天婚姻》讲述90后少女的闪婚故事。"快闪"一般的瞬间盛开，又瞬间消失。作品女主人公就是这样一个时髦女性。一连串灵动细节中，呈现都市年轻女性的一个侧面。妙在结尾情感大起大伏，姥姥的一句话，唤起人间最朴素的亲情，并以此悠长绵柔的亲情，映照短暂肤浅的都市恋情。此消彼长，一深一浅，留给读者感受与判断的自由空间。

于德北的《是为也》从一个傻孩子弱智蛮不讲理掷石头说起，引出父亲与儿子互换位置，从而父亲"弱智"了，儿子却"正常"了，毛病也改了。妙在这个细节的某种荒诞性，使作品的内涵突破了现实外延而具有了无限延伸性。巧妙的艺术构思，使日常生活场景变得扑朔迷离，耐人寻味，显示了作家艺术构思与思想深度上的出类拔萃。

袁炳发的《同学》，写世态炎凉，人情世故。将老同学前后相见的热乎劲，做了"前热后冷"的处理，一惊一乍，亦真亦假。将老同学"身份面具"，淋漓尽致地表达出来：两相比较，犹如冰火。

曲文学的《钱是什么东西》，有报道说，如今国人最喜欢的东西就是钱，走过贫困时代，见钱眼开，司空见惯。但作者高明处在于，将这个人们熟悉的行为，用"年关数钱"传达出来。同时借身缠万贯的老板，说出"钱是什么东西"？两相对照，引发思考。可惜结尾，总给人火候未到，差那么几度的遗憾。

纪洪平的《催眠大师》以荒诞的方式，对"我"进行了道德审判，催眠大师的切入，颇具阅读诱惑力。可惜总体情景还是偏"实"，缺少"虚"的调剂，审判深度也不离"朋友妻，不可欺"的传统伦理框架，未能提出发人深省的理性冲击。

韩山寺的《一局》是一篇具有深厚中国象棋文化底蕴的佳作。开篇先声夺人：地上画开棋盘，棋子原色无字，有大有小，厚薄不等，却又平滑得像浸了包浆——遇到高人了，我满心期待开局领教。但此时，形势陡然一转，老汉明说："不会下棋。"我愤而离去，心头充斥被人耍弄之不快。结尾再转揭秘：棋局不但融进生命，而且融入父子思念之情。于是，前文成了铺垫，水到渠成地烘托了老汉的形象。

顾文显的《走眼》，切入当下现实的一篇力作。开场看病，得人关照，构成悬念，天上掉馅饼了！旋即摊开，老管身份乃文物鉴定专家，被市场看重。于是，奉为座上宾，身价倍增。但好景不长，市长被"双规"了，文物来自贿赂。此时作品虽然沿着现实逻辑前行，却妙在结尾处两个"走眼"点出主题。即刻让作品有了深度：读者不禁扪心自问，是谁走了眼？

付慧的《害人的面子》，作品主人公出生于长白山下，三神仙取的大名，呼风唤雨，六六大顺；读了大学，当了主任，家庭和美，事业兴旺，但一不小心，在美女前栽了跟斗。人物性格在浓郁的生活气息中得以塑造，丰盈的细节体现作者扎实的创作经验以及厚实的生活基础。

马犇的《黄瓦匠》，小小说如何呈现丰富的传统文化背景，入一行精一行是有效路径，作家成为一个行当的专家，说出来头头是道，离日常生活亲近，语言又古色古香，这本身就具有文本魅力。加上黄瓦匠这位神人，风生水起，熠熠生辉。结尾两处陡转：妥协"造假"；让造假者，自吞苦果。可惜作者还是写得太"实"，缺少灵动。比如结尾，大可虚实结合。

安石榴的《九江和三俊子》用一个故事道出三俊子的歹毒。从小看大，一点小心事埋藏多年，几个小细节点画人物。此文独有妙招，留下空白，点到为止。马贵明的《听雨》，美人倚窗观雨，一个诗意画面，由此引出故事。一支红伞出现，唤醒青春生命，美人毅然离去，摆脱金丝雀鸟笼一般生活。作品虽无陡转悬念，却也写得如诗如画。

王小东的《普通告别》。普通告别并不普通，用当下手机时代弥足珍贵的情诗，写出一个出轨故事。司空见惯的出轨，却酿成一对爱人的悲剧。也许在宗教字典里，肉体消失，灵魂永在。构思稍显一般，但文采斐然。于金凤的《忍》，中国文化阴险歹毒的一面，常常与"忍"字相关，此作妙在引而不发，让老板逐步得到三凤。文字生动，细节丰满，最后抖出大彬子的用心。结尾可以解读为大彬子的狡诈与无情，但也可以换成另一个潜心报复的结局，或许会使作品具有更深层次的意蕴。

以上作品点评，挂一漏万，无法覆盖更多优秀作品。我的意图还在于由此引出小小说创作的几点思考——

一、在小小说的"小"上下足功夫

梳理作品中，不难发现一些古意浓郁，传统意象的作品往往比较耐读，比较有底蕴，文本价值比较高。原因就在作家接续了中国古典文学的优秀传统：简洁、意境、韵味、精粹。中国古典文学以短章为主，尤其是唐宋以前。《论语》《老子》《庄子》是，唐宋诗词是，五言七言是。《诗经》千古传诵，"关关雎鸠，在河之洲，窈窕淑女，君子好逑"。短短数语，写出场面，见出人物。

司马迁的《史记》在语言艺术上，也是精短的榜样。比如，同样是观看秦始皇出行仪仗队，司马迁就能分别用项羽和刘邦的话，表达他们不同的心理状态。项羽看到壮志满怀地说"彼可取而代也"；刘邦则叹息道"嗟乎，大丈夫当如此也"。由此可以见出，两人完全不同的性格。还有我们比较熟悉的《陈涉世家》"苟富贵，无相忘"。庸者笑而应曰："若为佣耕，何富贵也？"陈涉叹道："嗟乎，燕雀安知鸿鹄之志哉？"此类经典描写，不胜枚举，大可细心领会，揣摩学习。还有作品氛围与意境，则是更深一层的艺术创造。

二、向其他文体学习艺术技巧，"互文性"不失有效途径

应该看到小小说这种文体，在艺术技巧以及艺术视野方面，与短篇小说、中篇小说、长篇小说比较，尚有大的差距。小说在经过上世纪"文学光荣"时代之后，有一个向世界文学流派、先锋派文学学习的阶段。经过这样一个艺术洗礼，可以说，小说文体早已今非昔比。但是小小说在这些方面落伍了。所以，且不说向其他文体学习，就是向文坛主流：短篇、中篇、长篇小说学习，就有很大的提升空间。

我们应该开阔视野，同时向散文、诗歌、戏剧、电影，包括艺术方方面面，乃至新媒体艺术汲取营养。艺术发展到21世纪第二个十年，无论是语言艺术，还是各种领域的艺术，都有长足的发展。人们表现生活的方式，观察世界的视角均有颠覆性的变化。无论"互文性"在国外文学理论家那里有怎样不同的解释，其实质就是你中有我，我中有你，各种文体相互渗透，共同发展。我认为这样一种精神，正是小小说界应当记取并认真学习的。

三、增加小说内涵与容量，突破已有表达模式

观察小小说创作现状，必须看到作品内涵单薄，表达套路简陋的弱点，一些作品始终走不出"欧亨利时代"，停留在"无巧不成书"阶段，想象力总是贴在地面，难以高扬飞翔。不妨举两部外国经典作品加以比照。在我最喜欢的作品之一《乞力马扎罗山的雪》中，海明威淡定谈"死亡"，现实主义框架中意识流与象征主义手法娴熟，叙述空间极大：意识流动与现实处境，肉身原点与灵魂飘泊水乳交融。既便隔着八十多年岁月，依然活力充沛，没有一点陈旧灰尘。相比之下，我们今天的许多作家，尚未获得如此挥洒自如的力量。既便同样写女人写情事，局促偏狭，止于肉身却不见想象力之飞扬。海明威式的飞扬跋扈——我更愿意把它看作一种艺术生命状态——尽管更多使用在贬义领域。

杜拉斯的名作《广岛之恋》。这部名作同样是一个表层伦理背叛叙事，支撑着一个深层叙事主题：战争对于人类的伤害，超越种族、国家与空间，而具有普遍伤害。我们不难发现，杜拉斯的角度奇异，思考深邃，艺术传达曲径通幽，异乎寻常。由此可见，内地作家在想象力和小说叙述方面，依然有很大的提升空间。

六祖慧能的名言：不是风动，亦非幡动，仁者心动——他强调的是世界存在于人类的主观之中。由此想到小小说，所谓现实反映，也是存在多种方式：巴尔扎克是现实主义的代表，列夫·托尔斯泰全景反映俄罗斯的现实，被列宁称为"俄国革命的一面镜子"。海明威则是大量地把自己的人生经历写进小说，但同时代的作家福克纳《喧哗与骚动》也是现实主义的。南美作家马尔克斯名作《百年孤独》，作家本人也坚定认为他的小说表达的就是拉美现实，尽管学术界把他定义为"魔幻现实主义"。还有纳博科夫，他的小说如秘密花园，其指向依然是时代生活。

总而言之，小小说与现实中的世界所不同处在于：它是绽放在作家心田上的奇异花朵。我欣赏这样一句话：新闻停止的地方，正是小说的开始。由此有理由要求小小说家创造更多艺术方式，超越现实超越套路，传达不一样的生活感受并抵达当下中国人的精神内核与本质，用短章讲好中国故事。

最后，我要向所有小小说作家呼吁："让我们尝试下向一种新理念开放自己的头脑吧。"并以此期待小小说一直探索，勇敢向前！

2018 年 10 月 15 日

凤　凰　鸟

_曾　剑

　　小妹卧床不起，不停地咳嗽。乡村医生断定，她得了绝症。望着奄奄一息的小妹，我和茂哥都很心疼，想送她去城里的大医院，可是，我们做不到。我们住在大山里，山连着山，山外还是山，都是羊肠小道，我们没这个能力。乡村医生说，你们就是有能力，也没这个时间，她想吃啥就给她吃点啥吧。

　　小妹什么也不想吃，她似乎已无吃的能力。乡村医生说，那就问她有什么愿望，满足她最后的愿望吧。

　　我们问小妹最想做的事是什么，小妹说，她最想看凤凰。

　　村子后面的山，叫凤凰山，高数百米。山顶被称为凤凰岭，云蒸雾罩，据说偶有凤凰在此歇脚，村子里有人见过，但并无第二者在场，凤凰岭有凤凰，便只是传说。

　　小妹要看凤凰，我们不知所措，陷入困境。

　　小妹不是我们的亲妹，是村子里的一个小女孩，我们叫她小妹，一村子里的人，都叫她小妹，小妹是她的名字。

　　我和茂哥是这里的守线兵，还有一个兼职卫生员小戴。

我说，小戴要是在就好了。茂哥说，小戴也无能为力。我们连个班的编制都够不上，叫"点"。茂哥是点长，就是负责人的意思。

我和茂哥正犯难，一只美丽的公鸡追逐一只母鸡，从我们身边飞奔而过。野鸡！我大声喊道。

茂哥问我，你惊呼什么？我说，我们可以抓一只野鸡，说是凤凰，小妹怎么能知道呢？她又没见过真凤凰，我们都没见过。茂哥笑了，夸我聪明。我们每周要进到大山里巡查电话线，见过很多动物，包括野鸡。小妹小，才七岁，又是女孩，没进过深山，自然没见过野鸡，拿野鸡当凤凰，应该不会被她发觉。

我自作聪明地说，要公野鸡，公野鸡漂亮，有长长的翎子，更像凤凰。

我们开始捕捉公野鸡。我们进到山里，在茅草厚密的、有着野鸡窝印迹的地方，立上树杈，撑上鸟网。野鸡回到窝里，听到动静，惊飞之时，就会撞上网。第一天，我们什么也没捕到。第二天，我们捕到了一只母野鸡。我们一共捕到了三只母野鸡，就是捕不到公野鸡。茂哥到底是点长，他想出一个办法，让我们用逮着的母野鸡把公野鸡引来。他把母野鸡的脚系在一株松树上，在松树周围布上网。清晨，我们到山里面去看，网子里果然有一只美艳的公野鸡。

我们把公野鸡装在蛇皮袋里，用火钳把袋子烙了几个窟窿，怕公野鸡闷死。第二天清晨，我们把小妹用绳子拢在门板上。乡村医生和茂哥抬着小妹往凤凰岭走。羊肠小道，他们累得直淌汗，几次还差点把小妹翻下山崖。小妹竟然没有受到惊吓，她沉沉地睡着。

我跟在他们身后。公野鸡我提前喂饱了，不叫不闹，像小妹一样，静静地沉睡。

好不容易到了凤凰岭，山顶上有一方平台，茂哥和乡村医生把门板搁在平台上。有雾，远山朦胧地向远处延伸。太阳还未出来，茂哥将小妹扶起来。

茂哥让小妹闭眼，告诉她说，我们让你睁眼你再睁眼，你睁开眼，就能看到凤凰。小妹闭了眼，茂哥向我挥手。我转身去取身后的蛇皮袋，想把公野鸡抱出来。就在这时，天突然亮开，太阳出来了，从更远的山峰照耀过来，透着淡红色的光芒。那光的颜色越来越深，越来越密集。光之深处，绚丽的云朵积聚绽放，像一只彩色的大鸟。

凤凰！茂哥大声喊。乡村医生也喊起来，凤凰，凤凰，小妹，快看！

小妹睁开眼，惊叫道，凤凰，凤凰！叔叔，我看到凤凰了。

我们从来没有听见小妹这么洪亮的嗓音，也没见她这么有劲地挥动着手。我们眼含热泪，望着眼前的一切。

茂哥示意我们转到小妹身后，背对着她，抱起那只公野鸡，抛向空中。小妹再次发出惊叹：凤凰，又来了一只。这只是小的，是那只大凤凰的孩子。

公野鸡向山下飞去，我们也下了山。

小妹的娘已将饭做好，她爹坐在桌前吸烟。他因为哮喘，上不到山顶，便没有跟我们一起去。我们很兴奋，顾不上吃饭，向村子里的人讲述凤凰。黄昏时，小戴回来了，他仔细瞧着小妹。他说，小妹可能是误诊，她很可能是被一种有毒的草侵蚀，且呼吸了有毒的氤氲之气，几服解毒的草药，就能让小妹好起来。

我们都以为小戴是说胡话，他毕竟只是个卫生员，而且还是兼职的。除了拿感冒退烧药，让我们多喝水，他也不会别的。小戴说，相信我吧，我这次休了23天假，只在家待了两天，刚回家的那天，还有归队的前一天，其余时间，我都在我们县中医院，跟一个老中医学号脉，学认中草药。

我心里暖暖的。我相信小戴，他不是一个乱诌的人。

小妹的娘走向屋角，拿起久不用的那个药罐子，到溪沟边清洗。我们准备与小戴一起进山采草药。

小妹的娘突然说，熬过的中药渣，要被人踩，让踩药渣的人，把病灶（病魔）带走，生病的人才会好，要不，喝多少药都不会好的。村子这么小，就这么几户人家，关系好着呢，怎么好意思把病灶带给别人。

我说，那是迷信。小妹的娘脸上便有不快。茂哥偷偷捅鼓我一下，我就不再吱声。茂哥说，也许有路过的人。小妹的娘说，这孤山野岭，哪有人路过？茂哥说，总会有的，第一天没有，第二天、第三天，总会有的。打猎的，进山采蘑菇的……

小妹的娘脸上愁云散开。

深夜里，茂哥悄悄起床、穿衣。他要干什么呢？如厕不至于穿戴这么规整，我悄悄地跟着他。

他往山下的村子里走，走向小妹的家。他的双脚，很有力地在小妹家门前踩过。他走得很慢，像是故意要将脚印留在地上。一股中药的味道在清凉的空气里弥漫开来。

五天后，小妹的病好了，蹦蹦跳跳地跑来找我们。她手里拿着三个鸡蛋，说是她娘给我们煮的，还热乎着呢。我们不要，让她自己吃，她急得眼泪就要流出来。

天不冷不热，阳光温和而不刺眼。这天不是维护线路的日子，我们把小桌小凳搬到"点"外的坡地。三人中数我最有文化，被他俩称为"秀才"。茂哥吩咐，"秀才"教小妹识字，他在一旁记日志。小戴的膝盖上放着一本书《神农架中草药》，这次探亲，他从老家带回的。

有风吹过,我们各自停下手中的活,望着小妹。小妹仰头,远眺凤凰岭,满脸甜美。她一定是想起了那只"鸟",那只美丽的"凤凰鸟"。

(原载《解放军报》2018 年 7 月 11 日)

今 夜 有 雪

_曾　剑

　　李明辉走进这片旷野时，天空更加阴沉灰暗。这时风正强劲，一阵一阵的。那些早已冻僵的枯草，到底经不住它的摧残，一根根从腰折断，向同一方向扑去。旷野一片寂静，寂静得只能听见呜呜的风声。风声也是一阵一阵的，像是来自脚下的枯草丛，又像是来自远处的树林。李明辉伫立在风中，举目搜寻掩体所在的位置，寒风吹打着他的脸。

　　眼前是一片大草地，是一望无际向同一方向扑倒的枯草。李明辉怀疑自己走错了地方，身后的通信员也狐疑地向四周看，同样找不到兵待过的迹象。

　　李明辉正要往前走，前面的枯草丛忽地伸出一面红旗———一面炮长指挥用旗。小红旗在风中飘动了两下，就停止不动了。通信员急忙走过去，李明辉道一声："慢，小心掉进去。"他惊喜地立在那儿，等着兵们给他开道，他的确找不到进去的地方。他为部属能伪装出这种效果而兴奋。

　　通道开了，就在李明辉的脚下。通道口的门居然是一捆高粱秆，它四周的缝隙间夹上了枯草，往那通道口一挡，与四周的枯草浑然一体，李明辉因而难以发现入口。他弯腰慢慢走进去，眼前立刻漆黑一片。但很快，一束手电光出现在他的脚前，随着他的脚尖移动。

　　李明辉猫着腰，慢慢走在通道里。通道不宽不窄，两个人侧身刚好能挤过去。李明辉满意地点点头，在手电光的指引下，他走进一个战炮班的掩体，掩体内的结构还真像那么回事。四周的墙壁齐刷刷直上直下，贴着墙壁，排满了用以防潮的向日葵秆，一个大土炕占据了掩体相当大的面积。五六个战士躺在土炕上休息，发现手电光，问了声："口令！"见是营长，战士立即站起来，腰板挺得笔直。与土炕相对应的是一个窄长的土墩，上面摆放着军用挎包、水壶和洗漱用具。战士的鞋整齐地摆放在土墩与火炕间的浅沟里。

李明辉掀开战士的被褥，见下面铺了半尺厚的枯草。他说："我上军部开会，仅一天半时间，你们干得漂亮！如何伪装是个难题，也是这次战术演练的一大项。咱们构筑的工事隐蔽性好，实用性强，肯定能在集团军考核验收中取得好名次。大家再加加工，力争把第一名夺过来。"

战士异口同声地回答："是！"

李明辉在坑道内走着，外面的天空虽然灰暗，但让掩体内没有一丝光亮，也不是那么容易能做到的。

"有没有通气孔？"李明辉问。

"有。"

"如果下雨下雪呢？"

"水不会流进来，通气孔都是从顶端斜开出去的。"

声音短促有力。李明辉听出，是营基准炮炮长丁晓亮在回答。

李明辉要过手电筒，打开，仔细查看掩体。他的目光停留在一根木头上。他伸手摸了摸，又用手指抠了一阵子。

"这树干是从哪弄来的？"李明辉问。

"报告营长，是从营房带来的。"丁晓亮答道。

"我再问一次，树干是从哪儿弄来的？"

"是我们从那边树林里砍来的，今夜有雪，我们怕天黑前完不成伪装任务。"丁晓亮的声音明显弱了下去。

李明辉不再吱声，沿着通道，弓着腰向别的掩体走去。他看完全营的工事，各连都有新砍的树干，有的连一个掩体就用了好几根。李明辉立刻用电话命令各连："拆除所有新的树木，一根不留！"

然而，10分钟过去，没有一个连队行动。李明辉看一眼表，走出掩体，眼前的草滩依然一片寂静。他再次钻进掩体，下了第二道命令："全营官兵，撤出掩体，成营横队集合。"

顷刻间，200多名官兵迅即钻出地面，成四个纵队向这边集合。脚步声、口号声响成一片。

各连值班员向营值班员报告。

营值班员向营长报告。

李明辉没有向全营官兵下达"稍息"的口令，他太激动了。

李明辉说："我知道大家不分白天黑夜地干，是为了我们营这个整体。在天气恶劣、条件如此艰苦的情况下，砍老百姓的树支撑掩体顶篷，也是为了把任务完成得更快更好。但我们是军人，怎么能损害老百姓的利益？在这片盐碱地上，种一棵树容易吗？老百姓种树不是要用木头，是防风沙，是为了活命，而我们一下子砍倒十几棵，不心痛吗？我是一营之长，是我考虑不周，责任主要在我。我本应带着砍树的同志，去向老百姓道歉、赔款。但是后天，军长将带领作战指挥部人员验收伪装情况，我们现在只能将树埋掉。属于我们的时间只有今天天黑前的几个小时，天气预报说，今夜有雪。为了使伪装达到最佳效果，为了在这次验收评比中取得好名次，我们必须克服困难，在下雪前搞好伪装，大家能不能做到？"

"能！"声音响彻阴沉的天空。

李明辉下令："解散，开始行动！"

瞬时，眼前的草地出现20多个土坑。李明辉摘去棉手套，用几乎麻木的手指揉揉酸涩的眼睛，心里一阵痛：这是全营官兵的心血呀，而现在又得重新开始。

当春天来临时，李明辉带领全营指挥分队，迎着第一缕春风，出现在这片旷野。村子里，老百姓便陶醉在军人的口令声中。当这动听的口令声骤然停止时，一个个身着迷彩服的兵又劳作开了。老百姓以为兵们在训练间隙挖工事。只是他们不明白，这些兵以前都是冬天临时出现在这里，今年怎么就提前到了春天。

迎春花开遍旷野时，细心的老百姓发现，他们的防护林加宽了。在风中，几千株树苗像部队集合的兵，一个个站得那么直，那么整齐。

（原载《人民陆军》长城文艺版2018年1月26日）

麦穗的故事

_常辰哲

初夏的乡村,只见一片片黄金色的麦浪。村子东头的一户人家人头攒动。随着一声响亮的啼哭,一个男孩就在同村人的叫好声中出生了。

孩子的奶奶从地里往回跑。听着大家的贺喜,老太太望着地里丰收的麦子,给孙子起了个响亮的名字——麦穗。

麦穗和地里的麦子一样,茁壮成长。一晃儿,麦穗18岁了。村里同龄的男孩子都已经外出打工了,有的人盖了房子,娶了媳妇。麦穗的娘却一次次婉拒上门提亲的媒人,坚持让麦穗念完高中。

"当兵去,出门长长见识!"有一天,麦穗的娘望着一身虎气的儿子,想把他送到部队。麦穗听后,直接去人武部报了名。

人武部政委看着麦穗,很高兴,拍着他的肩膀说:"好小子,叫麦穗!部队需要你这样的好小伙。"

麦穗听了,憨憨地笑了。

麦穗戴着红花,踏上西去的火车,成了一名西藏士兵。雪域高原的广阔和神秘,是他闻所未闻的。这里没有家乡常见的麦子,农田里生长的是一种叫作青稞的作物,麦穗感到很新奇。

麦穗所在的汽车连在山脚下,营区外是一片戈壁滩,只有一条公路通往最近的县城。当兵的第一年,麦穗刻苦训练,进步明显。在夜里,他经常梦见家乡的麦子。

麦穗和副连长谈心次数最多,有时会说起自己的梦。副连长是陕西人,个子不高,说话也少。每天都可以看见他在检查营房、车场;晚上熄灯后,他认真地查铺,还在营区来回转。

第二年春天,副连长找到麦穗说:"考军校去。"麦穗不懂,副连长又说,

"那里有另一片天地,可以实现很多梦想,军校也需要你这样的好小伙子。"麦穗听后,又想到人武部政委的话,开心地笑了。

营长得知连队有战士报考军校,高兴地说:"好好学,加把劲,咱们营有好多年都剃'光头'了。"

连队车场后面有一座单独的小房,为了方便麦穗复习文化课,连里让他单独搬进去住。在复习文化课的日子里,麦穗为了磨炼自己的意志,开始了长跑。

在高原上练长跑是需要勇气的。他敲开连部的门,把这个想法告诉了连里的干部。过了一会儿,副连长开口说:"去吧,注意安全。"

于是,每天熄灯前这段时间,麦穗就自己在营区前的戈壁滩跑步,那真是寂寞的长跑。

跑步时,麦穗想了很多,想起了娘,想起了地里的麦子,也想到自己的梦——麦穗低下头,一块块麦田整整齐齐,像士兵站成的方阵。

戈壁滩多风,麦穗顶着风跑,有时边唱歌边跑。在风中,他对着旷野大声地唱,有时会唱到自己泪流满面。

麦穗原以为不会有人听见,有一次一回头,吓了一跳。原来,副连长一动不动地站在身后看着他跑步,在风中站成了一个"沙人"。

副连长也是汽车连走出来的兵。当年,他考上了军校,四年后又回到戈壁滩的汽车连。

麦穗渐渐从副连长身上看到了一种执着和坚韧。每天长跑后,麦穗就回到小房,看书到深夜。

又是一年麦收时节。雪域高原冰消雪融,道路解冻。汽车连又全连出动,在接下来的几个月里,全连将在野外穿梭,他们要赶在大雪封山前,给在一线哨所坚守的官兵送去亟需的生活物资。

麦穗因为要参加全军统一考试,没有随连队一起出发,而是作为留守人员看守营房。空荡荡的营区十分安静,麦穗继续坚持长跑,更加用功地准备考试。

不久,成绩公布了,麦穗如愿考上军校。

从干部科领到通知书以后,麦穗给在外遂行任务的连队写了一封信。又过了一个月,麦穗却没有收到回音。开学的日子一天天临近,麦穗准备去报到了。在车站准备登上火车前,连队的回信才被车站主任急匆匆地交到他手里。

信是副连长写的,上面写道:连队得知麦穗的喜讯都很高兴,全连加了餐。营长还说,咱们营终于不再是"光头"了。

看到这儿,麦穗哭了。他紧握着信,心想:一定要学成归来。

火车飞驰，穿过一片片希望的田野。麦穗知道，此时的娘一定在田野中劳作。在火车上，麦穗睡着了，梦见了麦子，梦里的麦子谦逊地低下头，站得整整齐齐，像一个个当兵的好小伙子。

火车奔向远方，麦穗还在甜甜地做着梦，梦中的麦子依然金黄。

（原载《人民陆军》长城文艺版2018年1月26日）

碎 饼 桥

_陈力娇

小学校在一天早晨轰然倒塌。七七的儿子马马在小学校读书。小学校就一个班，马马是班级最小的学生。小学校坍成一堆废墟时，马马正在院子里玩。马马听见一声巨响，回过头，看见一根碗粗的木头笔直地竖向天空，马马很想像一个猴一样攀上去看看，不想被一只手拉住。

马马看到老师。

老师是一个比马马高不了多少的城里姑娘，黄辫子总是放在嘴边咬。这时老师一边咬着黄辫子一边说，过桥那边上课吧，那的房子结实。

马马跟着老师走，一路老师不响，马马也不响。过小桥时马马很想扯住老师的后衣襟，小桥很窄，三根木头搭成，马马怕掉下去，怕桥下的水大嘴一样把自己淹死。马马终于没敢去拽那不住抖动的衣襟，马马手上有泥，那衣襟是白色的，白色的是不允许黑手拉动的。马马这么想时，一只脚踏上了绿草地，马马以为桥断了，叫一声"瘦老师"，才知道已经到了陆地。

瘦老师领着马马走进一幢砖房，马马就坐在了同学中间。这堂课马马总想着小学校倒塌的情景，那情景没什么可怕的，可马马就是忘不掉。马马想，新学校再好也没有旧学校好，旧学校离家近，不用过小桥。马马又想，新学校就是没旧学校好，新学校每天要过三四次小桥。

这时，马马好像听老师讲，午饭不回家吃了，派人过去买饼子。马马就自告奋勇要求去买饼子。老师说，马马那你就去吧，反正你在这里也不专心学习。马马就拿着数好的钱，走上了小桥。这一次马马没有害怕，他忘了害怕。马马手里有钱，他手里第一次有这么多钱，钱让马马不用害怕。

马马到了村头卖饼的小店，买下十五个烧饼，用布袋拎着走回小学校。走到小学校门口，马马站了一会儿，马马在每一张饼上揭下一小块皮儿放在嘴里吃了，很香甜。马马想，要是下次老师还要人去买饼子，自己还要求去。

　　正在这时一个同学出来小解，把马马偷吃饼的事告诉了老师。老师罚马马站在讲桌旁边，等着马马承认错误。马马说，我没偷吃，我只是放在嘴里一块掉下的渣儿。老师辨别马马的话后，数了数布袋里的饼和剩下的钱，正对数，不多也不少，她认为马马没有撒谎，就让马马回到自己座位。马马吃着发给自己的饼，好久好久都咂着嘴里的余香，后悔自己被那个同学发现得太早了，否则他会把十五个饼变成十六个饼，自己多吃一个饼，可是现在丢失了机会。

　　下一次买饼隔了五天才姗姗来临。瘦老师用嘴角咬了咬辫梢儿，马马觉得她好像饿了，其实她是在想还用不用马马去买饼。马马猜透了老师的心思，马马说，老师我知道哪个筐里的饼热乎。瘦老师听了马马的提示，觉得他说得有道理，熟门熟路比什么都重要，就又让马马去买饼了。

　　马马拿着钱，心里的乐五颜六色，饼的余香在他的嘴里如江水不住地涌动，马马不由得加快了脚步。烧饼的香味隔半里地都闻得到，马马馋得腿都软了。到了烧饼店，马马急促地交了钱，剩下的就是巴望着锅里的饼快些出来。

　　平底锅烙饼是有个数的，一次只能烙十个，多烙一个所有的饼就粘在一起了，跟哥们儿打架似的。

　　马马的十五个饼，必定要分两次完成。

　　十个饼摆在马马的面前时，就像十个活蹦乱跳的兔子，直往马马的肚子里钻，香味甜味互不相让。马马再也控制不住了，他捡了一个最小的吃了起来。为什么捡最小的呢？最小的不显眼，不显眼老师就不会发现，马马忘记个数了。

　　十五个饼全部烙完，十五个金元宝一样。

　　马马拎着金元宝走，这才想起，饼少了一个。怎样和老师交差呢？说狗吃了吗？说店主少付了吗？说走路丢了吗？都不行，看来只有说自己吃了。但马马立即想起，这样自己就亏透了，知道如此还不如捡个最大的吃了。

　　眼看着就要来到小桥边了，过了小桥就快到学校了，思索让马马的额头如考试答不上卷，渗出汗珠。

　　马马走上小桥，看一眼桥底汩汩的河水，河水挤过桥桩向四周散去。马马看到这情景，忽然灵机一动，想，我跌一跤吧，我何不跌一跤呢？跌一跤饼就碎了，碎了老师就分不出是多少个饼了。

　　小小的马马做出决定后，迅速地跌了一跤。这一跤马马跌得好惨，跌到了河底。河水像摇篮，把马马悠啊悠，悠出了很远很远，直到把他悠得睡了过去。等到第二天傍晚，瘦老师领着同学找到马马时，马马已经很平静地躺在下游的河滩上了。手里的饼果然碎了，乱乎乎一团分不出个数。

没人知道马马的死因,只知道小学校失足落水一个叫马马的学生。

1965年,马马跌跤的小桥有了新名字,叫碎饼桥;马马上学的学校也有了新名字,叫马马学校。

马马是因公丧生,七七要求后人纪念他。

(原载《百花园》2018年第3期)

踢来踢去的球

_陈力娇

他们一起走进汉斯。

汉斯是烧烤城，欧洲风情。啤酒和饮料免费，烤肉一律长叉供应。一只大羊腿，插在铁叉上，烤得喷香发红，每个座位每个座位地切，切没了，下一轮就是鸡翅或者牛排了。

董小桥喜欢这样的风格，体院没事他就约古联来。

他们刚坐定，小帮的电话进来了。

小帮和吉狄美娜的事吹了，是吉狄的妈妈不同意，他很愁苦。董小桥就说，干脆你也来汉斯吧，一起说说话，心里就痛快了。

他们选择了大厅靠墙角的地方，刚盛了两个自助菜，古联就对董小桥惊呼道，嗨，快看！董小桥回头看去，也吃了一惊。他看到了吉狄美娜，在不远的另一个墙角，吉狄正和两个年龄相仿的男孩子喝酒。他们一直在说笑，很开心的样子。

古联问董小桥，怎么办？我们还坐这吗？董小桥想都没想，说，怎么不坐，一会儿让小帮看看，他还有什么可留恋的，女人就那么回事，没底火烧着，打死她也不会和这一个吹。

古联听了董小桥的，安静下来。他到啤酒机前接了两扎啤酒，又到饮料机前接了两杯可乐，两个人边饮边等小帮。古联说，按说他们都处三年了，应该挺稳固的。董小桥说，女人易变，昨晚的事，今天就会不认账。古联说，他们应该早就那么回事了，应该有感情啊。

董小桥没继续这个话题，他觉得没意义。女人就是女人，永远不及男人。就说，奶油竹笋再来点。古联就去了。

支走了古联，他拿出手机给小帮打电话，指挥他，从一楼大厅往里走，左拐，靠墙角。小帮这会儿已经在门口，看见了董小桥，就扬了一下手，奔过来。这当儿，他没看到吉狄美娜，一点都没看到。

小帮坐下后，古联端着满满一大盘奶油竹笋回来了，他还特地给小帮夹了几块甜点。小帮喝酒前，愿意用它垫肚子，因为他通常不吃早饭。

古联把甜点放在桌上，对小帮说，你怎么坐我座，你过这边来。

董小桥知道古联的用意，说，得得得，就你事多，就坐那儿，看能怎么样？

他们俩的话，让小帮明白这里有事，就抬头瞭望。这一看他看到了吉狄，看到了她那扎眼的"啤酒黄"头发，那还是他花了一百八十元给她染的呢，那是他给母亲买药的钱。小帮明白后，脸一下子红了，心跳了起来，他想站起身走，又觉得很难往出迈腿。

董小桥见小帮尴尬，就对他说，哥们儿，到啥时都要看得开，女人想离开你了，就是铁了心了，你往回拉她那是没用的，人回来了，心没回当什么用？说着给小帮倒酒。小帮很机械，也没反对，三个人把各自的一杯酒一饮而尽。

他们的出现，也影响了对方。他们说吉狄时，远处的几个人也在说他们。吉狄也没想到会在这种场合与小帮相遇。其实她对小帮说母亲不同意，那是假的，真正原因是杨土追她追得太紧了。杨土答应给她弄工作，杨土是混子，他爸却是挺大的官。

杨土也看到了小帮。小帮个子高，很显眼，从门口一进来，就如一杆旗摇了过来，一看就是个打篮球的。

这时的杨土已喝得有些微醺，他喝了三扎啤酒，喝得吧台的啤酒员都不用好眼睛瞅他了。他对吉狄说，你的老相好来了，你陪我过去敬酒吧，你如果去，就说明你和他两断了；你不去，就是你和我两断了。

他打着酒嗝，手死死地攥住吉狄的胳膊。吉狄知道他喝多了，拗不过他，就说，那我自己去。吉狄想借机溜走。杨土拦住了她，说，你别自己去，还是我自己去，啥事能用娘儿们上阵，杨七狼这会儿还没死呢。说着摇摇晃晃端起杯，去了小帮他们的桌子。

三个人知道来者不善，没理他继续喝酒，古联甚至伸出手划起了拳，俨然杨土没有到来。杨土不悦，说，你们牛啥？起哄也没用，吉狄是我的了，我已经把她睡了，你们说，是不是谁睡算谁的？杨土说这话时，醉眼惺忪，头像灌了铅，一下一下往桌面上落，显些跌倒在桌旁。他着实醉了，立着困难，酒精让他站着都能睡着。董小桥听他这么一说心生怒气，从桌底伸出长腿，巧妙地给杨土一个腿绊，然后三个人像没事似的继续划拳。

杨土倒在地上，谁都没注意他倒在地上，他自己也没马上站起来。他坐在两桌之间的夹缝里，头沉沉地靠着凳子瞌睡了一下，然后掏出手机，像数蚂蚁一样细细地数出一串号码，对着话筒说，把她"做了"，就交给你了。对方说，你舍得？杨土说，哪有那么多废话，让你做你就做！杨土的舌头有些不听使唤，但对方还是听懂了。

对方就是正和吉狄在饭桌上说话那个小伙子。

而"做了"是杨土和他私下的暗语。

吉狄和小伙子从另一个门走了，他们没管杨土，杨土也没叫他们。这让董小桥很诧异，古联也一时理不清头绪，只有小帮心里打鼓，因为他看到地上的杨土一脸的坏笑。

小帮起身跟了出去。

（原载《小说月刊》2017 年第 12 期）

硬　气

_戴永洋

"快去看看,两人又'杠'上了!"周六一早,新兵一连一班就成了焦点。至于这两个人是谁,不用想,肯定又是一班长陆达和他的新兵王勋。就在一个星期前,两人刚刚结束了一轮比试。

话说他们两个人,不仅年龄相仿,还是老乡,应该一见如故才是,然而事实并非如此,用战友的话说,一个"腊肉",一个"鲜肉",差异大着呢!更有眼尖的战友"补刀":面子差异是小事,学历差异才是重点,要知道王勋可是河北师范大学的高才生,光学士学位就有两个;而陆达呢,高中毕业就参军,唯一的大专文凭还是自修完成的……

话虽如此,但并不影响他们身上具备着90后特有的自信,用部队的话说,就是硬气。不同的是,王勋的硬气看似更加张扬,因为白纸黑字一目了然:"看,这就是咱河北师范大学出版的刊物,上面有我的文章!"

当然,王勋的硬气也不是没来由。入营没几天,他就脱颖而出,担任连队的文化骨干,出板报、录广播、做课件,样样干得有声有色。一时间,本就自信的王勋更加硬气了,有了其他战友没有的"特权":以出板报为由,不参加体能训练;以录制饭堂广播为由,提前离开训练场……

对此,大家纷纷投来羡慕的目光。唯独陆达,投来的是"一盆冷水":"如果不荒废主业的话,是件好事!"听着这样一句不是表扬的表扬,王勋不以为然:"什么都不懂,你这个眼里只有训练的'陆老板'!"

"陆老板",是王勋给陆达起的绰号,因为他总是板着一张脸,好像谁欠了他什么。当然,王勋也只是私下说说,不到万不得已,是绝对不会说出口的。然而,让他没想到,"万不得已"这么快就来了!

那天中午,别人都在自我加压叠被子,可王勋倒好,趁着陆达出去,三下五除二把被子叠成"高射炮"后，趴在床上一动不动。这还没完，他还怂恿别人："都别叠了，就算叠得再好，能把敌人打趴下吗？"巧的是，这句话正好被进门的陆达听到，他说："那依你看，练什么能把敌人打趴下？"

本以为随口一说，没想到却撞上了枪口，王勋一时不知所措，只好将计就计："至少也得是跑步吧！"

话刚出口，王勋就后悔了，使劲儿掐了一下大腿，他想：和老兵比脚上功夫，这不是搬起石头砸自己的脚嘛！再说，自己都快一个星期没好好训练了，怎么比？

"好，咱就比跑步！"王勋来不及后悔，就听见陆达说，"当然，为了公平起见，我全副武装，你轻装就行！"

一听这话，本来心里没底的王勋更加不知所措，不知道应该窃喜还是自怜。他问："那万一我赢了呢？"

"如果你赢了，我叫你班长！"陆达言简意赅，一如既往地硬气。

比赛开始了！王勋冲了出去，还别说，这身轻就是占优势，没一分钟，就超出陆达几十米。本以为这样的场面会一直延续下去，没想到几分钟后，王勋的速度就慢了下来，而且越来越慢，眼睁睁地看着全副武装的陆达渐渐超过自己，最终被超过整整两圈。

"长这么大，就没输得这么惨过！"完败后的王勋很是不服，心想，"如果有机会也要让对方难堪一回。"

机会来了！这天，驻地群众来营里慰问演出，其间想找一位班长上台合唱《我的老班长》。王勋见状，扯着嗓子喊："陆达，陆达……"

就这样，陆达莫名其妙地被点了将。不出王勋所料，意外发生了：陆达刚唱一半，眼泪直流，后来竟然泣不成声，只好匆匆下台。

这一幕让所有人都惊呆了，包括"策划者"王勋，毕竟他只知道陆达从不单独唱歌，而不知道其中的真正原因。

好在这一切都被副班长屈波看在眼里，事后道出了缘由：七年前，陆达参军入伍，一心想当文艺兵，可几次选拔都没能"被带走"。渐渐地，陆达放弃了这个念头，可与此同时，他也放弃了主业，训练是能躲则躲、能逃则逃。老班长看在眼里、急在心上，不止一次地劝他。可他倒好，永远都是一句话："不用管我，我保证考核不拖后腿，行不？"

当然，他确实说到做到。每次考核前一周，他都临时突击，顺利完成当初"不拖后腿"的承诺。

就这样，一晃儿就到了年底。这一天，上级突然来旅里进行考核，目的就是希望通过不打招呼的方式，检验部队日常训练的真实水平。

结果可想而知，老班长一直担心的事情还是发生了——陆达在武装五公里的课目中，跑到一半就岔了气，成了全连最后一个到达终点的人，将总成绩拖后了足足两分钟，还创造了连队有史以来的最差成绩。

"那后来呢？"王勋迫不及待地问。

"后来，老班长年底脱下了军装！"屈波深叹一口气。

"不至于吧！不就是一次考核吗？"王勋一脸惊讶。

"是啊，起初陆达也想不通，直到后来才知道，原来新兵下连时，其他班长都不愿要陆达，担心会拖后腿。唯有他的老班长，三番五次地向连长求情，甚至立下军令状——如果拖连队后腿，自己就走人！"

屈波话锋一转，说："从那以后，陆达再也没有唱过歌，悄悄地把吉他藏了起来，一心一意扑在训练上。"

听到这里，王勋好像被电击了一般。他这才知道，班长为何成天板着脸，不是因为别人欠了他，而是他欠了别人；这才明白，班长为何在第一次班务会上说出那样一句话：作为学生，学习是主业，学习好就硬气；但作为军人，训练是主业，训练好才硬气……

一个星期过去了，又到了周末。这天一早，王勋做出一个大胆的决定——向陆达挑战！

"快猜猜，王勋会向班长挑战什么？"大家争先恐后地说，"不管比什么，肯定是王勋擅长的，谁都不会搬起石头砸自己的脚。"

话音未落，只见王勋已经全副武装来到陆达跟前，硬气十足地说道："还是老样子，如果这次武装五公里你赢了，我叫你班长，怎么样？"

那一刻，众人瞠目结舌，包括总是板着脸的陆达。

（原载《人民陆军》2018 年 7 月 23 日）

醉 书

_范子平

　　我们江南市书法家多，但论水平要数杜睿。他是中国书协理事，发表过有影响的书法论文，真草隶篆样样精通，尤其是狂草在全省一枝独秀。杜睿嗜酒如命，坐席喝，自个儿也喝。他自个儿喝酒是一景，一般不用酒杯，正挥毫写字，忽地拎起酒瓶咕咕咚咚就是几口，根本不用下酒菜，连个花生仁都不要。杜睿酒友也颇多，比方说冼章就是一位。冼章发迹前只是供销社的业务员，有时为办点事情，就会用到杜睿的书法。朋友之间，只要冼章需要，杜睿总是挥毫疾书认真写就，或隶或楷或行或草，从不敷衍塞责。冼章有时会带两瓶二锅头来，基本上是两个人平分，喝完醉醺醺走不成路，两个人醉中相互搀扶也是一景。后来冼章成了物资局副局长，再后来一路升上去成了我们江南市的市长。当了市长的冼章跟杜睿来往就渐渐少了。

　　这天杜睿打电话给冼章，说几个北京的朋友过来，他想安排到东海大酒店，请冼章过来陪客。冼章一听就不高兴。这天周六，要说他晚上没什么事，如果是上级重要部门的人自己当然要过去，但杜睿的朋友都是些啥身份？一些食古不化的老古董，跟自己没什么共同语言，且杜睿跟自己说话还是跟当年一样，酒席宴上胡乱开玩笑不分尊卑，叫自己很没面子。当然他可以让接待办给他们安排一桌，但一想杜睿打这个电话的意思可能就是让自己过去买单，心里就不痛快，没等杜睿讲完就截断他的话说，今天不行，你们忙你们的，我这里还要处理件急事。说完即挂断电话。以后偶有碰面的场合，冼章也注意与杜睿拉开距离。

　　后来搞小康村建设，上级某重要部门一位领导重点联系他们市，初次来检查工作就问道，书法家杜老是你们这儿的？冼章一愣，回过神来才想起说的是杜睿。他想安排杜睿过来陪上级领导吃饭，想想又觉不妥，杜睿狂，喝酒辄醉，醉了胡言乱语，哪句不妥可能会坏大事，还是让杜睿给上级领导写幅字合适。于是他介绍说，杜老的狂草很有名，我让他写一幅请领导鉴赏一下。上级领导笑笑，似乎是默认。冼章就叫宣传部安排杜睿给领导写。但部长回来后汇报说杜睿说自己封笔了。封笔？冼章扑闪扑闪眼皮，觉得难以置信，挺生气地说，叫杜睿先把这幅字写出来，然后继续封他的笔。但命令好下，执行之难难于上青天，杜睿根本不吃这一套。他不是体制内人，不写字又不违法，没法制约他。冼章又让找一副杜睿以前的狂草书法，但找不到现成的收藏。

他让安排杜睿一块喝酒，但杜睿说自己不习惯跟官场人喝酒。冼章就给部长下命令，无论如何要攻克杜睿这个堡垒。部长跟有关人员密谋良久，汇报说要拿下杜睿必须冼市长亲自出马、亲自拼酒。因冼市长是杜睿的老酒友，喝足酒才有机会。

金海大酒店的丁总出面说合，杜睿才跟冼章坐到一起。酒席前丁总做了准备，写字台上垫了抹布，笔墨纸砚齐全。酒喝到九成，丁总提写字的事。杜睿摇头说封笔了对不起。冼章说今天不说写字，只说喝酒。于是都继续灌酒。酒喝到九成，丁总再提写字。杜睿说，要不是封过笔了我就写。部长在旁边叹息说，一代大师久不拎笔——是否笔头生了？大家都说别写了，写出来难看让别人笑话。杜睿就上当，说我怕谁？写出来还是全国一流，不过咱封笔了。部长说，只要能写好，咱先不封笔！杜睿问，先不封笔？大家齐声喝彩说，明天再封笔！杜睿问，那就写个痛快？大家说，写个痛快！杜睿又问，给谁写？丁总看着冼章说，写上请上级领导雅正。杜睿摇头说不写这种俗套。丁总说，他是冼市长的朋友，你就当给冼市长写！冼章知道事情不能强求，就说，不写谁谁雅正了，写个四尺宣就中。杜睿看看冼章又看看大家问，就写？大家齐说，就写！于是杜睿双腿微弓，好像马步站桩，拿起毛笔，唰唰地一气呵成，揿上红印，然后掷笔于地说，从今真封笔了！

冼章派人将这幅字装裱，托人献给那位上级领导。过了两天，上级领导的秘书来退给他。冼章惶惑了，再三问秘书。秘书只说，你自己收藏合适。他这才想起，这龙飞凤舞的狂草自己原不认得，派人去大学找教授辨认并用简体汉字抄写下来。他迫不及待打开看，文是：官位如日中天，官德江河日下，民怨渐趋沸腾，君之口碑愈差，不自爱恐有囹圄之灾也，戒之戒之！杜睿书。冼章愣住了。

（原载《大风》2017年第4期）

羊 的 契 约

_非花非雾

"各类"（头羊的别称）回头望望幼小的胜子，将头向右边的麦田一摆。它的妻儿老小马上争先恐后地向鲜嫩的麦苗扑去。胜子挡阻不住，拿鞭子去甩，"各类"咩叫一声，将两只弯刀样的利角抵向他，吓得他连连后退，一屁股坐地上，哇哇大哭起来。

哭声终于将爹招来，拾起鞭子，嗖地扫向"各类"，鞭梢在"各类"耳后疾速掠过，它一跤跌到坎下，在地上打起滚来。爹一声唿哨，"各类"忙从地上跃起，咩叫一声，羊群便归拢一起，相跟着往坡下窑洞走去，羊倌长年住坡上窑洞，与羊相伴。他拦的羊多数是乡亲们寄养的，没有报酬，不仅羊长大了归原主，母羊怀了羔，也是原主的。羊倌只得羊粪和羊毛。这便是羊的契约。因此羊倌都穷，爹四十多岁才捡了外乡人遗弃的男婴，取名胜子。

胜子上到初中二年级，好说歹说，再也不愿到学校去，他受不了一天到晚坐在教室里那个鸟笼一般的座位上。辍学后，爹将羊鞭正式交给他。他已能准确地一鞭扫在羊耳后，让"各类"望见他就发抖。

看着羊群越来越壮大，胜子也一天天变成小伙子，爹心中高兴，开垦荒地的劲头更大了，他要给胜子积累一大囤粮食，娶亲办喜事时就不用借了。胜子放羊的第六年，爹得了急病，什么也没有说就离世了。

五叔从新疆回来探亲，找到胜子要自己的羊。胜子弄不清羊发展了几头，五叔便认下一头，杀了请全村人吃饭。胜子自此不再承认羊的契约，乡亲们再也从胜子那儿要不回自己的羊。同村的青年们都出门打工了，他们一个月的工资，就买得起几只羊，也没工夫去和胜子争执父辈留下来的羊。

城里卖羊肉串，开羊肉汤馆的也越来越多，胜子的羊被一头头买去。最后他干脆卖了羊群，留下一堆羊粪，也南下打工了。

不久，人们就传说胜子大发了，老板将大工程分包给他，他带着几个工人一起苦干，挣了不少钱。

几年后，胜子回来了，依旧孑然一身，依然苦巴巴着一张脸。他不愿多谈打工的经历，但有人说，他是栽在一个女人的手里了。那女人和他大概是老相识，上初中时一个学校。女人学习也不算好，后来自费上了大学，在城市一家公司上班。

女人到工地上找到胜子。让胜子惊讶得嘴都合不拢。那停在不远处的宝马，女人身上的穿戴和保养得很好的皮肤，像一道月光，在胜子面前亮起。女人在学校时叫翠，现在下半部给截了去，叫羽。羽第一次约胜子出来，先到洗浴中心洗了个澡，两个人穿着裕袍并排躺着，让服务生按摩。胜子面红耳热，又舒坦又紧张又激动，才知道人间还有这样的享受，回来，逮谁跟谁说，细细地描述，不无炫耀。羽第二次约胜子出去，开车兜了很大一圈，终于带他到自己的公司，陪他参观公司的宝物陈列大厅，告诉胜子这里陈列的"国宝"级文物，都是在电视鉴宝节目上被确认的，身价将倍增。一般的人家买不起这些宝物，可以认购它的股份。有许多人把钱投在这些宝贝上，将来随着宝贝的升值，可以从中分到增值，在没有增值的时间里，这些钱将以高息存款的形式，按期付给投资者利息。胜子又是佩服到五体投地。

羽带胜子坐到茶桌前，一边为他泡功夫茶，一边随意地建议胜子把这几年的积蓄投入进来。胜子心动了。先投入积蓄，马上分到了首月的利息。看到来钱如此容易，他把刚拿到手的工程款也一下子投入进去，想等增值后，再给工人们发工资。但是到了领取第二个月工资的时候，胜子打羽的电话，不通了。来到羽的公司，大门口被男男女女围得水泄不通，他好不容易挤进去，看到公司的门上挂着粗重的U形锁，里面陈列的宝物全都不见了，大厅空空如也，地上是零乱的废纸。

老板跑路了！胜子和门外一众人一样，血汗钱都化作了一阵清风。胜子将所有值钱的东西都卖了，和几个合伙的弟兄凑齐路费，散了伙。

回到家乡，他圈起一块地，贷了款，准备开养殖场。每走一步，胜子都与对方签订书面合同。买羊时，他轻轻嗯哨一声，领头的"各类"打个冷颤，马上俯首帖耳。

胜子眯起眼，想起了爹，想起了爹传授的流传千年的不成文的契约！

（原载《活字纪》2017年）

绝 境 勇 士

_韩 光

　　当刘进勇摇摇晃晃地走上一道山梁时，竟意想不到地看见一柱无比诱人的炊烟，正从山脚下帐篷的烟囱中，直直地向上攀升着。害怕看到的是海市蜃楼，在荒无人烟的地域里走了几天几夜的刘进勇又仔细地瞧了一会儿。确认无误后，笑意像决堤的洪水般从他的嘴角泻了出来。

　　早已饿得前胸贴后背了，只要能吃到饭菜，哪怕里面还带着冰碴，哪怕煮得半生不熟，那也是美味佳肴。再出发时，身上也有劲儿得多。这样想着，刘进勇就急不可待地行动起来，炊烟的诱惑力实在太大了。

　　"几度风雨几度春秋，天涯海角找矿忙，为着现实中国梦，风餐露宿显身手……"就在刘进勇快接近帐篷时，听见从帐篷后面飘来一个年轻女子的歌声。正在他愣神时，只见一个穿着写有"地质队"字样工作服的女技术员，轻快地出现在刘进勇的眼前。

　　女技术员被眼前的"野人"吓了一跳，看到刘进勇的帽徽时才放心地笑了："又是一个兵哥哥，快进里面休息一下吧。"刘进勇跟着女技术员走进帐篷。帐篷中间生着一个火炉子，上面架着的铁锅里炖着喷香的牛肉。"又是一个勇士！欢迎欢迎！"只见一个老炊事员从隔帘后的操作间走了出来："馒头还有几分钟就出锅了！"刘进勇努力地笑笑："已经过去了九个吧？""嗯……"老炊事员想了想，然后肯定地说，"对，是九个！"这就对了，特战营共有十名选手参加特战旅的"绝境勇士"比武，每天一个，刘进勇是第十个出发的。

　　"我的样子比他们都惨吧？"前头那九个都是身经百战的老兵，只有刘进勇是上等兵，话刚出口，他的脸就红了。"他们的年龄好像都比你大，你多大？"女技术员心疼地问道。"十九岁。""才十九，那你可是我的兵弟弟呢！

我说嘛，他们虽也异常疲惫，但只是望了望帐篷就走了。"说到这，女技术员突然觉得话说得有些不妥，忙爽快地笑道，"你能跟他们比个高低，说明你的能耐不比他们差！"这时，刘进勇的脸一直红到了脖子根上。

女技术员端来一盆清水，放在刘进勇的脚边："兵弟弟你洗洗，一会儿再饱饱地吃顿热乎饭，再走就快了！"刘进勇不由自主地舔了舔干裂的嘴唇："嗯，那就吃顿饱饭再走吧！"可就在他想借坡下驴时，一个不容置疑的声音，从心底响起：你不该"擅自"闯入帐篷，如果再违规吃喝，那你连当"绝境勇士"的门儿都没有了。刘进勇的身子猛地从方凳上弹了起来，决绝地向帐篷外走去。"他，这是……"不明就里的女技术员满眼疑惑地望着老炊事员，不知所措！"他，也想跟前面的战友一样，成为名副其实的勇士！"

天已黑透了。刘进勇借着微弱的星光找准了前进的方向，迈开大步走起来。想当"绝境勇士"，需要有强大的精神做支撑。为使自己保持这么一种拼命的精神和冲劲儿，他还在心里默默地唱起自己编的歌来："勇士都是钢铁汉，千锤百炼不怕难。冰天雪地骨更硬，驰骋荒原志更坚。练精打赢好武艺，千难万险不畏难……"

当曙光再次染红东方的天边时，刘进勇看到了终点那面迎风招展的红旗和在红旗下聚集着的战友。"刘进勇！刘进勇！"在战友们惊喜的欢呼声里，身披霞光的刘进勇脚步愈加有力，他感到脚下的大地也微微地颤抖起来……

（原载《解放军报》2018年5月16日）

回不去的乡村

_冷 江

头天晚上收拾了所有行李包裹，装满了车的后备厢。第二天在最早一缕晨曦到来前，母亲就早早起床，准备上路。

临发车前，母亲一言不发，手摸着老屋斑驳的墙面，眼神里充满了无限哀愁。虽然我一再劝阻，她还是执意带上了那把她用惯了几十年的锄头。这把锄头，开垦了老屋周边十几亩菜地和庄稼地，养育了我们兄妹几个度过最艰难的成长岁月。

车子开出村口，母亲仍在回望老屋的方向，那里一排排青灰色的屋顶上正升起袅袅的炊烟，融入到苍翠的群山中，融入到碧蓝的天宇里。

到了城里，住进楼房。母亲很长一段时间都不适应。好在我们是一层，带一个十来平方米的小院子，入住前我托人从农科院买了观赏草种上，如今已绿草如茵。母亲望着这小小的院子，终于露出了一点笑容。

这天下班回家，大吃一惊！小院子的绿草全不见了，呈现在眼前的是一块块新翻的泥土，这些黝黑的泥土被从地底下翻出来，裸露在夕阳的余光中，散发出淡淡的泥土芳香。

母亲兴奋地对我们说：你们上你们的班，不用管我，有了这块地，很快我就能让它变成咱家的菜园！以后咱吃自己种的菜，省钱还没污染！

妻子皱着眉，一个劲给我递眼色。我知道她是心疼买草皮的钱白扔了！

我无奈地摇了摇头，想了半天只说了一句话，姆妈，接您来是让您享福的，别累着了！

母亲高兴地说，不累，有地种，我就踏实！

接下来几天母亲像打了鸡血，忙前跑后，成天泡在那十几平方米的小院子里。她是真把那巴掌大块地当成了故乡的庄稼地来侍弄。

不料，后来事情的发展完全超出了我的想象。为了让蔬菜苗壮成长，母亲将马桶里的粪便积起来沤肥，弄得满屋子像砸开的臭弹一样处处弥漫着极度难闻的味道。女儿不干了，当着我们的面大声斥责，妻子也在一旁帮腔。母亲陷入了空前的孤立境地。我将妻子和女儿拉到房间，关上门压着嗓子责备：你们想干啥？老人在农村劳作了一辈子，咱能不能多些理解？

妻子冷笑：得，你理解，你们过吧！当天，妻子就带女儿去岳父母家住了。

母亲像做了错事的孩子，红着眼眶小心翼翼问我：儿啊，姆妈是不是惹你媳妇生气了？

我忙赔着笑脸说，哪里哪里，您想多了，小淳马上要考试了，她妈陪她住到姥爷家，离学校近，也方便辅导！母亲没再说什么，但我能感受到她的心事重重。

母亲对种地有着一种几近宗教式的执着和敬畏。刨地、播种、育苗、施肥、浇水、锄草，桩桩件件，有板有眼决不含糊。我尽量把语气说得更婉转一些：姆妈，城里条件比不上农村，这巴掌大地，种种玩玩得了，您也别太较真了！比如施肥，回头我给您弄点化肥来，省得每天积肥沤肥。

母亲抬起头来很严厉地看着我：你这进城也不过十多年，怎么这么快就忘了咱农村规矩？庄稼一枝花，全靠粪当家！再好的化肥都没有粪好！

我欲言又止，吞吞吐吐半天，还是把想说的话给生生咽了回去。

几天后，我们楼里好几户邻居带着物业和居委会的人浩浩荡荡来敲我们家门。我开门一看，心里暗暗叫苦。果然，是为母亲种菜来的。邻居们都很激动，控诉咱们家破坏植被、私自开荒种菜；泼洒粪便、严重污染环境。是可忍孰不可忍，一致要求我们立即停止耕种，恢复生态。居委会大妈则直接给我们家扣上了破坏绿色生态文明的帽子，要求我们向全楼乃至全小区道歉。

母亲像一只受伤的母牛，显然被众人的围攻激怒了！她大声问：你们每天吃粮食不？吃菜不？我们在自己家院子里种菜，你们凭什么这么欺负人？

我是左一个道歉，右一个赔礼，最后立下军令状，三天内清除掉一切粪肥，这茬菜收割后不再耕种，众人才陆续散去。

母亲委屈得像个孩子，轻轻啜泣。我不知道怎样才能安慰母亲，但我真的很担心她。

从这天开始，母亲脸上再也看不到笑容了。很多次下班回来，我都看见她站在院子里，呆呆地望着南边的天空，一站就是好半天。我想让母亲每天出去走走，到附近的公园里转转，找人聊聊天。母亲微微摇了摇头。

很快到了这茬蔬菜最后收割的时候了，母亲脸上出现了久违的笑容。她躬下身子，抓住大白菜的下半部，轻轻一旋，连根拔起，动作干净利落，透着一股自信与从容。一棵棵大白菜，码在一起整整齐齐。母亲像检阅自己的队伍一样审视着这些大白菜。看着看着，两行清亮的泪水悄悄从她褶皱的眼眶中滑落。

母亲当天晚上很郑重地对我说：明天去把你媳妇和孩子接回来，一家人团团圆圆的才像个家！我使劲点了点头。

次日起床，餐桌上母亲做好了早点，一种不祥的预感突然袭来，我大声喊姆妈，起身找遍整个屋子，也没发现母亲。我颓然地靠着院子的栅栏，那上面还残留着几根南瓜的藤蔓，微凉的晨曦像雾一样向我漫过来。

（原载《辽河》2018年第九期）

关 关 雎 鸠

_李伶伶

烧烤店一片狼藉，汤汁菜叶盘碗酒瓶的碎片等等，散落了一地。店里的客人都走光了，酒后闹事的人也被警察带走了。卫竹的衣衫被扯坏了，手臂被烧烤签划伤了，但是她没有顾及这些，而是着手收拾眼前的凌乱。

小叶帮她收拾，一边收拾一边唠叨，哪有这样的，喝完酒不给钱，还打人，还耍流氓。卫竹没说话，哗啦哗啦地把地上的碎片扫到一起。小叶说，你为什么不让姐夫来店里帮忙？我来这里半年多了，从没见他来过一次。卫竹说，说多少次了，你要叫他先生。小叶说，先生怎么了？先生就不该来这里了？卫竹说，先生有先生的事，他不属于这里。小叶看了卫竹一眼，觉得她很奇怪。

卫竹的先生真的是位先生，在电大教古诗词。卫竹高考落榜后，家里没有能力让她复读，她不甘心，一边打工一边自学，挣到钱后又去电大学习。在古诗词课上，她第一次见到先生就被他迷住了，先生渊博的知识、儒雅的气质、磁性的声音，深深地吸引着她。后来别的课她都不爱上了，只上他的课，以致她在电大学习三年，连毕业证都没能拿到。不过她成功地引起了先生的关注，并渐渐赢得了他的心。

卫竹一直叫他先生，结婚前这么叫，结婚后仍然这么叫。因为太喜欢他，什么事都不让他做，一些该男人做的家务活也不让他做，他只负责吟诗诵词就好了，她一个人里里外外忙忙碌碌的，但是心甘情愿。累的时候，他给她吟诵一首"关关雎鸠"，她就如饮甘泉一样，觉得所有的疲劳都消失了。亲戚朋友都笑她给自己找了个祖宗，她自己不这么觉得，她觉得她的生活很幸福，和先生在一起很快乐。

卫竹原来在一家公司做销售，后来公司裁员，她因为学历不够，最先被裁下来了。之后到一家大型超市工作，因为勤劳肯干，最后做到了经理的位置。以为能一直做下去，却因为经营理念跟领导不同，被迫离开了超市。失业后的卫竹并没有气馁，她发现街边的烧烤生意很红火，也去卖烧烤。那段时间真是很累，白天要买羊肉，切羊肉，串羊肉，晚上还要卖，经常累得晚饭都吃不进去。先生看着心疼，想帮帮她。她不用，说，你身上要是沾上这些羊膻味儿，那些诗词就变味儿了。

经过一段时间的打拼，她有了些积蓄，就租了个小店，把街边的烧烤摊搬进了店里。一个人忙不过来，又雇了厨师和服务员。

在街边卖烧烤的时候，偶尔也会遇到难缠的顾客，卫竹能忍就忍，不能忍就报警。这次也一样，卫竹见顾客耍起酒疯，就打电话报了警，以后的事就交给警察处理了。

把店里收拾干净后，已经半夜了。卫竹没有回家，怕先生看见她胳膊上的伤为她担心。卫竹不是第一次睡在店里，以前关门晚的时候，也在店里睡一宿。

烧烤店上午不营业，卫竹一觉睡到中午。下午，她刚把烧烤店的门打开，呼啦一下冲进三四个人，见人就打，见东西就砸。卫竹还没明白是怎么回事呢，就被冲进来的人砍伤了。后来才知道，是头天晚上闹事的人生气卫竹报警，所以找人来报复。卫竹流了很多血，被送进了医院。醒来后，看到先生守在她身边，她心里很安慰。

先生做什么都笨手笨脚的，连杯水都倒不好。别人看着着急，但是先生不着急，尽心尽力地照顾卫竹。卫竹很感动，觉得以前没有白对他那么好。

卫竹出院后，身体还很虚弱。她惦记烧烤店，要去看看。先生说，烧烤店很好，你不用担心。卫竹坚持去看看，就去了。挺好的，厨师和服务员小叶都在。店里好像重新装修过，一点儿也看不出打斗过的样子，还增加了一丝古朴的气息。卫竹问，店里谁弄的？先生笑了一下。卫竹说，你弄的？先生又笑了一下。卫竹说，你啥时候弄的？先生说，你住院的时候。卫竹说，你不用上课吗？先生说，我辞职了。你住院后，我向学校请假，学校不给假，我一赌气就辞职了。

卫竹心里很愧疚。先生大度地说，没关系，大丈夫能屈能伸。卫竹不愿意先生在店里帮忙，可是她的身体还没有完全恢复，管理不了烧烤店，只好让先生先管着。之后，先生整天忙里忙外，她成了清闲之人，每天坐在阳台上，看蓝天白云，听和风细雨。

朋友都羡慕她，觉得她是苦尽甘来。但是她总觉得生活少了些什么，少了什么，又一时说不清。

这天,卫竹心情很好,身体也比以前好多了。她想去烧烤店看看,就打车去了。店里很热闹,正上演着一场争吵大戏,一方是醉酒的顾客,一方是曾经儒雅的先生,双方唇枪舌剑,你来我往,脏话污话不断地从双方的口腔里滚滚而出。卫竹一下子呆住了,她从没见过先生这样的一面,也不相信那个说着脏话的人是她先生。回过神来,有眼泪从卫竹眼里缓缓流出。

卫竹不知道自己是怎么离开烧烤店的,只知道以后她再也没有叫过他先生。

(原载《天池小小说》2018 年第 7 期)

落叶终须归根

_李学英

正月十五，在加拿大的巴斯大学读完商科的黄莺，正踌躇满志地跟同学们商讨着创业大计，却突然接到家乡打来的越洋电话。母亲总是嫌电话费太贵，而就在昨天，她还收到母亲的来信。带着疑惑接过电话的黄莺，骤然间感到天旋地转……

当满怀悲痛的黄莺，匆匆赶回家乡料理母亲的后事时，面对那人去楼空的老屋及家乡那落后的文明，原本带着落叶归根的感慨回来的黄莺，心里徒然升起异样的想法。

思索再三的黄莺，最后决定重新踏上那片容她就读四年的国土，那里宛如神奇的七色堇正在向她绽放，她决心要在那里奋斗出一片属于她的天地，以慰母亲在天之灵。可是，要从哪里入手呢？奔走在熙来攘往的大街上，黄莺感到一片茫然。

一日，进退跋疐中的黄莺，在恍惚间来到一家颇具中国特色的甜品店门前。骤感亲切的黄莺，惊喜地追着老板询问该店的由来，高高瘦瘦的老板耸着双肩，不无骄傲地说："还不都是为了迎合日渐多起来的华人。"

听完老板的话，黄莺带着纷乱的思绪，默默地点了一份汤圆，小心地哈着热气，细细地品尝着，往事便在瞬间蹿跳而出……

"莺儿，今年的汤圆你想要吃什么馅的？妈妈给你做。"

"今年我要来个全味汤圆！"黄莺嘟嚷着小嘴故意对母亲撒着娇道。

"你啊！就是能折腾人。行！今年就给你来个全味汤圆，麻烦就麻烦点呗，只怕你出了国，以后想吃还没的吃哩。"母亲笑呵呵地一边和着面准备着，一边兀自絮絮叨叨着，"这是芝麻馅，这是红豆馅，这是火腿馅，这是枣泥馅，还有核桃馅，对了，我的莺儿最喜欢吃枣泥味的，这个得多搓几个，最好能让她过几天出国时一起带过去……"

老板见黄莺吃着吃着竟落下泪来，慌忙凑近询问道："请问这位小姐，我们这儿的汤圆有什么问题吗？"

黄莺揩了一下眼角，问道："你们店里除了这种水果馅的汤圆，还有没有其他味道的？"

老板眨着他那双显得有点狡黠的蓝色眼睛，带着奇怪的口吻，打着哈哈反问道："难道汤圆还会有其他的味道？"

黄莺忽然灵机一动，起身谢过老板，匆匆地离开了。

一个月后，在异国的华人街，一家名为"全味甜品屋"开张了，在这里，只要是你能想得出的，都能在这里找专人定做：要么亲手试做；要么让服务员照自己说的去做。所有来到这儿的客人，都能吃到自己想吃的那一款甜品，无不感到心满意足。不出三年，全味甜品屋便座无虚席，可谓是日进斗金，在华人街引起一阵不小的轰动，还惊动了当地的华人频道，专门为其做了一期专访。正当大家翘首以待地等着，这位显得特别精明的女子大谈创业经时，一向稳重、落落大方的她竟意外地嘤嘤地哭了起来，她哽咽着说："小时候，我家里生活很困难，父亲在我读中学时在工地突然猝死，母亲为了不让我中途辍学，便早出晚归地卖甜品供我读书，后来我拿到了出国留学的全额奖学金，本来我想，只要努力地读书，等赚到钱后便接母亲一起过来享福，不急的，母亲还显得那样地年轻，时间不还有的是吗？可是，可是……"黄莺泪流满面地失常吼道，"子欲孝而母不在啊！"

黄莺的母亲在她大学毕业的那一年，在卖甜品的晚归途中，不幸遇车祸当场身亡，而当天，刚好是正月十五。

十年后，当老家的人几乎都快忘了，这乡里曾出过黄莺这么一个女娃时，她却回国归乡来了，带着她在海外挣下的钱，引进大量先进的医疗器材，将其悉数捐给了当地一家医院，同时以母亲的名字命名，建了一所希望小学，并正式接受当地教育局的聘请，荣任校长。在余暇时，她还招集起当地的无业妇女等，带头教她们做各式各样的甜品，鼓励她们自己创业。

黄莺的事迹成了当地老百姓们口中的"好娃子范例"。只是，国外有那么多好的条件，为何黄莺却偏偏选择了回归这块贫瘠的土地？当人们好奇地问及时，她总是温柔地抚摸着母亲留给她的最后一封信，带着满腔的柔情，微笑着回道："落叶终须归根。"

（原载《星河》第4期，2018年7月20日）

魏 紫 姚 黄

_梁　爽

魏紫和姚黄是清水镇上最美的两个姑娘。

魏紫纤细高挑，喜欢穿白衫或白裙，生得出水芙蓉一般清丽可人。姚黄圆润丰满，总是顶着一头金灿灿的乱发，有时还会挑染出几绺白色——身上的打扮如同她的日子，活色生香，热烈蓬勃。

魏紫在学习上一路凯歌高奏，如今已是名牌大学的大四生，刚被学校推荐保送研究生。姚黄初中毕业后没再读书，在小镇上的饭店、网吧、迪厅跳换着工作。

这样两个差别很大的女孩，却是最好的朋友。

国庆节那天，魏紫踩着青石板路上细碎的阳光，满大街地找姚黄。这次放假回家，魏紫没有提前告诉姚黄，想给她个惊喜。小镇的街头比魏紫想象中还要忙碌，临街的房子被刷成了五颜六色，大段的院墙也被喷上各种抽象画，长满银杏树的金色小镇变成了艳丽的油画。

魏紫在摄影店门口看见姚黄时吓了一跳。姚黄涂着乌黑的眼圈乌黑的嘴唇，头发像是被炸弹突然引爆，女巫一般。姚黄看见魏紫，一声尖叫，抱了上去。魏紫说，你这是中了蛊吗？姚黄咯咯地笑，还省城人呢，这叫前卫，镇上新来的造型师为我设计的。我们的小镇也有造型师？姚黄嗔怪地眨眨眼，别这么大惊小怪，我们的小镇被艺术家们相中了，造型师的好友就是位诗人，你见了保准会心动，不对不对，你不能心动，你有当学生会主席的白马王子……

整个下午，魏紫和姚黄都在镇东的银杏林度过。她们捡银杏叶，她们坐在树下说话，她们搂在一起用手机拍照。姚黄没有像从前一样讲那些给她买漂亮衣服、带她蹦迪、为她打架的男生，说不到两句话就会绕到造型师身上。魏紫说，姚黄，你爱上他了！姚黄的大眼睛里闪过一丝忧伤，他们搞艺术的人，真的和普通人不一样。魏紫说，如果不能爱，就别让这份感情开始。姚黄笑了，傻丫头，你以为感情是你学的数理化啊，开不开始由不得你的。

这就是魏紫喜欢姚黄的地方，尽管姚黄书读得不多，但对生活却常常有着更深刻的理解。姚黄说，魏紫你看，我在这个薄情的世界里就是这么深情地活着。

黄昏的时候，造型师也来到银杏林，和诗人一起。湛蓝色牛仔裤，白色亚麻长衫，及肩长发，瘦削的脸庞，诗人比魏紫想象中的还要诗意。初见魏紫，诗人伸出手，你好，仙子！魏紫的脸红了。诗人说，这么美的女孩，一定是银杏仙子，口气轻松自然。姚黄黏着造型师给她讲化妆，诗人带着魏紫走向了树林深处。

这个假期对于魏紫和姚黄来说，不同于以往所有的假期。魏紫言必称诗歌，说的时候会双颊飘出红晕，会眸子放出亮光。姚黄的脸变成了调色板，每天色彩纷呈。

假期的最后一天晚上，姚黄在巷口买了盐水鸭、煮干丝、茴香豆和一罐黄酒，又把饭桌搬进了自己的小卧室。魏紫说，我就爱闻你这屋里的花露水味儿，跟小时候一样。姚黄说，我们要是真能回到小时候就好了。两人轻轻地碰了下酒盅，各自呷口酒。魏紫把茴香豆一颗一颗地往嘴里丢，姚黄翘起手指撕扯着鸭翅膀。两人各怀心事，谁也不说话。还是姚黄先打破了沉默，紫我知道你心里在想什么，你有优秀的男友，大好的前程，千万不能胡闹。魏紫不开腔，把一盅黄酒倒进了肚。

晚上，魏紫和姚黄并排躺在雕花木床上，帷幔上贴着时下正红的韩国明星的海报。魏紫说，你还记得吗，小时候这个位置贴的画是条黄色的小鱼，我们总用脚去蹬，后来小鱼成了灰色。姚黄的眼窝红了，说紫你这几天变得细腻了。

半夜里，姚黄醒来时，身边果然是空的。打开窗，隐约看见石板路上两个走远的白色身影。姚黄想喊，终是没有喊出来，只是轻轻地叹息一声。关拢窗，"吱呀"一声，把这叹息也关进了屋里。

（原载《海燕》2018年第6期）

排长相亲

_吕政保

再过三个小时，将有一名漂亮的女大学生来我边防连"参观"。当然相关人士都知道，这是一个"此地无银三百两"的美丽谎言，女大学生是和我们排长相亲来了。

事情是这样的，排长有一位从军事院校毕业的杨姓战友在分区机关任新闻干事，战友杨的爱情早已开花结果，儿子都会缠着嚷着要"爸爸抱"了。战友杨看着排长依然形影相吊，一人吃饱全家不饿，便执意要为老同学办件贴心事，给他找个温柔可爱的主儿。排长一心做着作家梦，文章写得大有"运筹帷幄之中，决胜千里之外"的态势，可谈恋爱却一点儿策略也没有，闷葫芦一个。谁都知道边防站争取一次恋爱机会很金贵，可看排长那笨憨的样子，好像真相信自己"留得青山在，不愁没柴烧"，还在挑肥拣瘦！战友杨利用外出采访的机会，先后给排长物色了几个姑娘，策划了几次约会，气人的是每次见面没几个回合排长就退避三舍，弄得姑娘们莫名其妙，以为他有什么毛病。

战友杨知道老排长是个完美主义者，对于爱情属宁缺毋滥型。他不死心，决意要给老同学相一门好亲。

姑娘刚大学毕业，是战友杨老婆单位新招的员工，外貌、性格等方面都挺适合排长的。战友杨便央老婆从中说合，还把排长的大概情况告诉了女孩。女孩提出到站上看看人，但不希望是传统那种相亲，而是先以"参观"的名义到边防站看一看。

连队领导也非常重视这次特别的"参观"，叫值班员把战士集合起来，对大家宣布了一项任务——

课目：打扫营院卫生

目的：迎接姑娘参观

要求：卫生标准一流

连长还没说完，战士们就乐开了，为迎接一个上站参观的姑娘搞得如此隆重，那姑娘莫不是什么大明星不成？

连指导员认为自己的部属在该恋爱的季节没恋爱，该结婚的时候没结婚，一定程度上也是自己失职，因此他要紧紧抓住这次机会。他便把排长叫到自己的办公室，私底下传经送宝。指导员还语重心长地提醒排长："眼光不要太高，边防站就这条件，姑娘敢爱不敢嫁。我们呢，只要姑娘心眼儿好就行，居家过日子嘛。"连长也再三叮嘱，说恋爱这玩意儿，要在"战略上藐视敌人，战术上重视敌人，要像抢占制高点一样敢打敢拼"。

二排长以前当过文书，笔杆子一直很硬朗。只见他找来笔墨纸张，立马写下一副对联："姑娘树新风亲自上站觅知音，排长有福气固守岗位赢芳心。"横批是："水到渠成。"

司务长和通信员把恋爱场所也布置好了，瓜子水果糖，桌子板凳茶，还特意摆了几盆绸质玫瑰花。司务长走过来拍拍排长的肩膀，说："老兄，你就把她当作你小说里的绝代佳人去追，哪还有不成的？不过第一次见面，话不要太多，话太多女孩子会以为你没内涵少品位；当然也不能太少，话太少人家又说你没风度少从容。"

"那么多少才算既不多又不少呢？"通信员笑着问司务长。

这问题还真是能难住人，司务长白了通信员一眼，说："去去去，哪儿好玩哪儿玩去，一个新兵蛋子搭哪门子话茬儿。"

排长听谁说话都回应为感激地点点头，好像把每一位战友的金玉良言都听在耳里记在心上。

车准时驶进营院，全连官兵像要赢得某种谈判，热情大方地把姑娘迎到临时客厅，起初由两位主官亲自作陪，给排长压阵，喝茶寒暄，当然双方都没有忘记巧妙地打听一些对方的情况，约莫过了半个小时，双方的陪同人员都觉得把"景点"解说完了，就借机抽身退场，留下排长和姑娘"个别酝酿"。

这回，排长和姑娘还真恋上了。姑娘相中了排长，这从她的表情就看出来了。排长这回也找到了感觉呢，看他那满面春风的样子，与以前真是判若两人。

后来，有人向排长打听，问姑娘到底是靠什么俘获了他的心。

排长说："第一次聊天，我问她怎么愿意找边防军人。她说，边防军人离城市最远，离良心最近。就这么一句，我就成了她的俘虏。"

（原载《人民陆军》2018年3月28日）

暖 冬

_梅凤艳

　　这是个寒风凛冽的夜晚。我穿着单薄的外套，在马路边上蹲着，瑟瑟发抖，看着马路上呼啸而过的汽车，还有熙熙攘攘的行人。

　　离开贵州老家时，我雄心万丈，对父母说我一定要到大城市，闯出个人样来。我一定赚很多很多钱，给父亲治病。

　　生病的父亲躺在床上，苍白的脸上露出一丝笑意。他的眼神里满是期望。我知道，他相信他的儿子，一定能说到做到。

　　母亲往我怀里塞了一摞大饼，就背过身去偷偷抹着眼泪。我从来都没有离开过家门，母亲是舍不得我啊。可我是个男子汉，中学毕业了，不出去找活干怎么办？家里穷得叮当响，父亲的病更是把家里的积蓄都倒腾光了。

　　我咬咬牙，硬硬心肠告别了双亲，上了路。

　　我坐火车来到一个大城市，身上的一点零钱买买火车票就所剩无几。我四处去看招工信息，一家家店铺去询问要不要用人，得到的答复大多都是摇头。还有的要求有一年以上工作经验。人家一看我就是稚气未干的学生，被拒绝也是难免的事。

　　母亲给我烙的饼都给我消灭干净了。身无分文，饥肠辘辘的我蹲在街头，看着车水马龙的街道，嘴唇都咬出了血。血咽下去，咸咸的。

　　我痛苦地站起身，摇摇晃晃，沿着一条河漫无目的地走着。我怨恨自己的无能。我想往河里一跳结束生命，但想起离家前父亲那满是期待的眼神，我收回了伸出的脚。

　　附近有一家小超市，偶尔有人拎着购物袋出来。我犹豫着，最终还是禁不住诱惑，往超市里走去。收银台那里有个瘦瘦的中年男人正在看着电视。他抬起头看看走进去的我，又看他的电视了。

我在一排排货架之间穿梭着。我停住脚步，假装在日用品货架上挑选着文具用品，心却早已经飞到了相邻的食品架上了。那上面有饼干，有面包，有一切能让我填饱肚子的东西。可是，我不能拿。从小到大，我虽然家里穷，却没有偷拿过别人的任何东西。父母也一直教育我，做人要有尊严。可是，肚子咕噜咕噜一阵响，我的手忍不住伸向了面包。

我两指攥住面包，又放下了。中年男人还是没注意，还在看他的电视剧。

肚子又不争气地叫了起来。我不管三七二十一，拿起一块面包，撕开包装袋一角，就把面包往嘴里塞，直到嘴巴里鼓鼓囊囊塞不下为止。

半块面包下肚，我肚子好过多了，浑身有说不出的舒服。我蹲下身，正想把拆了包装袋的半块面包找个角落藏起来，一个妇女尖叫了起来：快，有小偷！他在偷面包！

天哪，那个女职员什么时候靠近的，我怎么不知道？面包太美味了，我吃得太专注了，竟没有发现她从里间出来！

我惊慌失措地站起身，撒腿想跑，却被赶过来的中年男人死死按住了。

经理，怎么办？女职员问中年男人。

赶紧报警！中年男人说。

那中年男人原来是超市的经理！这下子，我彻底完蛋了。为了半块面包，毁了我一世英名。我难以想象父母接到警察电话时会有怎样的反应。

我神情沮丧地抱着头，蹲在地上不吭声。

那经理蹲下身问我怎么回事。我把事情原原本本地说给他听。

经理听了，脸上的表情缓和了。他把我从地上拉起来，按在凳子上坐下，从货架上拿过面包，又给我倒了杯水说，吃吧，谁没有难的时候呢？想当初，我从老家出来，也是四处碰壁，忍饥挨饿！要不是有人帮我，我也不可能有今天！

几名警察走进来问，小偷呢？谁是小偷？

我和经理正笑嘻嘻地一家人一样坐在一起喝茶聊天，警察完全不知道谁是小偷。

经理赔着笑脸说，刚刚交接班的服务员弄错了，这是我们新来的员工，正在盘点货物。经理侧过身朝女职员眨了眨眼睛。

怎么能胡乱报警呢？不知道我们工作很忙吗？警察火气很大，把经理和女职员狠狠地训斥了一通。

经理连说对不起，恭敬地把警察送出了门。

就这样，我成了这家超市的新员工。我对经理的感激之情，犹如滔滔江水，说也说不尽。

我给家里寄了工资,让父亲抓紧治病。电话里,母亲问城里冷不?我笑着说,不冷,城里的冬天,暖和着呢!

(原载《吴江日报》2018 年 1 月 15 日)

柳先生的正骨膏

_青霉素

邾镇东大街新开张的药铺叫汉春堂，坐堂的先生姓柳，人称柳先生，从东北躲战乱来到邾镇。柳先生擅长骨科，跌打损伤、脱臼骨折手到病除。据说，他熬制的外敷膏药叫正骨膏更是神奇，无论多严重的骨折，经柳先生手法复位后，贴上正骨膏再用竹片固定，少则十日多则一月，断骨愈好如初。外人说伤筋动骨一百天，这话在柳先生这里就成了无稽之谈，柳先生治骨病不需一百天。

日本人攻打邾镇的那天，一颗炮弹落在颜老爷的家里，三间大堂屋成了废墟，颜老爷正在前厅伺候他的花树，震得昏了过去。半日后醒过来，他看到养在莲花缸里的那株花树，如小臂粗的树干被炸断仅连接着一部分树皮，颜老爷两眼一黑又昏过去。那株树是儿子从国外留学带回来的，儿子的喜好，颜老爷视为珍宝，儿子和他的部队在台儿庄和日本人决战时，壮烈殉国，老人把儿子的一捧骨灰埋在树根下，更是视树为生命。

现在儿子的树被日本人毁了，颜老爷像被挖了心一样。他失魂落魄地在院子的残垣断壁间转圈，不知如何是好。许久，他一下子想起柳先生，救人的命和救树的命都是救命，也是心急乱求医，柳先生成了他救命的稻草，一路跌跌撞撞来到柳先生的药铺，全不顾大街上枪弹横飞，见到柳先生颜老爷扑通一声就跪下了。

柳先生来到花树前，小心地扶起来，把断茬对齐捏实贴上正骨膏，周匝固定木棍。三日后，树叶竟振作起来，十日后，树叶重新泛绿，一月后，树干断处长好了。

颜老爷一脸泪痕，紧抓着柳先生的手说：“你救了我儿子也救了我啊！”

邾镇沦陷后，病人挤满了柳先生的药铺，断胳膊断腿的病人很多。这天，柳先生在药铺里配药，心里默念着药方，川续断十钱，右手去药匣抓药，放进左手的戥子里一称,正好。继续一味味抓药,骨碎补十钱,藏红花十钱,岷当归十钱……

汉春堂的大门咣当一声开了,听声音不是手推开的是脚踢开的,一群日本兵涌进来,后边还抬着一个嗷嗷乱叫的军官,候诊的病人吓得四处躲藏。

翻译官提着手枪走近柳先生,说:"听说你医术高明,请你为少佐先生治伤,伤愈后重赏。"说着指指乱叫的日本人,"少佐先生率兵进山剿匪,被八路的地雷炸伤,两条腿骨头断了。"

柳先生一怔,然后缓步上前,看看担架上那张被疼痛扭曲的脸,认识。郏镇沦陷后,这个日本人牵着一条凶犬,在大街上咬死咬伤人不计其数。

柳先生指点把病人放到诊床上,然后双手在断腿上拿捏,病人忽然疼得又叫起来,日本兵哗哗地拉枪栓,黑洞洞的枪口一起对着柳先生,柳先生好像没看见,继续接骨,修正碎骨后外敷正骨膏再竹片固定。一条腿整好换另一条腿,有条不紊。

"好了,隔日过来换膏药。"柳先生说着直起身去洗手,不再说话。翻译官放下大把银圆,日本兵抬着那个日本少佐走了。

隔日,翻译官抬着那个日本少佐来换膏药,又放下大把银圆。

又隔日,那个日本少佐被抬过来换膏药,翻译官又放下大把银圆。

这些日子,柳先生的药铺里来治病的人越来越少,以致门可罗雀。

半月后,日本少佐是拄着拐杖来的,两个日本兵扶着,见了柳先生露出一脸笑,不住地说:"你的,良民大大的!"柳先生也笑,只是不多说话。日本少佐换完药走了,当然还留下许多银圆。

柳先生听到大门口哗啦一声响,出门看,是颜老爷把他的莲花缸摔碎在柳先生的门口,还把莲花缸里的花树嘎吱一下当腰折断,丢在地上扬长而去,街上好多围观的人,也转身散去。

一个月后,日本少佐自己走着来的,翻译官跟在后面抱着一坛子酒。柳先生和日本少佐已成了熟人,最后一次换完药开始喝酒,喝酒的时候,推杯换盏很是热闹,一坛酒喝光还没尽兴,柳先生提议翻译官再去拿一坛酒来。

翻译官抱着酒坛子回来时,日本少佐躺在地上已经死了,直挺挺的,面目狰狞,胸口插着一把刀,深入刀柄,污血满地。

柳先生在院里正给颜老爷的那棵花树换药,莲花缸换了新的,缸里的花树折断处周匝固定着木棍,花树枝青叶绿一派盎然。

刑场上,翻译官问柳先生:"你当初为什么给少佐先生医伤?"

"我是医病的先生,不能坏了先生的名声。"柳先生说。

"那你干吗又杀死他?"翻译官又问。

"我是中国人,不能坏了中国人的名声!"柳先生冷冷一笑说。

(原载《小说月刊》2018年第4期)

请不要这样叫我

_青霉素

屋子里只有一个可坐可卧的沙发，显得空空荡荡。

柳子明在屋子里走了一圈，心里想着墙上某个地方应该有一扇隐蔽的门，像他办公室里的那扇门一样，推门进去就是另一番天地，此时，找到门推开一定就是刚才正讲话的大会议室。

柳子明没有找到那扇隐蔽的门，他抬起头看着屋顶的灯和四角的摄像头，像犀利的眼睛盯着他。忽地，感到有刺扎在身上，他禁不住抖起来，很冷的样子。

柳子明感觉时空有些错乱，耳边似乎还是如潮的掌声。秘书往他的杯子续上水，他喝了一口，有一枚漂着的茶叶喝进嘴里，茶是好茶，但含在嘴里总不行，他想吐到地上，嘴唇动了动还是吐到自己的杯子里。

他继续演讲，讲得声情并茂，把廉政的重要性腐败的根源和后果，深入浅出分析得清晰明了。掌声又一次在大会议室里荡漾，秘书在他耳边说的什么，柳子明没听清，他正陶醉在自己的演讲中，不经意一回头，看到主席台一侧几个人正注视着他。

有人走进屋子，给他宣布"双规"纪律，让他好好反思，希望他有立功的表现。之后，又进来两个人，问，想好要说什么了吗？

我不知道要说什么。柳子明心里这样想的，嘴唇一动差点说出来，牙齿紧紧咬住那句话的尾巴。说什么呀？有什么好说的？他不知道，组织上掌握了他多少问题，不了解对手的底细，沉默是最好的应对措施，柳子明想。

第一天，第二天，第三天……

每次都进来两个人，柳子明坐在或躺在沙发上，除了吃饭喝水，他的嘴一直紧闭。嘴闭着大脑没闲着，柳子明想了很多，他老是想起以前的事情，以前是指他没走上仕途以前。他不知道人一静下来，或者说被逼着静下来，是不是都会去想久远的事。

柳子明想起小时候的村庄，儿时的玩伴，村边那条小河，河里优哉游哉的小鱼，自己躺在河边草地上跷着腿，看天上那些无拘无束的云彩。

柳子明还想起父亲送他进学校的时候，他在老师面前吓得不敢抬头。作为学生，柳子明是优秀的，小学中学大学，到后来做老师后来做教导主任，一直认认真真兢兢业业。

柳子明再一次看看空荡的屋子，看看摄像头，他知道为什么老是想以前的事情了，以前的日子有村庄有伙伴有河水有小鱼有草地有云彩，就是没有夜深人静时惊醒的噩梦。

是什么时候有的第一次，柳子明不想去想，却有一条蛇使劲地往他脑子里钻，钻得他有一种撕裂样的疼。那年他从学校提到教育局分管校舍改造，父亲也是那年查出得了重病，昂贵的医药费让他一筹莫展。表弟来了，还领来一个人。表弟说，哥，给舅舅治病要紧，那人也说，哥，叔叔的病要紧，说着递上一个信封，柳子明也想，父亲的病要紧，下不为例。

职务越升越高，有了第一次，有了第二次，有了第三次……

门一响，又有人进来，柳子明躺在沙发上，佯睡，眼角瞄到还是两个人，其中一个人走到沙发前静静地看他。

老师，这个沙发软和吗？当年，您教导处的那个沙发我可没少坐，记得很软和的。站在沙发前的人说。

柳子明猛地睁开眼睛，坐起来。

这是我们调查组组长杨青同志，另一个人介绍说。

杨青？杨青！一个调皮爱打架的中学生的影子，在柳子明的记忆里渐渐清晰起来。

不好好学习就让你去教导处坐沙发！这是柳子明经常警告杨青和那些不听话学生的口头语。

那是一届学生的毕业典礼，柳子明讲完话回他的教导处，杨青正坐在沙发上，看墙上的一排照片。照片是本校往届的一些毕业生，如今在社会上各个领域取得不俗的成绩，他们是学校的骄傲，也是柳子明训导不听话学生的标尺。

坐在沙发上的杨青是这里的常客，经常被柳子明叫到这里训导。

杨青，你在干什么？柳子明问。

毕业了，以后就坐不上这软和的沙发了。杨青说。

怎么？你还坐沙发上瘾了？柳子明问。

我来是想告诉您，请老师放心，我以后一定做一个正直有用的人！杨青说着一指墙上，我以后也要把照片放到这里。

好，到时候我把你的照片放到第一位！柳子明高兴地答应着。

柳子明想到这里，一条蛇又往他脑子里钻，又一阵撕裂样的疼，因为他又想起，一次去学校视察，在教导处的墙上，他的照片正放在第一位。

坐在沙发上的柳子明把身体极力地缩起来，他感到身上的衣服一件件消失，自己正赤身裸体地站着，他赶紧地把身体窝进那个沙发里，下意识缩紧身子，一阵阵乏力晕眩。

老师，您喝点水吧。杨青说着递过一杯水。

柳子明接过水，双手捂着杯子。许久，他低着头说，请不要叫我老师。又许久，他抬起头，说，请给我纸和笔。

（原载《焦作文学》2018年第3期）

芳 华

_孙 丹

那晚，文琴姐看着《芳华》，掩面哭了。

"难得请妈看回电影，非要把妈整哭。"回家路上，文琴姐低声嗔怪女儿。女儿咯咯咯地笑不停，她哪能领会从不轻易哭的母亲，也有过自己曾经的芳华。

1982年的夏天异常炎热，文琴姐心却格外冰凉，第二次高考又落榜，她把自己闷在家里。老实巴交的父亲翻出一只折得方方、洗得干净、淡绿帆布上绣着花白补丁的邮包，递给文琴姐。"人民邮电"四个黑字清晰可见。

"闺女，这是你爷爷留给我的，你还是接着干这呗。"

于是19岁的文琴姐顶替父亲进了县邮电局。爷爷和父亲都是乡邮员，一辈子骑着自行车穿行在一个小山沟里为乡亲们送信送包裹。一年冬天，爷爷为救落水少年献出了生命。18岁的父亲接过爷爷的班，一接就是40年。

当时邮电还没分家，邮电局员工捧的可是一只铁饭碗，穿一身邮电绿是无数年轻人梦寐以求的。尤其是话务员更是香饽饽，在没有程控电话和手机的20世纪80年代，每一个电话都是通过话务员手接和口述传播到四面八方。因此员工都希望捧上这只金饭碗。而邮政继承了"函包汇兑"传统业务，种类繁杂要求高，特别是一些农村支局所，一个营业员撑起整个邮电所，加上来办事的人多，常常忙得饭都来不及吃。

实习结束，文琴姐主动请缨去了偏僻的村邮电所，"那里留下了我爷、我爸的脚印，咱家感情深"。她把本很有希望留在县局话务员的岗位让给了一起进单位的秋香。秋香的父亲独居县城，卧病多年，需要照料。

那天天蒙蒙亮，文琴姐骑了一个多小时的自行车早早来到所里，拖地，擦窗，摆桌，忙得不亦乐乎。一身崭新的墨绿色营业装在山村缭绕的晨雾中显得分外靓丽。

从清晨开门迎接第一位村民，到黄昏欢送最后一位顾客，文琴姐始终微笑，说话和声细语，她明白笑就算不能立马解决问题，至少不会增加别人的烦恼。

寄信、贴邮票、发电报、汇款、收包裹、订报纸，文琴姐一天就在忙碌中度过。看着一位位村民满意地离开，文琴姐心里比蜜甜。

开门，营业，结业，盘账。日复一日，年复一年，文琴姐打得一手好算盘，还练就了一分钟点500张纸钞的绝活。文琴姐的美好年华缓缓流淌在山村宁静岁月中。

文琴姐把心留在了山村，也把自己留在了山村，她嫁人了，嫁的是当地村里转业军人，这样她才能安心为村民服务。

"不愧是老胡家的孩子！"村民们提起文琴姐就竖大拇指。

日子像从指尖慢慢漏出的细沙，不经意间悄然滑落。转眼到了1998年，春天里邮电正式分营。当时文琴姐30多岁了，已经在县城的邮电所做了主任。丈夫因为工作需要调到了县城某机关。

电信业务虽然早没了话务员，但仍吃香，家里想装部座机，都要提前大半年登记排队，有些实在等不及了，偷偷塞条烟。相比之下，邮政随着传统业务没落，新业务刚起步，前景未卜。是人都挤破脑袋想留在新成立的电信局。

文琴姐犹豫了，那天父亲进城，丢了一句话在柜台：咱老胡家三代的命在邮政。

文琴姐留在了邮政。

时代的发展，邮政一些业务如寄信、邮票逐渐被淘汰，新业务却层出不穷。文琴姐不服老，从头开始，熟练掌握电脑操作，打字依然如当年点钞那般快。每年的储蓄、分销、贺卡、报刊等繁重任务，文琴姐都带领营业所的姐妹们迎难而上。

时间就像一张网，撒在哪里，收获就在哪里。文琴姐把所有时间都撒在发展业务。太忙，休息也就成了奢侈。因为抽不出时间照顾家庭，加上在县政府部门当一把手的丈夫出轨，她离了婚。

离了婚的文琴姐又经历了邮政内部几次改革，因为业绩突出，局里想调文琴姐到市场部任职。文琴姐却婉拒了好意："我还是习惯在一线，我和我的姐妹们有感情，我还可以带带她们。"

这一带又是十多年，过了年，开了春，55岁的文琴姐要退休了。

"从来不需要想起，也从来不会忘记。"

攥着省公司刚颁发的工作35年荣誉证书，文琴姐想起电影里的台词，泪如泉涌。

（原载《南方法治报》2018年8月24日）

布 局

_田双伶

像江海这样的，在校园里读书十几年，博士毕业留校做了文学院的讲师，面带三分学生气，谈吐七分书生气，加上清秀俊朗的气质，又是教古典文学的，熟读诗书，师院才俊，却孤单冷清，连个女朋友都没有。女生总是望着他的背影感叹，青青子衿，悠悠我心。江老师若是穿了青衣长衫，岂不比徐志摩还"摩"么？

不少女生给江海买美食送小礼物，都被他漠然谢绝。他在心里拒绝师生恋。何况也不喜欢女孩子太聪明。中文系的女生情感细胞超敏感，一个个眉眼闪亮八面玲珑，藏着的小心眼一嘟噜一串儿跟水晶葡萄似的。经常请教个问题，或是故意犯个错儿。若得周郎顾，时时误拂弦嘛。江海能猜透她们的小心思。

江海经常听男学生给他讲种种追女生的招数。男生接近女生的最佳战略是想法子教她点什么，赢得女生崇拜从而产生爱意，比如在滑冰场教"燕式双飞"，或在夜晚的草地上用英文朗诵十四行……中文系的女生吧，但凡有点才情的，都清高得很，别看在你眼前长发飘飘裙袂飞扬的，天鹅一样难追。一个个都是琼瑶笔下的女子，能描摹出一百种云的姿态，就是洗不好衣服、刷不好碗，按说不招人待见的。外系的男生偏偏喜欢追中文系的女生。这样下来，中文系那些容貌不是很出众，做什么都笨笨的女生，反而身边不乏男友呵护照顾。

还是老话说得好，女子无才便是德呀。

江海很不屑于他们的招数，太没创意了。可是没办法，他足球踢得好，网球打得棒，打桥牌下围棋哪个能比得过他？这又怎样。文学院经常有浪漫的故事发生，按说找女朋友是不难的。即便不难，总不能宝哥哥一样，见了女生就问：这位妹妹读的是什么书，吃的是什么药啊？

没课的时候，江海总是携一本《围棋天地》，坐在湖边海棠树下的靠椅上，看天看湖看棋谱。那天带了棋盒出来准备找人对弈，却忘了带水杯，起身买饮料回来的时候，一位女子坐在那里翻他的《围棋天地》。

会下围棋吗？江海问。

会点儿吧。女生点点头。

江海从那语气里听出几分勉强。会下五子棋吧？我们下一盘，反正闲着。

一黑，一白，摆子连线。一盘棋太快，怎么让子也是几步就赢了。收子的间隙，江海和她闲聊。女生文静秀美，说叫冯秋子，是文学院的在读博士生。江海心里暗笑，读博的天天都是看书，那点灵气都被考试和论文淹没了，毫无情趣可言，会下个五子棋就不错了。

一时，江海好为人师的感觉就上来了，说，五子棋太简单了，我还是教你围棋入门吧。

从金边银角草肚皮开始，什么是星位，什么是小目，江海说，围棋这东西，易学难精，慢慢学吧。

冯秋子真的就拜师学艺了。

过了一段时间，冯秋子已经入门了，江海就教她怎么布局，先于角边起势，什么是星小目开局，什么是中国流开局，什么"三连星""二连星"，三三开局，转而讲怎么注重外势，讲韩国李世石的战斗法，又讲日本本因坊高川秀阁的"流水不争先"，讲大竹英雄的"求道派"……

讲得入迷，一看，冯秋子瞪着大眼睛，双手托腮，一脸崇拜状地望着他，简直呆了。

闲的时候，两人互相约着摆盘对弈，无论江海让几个子，冯秋子仍输。输了就要请江海吃饭。去的是师院后门的美食一条街，都是女生爱吃的，什么过桥米线、桂林米粉、月亮馍……江海当然也乐得去。渐渐地，和冯秋子无论摆棋手谈还是喝茶聊天都很惬意，渐渐地，江海请的就多了，喝咖啡的时候都忘不了给冯秋子灌输棋道。潜移默化言传身教，身为大学讲师的江海是懂得的。三个月下来，冯秋子棋艺大增。太有成就感了！

周末雨天，江海看书后百无聊赖，打电话给冯秋子，要不，我们下一盘？

好啊。冯秋子爽答。

在江海的小公寓里，两人正襟危坐，纹枰论道。初始江海连攻带吃，随着棋盘上棋子渐多，局势渐渐变化无常，江海的面容霎时阴晴变幻起来，棋局终了，惨烈大败。他不禁惊诧万分：弃子争先，你这招好厉害——我可还没教啊！

冯秋子低眉浅笑轻声说："我上中学时是特招生。围——棋——特——招。"

江海一时汗如雨下。

就在那一天，冯秋子成为了江海的女友，直至后来订了婚。

而江海，从此再也不和她下围棋，连五子棋都不肯下。

（原载《新青年》2017年第6期）

婚　礼

_田双伶

凌晨三点他就醒了。

梅依这会儿也该起床了吧。梅依的新娘妆一定是淡淡的，一如平常的素雅。她说过不喜欢浓妆，妆后完全不是自己了。绰约多姿的梅依，穿上梦幻般的白色婚纱，会让婚礼上的宾朋惊为天人。

他合目想了一会儿，开始起身洗漱。刮胡子，洗脸，刷牙。从衣柜里取出那身西服，还有蓝灰色暗花纹的领带。这是梅依去香港的时候给他买的，说等到婚礼那天穿。他对着镜子露出微笑。怎么笑得这么牵强，跟受了多大委屈似的，梅依看见了一定会娇嗔地拧他脸，怪他鼻翼两侧的纹路太深了。

他对着镜子，认真地，把嘴角咧得恰到好处。

得吃点儿东西。中午的婚宴可能吃不了什么。他打开冰箱找酱牛肉，却翻出了三个蛋黄狮子头，是前天晚上和人喝酒后打包拿回来的。那天电视台的同事说一个亲戚要结婚，让他帮忙去摄像——专业人士嘛。新郎是广告部的大客户，商界的电器大王，新娘是市艺术学校的舞蹈老师。那会儿他一个酒嗝儿冲上头顶，脑袋暴涨，晕乎乎地就应允了。可是这阵子，他忙得很啊。

天色已亮，该出发了。车已在楼下等他。迎亲车队会合在一起，浩浩荡荡地行驶在大街上。梅依的家在郊区，以前骑自行车送她回家，往返很累，后来就打车，来回都要四五十块钱。梅依嘟哝着说，我们什么时候也能买辆车啊？我们什么时候能在市里买套房子啊？想到这儿，他心里一阵酸楚，可听到迎亲车上播放的歌曲"明天我要嫁给你了，明天我要嫁给你了……"，很快就释然了。

太阳很好。今天真是个好日子。车队行驶在花园大道上，路旁缓缓而过的是东方文化街，国贸中心，街旁的一家家门店，都是他和梅依走了千百遍的地方,陪她逛街买衣服,和她坐在临街的窗前喝咖啡,陪她去小吃店吃土豆粉……他望着车窗外熟悉的街景,心想这会儿梅依一定化好妆了,有伴娘和闺密们陪着,幸福地等待着迎娶她的人吧?

这么快就到了梅依的家。今天是星期天,胡同里的街坊听到喧闹声都出了门,喜盈盈地观看。梅依羞涩而甜美地被人簇拥着从她的房间出来了,霎时彩花缤纷落下,他的眼前一片片光晕,脚仿佛踩在云端里。三楼五十多个台阶,他不知道是怎么走下来的。

喜宴上人影绰绰,衣香鬓影,笑声喧哗……可是,他的眼里只有梅依。只有梅依。

掌声,音乐,彩花,灯光,主持人煽情的话语,婚礼的热浪一阵高过一阵。梅依微笑着将手中的鲜花撒向台下,人们开心地哄抢着。

梅依,从今后可以住上心仪的花园洋房了,可以尽情逛街购物再也不用顾虑把卡刷爆了,可以开着车和姐妹们相约聚会郊游了……他一直都希望梅依能过上无忧的日子,希望梅依每天都开开心心的,希望梅依能如愿安好地生活……

婚礼仪式结束,人们纷纷在宴席前坐定,新郎新娘忙着给宾客敬酒,婚庆公司的人开始收拾音响设备。他关了摄像机,扛了几个小时的机器,他的肩膀酸痛无比。

却看见梅依向这边,缓缓地回过了头。

她看见他了。

他朝她轻轻地、悠长地吹了一声口哨。那一声口哨,宛若山林间一片缓缓飘落的叶子,在喧闹的婚宴上几乎轻得可以被忽略,可是梅依听到了。以往他去学校接她,一看见她从大门走出来,那声口哨就会悠长地响起。

周遭仿佛静止了。新娘端着酒杯朝他走来——她早就看到他了。

他朝新娘,认真地,让自己把嘴角咧得恰到好处,而后,转身离去。

深夜,他把刻录好的光碟一遍一遍看完,再看一遍,又看一遍。梅依蒙着面纱幸福羞涩地笑着,梅依手里拿着手捧花,梅依走在缤纷的玫瑰花瓣雨下,梅依戴上了结婚钻戒……梅依美丽幸福的一分一秒,他都一一摄录下来。

他找来红纸叠了张封套,把光碟放进去,在上面工工整整地写上四个字:祝你幸福!

(原载《洛阳日报》2017年9月20日)

挥手帕的女孩

_田玉莲

沂河的水,极为清澈,一眼就能睹见河底的沙石,自由自在的鱼儿,以及飞翔的鸟雀,还有皑皑白云蓝汪汪的碧空……那番清澈劲儿,直叫人稀罕。那种意境,即便李白杜甫也难以书写。

当然,这是1943年的沂河水。

河边,花儿开得正艳,也欢。最不起眼的苦菜,也顶着小黄碟儿,在炫耀它的俊俏;野草莓,当然更不甘寂寞,花瓣开得异常浓烈,讨人付出若干爱意……河水见证着它们的娇媚容颜……

杜月季,在河边洗衣裳,洗再度利用裹伤的纱布。洗毕的,挂在树梢上,微风一荡,犹如旗帜,煞是好看,为沂河添一抹色彩。

正是晚饭的时氛,傍河的小村庄上空,汇集着袅袅炊烟,像雾纱,升腾着也散淡着,亦是一道炫目的景致……

杜月季在不经意间,眼里吸纳着一位姑娘。姑娘似乎是附近村庄的,鸭蛋绿色的褂子,绛红色的裤子,整个人儿,透着一股清纯质朴的美。月季似乎对这女孩很感兴趣,手中未停歇洗涤的衣物,眼睛总是时不时地射上女孩那秀色可餐的身影。

暮色的风,扶摇着姑娘额上的刘海,以及悠荡的辫梢。夕阳下,一幅极美妙的画卷……

这当儿,一队训练的八路军战士,从姑娘的斜前方雄赳赳气昂昂地列队走过,并且有嘹亮的军歌在唱响。姑娘就突然间亮起了手中的一块红手帕。手帕被高举着,于头部的上方,且晃悠着。手帕与晚景相映衬,格外耀目。似乎耀得那歌声更加悦耳……

美丽的姑娘,飞舞着的红手帕,军姿军歌,炊烟晚风,暮霞,温柔的沂河水……总之，一切的一切，皆勾织出一副美到极致的原生态风景。

歌声，宛如抛砖引玉，诱惑出了姑娘的茂腔戏文声：
一呀一更里呀，
月儿弯影儿长，
我送郎上战场。
打不倒日本鬼，
绝不要回家乡。
咿呀嘛哎嗨哟……
月季的歌儿也被情不自禁地勾扯了出来：
草儿青天儿蓝，
日头出格外艳。
你织布我纺棉，
你挑水我浇园，
种了粮送前线……

队伍入了一片树林中，他们的歌声随之淡弱下来。姑娘的手帕亦减弱了晃摇的节拍，随即便从空中收了下来。

杜月季把洗涤的包扎带以及衣物收入铜盆中，洗了把脸，往宿住的地儿迈去，脑海中一直萦绕着姑娘俏硕的身姿。

又是两天的光景儿，依旧是在沂河边，当然，依旧是暮色时氛。月季的眸子里，又映入了姑娘的倩影以及清澈的沂河水。姑娘并没有多么大的变化，只是脸色越发地白净，辫子越发地黝黑。

姑娘始终是摇着手中的那块红手帕，依然是八路军战士列队，嘹亮的歌声。地上的花儿似乎也被歌声点亮，仿佛也向队伍们摇动花束。歌声，似乎也点亮了画眉、黄鹂鸟以及诸多的鸟们的歌喉……

又是一日，照旧是个夕阳晚照的光景儿，待月季端上那洗涤的衣服，踱上岸的时候，正巧遇见了一位牧归的老人。老人赶牛于暮色中的画图也极有诗情画意。

"大爷，这牛，长得真壮！"月季的话儿像沂河水，很清纯，很动听，脸色也宛若花儿般美妙娇媚。

老人憨憨的古铜色的面庞亦润泽着和善。

二人结伴而行。

交谈中，话题扯上了姑娘。

"唉——！"老人惋惜地道，"那闺女的眼睛看不见了！"

"啊！真的？怎么回事？"月季的问话迫切。

"好像是一支八路军队伍里的一位小战士，是她的情郎。他们曾经在村里的戏班子里演过戏。临当兵，小伙子送了她一件礼物。"

"噢，什么礼物？"月季好奇心强，问话始终迫切。

老人遗憾摇头。

"她是你们村的？"

"嗯，是沈三蛋的二闺女。"

老人告诉月季，姑娘家中不慎失火，她为了抢出火中小伙子所赠的礼物，眼睛不幸失却了光明……

月季听罢，唉了一声。眼圈似乎漫上了沂河水……

其实，她那当兵的情郎哥早已奔赴了前线……

老人用手指着正前方："看到前面有一座小滚水桥吗？你到那桥头，就能遇上她，她会从那里路过。"

和老人挥了一下告别的手，月季只几步许就到了滚水桥。姑娘亦悄然而至于眼前。那狭窄的小桥，她走来如履平地，明眼人恐怕也不会走得这么通畅。脸庞如沐春阳，极灿烂，人儿朝气蓬勃。她那眼睛乍看似乎完好如初。

月季没忍心去打扰她，只是把身体一侧，让她过去，拿目光护送着她。她的身上，有一股乡野女子特有的芳馨。

翌日，月季又来到了沂河。姑娘已经换了一身衣衫。暮色里更加楚楚动人，今天，并没有见到列队的八路军战士们，亦没了那雄壮的歌声。待了很久，才有三三两两的女护士和几个年轻的男战士收拾东西。从那条路上走过去，好似也有歌声，且伴着咯咯的笑声。她便又把那更艳更红的手帕——似乎洗过了，使劲地摇啊摇……

那几位战士带着歌声笑声走远了。她那手帕也随歌声笑声的走远而摇动的频率有所淡化下来。

伤员们很快就痊愈了，部队也要全部开拔了。又是一个暮色的黄昏，月季踱至了姑娘站立挥手帕的地方，她掏出自己的手帕，像姑娘那样摇动着，摇着摇着，突然就摇出了一袭泪水……

今日早上，前方传来捷报，八路军打了大胜仗。然而，听说，姑娘的情郎哥——小战士，也在这场战斗中壮烈殉国……

（原载《短篇小说》2018年第4期）

深 算

_田玉莲

鲁东南有一个巴掌大的小县——藏马县。别瞅县小,却有一件宝贝玩意——周姑子戏!有民谣云:"周姑戏,娘们(儿)的事,男人不屑听,老婆抹上蜜(儿)。"

清乾隆到嘉庆年间,日照北部有一村姑,因不满父母包办婚姻而离家出走,以乞讨为生,每到一家便哭诉自己的不幸身世。人们皆为她那清纯的嗓音和美妙的唱腔所吸引,久而久之,这种哭诉腔调便被称为"周姑调"。

却说姑娘来到街头乡,乡里有一黎民,姓葛名兴财。葛兴财的老娘是一个善人,对这姑娘生怜悯之情,就经常接济她。后来,出于报恩,又出于对葛兴财一见钟情,随即结为秦晋之好。

对这周姑子调,葛兴财亦极为喜爱,随之学唱,且学得有板有眼。

民国初年,周兴财和周姑娘扩大了戏班阵容,并增加了月琴、二胡。逐渐,这周姑子戏便成为了大户人家祝寿、秋后庆丰、过大年、闹元宵的专业娱乐营生,且愈来愈红火。因戏班收入颇丰,他家小日子过得很滋润,整天恣悠悠的,人们风趣地说:"一处大院三亩地,不如一斗(葛兴财的乳名)扭屁股。"意即有房宅有土地的人家,也不及他的戏。扭屁股——戏中扭来扭去的动作。

对于这周姑子戏,葛家概不外传,要传,除非相当了不起的关系。葛家的演员皆是本家人,可谓阖家人演一台戏!

不想,这一年,从青州过来一家三口:二老一少。少为青皮后生,二十几岁的模样,五官端正,身材适中。二老尽管已经上了一番年纪,可也精神矍铄,很仁慈。

他们原先经营粉丝生意,然而,并不景气,小伙子便想跟葛家学习周姑子戏，以此来养活二老。

于是，他便把所有的家当拿出来，备了份厚礼，前去拜师，然而，周兴财并未拿正眼看他，只是蔑视地吐出一句："哼，真是癞蛤蟆想吃天鹅肉！也不撒泡尿照照自己！"

小伙子不但没有学成戏，反倒被侮辱，心里就咽不下这口气。发誓，一定要演周姑子戏，一定要学会周姑子戏。在极短的时日内，他就把一场由三人饰演的周姑子戏《卖馃馇》学到了手。这《卖馃馇》的剧情并非复杂，只是演绎了一位东家为了经营好自己的馃馇生意，恶意竞争，老谋深算的过程。小伙子和二老经过一段时日的排练，很快就上演了！

他极有天赋，嗓音甜美圆润，念白唱腔……总之，一招一式举手投足，皆谙周姑子戏的神韵，会把人看得痴迷如醉。他那娇娇的扮相，娆娆的身段，于台上一亮相，喝彩声就会此起彼伏；一个勾人魂魄的媚眼，能迷倒若干俏媳妇；一翘莲藕似的兰花指，能让热恋怀春的大姑娘不知今夕何夕；倘若要是再唱上那么几嗓子，恐怕连那半老徐娘都会内外酥个透。

他是怎么把戏学到手的呢？

他读过几年私塾，脑子特别好使，尤其是听戏有过目不忘的本事。就悄悄跟着葛家戏班偷偷看了三个晚上，直把个《卖馃馇》从头至尾，一字不落地背了下来。加上他的扮相好、唱腔佳，不少有钱的人家，便请他来唱戏。葛兴财见这小子的戏简直比自己都唱得好，口问心心问口：他是怎么学到手的？纳闷得要死。神啊，太神了！觉得真是不可思议。

忽一日夜半，小伙子租住的房屋突然间燃起了火。幸亏发现及时，又有邻居帮着，总算救下了。事后，有好心人劝小伙子，趁早离开这是非之地吧，免得吃大亏。岂料，这并没有撼动小伙子毫厘，他是野火烧不尽，春风吹又生的脾气，把房屋修缮一新，备上礼物又一次去了葛家，并秉明来意：二老年事已高，其他的生意又难做，同在一条街上住着，希望网开一面，能够在他的翅膀底下混口饭吃。葛兴财打心眼里就瞧不起这个外来的小伙子，气不打一处来，刚愈发作，他的二闺女迈着戏曲里的小碎步，悠悠荡荡地来到了父亲面前，给父亲揉捏着肩背说："爹，这个小伙子，他、他倒是个人才……"

葛兴财瞪了女儿一眼："什么人才？"突然意识到了什么，"就你鬼心眼儿多。"抬手剜了她一指头。"死丫头。"又见女儿羞羞答答的神态，就又道，"容爹寻思寻思再说。"他也确实觉得这个小伙子聪明伶俐，是个好坯子。一宿无话，次日，葛家便把姚媒婆请了过来，并说明了意思。很快，葛姑娘和小伙子就促成了一桩姻缘！婚日很快就定下来了。由葛家帮着，小伙子请了不少绅士乡党，场面比一般人家排场火爆。

婚后，小伙子因为有了葛家二女儿的加盟，和葛家的鼎力相助，他的戏班子如鱼得水，如日中天，火爆得让人嫉妒。小伙子的戏班和葛家的戏班，倘若演员不够的时候，都会互相补场。

　　然而，小伙子的戏班子虽红火，并未有人传承，因为小伙子一直没有留下子嗣——弄不明白究竟是葛家姑娘的那片地不长庄稼，还是小伙子的种子有问题。真是一件遗憾的事情。偶尔，葛姑娘会心生惭愧地对小伙子说："对不起啊，都怨我！"

　　而小伙子却宽宏大量："哪能光怨你？这是两个人的事呀！"

　　这样一来，戏班子说是两家，其实，归根结底还是一家。

　　其实，小伙子和葛家女儿有所不知，是葛兴财经常在女儿的饭食中动用过不能生育的民间药物……

　　葛兴财的周姑子戏终究没有外传，一番传奇，注定只能由葛家独自书写铭刻！

（原载《小说月刊》2018年第2期）

艺　名

_徐建英

　　院子的两旁，一溜儿开着紫红色的花。五瓣的朵，挨挨挤挤地和着艾米依依呀呀的唱腔，缤纷了整个小院。
　　休息的间隙，艾米问："嬷嬷，金紫荆花的决赛您陪我去吗？"
　　她伸出布满青筋的手，摸着孙女的头说："去啊，怎能不去呢？我是你故事里的女二号呢！"
　　艾米咯咯地笑，摇着她的手晃："太好了！嬷嬷，能讲讲您的故事吗？"
　　"嬷嬷没故事。"
　　这是真话。
　　她的一生，波澜不惊，按父母制定的要求读书，按部就班参加工作，相亲，结婚生子。
　　唯一变的，香港回归后，有了孙女艾米，她因此在52岁那年提前退休。
　　跟所有公企退下来的老太太一样，她退休后负责买菜、做饭，盘点一家人的琐碎，还有，照顾小艾米。
　　偶尔，她也会出去打牌，偶尔也去剧院，到艾米渐渐长大，多是陪着孙女艾米去剧院，因为艾米喜欢听戏。
　　有时她也教教艾米，唱念做打，以她本不精湛的水平。艾米呢，却是愈发欢喜，整日绕着她哼哼唧唧的。
　　儿子见此征求她的意见："阿姆，艾米喜欢粤剧，要不送她去学学？"
　　她还没回答，一旁的儿媳答话了："这主意不错啊！香港艺术发展局回归后拨款助办的少儿粤剧班，现招生呢。"
　　"那让小艾米去吧！闲时我在家还可以辅导辅导。"她非常赞成。
　　从此，她陪着六岁的艾米学基本功，练唱腔，练身段，唱念做打一样不落。到艾米八岁，已经能把《救父记》《宝莲灯》《太阳神话》咬得字正腔圆。她在一边跟着常哼哼，哼着哼着，常陷入沉思。

和所有从佛山移民，在香港出生长大的孩子一样，她踩着唐楼临街的廊道长大，自小跟母亲一起去赶廊道粤剧班的小场，她被那咿咿呢呢的优美唱腔古色古香的唱词深深吸引。

有一次听《蔡文姬》之中有一段长花："洒坟头，惟泪酒，设奠营斋你都系难沾口。幽冥渺渺恨悠悠，爹呀！恕女客过长安，明、明日就走……"她当时听得泪流满面。

到小戏场散去，她挂着泪痕拉住母亲："阿姆，我想学戏。"

"你疯了！"母亲摇摇头。又狠狠地睒了她说："不务正事，你想以后去街上揾食吗？"

"我学戏后当然去粤剧团工作啦！"

母亲指着她的头骂："你疯了！香港随处都是这样临时搭班的粤剧班，演员都有自己的工作，演戏只是有需要了才临时搭一把。你去，谁付你工钱？"

看着她委屈得直掉泪，母亲又换了换语气："如果你热爱艺术，芭蕾舞和管弦乐团都是可以选择的，英国政府在这方面投了不少钱，至于学粤剧，你别去想了！"

从此她没再去小廊道听戏，被母亲强制性地送去了学校隔壁的英文补习班。

"嬷嬷，您说我这次能进决赛吗？"艾米软柔的声音打断了她的思绪。

她微笑地抚摸艾米的头："艾米自己有信心吗？"

"有，只要有嬷嬷陪着，艾米一定可以。"艾米一脸坚决，在孙女的眼里，她看到了同样是一脸坚决的自己。

半月后，香港世界"金紫荆花奖"艺术大赛总决赛如期举行，来自全球各地的参赛选手云集香港，赛区门前人流如织，彩旗猎猎。

演厅第五排，坐的是她。

台上的艾米，脸上画着白底红腮，勾浓眉墨眼，片子石釉亮，弦琴箫笛和着锣钹鼓板响过之后，艾米水袖轻甩，波浪音抑扬顿挫，台下掌声雷动，最后一奏煞科鼓响，台上帷幕轻垂，台下的掌声经久不息。

当主持人宣读完"金紫荆花奖"的获奖名单，她眼含热泪看着领奖台上的艾米，布满青筋的双手一个劲在鼓掌，喉咙打着颤音，情不自禁地吟出声来："欲偷折隔篱花，追忆堤边柳，容我一诉往事……小常喜哎！"

"小常喜呀……"她在心里悄悄地喊了一声，轻轻呼唤着这个50年前就为自己取好的艺名。

（原载《洛阳晚报》2018年4月23日）

高高树上听远方

_严德勇

蒋上尉是一位长着标准国字脸的帅哥,剑眉飞扬双目如电,古铜色的皮肤泛着油彩般的光泽。他在大山深处的某基层部队任职。

那年夏天,蒋上尉休假路过武汉,便寻思着去武汉大学看望一个正在读博的高中同学。那时蒋上尉所在部队规定:军人外出一律着军装。

在美丽的大学校园里,一身戎装的蒋上尉军姿笔挺,格外引人注目。当他走在树木葱茏的东湖林荫路上时,突然看见,迎面走来一个学生模样的秀丽女孩,一袭碎花连衣裙,长发飘飘如千寻飞瀑,明眸皓齿、顾盼生辉,宛如画中人物一般。蒋上尉的心突然怦怦怦剧烈跳动起来,一股异样的电流让他头脑发蒙,双耳赤红。

近了,近了……女孩似乎也发现了这个一身挺拔军装的帅小伙儿。他脸上的异样表情,让女孩脸上泛起羞怯的神色。她埋下头,脚步变快,准备从蒋上尉身边快速地侧身而过。突然,蒋上尉鬼使神差般,往左一个侧身,挡在女孩面前,莫名其妙地给女孩"啪"地敬了一个标准的军礼!女孩猛地抬起头,满脸羞红地望着蒋上尉,目光中满是错愕。这时,蒋上尉突然扬起左手腕,盯着手表上的指针,憋红了脸,一脸憨厚地问女孩:"同学,请问你需要问时间吗?"女孩"扑哧"一声笑了。一惊一笑间,东湖波光潋滟……

美好的时光总是匆匆飞逝而过。一个多月的假期过后,蒋上尉不得不告别心上人,回到大山深处的连队。两人开始鸿雁传书。然而,旅部通信员总是每半个月才给连队送一次报纸信件,翘首以盼信件的日子很是煎熬人。

当时,连队只有一部军线电话,无法拨打外线电话。连队没有互联网,几乎没有手机信号。如何捕捉那时有时无、气若游丝的手机信号?蒋上尉虽费尽心思想了许多办法,但都不尽如人意。

有一天，旅首长来连队检查工作，紧急集合，唯独缺少连长蒋上尉。"连长干吗去了？"旅首长满脸怒气地催问。指导员怯生生地回答："在后山的那棵大树上。""荒唐！在树上干什么？"旅首长追问。"那棵树上会有一点儿手机信号……"旅首长在指导员的带领下，爬上后山，只见在一棵最高大的树上，身着迷彩服的蒋上尉，爬到了接近树梢的部位，把手机高高地伸向空中。蒋上尉对旅首长的到来浑然不觉，焦灼的嘴唇咧开着，不时对着手机"喂喂喂……"旅首长静静地站在树下，一直等他"喂"完电话。

一年后，蒋上尉的爱情开了花，他和心上人走进了婚姻殿堂。新娘来到这个需要爬在树上打电话的地方，在连队食堂举行了一场简单朴素的结婚仪式。新娘的美貌容颜和知性气质，震惊了全连官兵，官兵笑称："连长爬这一年的树，真值！"

又爬了一年的树之后，蒋上尉的爱情结了果，一个眉目如画的小千金呱呱坠地了。蒋上尉爬树爬得更勤了，很多时候，手机里传来的婴儿嬉笑声，能让蒋上尉脸上的笑容流光溢彩一整天。

多年以后，那棵榕树似乎更加高大茂盛。不远处的山腰上矗立起一座信号发射塔，官兵们再也不用去爬那棵榕树了。

（原载《解放军报》2018 年 6 月 20 日）

拥 抱

_尹威华

海拔5025米的亚堆扎拉山，一辆军车在雪原爬行。

车内飘荡着藏族歌曲，不时传来阵阵笑声。西藏军区某边防团干部石波的健谈幽默，给行走天路的官兵带来欢乐。

翻越雪山后，天空突然飘起大片雪花，如柳絮飞，似蝴蝶舞。抬头望车外，我感觉伸手就能抓住天边的云彩，脚下的邛多江横卧在高原荒漠，景色壮美。

作为摄影爱好者，美景岂容错过。可低头的瞬间，我吓得一哆嗦——只见右侧壁立千仞，左边渊深万丈，盘山路窄得只能单向行驶……健谈的石波正神情专注地望着窗外，似乎在寻找什么。

车行至半山腰的一个垭口，石波赶忙让司机停车，说歇一歇。刚下车，他就拽了拽我的袖子，让我跟他走。

路边有一个巨大的冰川，旁边散落着许多巨石。石波默默站在一块大石头上，张开双臂，眼睛微闭着，瑟瑟寒风扑打着他的胸膛，那神情就像拥抱美女……

望着他痴迷的样子，我想，这背后是不是有什么故事，便赶忙按动快门，定格了这神秘的一刻。

上车后，石波隔着车窗，依依不舍地看着那块渐行渐远的大石头，直到冰川消失在视野里。

静默许久，泪眼婆娑的他终于开口。

石波是四川广安的帅小伙，身高一米七五，气质儒雅，说话幽默。

以往每次路过此地，石波都要停车看看。在别人眼中那是一块普通的石头，可他看到它，就仿佛看到千里之外的爱人尹琪斯。

六年前，老大不小的他被父母催婚，休假时连续与几个姑娘相亲，每个人对他都满意，但一听说在西藏当兵，一年难得回家一趟，就一千个不愿意。

眼看休假结束，他架不住父母期盼的眼神，在老同学的牵线中，与尹琪斯匆匆见了面。

两人相见后，都感觉似曾相识。一聊吓一跳，他们竟是一个镇的，两家相距不到一公里，还是同一所高中的校友。

石波心动不已。尽管倾心，他还是坦率地告诉对方，自己长年驻守在高海拔的西藏边防，那里自然环境恶劣、生活条件艰苦。

琪斯没有流露半点儿失望，已经是四川广安市宣传部干部的她，打心眼儿里敬佩面前这个军人。

从她崇拜的眼神中，石波看到幸福在招手。他讲起西藏军人的一个个感人故事，讲得她两眼泪汪汪。

他们从午餐聊到晚餐，两颗年轻的心靠得越来越紧。

结果可想而知，石波与琪斯情投意合，建立起恋爱关系。

热恋中的年轻人，哪个不是恨不得天天甜腻在一起？可他们，一个在雪域高原，一个在天府之国，中间隔着千山万水，思念在深深折磨和考验着这对有情人。

"深夜醒来眺雪山／思念到呼吸都痛／脑海中满是你的影子……／昨夜梦回身边／紧紧拥抱你／我的爱人！"

每当夜深人静时，石波都会给恋人写诗，表达无尽的思念和爱意。

有道是，情诗不能当饭吃。生病了，没有人照顾；委屈了，没有人给予拥抱和安慰。男友总不在身边，闺密们调侃琪斯谈了一场假恋爱。

可琪斯不是一般的女子，她笃定追求的是精神互补、心灵相通的深爱。

恋爱第二年，琪斯决定独自赴藏，给戍守边关的男友一个惊喜。

贡嘎机场下飞机后，第一次进藏的琪斯租车直奔部队驻地。思念之情让她变得可爱又鲁莽，小瞧了高原反应的厉害。翻雪山、越达坂，稀薄的空气令她头疼欲裂，胸口如压巨石。

车爬到亚堆扎拉山顶时，她不得不张大嘴猛喘气，瘫软在车上。不巧，行至半山腰垭口，车抛锚了，司机急得束手无策。

琪斯只好放弃她的"惊喜"计划，赶紧打电话给石波求援。

石波急忙向团领导请示派车前往救援。等他带上氧气瓶和抗高原反应药品赶到垭口时，琪斯显得非常虚弱。

望着日夜思念的恋人一脸憔悴，石波泪如雨下。一路上，他把琪斯紧紧抱在怀里……

第一次探亲之旅，从琪斯静躺两天开始。石波珍惜与她相处的每一分钟。

第三天，琪斯渐渐醒过来，石波急不可耐地搀着她"视察"夹皮沟内的营院。

十里之内人迹罕至，生活的艰苦寂寞让琪斯始料不及。但面对战士们的一声声"嫂子"和憨厚的笑脸，琪斯感到前所未有的温暖和幸福。

一桩桩，一件件，让琪斯读懂了他们不一样的担当和奉献。

当然，石波是她在这个世界上最值得托付终身的伴侣，她悄悄把见闻和感受打电话告诉了父母。

相聚总是太短。转眼，琪斯就将踏上返乡之路。

那天，石波按照计划随部队出发巡逻，琪斯坚决不让他相送。团领导见此，专门派车为未来的军嫂送行。

军用越野车行至来时车辆抛锚的垭口，琪斯赶忙让班长停车歇息。她摇摇晃晃地走下车，在山坡上选了一块大石头，艰难地站在上面，请随行的战士用手机拍下了令她刻骨铭心的时刻。

她把照片看了又看，立即发给了石波，在下面留言：在这里我读懂了你，下次咱们在这里补一个拥抱照，好吗？

这对相亲相爱的人，在2014年5月20日步入婚姻殿堂。唯一遗憾的是，他们一直没有补上那张缘定终身的拥抱照。

思绪回到现实，车还在天路上颠行，藏歌在雪原上回荡，石波将刚拍的照片发给妻子，发送留言：老婆，我爱你，让我隔着时空拥抱你吧！

坐在旁边的我，早已眼含热泪。

石波凝视着远处雪山，眼神坚定。

（原载《人民陆军》长城文艺版2018年8月6日）

快　刀

_于心亮

　　大嵩卫城，砍绑匪马荣脑袋的，叫李二。李二是刽子手，专门砍人头。

　　马荣临死前一直在叫骂，骂上了钱百万的当……听得李二很心烦，上前一刀砍了马荣的脑袋，然后一边擦刀一边说：操，你骂个卵子，早知现在，何必当初？

　　事后，马荣的家人来感谢李二，说他的刀快，让马荣没受太多苦。马荣的儿子还给李二磕了头，要跟他学刀，说要是不收做徒弟，他就跪着不起来了……李二没答应。

　　马荣的儿子叫马富贵，以前也是个少爷。可现在不是了。

　　他跪了三天三夜，最后都晕倒了。李二问为啥学刀？马富贵说为报仇。李二问杀我？马富贵说：杀钱百万，是他害死了我爹。李二摇摇头，说：操，你滚，滚越远越好！

　　马富贵滚了数不清个跟头，他发誓要学会李二的快刀！

　　李二每天练刀。比如在刀尖上坠几块砖头，练臂力；比如挥刀砍燃着的香头，香头掉了，香柱却纹丝不动；还比如练眼力，闲着没事端量人的脖子……让人很不愉快。

　　马富贵跟着学，挨了几次打。你想，没事端量人的脖子，能不挨打吗？

　　何况，他又不是李二。

　　李二是刽子手，身上有杀气，一瞅人脖子，被瞅的人就觉得寒毛直竖。但没人敢冒犯李二，碰面了还都很客气，向他递烟、点火，说好听的话，而且脸上还挂着笑容。

　　过了一段时间，马富贵找到李二，试了几刀。

　　李二看过之后，叹口气，说练刀，关键是找准点。

马富贵就又回去练,很刻苦。大嵩卫城的人都知道马富贵在练刀,要为父报仇。钱百万也知道了,袖着手笑嘻嘻去看,还伸着脖子让砍一刀试试……把马富贵都欺惹哭了。

回头找李二。李二说:操,没胆量,报的哪门子仇?

马富贵就去练胆量。比如去砍猫、狗的头,还有猪牛羊的头……许多人都骂马富贵,说他丧天良,会遭到报应的,说不定哪天就会天打五雷轰!马富贵听了,很郁闷。

但马富贵的胆量是练成了。砍起动物的脑袋,眼都不眨一下。

李二摇头,说:你砍了钱百万的脑袋,我就要砍你的脑袋,你觉得划算吗?

马富贵说只要能给我爹报仇,怎么着都中!

马富贵挥刀一砍,就把一粒香头砍下来,香柱纹丝不动;再砍一刀,把摆在豆腐上的绿豆一砍两半,而豆腐却丝毫未损……马富贵说咋样?李二还是摇摇头。

但这动摇不了马富贵为父报仇的决心。他拿着刀去砍钱百万的头。

钱百万哪里肯让马富贵砍他的头。看着明晃晃的刀,钱百万撒腿就跑。马富贵说:你原先不是伸脖子让我砍一刀吗?来来来,现在让你试试我的快刀……

大嵩卫城的人自来爱看热闹,听说了,都围来看。钱百万没法跑了。

见有这么多人瞧着。钱百万胆气也壮了,认为马富贵不敢砍他的头。

马富贵一挥刀,砍掉一只狗的头。

钱百万白了脸。看热闹的人就鼓噪起来,说:砍狗头算什么本事?

马富贵就拿着刀,盯着钱百万的脖子。

钱百万一跺脚,说:头掉了碗大的疤,老子就挨你一刀!

话是这样说,可钱百万还是摇晃着头四处躲闪。

马富贵很生气,说:老实点,别乱动,你乱动,我怎么找点?

钱百万一脚踢掉马富贵的刀,说:找点?你以为老子是木头啊?

马富贵很羞怒。因为整个大嵩卫城的人都来取笑他。

马富贵找关系也做了刽子手,他想往后的日子,来砍大嵩卫城人的脑袋。

可是大嵩卫城的人并不想让马富贵来砍掉脑袋,谁不想好好过日子,干吗非得惹上祸患掉脑袋呢?……因此大嵩卫城的人都很好相处,即使有点小矛盾也都一笑拉倒了。

但是,马富贵没砍掉别人的脑袋,他的脑袋却要被砍掉了。

有人取笑马富贵,说将来要绝后,因为没有哪个姑娘会嫁给一个刽子手……马富贵听后很生气，于是抄起一条板凳把人家给打死了。

——事情就是这样。

马富贵临死很不甘心，说没尝到刀砍人头的滋味，快刀白练了……听得李二很心烦，上前一刀砍了马富贵的脑袋，然后一边擦刀一边说：操，净他娘的胡咧咧！

（原载《小说月刊》2018 年第 8 期）

偷　拳

_ 于心亮

　　苏强跟我说，他拜了个师父，学螳螂拳。师父的绰号叫：铁胳膊张三。

　　啧啧，听听，铁胳膊，多厉害！我也想学，让苏强跟他师父说说，收我也做个徒弟！

　　苏强点头说：行，没问题，放心吧！

　　第二天，苏强就跟我说：师父不同意，说收徒弟不是买白菜，要讲究缘分。

　　我很上火，一是生师父的气，二是生苏强的气。苏强安慰我说：没关系，师父传授给我的拳法，我回头再教给你，不就行了！我说：不行，这样你不成我师父了？苏强说：那不一样，师父对我是传授，我对你是……算了，你到底学不学，不学拉倒！

　　——我当然要学了，傻子才不学呢！

　　过了两天，我问苏强学得咋样？苏强说要想练好武功，首先要练基本功。我高兴地说：赶紧点，教我怎样练基本功？苏强就显出为难的样子，说：我还没练好，等我练好了，再教给你，要不你练错了，以后纠正起来就麻烦了，说不定还会走火入魔呢！

我觉得苏强说得很对。我叮嘱苏强一定要跟着师父认真学，好好练！

过了两天，我又问苏强学几招了？苏强说别着急，师父马上就要传艺了，现在……还在练基本功！我说你把基本功教给我，我好赖先练着。苏强搪塞着说：心急吃不了热豆腐，你先别着急，我练熟了一定教给你，放心吧！说完苏强就跑了。

我心里就犯了嘀咕，偷偷跟着苏强。不愿意教我是吗？那好吧，我偷学！

我看见苏强跑进了师父家。过了一会儿，瞧见他挑上水筲，去水井旁呼哧呼哧给师父挑满了水缸，然后又抢着斧头哼哧哼哧给师父劈了一大堆柴禾……师父没露面，高手啊！

苏强擦着汗水往回走。我堵住了他。我问：你怎么没练功？

苏强吃惊地说：你怎么来了？我说：你练的那些就是基本功？

苏强说：是啊，劈柴担水，就是最基本的基本功。师父说了，基本功练不好，学的拳法就是花架子，根本排不上用场……既然你已经看到了，那以后就要学着多练！

好吧，为了练好武功，我也从最基本的基本功练起吧！

练了几天，练出效果来了，我妈见了街坊就夸奖我：俺儿子真是长大了，懂事了，勤快了，知道帮大人干活了，啧啧，俺这儿子！……除了表扬，我妈竟然还奖励我五块钱。

——五块钱啊！你想想，这是什么感觉？！

苏强看着我的五块钱，很认真地思考了一下，他问我：你是不是该表示一下？

我请苏强吃火烧。苏强把火烧装在怀里，很恭敬地走进了师父的家里。过了一会儿，苏强很高兴地走出来，找到隐藏在草垛里的我说：知道吗，师父吃了火烧以后，很高兴，他老人家答应了，要教我第二重武功了！我说：不劈柴担水了？苏强说：比这个要高级！

于是，在一个烈日暴晒的晌午，我看到苏强挥汗如雨地在一块苞米地里拔草。

我说：这也是练功？苏强说：对，我师父说了，这一重武功是练毅力！

好吧。我也开始跟着我爸上山拔草、刨地。我爸疑惑地看着我，说我可没有钱，你跟着我干也是白干！我不理睬我爸，我有远大的练武理想，岂是一般人能明白的？

我从苏强那里偷学的武功的确不错，过了一些日子，我的胳膊就有了力气，手也磨起了老茧，以前家里的老公羊总顶我，现在我掰着它的尖角，能摔倒它了！尤其是，有一次瞧见一个老头偷掰别人家的苞米穗，喊他住手他也不听，我一生气就把他扔沟里去了！

我感觉我第二重的功夫也练得差不多了。我找苏强，问：师父是不是要教拳了？

苏强说：快了快了，等帮师父收完秋庄稼，种完麦子以后，他就要教我螳螂拳了！我很高兴，狠狠拍了苏强一巴掌说：到时候你一定要教给我啊！苏强说：那当然，咱俩谁跟谁啊！

我跟苏强都被快乐冲顶着，成天都晕晕乎乎的。我想和苏强一起帮他师父收秋庄稼、种麦子，虽然我不是他的徒弟，但按照江湖规矩来讲，还是应该给我点名分的！

但苏强不同意，他说师父收徒很严格，缘分达不到，一切都玩完！

苏强慎重地叮嘱我：别莽撞，否则师父一发火，不就前功尽弃了吗？

我觉得苏强说得很对。但心里也充满了好奇，我想看看师父到底长得什么样儿，看看他的铁胳膊有多硬，看看他抡着两条铁胳膊呼呼打起螳螂拳来，该多威风八面啊！

苏强帮师父收完了秋庄稼，他兴奋地告诉我：师父已经收拾好练拳房了！

苏强帮师父种完了冬小麦，他激动地跟我说：师父马上就要教我拳法啦！

我跟着苏强一起兴奋，跟着苏强一起激动，我成天摩拳擦掌、跃跃欲试，我开心地想学好了螳螂拳，我就可以闯荡江湖、天涯独行、沧海一声笑了……

可就在这时，苏强突然哭着找我，说师父得了急病，死了！我也悲痛欲绝，恨不得随着师父死去。不管怎样，我毕竟偷了艺，虽不是入门弟子，但好歹作为一个编外弟子，还是应该可以的吧！我怀着沉痛的心情跟着苏强去祭奠师父，见着师父遗容，我大吃一惊：

老天，这不是偷掰苞米穗，被我扔进沟里的那个老头嘛！

（原载《小小说选刊》2017年第24期）

呼日格窃贼

_张　港

呼日格翻译过来是"桥"。叫桥的地方必有河,有河的地方必有鱼。

刘一竿在城里钓界数得上第一,故人称"一竿"。这回,刘一竿要超越自己,再铸辉煌,非钓到更大、更稀有的鱼不可。一竿天不亮启程,骑摩托往远了跑:奇迹在远方,在别人到达不了的地方。

刘一竿口渴心躁时,飘来蒿子灰的味道,阵阵煮苞米的浓香。往前看,一座小村庄,家家烟囱扯出长长的灰色飘带,车前子、马蔺花画出一条小路。刘一竿进村了。

没有栅栏围墙,家家通通透透,挂挂红辣椒对联一样在房门两旁,瓜蔓爬上碱土墙,爬上褐色的草屋顶,门口卧着懒洋洋的黄狗,红肚燕儿探出檐头,有人唱着歌,牛羊拥挤着,跑出红云。

一个提奶桶婆婆脸对肩钐刀老汉,乐得前仰后合,听不懂说着什么。

一竿上前,弯弯身子说:"大婶儿,想找口水喝。"

婆婆侧侧耳朵,笑笑,摇头又摇头。老汉也是摇头。

哦,他们听不懂我的话。一竿张大嘴一扬脖儿,比画出手捏杯子的姿势。婆婆取只碗,擓一下奶子,送刘一竿嘴上,又擓一碗等他喝完续上。

一竿喝个透,老汉琢磨着一竿的家什,笑笑,比画出甩竿的样子。一竿点点头,笑笑,比画出提竿的姿势。老汉指一个方向,伸出大拇指。明白了,那个方向是出鱼的好地方。

一竿鞠躬告别,朝那个方向去了。

一座小桥,一湾清水,无边芦草,摩托不能去了。一竿把摩托推小桥下,看看四方无人,择柳丛密处,折一枝又一枝,盖严实车子。再看看,四方无人。一竿往河边去了。

走走走，找到了甩竿的好"浣子"，这儿，必有大鱼，怎么看都有大鱼。

怪了耶！换了面食，换了蚯蚓，鱼脊在水面翻花，却不咬钩。不咬就是不咬。刘一竿累得没了筋骨，急得毒火攻心，就是不咬。

看看太阳，一竿对自己说：我刘一竿，今儿要跌大跟头，要把脸丢这儿。一看表，得回程了。心沉沉，嘴苦苦。

走走走，一竿嗅到鲜鱼的腥味。寻味而去，看着一个临时存鱼的苇席鱼囤。

鱼囤中，全是奇鱼全是大鱼，鲜活着。一竿这种人，见这场景，惊讶得不行。

四周无人，再看也是无人。一竿想起关于钓鱼的相声，他脚一跺，"丢了的脸，回来了！"就拣着挑着往网兜里装。

得鱼忘竿，一竿看不到那藏车的小桥了。青苇茫茫，东西南北，全一个样。日暮乡关何处是？烟波江上使人愁。

愁到害怕时，一竿舍下脸，喊起来："有人吗——有人吗——"最后喊出"救命"。

一只小船儿一条汉子，摇晃来了。一竿说自己迷路了，找不到小桥了。汉子不答，舍船上岸，示意一竿跟着走。

桥到了，车尚在。刘一竿得胜回城。

钓界人人称赞，人人知道刘一竿钓得大鱼，钓得奇鱼。

儿子写作业，孩子拿张白纸，上面一个大大的"窃"。

"爸爸，这个字，下边是七还是提土？"儿子问。

一竿感觉，孩子的眼睛怪怪的，像是嘲笑，又似有恨恨的暗骂。

半夜，一竿睡魔着了，惊叫："窃贼！抓窃贼！"

上班开会，刘一竿忽地心乱，感觉背后全是指头在指指点点。时时有个声音：刘一竿是个小偷，偷鱼的窃贼。

懊悔，恐惧，刘一竿再也不能承受了，他决定到那个小村，向人家说明，赔礼道歉，给人家鱼钱。

刘一竿费了很大劲得知道这个小村庄的名：呼日格。知道与呼日格的人语言不通，一竿特意请了翻译。

到得呼日格，刘一竿见人一个大鞠躬，村人围上来指指点点，像看大熊猫。一老人上前，与翻译对话。

翻译说几说，手脚齐上，比画起来了，左拧右晃摇脑袋。刘一竿急了："翻呀！怎么卡壳灭火了？"

翻译憋得脸通红，还是左拧右晃摇脑袋。

刘一竿说:"你不是老翻译么?你是怎么了?"
翻译一跺脚,说:"他们说的是方言。"
"方言怎么的?"
"他们的语言,没有'偷'这个单词。"翻译说。

(原载《百花园》2018年第4期)

莫斯科的冬夜

_ 张俏明

高考落榜后,我、灰灰、排骨成立了乐队,在沙苑街三分之一拐角处一个叫海洋馆的酒吧驻场,美其名曰:LV 三人组。灰灰主唱,排骨是架子鼓手,我吹萨克斯。一曲 Richard Marx 的《Right Here Waiting》被我演绎得缠绵悱恻,酒吧老板海洋常常叼着雪茄眯缝着小眼睛说,当初要不是被你这小子的萨克斯忽悠,谁敢要你们这种非主流组合?

"LV,就是 loser verge,失败者边缘。"我作秀一般向一个微信名叫西北狼的客人解释。

"这名字怪怪的,而且也牵强,你英文是体育老师教的吧?"

我利索地接过他抛来的俄罗斯香烟,熟练地点燃,却又猛烈地咳嗽起来:"这烟怎么这么怪?甜丝丝的,像吐鲁番的莫合烟。"

"你这人才怪!"说完,他头也不回地离开,然后也就没有了然后。记不清他连续来了十五天还是二十天,只是这天以后,我也离开了酒吧,以及 LV 三人组有着共同记忆的南方城市。

这天西北狼一并带走的,还有灰灰!

除了简单的行囊和那把半新不旧的萨克斯,我几乎一无所有。离开的那个晚上,《Right Here Waiting》硬是被我糟蹋成悲怆的唢呐曲。酒吧老板海洋很是窝火:"垃圾!再这样吹下去,我这酒吧就真的要撒纸钱了!"

撒?我就撒给你看怎么着?我把半年的出场费像撒冥币般撒向酒吧柜台的四眼,歇斯底里地吼道:"给老子来瓶路易十三!"

我仰着头奋不顾身地灌下了好多酒,把自己给喝得晕头晕脑了。

"你大爷!有本事把灰灰找回来,别在我这里撒野!"海洋摇着头依旧吧嗒着雪茄眯缝着小眼睛,慢条斯理地将要离去。

我喝红了眼，手一挥，把酒瓶砸到吧台上，握在手里的半个酒瓶变成了锯齿形。

排骨见状，一个飞身扑过来。他也不想想自己的身子骨比赵飞燕还轻盈，额头居然准确地撞到那个锯齿上，血流如注！

排骨命大，流了那么多的血居然只是皮外伤，简直不可思议！

"你小子也命大，不然你不进地狱谁进地狱？"头部缠着白纱布的排骨轻轻地给了我一拳，"真的要走吗？"

我把西北狼给的俄罗斯烟摔到地上，狠狠地蹒碎："走！明天就走！"

隆冬时节，南方的阴郁潮冷得让我心碎！

后来，在北方老家的一个小城镇，在父母严厉监管下，我考取了莫斯科的一家大学。在莫斯科漫长的四年中，灰灰像人间蒸发了似的，音信全无。毕业后我又回到了这个南方城市工作。

当我再次来到沙苑街三分之一拐角处，海洋馆换成了一家叫吉米的早餐店。我要了一碗茅根竹蔗粥，外加两根油条、一个红豆钵仔糕，差不多全部消灭掉时，一个熟悉的身影晃了进来，这不是西北狼吗？即便换了发型我也一眼认出来。我一个箭步冲上去，紧紧拽住他的衣袖："你不是去了莫斯科吗？灰灰呢？"

他一脸惊愕："你放……放手，谁说我去莫斯科了？"

"当初灰灰一直嚷嚷说要跟你一起，去莫斯科听教堂的钟声！"

"可是，我从没离开，她是知道的呀。你小子当年脑子进水了？"说完就头也不回地离开了，像极了当年把灰灰一并带走时的感觉。这让我很不爽！

我立马发信给灰灰的闺密，半个时辰后，她才语气简短地回复了我："知道的呀，她压根儿就没去莫斯科！"

我一下子懵圈了，好一会儿才缓过神来。

这年公司的春茗宴会设在邻市一个叫何家沟的私人生态旅游区内，到地儿时已经是傍晚时分。进入园区已经觉着气温比外面低几度，晚霞把低矮的山体勾勒出世外仙源般的幻境。因为得准备会议的仪式，我无暇细赏，待全部安排妥当，已经月上枝头，也更觉得寒冷。我急匆匆跑回房间想要加上那件焦糖色的中长毛呢大衣，在前台冷不丁碰到一个挂着行山拐的男子，那名男子明显愣住，等我再下楼穿过大堂时，那男子居然高声喊了我的小名！看到我一脸愕然，他用力跺了跺脚："我！排骨呀！"

他指着左额角那道伤疤大笑："还记得这个印记不？"

天呀，眼前这名男子体形横向发展数倍于记忆中的排骨，才多少年，这变化也太玄幻了吧？

除了那道之字形疤痕!

酒吧里响起了排骨独一无二的架子鼓演奏,是大壮的《差一点》,主唱的歌声竟是如此熟悉!是灰灰!

坐在酒吧旁边那棵木槿树下,借着下弦月清冷的微亮,我刷出以前在莫斯科所有为灰灰拍的照片:圣伊撒基耶夫大教堂、彼得大帝夏宫、圣瓦西里升天大教堂、克里姆林宫、谢尔盖耶夫三一教堂……360度无死角。

灰灰把嘴巴张成了O形,随后凄然一笑:"没有了你,莫斯科的大教堂与我何干?"

"我喜欢上你那么多年,可笑的是,你却一无所知!"灰灰呜咽道。

那晚,我一夜无眠。脑海里满是当年那个在莫斯科徘徊的懵懂少年,在无人认识的古老国度熬过无数个漫漫冬夜,迷失了方向一般。

(原载《小小说选刊》2018年第15期)

冯　丽

_赵明宇

冯丽还是女孩子的时候就喜欢看夕阳。梳着羊角辫的她站在河堤上，或者站在学校的操场上，望着红彤彤的天空，就像望着一幅画，忍不住张开胳膊，做一个飞翔的姿势。

家里穷，初中还没毕业，她就不上学了，回家帮着娘做饭喂猪。到了谈婚论嫁的年龄，她不想像娘那样围着锅台转，就去找曾经的同学唐小罐。冯丽说，唐小罐，我要嫁给你做媳妇。唐小罐的娘不同意，冯丽就住下不走了，像在自己家一样，系上围裙下厨房，拿起扫帚扫院子。她跟唐小罐说，咱有一双手，别人有的咱也会有的。

孩子出生了，冯丽说，咱要让孩子去最好的学校读书。唐小罐却把一只手插进头发里面，搓来搓去苦笑着说，三张嘴吃我一个人的粮食，能填饱肚子就不错了。冯丽说，那咱就不能指望着土地了，到城里打拼去。

一个午后，他们出发了，迎着红彤彤的夕阳，一直向西走，天黑走到天亮，到了元城。

冯丽和唐小罐找到了为元城旅馆揽客人的活儿，从汽车站门口举着牌子，把一个客人带到旅馆登记，可以得到两毛钱的提成。一个客人两毛钱，十个客人就是两块钱啊，每天的夕阳涂红天空的时候，两个人就举着牌子向汽车站赶。

又一个下午，冯丽闹肚子，在汽车站门口找了一张报纸向厕所跑。蹲下，展开报纸，看到一个招聘广告，《元城晚报》编辑一部描写社会精英人士的大型丛书《元城风采》，招聘会写作的人才。冯丽想到唐小罐写字漂亮，就提上裤子去汽车站附近的报社报了名，一咬牙，交了五块钱的报名费。

冯丽乐颠颠地把这个好消息告诉唐小罐时，唐小罐却说，你真是一个傻娘们儿，我的字写得好，可我不会写文章啊。冯丽愣了，说那咋办啊，交了五块钱的报名费呢。

唐小罐说，就当那五块钱丢了吧。

冯丽说，那不行，拉多少客人才能挣五块钱啊！你不去，我试试。

报社的老胡带着冯丽和一个摄影的人，采访一个企业的老板，老板请他们吃饭，还给他们一沓子钱。回到报社，老胡拿出来五十元给冯丽说，这是你今天的提成。

冯丽的手哆嗦了一下说，人家管吃饭，还给这么多钱？老胡说，你以后要学着写文章，比如说今天，把老板说的话记下来，写出来，挣的钱更多。

发财了，发财了。冯丽把钱递给唐小罐的时候，唐小罐就把门关上了，压低声音说，咱带上钱，跑吧。

跑？到哪里跑？冯丽咯咯笑，说唐小罐，你的书白读了。

一连几个晚上，冯丽白天跟着老胡采访，晚上趴在灯下写稿子。唐小罐醒来，说你还不睡啊？冯丽说，你睡你的，我必须把稿子赶出来。

老胡帮着冯丽修改稿子，说，冯丽你可真行啊，文采还不浅呢。

下了大雪，冯丽早早就起来了。唐小罐说，这么冷的天，别出去了。冯丽说那可不行，跟人家约好了，天上下石头也得去。

《元城风采》出版了，老胡请冯丽吃饭，说凭着你不服输的尽头，准能干好。冯丽说，帮唐小罐办个驾照吧，给你当司机。老胡说，行啊，这事儿包在我身上。

两年后，冯丽和唐小罐在城里买了房子，把孩子送进最好的一所私立学校。

有一天，老胡说，上面下了红头文件，不让搞有偿新闻乱收费，咱这条道走不成了。

冯丽却笑了，说早晚会有这一天的。我已经丢不下写作了，可以写小说、写散文给报刊投稿，当作家。唐小罐呢，雇个出租车，跑出租。

说这话时，她推开窗户，望着1996年的夕阳，脸蛋被染得红红的。唐小罐站在一旁，举着相机，按动了快门。

（原载《北方文学》2018年第8期）

王 领 作

_赵长春

领作，袁店河方言，是对某一行业中领头人的敬称。时髦的话来讲，带头大哥。能当上领作，首先手要高，就是技术水平一流；其次，得服众，大家都服气，听你的话。高位之人必有高明之处，领作，就是这样的人。多以姓名敬称，张领作、李领作等等。

王领作，是袁店河上下有名的建筑领作。他起初组织了六七个人，盖房子。名气越来越大，人越来越多，就称为建筑队。再后来，他手下近二百人，大小型机械几十台。有人鼓动他搞成建筑公司。他摇头，虚名没有用，赚钱大道理。忙时种地，闲了盖房，也挺自在。

在成为领作之前，他不自在。他是工地上小工，最脏最累的活，他干。搬砖，和灰，运料。干啊，熬啊，有了掂瓦刀的资格，砌墙；再熬，就可以"抱墙角"了。"抱墙角"，也是袁店河的方言。盖房时，能"抱墙角"的是大工。可以晚来，可以早去，因为墙角是重要之地，两个甚至是三面墙的汇聚处，需要眼力、功力。"抱墙角"后，又几年，他就只用"别瓦刀"了：腰间插一瓦刀，巡回工地。这时候，他就当上领作了，王领作。不用考，不用评，是熬出来的，是大家心服口服的领导。

这些年，王领作也遇上了问题，或者难题。

有这样一个问题：袁店河修大桥了，一个分包的工头找上了门，给王领作和他的建筑队带来了商机。这是个好事，大家都很高兴。王领作也很高兴。头天晚上，如同接到其他的活儿一样，开个小会，派工，然后喝上几杯。然后，王领作训话。训话的主要内容是：不偷工，不减料，不耍滑。王领作还特别强调一句："老少爷们儿，这是给咱自己修桥，家门口的活儿，要更上心！"

可是，分包工头不叫他们上心。如，用沙，得洗，不能有泥。否则，和到水泥里，不黏，很不牢靠。可是，分包工头过来，说，不用麻烦，只管直接用，赶工时。理由是公家的活，都是这么干的，不用这样细心……王领作不理解。别的人就不管那么多了，呼呼地干开了，"管他呢!？反正咱就挣咱的钱……"

王领作不高兴："不能这样干！兄弟们，这桥是给咱袁店河的人修的呀!？"

可是，没人听。有人停了一会，就又干起来了……

还有让王领作难为的事情，就是钢筋不够"格"，该粗不粗，还没有农家盖房子用的钢筋粗。这太吓人了！他就去理论，人家让他走，结了他的工钱。他要带走他的人，可是，没有人跟他走……

王领作就不是"领作"了，一个人领谁干去？

王领作就坐在院子里叹气。老婆听了，埋怨他："人家都是这样干的，就你实在！只能吃亏！"

王领作就老了下去，很快。

不过，两年后的一个夏天，袁店河大桥被一场大水冲垮了，好在是晌午头，人少……

秋罢，农闲了，王领作又领着一帮人干起来了，还是盖房子。每接到活儿，老规矩：开个小会，派工，然后喝上几杯。接着，王领作训话，主要内容是：不偷工，不减料，不要滑。王领作还特别强调一句："老少爷们儿，这是给咱自己盖房，家门口的活儿，要更上心！"

在袁店河，王领作盖的房，结实得很。这句话，成了一句歇后语。

（原载《短篇小说》原创版2018年第4期）

遭遇狙击

_张凤坡

孙小星一定做了一个香甜的美梦，嘴巴发出咀嚼的声音，还有一脸幸福的微笑。一坨鸟屎不知趣地落在孙小星的额头，梦里的大餐被砸没了。

孙小星抹了一下额头，指尖温热的鸟屎让他一阵恶心。真是一坨鸟屎坏了一顿美餐。

孙小星刚欲起身小解，突然看到一道镜子折射出的亮光直逼过来。糟糕，遇到敌人的狙击手了。

孙小星推测，狙击手可能已经来了一会儿，为什么没有扣动扳机不得而知，但有一点可以肯定，如果此时动一动身子，无疑会遭遇射杀。

孙小星能够想象到瞄准镜后面的眼睛。此时的眼睛、瞄准镜、十字架一定是在同一条直线上，狙击手只需轻轻一钩手指，孙小星的眉心就会出现一个圆润的小孔。孙小星也许来不及挣扎，甚至来不及痛苦，就会"光荣"。

他现在只能静静地继续躺在草丛上，佯装死亡，等待狙击手的离去。

孙小星当兵五年，已经记不清参加过多少次这样的演习了。他知道，和平年代，演习就是打仗，没有敌情观念的演习就是演戏，他把每一次演习都当作上战场。

这次代号"孤狼"的演习由旅里统一组织，而且只有五名战士有幸被选拔为"孤狼"。旅里用直升机把这五名战士投放到帽儿山丛林里，让他们野外生存五天，这五天内，旅里组织百名官兵对"孤狼"进行围剿，到第六天，没有被捕捉、最先到达帽儿山指挥所的"孤狼"为优胜者。

孙小星是旅里赫赫有名的训练尖子，是通过公示的预提军官对象。孙小星从来没有畏惧过任何形式的军事训练，包括野外生存。作为头号"孤狼"，孙小星对这次演习信心满满，喝山泉、吃山果，以大地为床，以星空做被，日子一天一天过得倒也挺快。到第五天的时候，孙小星放松地睡了一个懒觉，而且在梦里享用了一顿美餐。他醒来后就遇到了这个狙击手。

等待了一个多小时，狙击手仍没有要离开的意思。孙小星有点烦躁了，他的手指轻轻动了一下。不错，他只需半秒钟就能抄起冲锋枪。可是，狙击手会给他半秒钟时间吗？显然不会。

狙击手为什么一直不扣动扳机，难道是要和他比赛耐力吗？孙小星有点丈二和尚——摸不着头脑。

时间一分一秒地过去，太阳光暗淡下来。孙小星的肚子开始咕咕叫了，嘴唇也干得厉害。他甚至在想，狙击手是不是瞄累了睡着了；或者狙击手是个新兵，担心无法命中目标，不敢轻易开枪。

孙小星知道，只要自己一动不动，狙击手是不会主动开枪的，也许狙击手背后就有自己的战友"孤狼"在持枪瞄准，谁都不敢轻举妄动。

想到这儿，孙小星反而放松了。不就是比耐力吗？那就比。

月亮代替了太阳，狙击步枪的瞄准镜依然折射出一道淡淡的亮光。孙小星感觉自己的四肢已经完全麻木了，他最大的愿望就是能够自由地活动一下身体。况且，再不结束对峙如期返回指挥所，按照演习规则自己就是打了败仗。必须改变现状，哪怕一死。就在云彩遮住月亮、狙击步枪瞄准镜亮光昏暗的那一刻，孙小星坐了起来。

云彩退去，月亮重现。奇怪的是，瞄准镜射出的亮光的照射点并没有因为孙小星身体姿势的改变而改变，仍然停留在原来的地方。看来狙击手真的睡着了。

孙小星轻轻抄起冲锋枪，以匍匐前进的姿势小心翼翼地爬到狙击手的右侧，然后出枪瞄准。

砰！一声巨响，把整个帽儿山都震醒了。树叶发出沙沙的声音，蛰伏在草丛里的小动物惊醒了一大片，沉寂的大山开始骚动起来。

可狙击手没有任何反应，甚至连瞄准镜的亮光都没有动一下。

孙小星彻底纳闷了，自己离狙击手只有10米距离，虽然看不到狙击手，但根据狙击步枪的摆放位置，完全能够判断出狙击手身体各个部位的所在位置。刚才这一枪应该命中狙击手的上体啊，为什么对方动也不动一下？

孙小星觉得不对劲，干脆站了起来，走向目标一探究竟。

借着月光，孙小星看到了那只发光的瞄准镜。这只是一支被丢弃的带有瞄准镜的猎枪，猎枪的后面根本就没有狙击手。原来，自己一直在和这支孤零零的猎枪比赛耐力。

孙小星苦笑了一下，安慰自己：就当增加了一个演练课目吧。

（原载《军事故事会》2017年第10期）

酒匠海半仙

_海 飞

　　海青是同山镇最著名的酿酒师海三两的儿子，也是一个无所事事的少爷。他经常和一帮游手好闲的人鬼混，在大街上大摇大摆、吆三喝四，弄得整条街鸡飞狗跳的。人家提鹦鹉，养小狗，他却养一只鹅，还有事没事就遛鹅。每天午后，海青喜欢睡在同山镇街口大樟树下的那块一人多长的青石板上，也喜欢去海角寺的那片长草的空地练武，懂行的人都说他那武功是花架子。海青还喜欢四处掏鸟窝，没干多少坏事，但干的绝对不是正经事。所以说，他根本不像他那忠厚老实的爹海三两。海三两喜欢喝同山烧，每顿三两，雷打不动。喝完酒，他喜欢拿一块惊堂木在桌子上一拍，在晒谷场上给四邻八舍的人说书。父亲不喜欢海青是因为海青一不会说书，二不会蒸烧酒，这让他后继无人。海青滴酒不沾，却经常去棋馆和别人下棋赌博。这个赌棍最漫长的一次赌，赌了三天三夜，输掉了他父亲的五百坛酒。

　　海青看中了小艾。小艾是慕江南成衣铺的，是同山镇上著名的裁缝，她带着两个徒弟小树和小叶，经常去大户人家给人量体裁衣。镇上黄老爷的儿子黄奇镶是个读书人，温文尔雅得一塌糊涂。小艾在替黄奇镶量衣时，喜欢上了他，望着他挺拔的身材，小艾的心就胡乱地跳动。

　　海青经常去缠小艾，他就带着他的鹅，在小艾的慕江南裁缝铺里吹牛皮。他说要在城里给她开最大的裁缝铺，不仅慕江南，还慕全国，还慕全世界。小艾不理他，小树也不理他，只有小叶说，上海那边都打起来了，还慕全世界？只有那只鹅，胡乱地叫得很欢，喝醉了酒似的。

　　同山镇的汤江岩上有一个铜锣寨，寨主陈三炮，是个悍匪，脑门上有道疤。有一回他下山绑回来两个财神，一个是海三两，一个是小艾。陈三炮放狠话，说三天不拿三百块大洋来赎，就他娘的撕票，就他娘的撕成一百瓣。有人在赌馆对着海青嚷，说海青你爹被绑了财神，你怎么不急？海青不着急，照样跟那帮游手好闲的家伙吃酒赌博。第三天，海青上山了，带着那帮浑蛋兄弟给他凑来的三百块大洋。海青站在寨口对喽啰说，别给你海爷爷弄错，我要赎的不是海三两，是小艾。后来陈三炮从山上传下话来，让他进了山寨。海青看到海三两在一片空地上帮陈三炮蒸烧酒，那一小缕酒顺着一根小管涌下来，喷香喷香。海三两生气地说，你不赎老爹你赎艾裁缝？你的良心长歪了。海青吸了吸那股酒香说，陈三炮绑你就是想让你蒸烧酒给他喝，你以为他敢撕票？这时候陈三炮被两个小匪从聚义厅扶了过来，他已经喝得东倒西歪了，不停地打着香喷喷的酒嗝儿。陈三炮在第三天酒醒的时候，赎金交上了，小艾已经被小树、小叶领回家了。陈三炮看到海青没走，在山寨里玩得正欢，竟然向山匪们学打枪，还想在山寨留下来。海青兴奋地对刚刚醒过来的陈三炮说，我觉得我特别适合住在山上。陈三炮笑了，笑着笑着突然收起笑容，沉着脸说，做梦！海青说，你到底收不收？陈三炮咬着嘴唇，一字一顿，不收！

海青灰溜溜地下山，把那帮游手好闲的兄弟叫到了镇外那一大片的粟米地，他身边还是那只大白鹅，依然嘎嘎地叫。海青说，谢谢兄弟们给我凑三百块。海青又说，陈三炮不给面子，不肯收我，总有一天，我们统统上山去赌博。那铜锣寨里，真是太好玩了。接着海青带着这帮二流子去裁缝铺找小艾给自己提亲，敲锣打鼓的。海青说，你要是嫁给我，那可是吃香喝辣一辈子。小艾倚在裁缝铺的门框上说，三百块大洋会还给你，提亲没门，你还是回去吧。小艾心里喜欢的，其实只有镇上最雅致的黄奇镶。看到黄奇镶坐着黄包车从慕江南成衣铺门前经过，她的两眼能放出光来。

日军侵略诸暨途经同山镇。因为遇到游击队抵抗，日军损失了一个小分队。于是日军割茅草一样割掉了一批人，其中就有海三两。日军是黄奇镶带了来的，他竟然当上了皇军的翻译。有一天黄奇镶带着日军小分队从同山镇去枫桥镇，经过大片的粟米地时，突然看到海青在和大白鹅下棋。黄奇镶大笑，说你这个人是不是癫掉了，你和一只大白鹅下棋。突然一声枪响，从粟米地里钻出来一堆人，都是平常和海青玩的那些浑蛋朋友。那天这帮混子杀了敌，杀得红了眼，最后也一个个倒在血泊中。

受伤的海青一身的血，抱着他唯一的大白鹅上了铜锣寨，对陈三炮说，你到底收不收？陈三炮咬着嘴唇说，收！海青脸上就浮起了笑意，他杀死了小分队的日军后，他一把火把粟米地烧了。火映红了半边天。海青后来对陈三炮说，可惜让黄奇镶溜了，但是，老古话不会错。

陈三炮问，什么老古话？

海青说，逃得了初一，逃不过十五。海青说完，咕咚一声晕倒在了地上。

海青就在铜锣寨住了下来，在山上搭棚给土匪们蒸烧酒。蒸出第一批酒的时候，是惊蛰，一个春雷滚滚的日子。山匪们狂喝了一下午，最后醉倒了一大片，像地里被割翻的高粱粟。谁都没有想到，海青竟然会蒸烧酒。不仅会蒸酒，海青还会说书。原来从小到大，他一直偷偷在练说书。那天下着雨，山寨空地上搭起了棚子，海青就在这儿惊堂木一拍给山匪们说书。海青先说，爹，你听好，你儿子可是会说书的。海青接着说，哗啦啦三声炮响……小艾和小树、小叶也上山来了。小艾站在那片空地边上，对眉飞色舞的海青说，我们在山上不走了，你娶我。海青不理她，继续说书。说完书，海青说，我那帮游手好闲的兄弟和日本兵拼命，都死在粟米地里了。小艾说，你什么意思？你娶还是不娶？

我不娶。

为什么？

因为我得先替我那些兄弟报仇。

铜锣寨的山匪，从此下山杀敌时，腰间都会挂着一壶酒，上面写着三个字：海半仙。有一天半夜，海半仙带人下山，蹿进黄家，不仅抢了他家的粮，还割了黄奇镶的头。消息传到铜锣寨，小艾正为山匪们赶冬衣。她没有高兴，也没有不高兴，一直等到海半仙走到她的面前，她才流下了两行泪。海半仙说，你哭什么？小艾说，我没有哭黄奇镶，我哭我偷偷爱着他的那几年光阴。

（原载《我们都爱短故事》）

酒 里 金 刚

_海 飞

　　同山镇的酒客们最喜欢黄昏降临的辰光。那时他们像一排木桩似的钉在同山镇街心，仰脸看着晚霞一点儿一点儿由绚烂而渐暗而晦暗而滑入暮色。这之后，他们会在海半仙酒馆度过一段无比开心的好时光。

　　海半仙酒馆每晚十点后免费供酒菜，翠屏烧出最拿手的五香牛肉。一时酒客如云。

　　这天晚上海半仙对酒客们说，供酒供菜没事儿，可有个条件——你们得讲个自己的酒故事，新鲜、有趣，讲得最好的能得到一坛"七步醉"。

　　张三抢先跑到酒柜前。张三说，十二岁时跟爹到镇上买了两坛同山烧，准备过年时喝。他爹拉车，他在后面推车。父子俩推着车高兴地聊着，没想到推车陷进泥坑，车轮一歪，两坛酒一滑坠地，满地酒香。张三抓着头皮愣在那儿。他爹吼，还愣着干啥，等下酒菜啊？赶紧喝。父子俩趴到地上，把每片碎酒坛片上的酒舔了个干干净净。

　　张三说，这故事精彩吧？

　　李四说，这故事跟我的比，一般般。

　　李四有一年把老婆送回娘家过夏，喝够了酒跌跌撞撞回家来。路上想起家里还有半斤同山烧，酒虫子就从喉咙里慢慢爬出。不料刚到地头就摔了跤，爬起时摸到满地蚕豆，心里暗自高兴，抓了几把装进衣袋，迷迷糊糊摸到家，进屋后先炒豆。他倒酒吃豆子。蚕豆有点儿硬，咬不动，可味道绝对好。他想可能蚕豆有点儿老了，就喝一口酒咂一口蚕豆，把半斤同山烧都喝了。第二天酒醒，他瞅着满桌的小石子发愣，一嗅还有股盐水味，再一尝咸滋滋的。他骂自己，昨晚醉酒竟然把小石子当成了蚕豆。

　　众人正哈哈大笑，门外进来个人，嚷着要七步醉。海半仙拱了拱手说，先生打几两？

那酒客说，几两？笑话，听说过酒里金刚宋万里吗？给我来五斤！

海半仙说，宋先生，这七步醉略有小名声，一般人只能喝三两，超过三两走七步就会醉倒。

宋万里对着屋顶大笑，笑完掏出两块大洋拍在柜台上，一把拎过柜台上摆着的七步醉，揭开酒坛盖，咕嘟咕嘟喝了三大口。然后，放下酒坛对海半仙冷笑。这几大口少说也有半斤了。

海半仙说，你走几步。

宋万里稳稳地走，一步、两步、三步……他继续冷笑，笑话，别说七步，就是走到上海我也能……话音刚落就一歪倒地。

海半仙伸手拭了拭鼻息，没事，伙计，把人抬上床，盖上被子，别凉着。来，继续讲故事。

第二天众酒客又如约而至。

王五多年前从镇上打了瓶同山烧回来，犯愁着已没钱买下酒菜。见有人在卖螃蟹，他趁卖蟹人忙乎，偷偷掰了条螃蟹腿就溜回家，舔一口螃蟹腿喝一口酒，有滋有味地喝到大半夜。蜡烛没了，王五摸黑继续喝，一不小心螃蟹腿掉到地上，他摸来摸去总算捡到，用衣襟擦了擦继续喝。瓶底朝天了，灌上水涮涮又喝，然后把螃蟹腿小心地搁桌上，打算第二天再喝。第二天中午起来，一看螃蟹腿还在地上。再一看，桌上搁着枚大铁钉，铁锈已被舔得干干净净。

众人大笑不已，说这个真绝了。

王五说，我能拿酒了吧？

海半仙说，再听听别人的故事，我去看看那酒里金刚。

宋万里睡得如痴如醉。海半仙出来说，继续讲故事。

第三天，赵六捋了捋袖子，讲起了自己的酒故事。

去年赵六跟朋友从绍兴回同山镇，因临上车喝酒误了火车，两人决定走回家，从行囊里摸出两瓶酒，沿着铁路线一边走一边喝。火车轰隆隆地开过来开过去，他们扶肩搭背，唱着荒腔走调的绍兴大戏，快活得不得了。喝着喝着赵六疑惑地说，天哪，这梯子好长，我们怎么也爬不到头啊。朋友说，可不是，这梯子快通天了。赵六一拍大腿，这是不是天梯，让我们做神仙去？朋友说，可不是，咱是要做酒仙去了……这时有人跑过来喊危险危险，快下来！朋友说，他咋咋呼呼喊啥？

赵六说，他喊危险。你看这天梯没扶手，当然危险了，哎，别拉我别拉我……后来一桶水把他们浇醒。

赵六摸着满脸水纳闷怎么没上天？人家冷笑，上天？下阎王殿还差不多，两个醉鬼把铁轨当梯子爬。

众人笑得前俯后仰。海半仙差点儿把酒喷出来。

赵六的手伸向七步醉。海半仙说再等等别人的故事。那酒里金刚该醒了。

海半仙走进里屋敲了敲床板说，差不多了，该醒了。

片刻，宋万里睁眼，一骨碌起身，对海半仙点点头，捂着嘴巴一声不吭到外面，对众酒客点点头就走了。众酒客嚷，这就是个白吃白喝的家伙，连个故事都不讲。

又过了三天，那坛七步醉还是没人拿走。这天晚上，有人正讲在兴头上，一个戴着口罩的女人进来，身后拖个闭嘴不吭的男人。众酒客一看正是那酒里金刚。

女人摘下口罩说，海半仙你还我男人。

海半仙说，你男人不正在你手心里吗，我怎么还？

女人说，这死鬼回家后闭着嘴坐了三天三夜，不吃不喝不说话，成了个木头人。你还我原来那个。

海半仙叹了口气说，看山是山，看水是水；看山不是山，看水不是水；看山还是山，看水还是水。

这时宋万里慢慢地张嘴，深深吸了口气，再缓缓吐出。顿时酒馆里弥漫一股醇香无比的气息。众酒客晕晕乎乎起来。

宋万里说，我第一天回家喂羊，羊醉倒了。第二天喂狗，狗醉倒了。第三天喂鸡，鸡也醉倒了。闭了三天嘴，七步醉还能到这个地步，真是天下一等一的好酒。

女人说，我要不戴口罩，这一路拉他过来，早就醉倒在路上了。

海半仙对众酒客说，你们谁讲的故事有他这样新鲜有趣？

众酒客面面相觑默默无语，片刻酒馆里掌声雷动。

海半仙把酒坛递给宋万里的女人，说，酒是个好东西，得适量，以后你管酒，每顿只能三两，养气，活血，益神。你男人底子好，这一场醉生梦死，能多活十年。

（原载《我们都爱短故事》）

公主与妖精

_周洁茹

一、淹城公主

淹城公主的父亲，原是山东以东奄国的君王，追随朝歌城王子武庚复国，兵败。族人多迁往秦地，王族则越过长江，去到江南，凿河为堑，堆土为墙，建了淹城。公主的母亲在南迁的路途中病故，公主跟随父亲住在淹城，淹城公主的名字就是这么来的。

奄王经历灭国之痛，又怜悯公主从小没有母亲，对公主非常宠爱。公主到了成婚的年纪，没有走出过淹城一步。

吴国的王子带来贵重的礼物求亲。吴国是江南的大国，奄吴结盟，可保奄国遗族平安。奄王应允了婚事。

淹城公主听到这个消息，并不欣喜。从子城宫殿的高处望去，跑马冈烟尘飞扬，父亲正与吴国王子驰马，王子的身形都看不大分明。

淹城形似人眼，城墙三道，黄土筑成；护城河三道，宽十二丈，不相通流。子城最高，内城又高于外城，三城三水的出入口都只有一个。子城与外城间的一道土冈，由东向西，就是跑马冈。

父亲寡言，平日里也只在跑马冈驰马。淹城公主自小就从子城宫殿眺望那道跑马冈，有时候也望得见三道水里，漂游着的独木舟。江南的匠人砍倒粗壮的大树，剖空树心，烧黑树的枝节，刻上花纹，那棵树便不再是树，成了一只能在水面行走的舟。

淹城公主一天天长大，没有走出过淹城一步。这三道城，没有人来侵犯，也不去侵犯别人。淹城的公主，没有人知道她，她也不知道外面的人。被忘记的公主，终被记起，淹城公主并不欣喜。

吴国王子请求淹城公主在城头栽下豆藤，以城墙上开出豆花见证两国友好，也是婚娶的好时辰。奄王欣然应允。于是淹城公主亲手种下了豆藤，豆藤很快爬遍淹城城墙，开出美丽的花朵。吴王突然病重，飞书王子返吴。吴国王子离开后，豆花凋谢，藤枝枯萎，吴国随即火攻奄国，万千火箭飞上城墙，干枯的豆藤遇火即燃，淹城即变火城。

奄王战死，淹城公主投水自尽。

淹城今天还在，城外三个山头，称作头墩、肚墩和脚墩，是当年埋葬淹城公主与淹城子民的地方。

二、星星妖精

当公主突然出现在森林，那个住在橄榄树心里的妖精，还不知道悲剧已经开始。本来他可以做快活的树妖、草精，收集地底下的金子，教训说谎的顽童，可是他看到了她，他开始了胡思乱想。一场痛苦的单相思次第展开。幻想的火，燃烧——燃烧而欲毁灭。

一个英俊的王子出现，引去了她的心。

妖精用头撞地，却死不了，因为他是妖精，撞地，就钻进地里面去了。妖精投河自尽，也死不掉，因为他是妖精，投水，就漂在水上了。火烧不嫌痛，土埋不觉闷。

英俊的王子露出了毒蛇的本来面目。公主发现了最爱她的是那个妖精。她痛哭了三天三夜，第一天哭，自己被欺骗；第二天哭，没有真正的王子真正地爱她；第三天哭那个妖精实在太丑。

她只好去爱妖精，她也没有别人可以爱。两个相爱的人莫名其妙地久久地看来看去。他们俩没有别的事情，也没有游戏好玩，就一天到晚你盯着我，我盯着你，死死地看。

国王带着大军来到了荒凉的森林。公主得救了。

国王为了让公主忘掉离开家后的一切悲惨遭遇，从巫婆那里买了一碗忘忧汤。喝下了汤的公主，一觉醒来，发现庭院外面一片春光明媚，她高高兴兴地叫上小朋友去花园里荡秋千。

妖精杀不死，国王苦恼万分。巫婆从极乐西方取来一道咒符，贴在王国的须眉山上。这样一来，妖精便永远无法踏入王国半步，哪怕越过了国境线一毫米,也会头中打鼓,心里冒烟,肝肠寸断。妖精只能一天一天沿着国境线兜圈儿。

后来,王国化成一颗恒星,妖精化成了一颗行星。

(原载《我们都爱短故事》)

广　州　爱

_周洁茹

　　她第一次去广州的时候,广州的地铁还很新。他带她看地铁站,他带她看黄昏的市民广场,年轻小夫妇牵着孩子,他说这可真幸福。于是,她以为幸福就是这样。

　　她小学的时候有过一个广州的笔友,她的笔友寄给她丝做的手环,还有一张照片,那是冬天,她的笔友穿着裙子,背景是很多很多花。

　　她们的通信一直延续到二十岁,在广州见面。她的笔友和照片里一样,可是和她十几年的想象不一样。从小学到大学,她的笔友经历过的爱恨情仇,都仔细地讲给她听,她是她千里之外的姐妹。可是面对着面,她的笔友从来没有这么陌生过。

　　她说你的彼得呢？你要跟他去香港的。

　　她的笔友说她不记得她讲过什么彼得了。

　　她说这十几年的信我都保存着,连信封都好好的,每一封信我都是好好地读的。我又是这么盼着你的信,日日等着邮差来。

　　你的信叫我活下去。她说。

她的笔友笑了一下。

她说等下要去买点青菜，如果旁边有什么街市的话。

她的笔友说你要来广州结婚吗？

她说我不会结婚的。她停了一下，她说我说过的结婚可能不是真的。

她的笔友说好吧，你去买菜吧。

她们互相拥抱，说再见。

她没有去买青菜，他买了青菜又炒了青菜。炎热夏天，他的背上全是汗。

她喝到的第一口凉茶，在广州，甘蔗水的颜色，盛在高脚杯里。他们说不是甘蔗是雪梨，川贝雪梨。

他带她去见朋友，只有一次，于是她到底是他的爱人，一次。无论后来发生什么，他仍然是那个站在广州街头的电话亭打电话打到一分钱都没有了的爱过她的人。

这样的爱，超过一次就太多了。

她在鸿福堂买了好几年川贝雪梨海底椰，有一天店员说你要试试苹果雪梨吗？她说好喝吗？店员说好喝呀。她说还是川贝雪梨海底椰吧，热的。

这就是她与广州全部的牵绊。

她与深圳的联系还多一些。

她小学的时候有过一个同桌，长得很好。她的同桌说她将来一定要有一个像她家那样的浴缸。有一天同桌拿了美院姐姐的小塑像跟她交换自动铅笔，同桌说喜欢所有的好东西，心里想要就一直想要。同桌第二天就后悔，要她还塑像给她，同学们都叫她还给她，她发现换回来的自动铅笔已经坏了，但是说不出来。

她回家过春节的时候接到了同桌的电话，同桌说你家的电话号码二十年都不变的啊？同桌说你们冬天冷吧？同桌说她现在在深圳了，深圳不冷。同桌说老公是香港人，有钱，又爱她，又有钱。

她后来坐在深圳，一个人吃饭的时候，总疑心一抬头就见到她，即使隔了二十年，她都不会忘记她的脸，可是她再也没有见过她，深圳这么大。

深圳是他们说的，实现梦想的地方。不是广州。广州端庄，骨架大，风情万种，深圳就是一个放大了的深圳机场，富丽堂皇，吓死所有的密集恐慌症者。

会说广州话的男人，她只认得一个，面目模糊了，只记得他高大，张牙舞爪的女人都围绕着她，于是他看女人们都没有表情。天全黑了，她远远地望见他同一个女人走在海边。她睡了一觉醒来,他们还在海滩上说话。他们都说些什么呢?她一直放不下地想知道。

她想那就是广州男人的样子。

后来她在香港又遇见一个会说广州话的男人,香港人人说广州话,可是她只认得他一个。

她说完一句话,他要想一想才能答,他说的话,她多数听不懂,她只是看着他的眼睛,诚实的好眼睛。

深夜食堂里片桐把戒指藏在神龛八年,全都交托给神明。若是错过,只好错过。神又安排他再见爱人,她已为人妻,活得庸常。他说一起离开,重新生活。雪落下来,她脱了围裙开了门,他等在门外,戒指和机票。

老板说,你的人生不是只有你自己。

她已站在门外,说,我的人生就是我的。

若是只到这里,相爱的男女,就能在一起。

可是没能只到这里,丈夫和小孩替她庆贺生日,又老了一岁,她就关了门。她的人生果真不是只有她自己。

片桐慢慢地走过食堂,薄雪的地,窄巷,两级石阶,孤独地走掉。红色围巾白色和服,那双木屐,伤感到死。

算命师傅说,因为前世伤害他人,现世就会为了追寻自己的心而漂泊。

她只认得一个香港男人,他的长相,就是这么一个确切的片桐。

那些自己炒的青菜很好吃,那些他给过的幸福。

她离开广州的时候,在一家小店吃煲仔饭,好吃的煲仔饭,吃到吃不下,他说为什么还要吃。因为她的眼睛里全是眼泪。

有的男人因为女人的低抛弃她。可是抛弃也是相互的,耀眼过的女人,怎么会低得下去。

她发现他有左右逢源的根,就放了手。他以后的风生水起,都与她没有关系了。

她没有再去广州,香港这么近,她都没有再去过。

白云山的尽头不过是一根水泥柱,绑满了锁,锁情锁爱,日晒雨淋,锁全锈了。

(原载《我们都爱短故事》)

平 原

_陈 毓

出生地是一个人当然的故乡。有人一生渴望离开,有人离开,却是不由自己。贵德老汉就是被挟裹离乡却闭紧老嘴不发一言的人。

离开秦岭深处那座山的时候,贵德七十八岁。他活过了自己父亲的年岁,自感命长。

年轻的时候他担脚,下过荆门,到过巫溪。那时候进出这个叫文舞台的地方是下山再走河道,以及走河道再上山。河是金钱河。不知从哪一年开始,金钱河水低下去,更多的沙滩暴露出来,再后来,挖沙船把那些沙滩弄得一片狼藉,不成样子。山下也有了公路。是先有了公路还是金钱河的水先低落的?贵德需要好生回忆。

山里有电灯的日子也需要回忆,人老就是这样,一些事明明是昨天发生的,却要费力回想。

山里通电了,但往返文武台的人仍需脚力。自行车不行,就是想要骑牛骑马骑驴,也不成,因为最窄处,仅容人侧身过。虽然后来炸药炸掉了一块挡路石头,但在老印象里,仿佛仍然牛马驴过不去似的。

人们还是乐于说路窄,说五十年代末,山上是分配过一头牛上来的,谁知披着红绸进山的牛在那段仅容一人侧身过的窄处无法通过,把牛退回去也不可能。大家不知拿牛怎么办,最后这头牛被就近拴在一棵大椰树下,人们给牛盖了个棚顶,喂牛吃喝,直到牛老死。

文武台人不养牛马驴,却家家户户圈养猪。根据自家能力,养一头两头,腊月天杀了猪,制成腊肉,来年吃一年。

山下的公路开通,贵德不再担脚,他也很多年不下山了。山上祖辈火种的坡坡地他接着种。从低处看,从高处看,地都像和尚的百衲衣,大同小异,外人看不分明，原住民却分得清楚，不费一块界石。

贵德再次下山，离开山里也是近两年的事。贵德这一辈几乎是山上最老的一代了，晚一辈已不满足山上的生活，出去闯世界：搞建筑的和在建筑工地打工的、开矿的和在矿上挖煤的、搞运输以及去运输队开车的……但多数人离开，还会回来翻修老宅。到贵德孙子这一代，就断了回归之意，他们设法留在山外，就是用打工的钱在山外的镇子落户，也愿意。

贵德七十八岁这年下山，就是随在山外落户的孙子平儿的。平儿说，我再不回山上住，你一个孤老头子还住山上？这不是给孙子屁股底下塞芒刺呀。你早下山我早安生。

贵德在孙子一次次汗流浃背地爬上山又被山风吹感冒之后，决意不为难孩子，跟平儿到了平原。

平原是关中平原。贵德第一次到四面看不见山的地方，一时东西不分，只能依靠太阳大体得个方位。他知道山里人和平原人的区别，一眼就能看出，比如山里人在平原走路，爱弓腰，走路很高地抬腿，平原的人就不这样。贵德站在门前朝大路上看，就知道谁和他一样，是山里移民来的。

最让贵德感叹的，是平原上的麦田，一望无边，割麦子的时候从这头到那头，一低头半天。更惊人的，是不用人力，机器开进去，麦粒是麦粒，麦草是麦草。这都是在山里没法想象的，山里的麦子，颗粒小，麦穗也轻。不像平原，长、大、沉甸甸的。

这诸多的好，却也抵不过去，比如贵德总觉得闷。他说，天低。

天咋就低了？孙子问。

贵德说，没山撑。天低，天地间的人，就被挤压着，闷，胸闷。

平原的地，也让贵德备感无力。若是在山里，他还能去他的坡坡地，耙一耙，锄一锄，但在平原，贵德往太阳下一站，就像是被太阳的光刺着眼睛，茫茫然。

让你去种地？人家说我羞先人呢。孙子是一家建筑公司的头头，那一点地，基本撂荒着，吃的喝的，他总是买。贵德就剩下吃闲饭。你是老人家，谁嫌弃你吃闲饭？

没人嫌弃。贵德自己嫌弃。

他想回山里，但是开不了口，知道这是为难人。

仅有的几个近邻，都随晚辈搬出来了，他咋能再回去。

这就是永诀了吗？

贵德把心思藏深，喝一口水。他刚来的时候，还调笑说平原的水碱性大，现在也不说了。

平儿的表姑要回到山里去住了。得到这个消息的贵德像一个自卑的孩子被老师忽然嘉奖一般，感到兴奋、羞涩又紧张，他终于敢说他想要回山里去住。他帮孙子出主意，要是过意不去，就给表姑一点钱，他可以在平儿表姑那里搭个伙。

平儿哪里会答应，他说，表姑也是快七十的人了，回去也是因为负气，过些日子还是会下山的。

但贵德老汉这一夜开始发烧，无缘无故，去医院做各项检查，却无结果，要住院做进一步检查，但贵德像一个任性哭闹的孩子，说只要他上了返回山里的车就好了。

没办法，平儿只好答应回山里，就当去散心，等和转了再回来。

贵德果真如他自己说的那样，安静了。临出发的早上，他带点狡猾又羞涩的表情，要平儿媳妇给他做碗油泼面吃。

等平儿媳妇端面来，他嘱咐把碗装满。贵德老汉吃了满满一碗油泼面。上车走了。

车过平原，进秦岭。上文武台。

上文武台依然要步行。两年前离开，就没让贵德老汉走这段，现在，平儿早在山下约请了四个人，轮换抬滑杆，把老汉往上送。

贵德的脸上是羞涩，更是平静。似乎说，真是麻烦你们了。

上山的时候，开始飘雪，几个年轻后生起初还和贵德老汉打趣，说要是觉得滑杆哪端不舒服了，就用手拍哪端。贵德只是拍拍说话后生的肩膀表示感谢。

雪越下越大，滑杆后生集中脚力赶路，天地一时清静。等要越过那道最窄的豁口时，他们商量停下来休息一会儿。

停下来，他们就喊贵德老汉，这次没有枯手伸出来。有人揭开罩在贵德老汉脸上挡风防雪的棉兜，只见老汉坐着，平着脸，已经没了呼吸。

大雪纷纷，天地一统。看得人心里由不得赞叹，好大雪。

（原载《我们都爱短故事》）

我们都爱管闲事

_邓洪卫

从县城乘中巴回镇上的家,我坐在最后。车发动前,上来一人,我认识,是我们村里的小顾三。说是小顾三,其实比我大两岁。小时候常在一起玩,他个头高,敢说话,是我们几个玩伴的头。我们喜欢跟他后边混。在学校里挨欺负了,就去找他,让他为我们报仇。小顾三到我们教室门口,用手一指:"呔,那谁,你给我出来!"那谁早就吓得屁滚尿流,趴在桌上大气都不敢喘。我坐在那儿,颇为得意,扬眉吐气。

这里说两宗事。

第一宗。一天晚上,我们跟小顾三一起去看电影。那时候小,喜欢各村去看那种露天电影。那天放学前,吴庄的同学就说,今天晚上,他们庄放电影。回到家,吃过晚饭,我们就在小顾三的带领下,浩浩荡荡奔吴庄而去。电影叫《黄英姑》,打仗的片子。一会儿马上,一会儿步下;一会儿地主,一会儿土匪;一会儿八路军,一会儿国民党;一会儿深山,一会儿平原。好不热闹,让人眼花缭乱。演黄英姑的演员十分漂亮,飒爽英姿。特别在马上枪战的场面,让人热血澎湃。这片子,我们都看过好多遍,每次看都津津有味。其实最有味的不是电影,而是大家在一起玩的快乐。

看了一半,放映机出了故障,画面卡在那儿,放不出来了。放电影的吴光捣鼓了半天,也没捣鼓好,只得沉痛宣告:今晚电影到此结束,再见。

于是电影就散了。我们虽不想散,但也无奈。正往回走,却看到一伙人围在一起。我们赶紧挤进去,原来有一个人自行车脚拐不知碰到什么外力,拐里边去了,脚拐转到一个地方,就被挡住,转不过来。自行车主人用力扳这个脚拐,奈何气力太小,怎么也扳不动。旁边人看热闹,支招,都没有用。此时刻,人群中有一人发话:"这有何难,我只需略施小力,就能将其扳正!"大伙都看这人，原来是一个黑脸壮汉，大伙道："那你扳呀！"那人哼了一声："哪能白使力气，我不多要，五块钱即可。"众人看自行车主，车主犹豫不决。小顾三在一旁言道："你要有力气，就学雷锋做好事，扳过来，只怕是吹牛皮的吧。"黑脸壮汉不悦，说："我要是扳过来怎么说？"小顾三说："说明你有力气呗，能怎么说，只怕你扳不过来。"黑脸壮汉扳也不是，不扳也不是。小顾三冷笑一声，走出人群。我们也哄笑着跟着小顾三往回走。没走几步，忽听身后有人叫道："留步！"我们回头一看，正是黑脸壮汉。那厮抢步上前，对着小顾三，当胸就是一拳。小顾三跌坐在地。我们还没回过神来，那厮转身阔步而去，消失在茫茫黑夜当中。好半天，我们才明白过来，扶起小顾三。大家闷闷不乐往回走，再也没有来时的兴高采烈。

这是一宗。另一宗跟这一宗差不多，也是看电影。不过是春节，在电影院。不知怎么有两人电影看不下去，在影院门口打将起来。小顾三好热闹，在旁边看。别人只看不说，他却按捺不住，在旁边评点。

"这一拳打得好！"

"这一脚尚欠力度！"

打架的两人起先并不在意，时间一长，越来越觉得不对劲，便同时卖个破绽，跳出圈外，互使眼色，一齐挥拳打向小顾三。可怜小顾三哪里是二人对手，瞬间被打倒在地，脸上万朵桃花开。

这都是三十年前的往事了。

那一天在车上，小顾三搬着一箱酒上来。我本想跟他打个招呼，怎奈离得太远，他也没注意我。我就想等下车再说吧。

车到中途一个镇上停了下，下了几个客。车主想上几个客，就有意挨了会儿。忽然有人吵嚷起来，原来路边超市门口有人打架，声音越喊越大。有几人见车还没走，就下车去看。两分钟后，车主喊走了走了。几个人又上了车。车子继续前行。十分钟后，车子到我们的小镇，我到前面下车，却找不到小顾三了，但那箱酒还在。于是明白小顾三中途下车看打架，忘了上车。我对车主说："你们落下一个客人。"车主说："好像是的。"我想了一会儿，说："我跟他一个村的，我把他东西搬下来，在路边等他。他肯定会跟下辆车过来。"车主求之不得："谢谢！"

我把酒搬下来，站在路边，面向西方，等待。

愿他能完好归来。

（原载《我们都爱短故事》）

我们都爱看美女

_邓洪卫

那女子一直在河边草地上倚树而坐，把头深埋于胳膊中，有包放在一旁。我已注意她多时了。有时她会抬起头来，我注意到月光下此女子面容白净，倒也悦目。她看看手机，好像在等待什么，然后又把头埋下去。

我深为担忧，如果此时有人袭击她，她会毫无准备，陷入非常危险的境地。身后就是一片小树林，虽不茂密，但藏两个人没问题。此时是晚上九点，来回走动的人很少，夜行之人基本上都已回去，像我这样无所事事者确实珍稀，而且我是喝过酒来这里散步消消食。

这叫什么河？我也说不准，我问了好几个人，都支支吾吾、语焉不详。我曾在桥南边看到一个牌子，上书"串场河观光带"。以此观之，这河就叫串场河。可串场河是我们这个城市的名河，我知道在东边，大家也都说在东边，怎么现在跑西边来了？思考了几天，我得出一个比较合理的答案：东边的那个串场河可能已经年久淤积，又离市区较远，废了，这边离市区近，政府疏浚河道，修建观光带，既树立政府形象，又方便市民，考虑到串场河名气大，就移用过来。所以，我曾一度叫这边的串场河为新串场河。可是，后来这个说法被打破了。我有天路过东边，发现那边的串场河仍然健在，而且跟这边一样，建了观光带，两边路灯闪烁，树影婆娑。于是，我叫东边的串场河为东串场河，西边的串场河为西串场河。嗯哼，我就是这么严谨的人。

这个在草地上倚树而坐的女子，端的在思考什么？这引起了我的注意和思考。正如一句名诗：你站在桥上看风景，看风景的人在楼上看你。

思来想去，我得出了几点推断。第一，她是一个良家女子，在等人，当然在等男朋友；第二，她是一个风尘女子，在钓人，钓路边的男人；第三，她还是一个良家女子，但比较寂寞，或比较浪漫，她在等待一场艳遇；第四，她遇到事了，比如情感上受到挫折，想不开，打算跳河。

除此四点，我找不出别的理由。

然后我又对这四点进行严格挑选，认为前两点可以忽略。一个年轻女子在这等男朋友，又等这么长时间，不太现实，一般都是约好时间，男的先到等女的。观其穿衣打扮，挺正规的，不像风尘女子，再说风尘女子钓客，也不必到这地方来。第三第四点是有可能的，网络上经常有这样的事。如果是第三点，我是不是过去学学雷锋。如果是第四点，我更得学雷锋，自己虽不英雄，但也该救美。在大学考体育，我没有一项达标的，只有游泳及格，还替别人代考几次。

我在踌躇，我在犹豫，我不知如何是好，我只有来回散步。走不多远回来，密切注视她，但她重复那个样式，已经一个小时了。既不走，也不跳，让人莫名心焦。

此时我倒有了顾虑。一个美女在草地上倚树而坐，已经一个多小时。我在她面前晃来晃去也有一个多小时。虽然我比较正派，无不良想法，但总归可疑。我抬头看看，没看出有摄像探头，或许有摄像探头我没发现。我觉得我应该走远一些，以避其嫌。不知不觉上了南边的桥，到了河东岸，沿河而行。虽然已经十点钟了，东边还有几个人。因为东边靠居民区近些。我往西边看，河岸一片灯光，根本看不清灯光后边是什么。

此时刻，我遇到一个女同学，一个非常漂亮的女同学，一个印象颇深颇好的女同学。她热情叫我，哎哎，是你。我也惊叫，噢噢，是你。她说，真没想到哎。我说，是啊是啊，你倒是没变。如果在往常遇到这个女同学，我会很开心的，边走边聊，也许能聊出一些事来，今天却想着河对岸那个女子，有点心不在焉。聊了几句，我就借口离开。女同学跟在我后面，哎哎，这边这边，再走走哎。我不顾她的失望，飞也似的逃跑，上桥，到河西岸，不由大吃一惊，心噌地跳到嗓子眼。

树下草地上那女子不见了。

我到小树林看看（怕她遇上歹徒），里面没有什么动静，又到河边看看（我感觉她要是轻生，一般会留下点什么，比如那个包，比如把鞋子整齐地放在岸边），没有什么异常。我四处观看，只见树影晃动，不见一个人影。

我的心一下被掏空了，靠着那棵树，滑坐在草地上，像刚才那个女子一样，抱着头，思考那女子当时到底在思考什么，现在哪去了。我忽然有了第五种可能：这个女子不是人，是鬼，水鬼。曾经在此跳河自杀，今天上来透透气，趁我去东岸时，回到她的阴曹水府报到去了。当然，这是不可能的可能。那一刻我是多么绝望，浑身无力，真想大哭一场。

"跑什么跑,我就看你不正常,说,有什么事想不开?"
是女同学得意的笑声。嘭,我屁股上挨了一脚。

(原载《我们都爱短故事》)

爱 情 来 临

_非 鱼

　　花开了花落，花落了自然就该结果。可对田小来说，过早地喜欢上一个叫高丽丽的肿眼泡女孩，甚至还让那个女孩怀了孕，那也不算是爱情。那时，他才十九岁，顶多算开了一季诳花，他一离开广东，花落了，就什么都没有了。

　　在南下打工的人群里，田小就是一粒尘土，高丽丽也是，尘土与尘土相遇，稍微的一点风，就又成了各自漂浮的尘土。田小从广东到苏州后，就再也没见过高丽丽，也没联系过。

　　在苏州，他先在一家公司当保安，后来又跟着一个周口老乡干装修，再后来在一家工厂做工，辗转到最后，跟着一个浙江人做实验室装修，生意还不错，他的收入就有保证，兜里有了钱，他才想起来，二十六了，该找媳妇结婚了。

　　每次回家，爹就在他耳朵边叨叨，不该找对象那会，倒是谈了一个又一个，这会该结婚了，你又找不到对象了。田小说，没合适的。

　　田小没说实话，岂止是没合适的，是压根就没有。他已经把标准降到了高丽丽们以下，可那些四川的、贵州的、江西的、河南的女孩都看不上他，加上老板的工地不停换，他就更找不到合适结婚的女孩了。

　　他爹在电话里说，指望你引个媳妇是指望不上了，在家里给你看有茬口没有，差不多了过年回来见见。

　　他爹的效率比他高，转眼到了年底，腊月二十五一回到家，他爹就安排了四个相亲的。一天一个，日期都排好了，四个女孩也都在外面打工，刚从不同的地方回来，为了一个目的，来跟他见面。

　　第一个，约在阳店街上，那天正好是集日，他妈说年前就这一个集了，要是中了就好好跟人家谈，要是不中，跟人家直说，早点走还能给家里买肉买菜。

　　两个人一见面，田小就觉得悬。女孩顶着一头奶奶灰的头发，化着浓妆，漂亮是漂亮，可他发怵，这怕是养活不动啊。最后，他带着一筐菜和肉回家了。

　　第二个，女孩家离观头村远了点，只好约在灵宝县城。吃了小火锅，看了一场电影，当田小觉得女孩实实在在的，人也挺好，还能继续交往时，女孩提到了一个敏感的话题，彩礼钱。女孩说，她们那儿订婚是六万六，结婚是八万八，还有三金一钻、衣服钱。一听这个，田小的头皮就发麻，不说其他的，就这十几万，他到哪儿弄去？他很自觉地撤了。

　　去见第三个的时候，田小都有点灰心了，那么多女孩都嫁给谁了？东混西混跑了大半个中国，咋就连个对象都找不来，活得实在窝囊。

　　这天见的女孩叫小格，人长得瘦小，小鼻子小眼睛小嘴巴，猛一看，很普通，可以说不怎么好看。可这个女孩爱笑，一笑，眉眼就生动，看着也顺眼多了。

　　小格在北京当过服务员，后来又去了福建，她不太爱说话，问一句答一句。两个人没地方去，街上到处都是急匆匆买年货的人，他们只好坐在路边一个小区的健身器材上聊天。田小给他讲在外边打工的事，她眯眯笑着，一脸好奇，他就更加来劲，讲得眉飞色舞。

　　回到家的时候，天已经快黑了，风呼呼地刮着，想下雪了。

　　他妈从他脸上的表情看出来，八九不离十了。他爹问他，这个咋样？

　　田小说，不咋样。

　　不咋样是咋样？

　　不咋样就是不咋样，就是啥都没说，人家没说彩礼的事，也没问房子。

　　那你这一天都弄啥去了？

　　跟小格说话，还吃饭了。

　　说一天跟啥都没说一样，全都是废话，这是成还是不成？明天那个还见不见？

　　不知道。拿不准。

　　其实在回来的路上，田小已经想好了，如果小格能看上他，他就同意。当然，前提是小格家的彩礼钱不能太多。可他没说，他怕万一小格看不上他。

　　他妈忙活了一天，蒸馒头炸油饼炸带鱼，满屋子热腾腾香喷喷的。田小浑身也觉得热腾腾的，他决定直接问问小格。

　　院子里的风刮得泡桐树枝咯啦啦响，田小不愿意让他爹他妈听见，他站在树底下给小格打电话，问她吃饭没有，晚上吃的啥，这会在干吗。问了一圈，他发现，说的又全是废话。

小格说，要不，你加我微信，咱们微信上说，怪浪费电话费的。

田小这才发现他脑子短路了，为什么不早试着加她微信呢？这样就不用七绕八绕废话一堆说不到正题上了。他突然灵光一闪，她主动说加微信，是不是就意味着她也看上我了呢？

当然，他们是互相看上了，田小的爱情降临了。他们在微信里不停地聊，他妈不停地喊他搭把手，他顾不上，他爹凶他妈，猪脑子啊，不知道哪头轻哪头重。

因为小格，那个年，田小过得特别轻松幸福，他爹他妈的脸上也汪着一脸的高兴。他爹说，你跟小格商量商量，叫她跟你去苏州吧，过完年你们俩一起走，一个东一个西的，真不保险。

田小说，不用问，她肯定跟我走。短短十几天的接触，田小越来越喜欢这个瘦小的小格，觉得她哪儿都好，她也喜欢他，他完全可以断定，她会跟他一块走，两粒相爱的尘土总比一粒孤单的尘土要好吧。

他爹一拍大腿，要是这，再回来就结婚。

（原载《我们都爱短故事》）

今 夜 月 圆

_非　鱼

　　来到阿瓦城的第四个年头了，田小像一个阿瓦城的老居民一样，喜欢在清晨用手托一块热豆腐，垫一个塑料袋，拿筷子戳几下，淋上一些蒜汁和辣椒酱，当早饭。也喜欢趿拉人字拖，哪怕已经入了冬，穿着毛衣，不上班的时候，屋里屋外永远是拖鞋。
　　这时，他在一家电子厂做工，和厂里一个湖北的女孩阿霞好着，两人都倒班，住宿舍不方便，就在外面租了一间小民房。
　　两个人的日子好过多了，赶到都不上班的时候，一起去公园，一起看电影，上网吧——尽管这样的时候并不多。
　　田小已经连着两年过年没回去了，买不着票是真的，想要加班费也是真的，尽管他比阿瓦人更像阿瓦人，但他不是。阿瓦人吃完豆腐去喝茶聊天打牌了，他还要上工；阿瓦人趿拉拖鞋是要舒服，他是为了省钱；阿瓦人把一套又一套房出租，按月等着收钱，他等着结了工资交房租，而且，在遥远的北方，家里还等着他打回去的钱买农药化肥行人情攒钱盖房子娶媳妇。
　　这个月初，家里打电话说他弟弟田沫从山东回来了，要考驾照，他得多打点钱，田小算了算，到下个月初发工资，算上加班费，最近不买啥，自己留五百块钱足够了，他直接给家里打了三千，田沫在微信里给他发一堆献媚的表情。
　　但他忘了，这个月要交房租，而且，这个月还有个中秋节。
　　下夜班回来，房门上贴一条，房东打印好的，催这季度房租，限期五天。
　　第二天，他赶紧给房东打电话，说宽限几天，等下月一发工资就交。房东懒洋洋地说：不行的呀，就五天，交不了搬出去好了呀。
　　只能跟工友们借了，在这个厂里，老乡原本就不多，加上每个人都是事等钱，一发工资就着急忙慌寻去处，借了三天，只凑了不到一千。

和阿霞出去瞎逛，他试着问阿霞，能不能先把房租交了，等下月发了工资，他立马还她。

阿霞说，田小，你脑子坏了？我交房租？交不起房租不要谈朋友了，我哪里还有钱。就知道疼你弟弟，从没见你对我这么大方过，我也是眼瞎，看上你了。

一个问题，转眼变成了两个问题。田小的脑子有点懵。

眼看到期限了，房租还没有凑齐，如果再不交，房东估计会把他的东西扔出来。东西扔出来事小，跟阿霞的恋爱也就吹了，这个事大。田小只好再给房东打电话，说了一堆好话，说先交一千，余下的五百下月一发工资就交。房东似乎在打牌，手气正好，嫌他啰唆影响心情，勉强同意，但绝对没有下回。

交了房租，田小长出了一口气，他可以全力上班、多加班，全力去哄阿霞了。

一心想着加班的田小忘记了一个非常重要的问题：中秋节，确切说是忘记了给阿霞的中秋节礼物。

等到厂里通知聚餐，说晚上一起团圆的时候，已经是中秋节的当天，晚了。他在班上，要上到下午六点才能下班，下班去聚餐，聚完餐，压根来不及给阿霞准备礼物，更何况，他兜里的钱，除去吃饭，也准备不出什么像样的礼物。

一整天，田小在流水线上都晕晕乎乎的，手底下不停，脑子也不停，怎么办？怎么办？

直到下班，他还是没有想出任何办法，聚餐的时候，吃着月饼，喝着啤酒，他也高兴不起来，很快就把自己灌醉了。

摇摇晃晃回到小屋，灯亮着，阿霞已经回来了。他一进门，阿霞就盯着他的手，两手空空。

田小，你是不是忘了什么？

没忘，今天我一天班，下了班聚餐，没时间给你买礼物，走，咱现在去。田小硬着头皮说。

还说没忘，昨天干吗了？前天干吗了？前几天好几个夜班，白天你不都没事，你心里压根没我，只有你爹你妈你弟。

头更晕了。阿霞，你听我说，这个月我手头确实有点紧。

你哪个月手头不紧？跟了你这几个月，你送过我什么像样的礼物，还想着中秋节你能大方一点，谁知道你压根就忘了。阿霞说着，开始哭，开始掐田小。

如果在平时，这时候的田小会哄着阿霞，带她出去买她喜欢的蛋糕，酒后的田小，脑子一热，在阿霞再次捶他掐他的时候，他伸出胳膊挡了一下，阿霞的头撞在了他的胳膊上，顿时，她哇哇大哭，说他打她。

一个问题又演变成了另一个问题。阿霞哭着拿起包，一摔门，走了。

等田小反应过来去追的时候，阿霞早就不见了，手机也关机了。

窄窄的小巷子里只有田小一个人，他靠墙站着，不知道是该继续找阿霞还是回去。手机响了，是他妈。

小啊，今儿八月十五嘞，吃月饼没？

田小说，妈，吃过了，公司聚餐，有好多菜，还有酒。

小啊，在外面要吃好的，别亏待自己。对了，你爹让问你，今年过年回来不？

回，今年肯定回。我早早抢票。

一抬头，月亮正好在巷子上方，又大又圆，田小说，妈，我给你拍张阿瓦城的月亮吧，可美了。

(原载《我们都爱短故事》)

瞬　间

_夏　阳

　　看不等于看见。
　　城市每天在变，日新月异，他却视而不见。是这样吗？当然。举个例子佐证一下，比如从他居住的地方到市政广场，有一条公交线路，每天十几趟中巴车来回穿梭，一块钱坐几十公里。他每隔两天进一趟城，坐过很多次，却不知这条线路起点在哪儿，终点驶向何处，什么时候开通的，还有早班车和末班车的起止时间。对于身边的事物，他向来漠不关心。
　　每次进城，他都会采购一些生活必需品。其实，他不一定非要这样折腾，绝大部分东西在住所周边都可以买到，但他依然我行我素，乐此不疲。今天，大概下午两点钟的光景，和往常一样，他从市政广场旁边的粤客隆超市溜达出来，手里提着一个购物袋，里面有两斤米、五两猪肉、一条茄子、四粒青椒、一小盒蘑菇，还有三瓶二锅头。和往常一样，他当然吃过中饭，一碗磷肥厂下岗工人炮制的重庆酸辣粉，让他吸溜了好一阵。生活于他而言，无所谓好与坏，只要肚子不闹腾，那么一天就被正确地打发了。
　　和往常一样，他先是坐在超市门口的台阶上，心满意足地抽了一支烟，然后穿过半条街，来到紫云大道一侧的候车亭。站在站牌下，他面无表情，望着马路对面的国贸大厦发呆。他身后的不锈钢长椅上，一对恋人正抱在一块儿亲嘴，旁若无人，接连发出孩子没吃饱似的咂嘴声，让他皱眉不止。刚好，脚下有一个矿泉水空瓶子，他狠狠地踢了一脚，然后向一旁走开，远远地离着，一副眼不见为净的凛然神情。当那辆上白下红的公交车靠拢候车亭后，他发现那对恋人居然捷足先登也上了车，便脸部抽搐了一下，一抬屁股，从车后门退了下来。他宁愿等。
　　半个小时后，又一辆车来了，同样上白下红，人却拥挤不堪。他一手拎着购物袋，一手吊住扶手，钟摆一样夹杂在车尾部的一群人中间。

车开了不久，他突然感到异样，分明觉得有一道灼热的目光在追踪着自己。同时，空气中弥漫着一股诱人晕眩的栀子花开的香气，取代了他曾经熟悉的汗臭味，正朝他无遮无掩地袭来。海风？对，就是海风拂面的感觉。这种感觉，让他耳朵发烫，身体绵软。他几乎是来不及思考，抬起头循着那道目光勇敢地望过去。穿过几道人墙，眼睛和眼睛迎面对上了。那是一双女人漂亮的眼睛，仿佛一直在那里等候着他。她的目光，勾人魂魄，饱含着如他一般的寂寞、等待和讶异，以及一种立即准备烧成灰烬的奋不顾身的饥渴。

他惊得转过脸，停了几秒钟，又禁不住去看那女人。那女人仍一动不动地站在老地方，牢牢地盯着他。两个人的目光再一次越过好几道人墙，在空中相遇，谁都没有要挪开的意思。这一次，完全是眼睛与眼睛的接吻，犹如热恋中的情侣，如胶似漆，难舍难分。他的心突突地跳到嗓子眼了。时间似乎凝固，如同他的血液已凝结，周围的一切喧嚣完全消失了。他的面前，只剩下那大胆热烈的目光，漆黑的瞳仁和长长的睫毛，其他天地混沌，一片模糊，如同幻化在雾里一样。

最后，他迎着她鼓励而赞许的目光，朝她走过去。他想主动告诉她，这些年他内心隐秘的委屈与悲伤，甚至他还想拥抱她，只要她愿意。他挤过人群，就像穿越这千重山万重水的阻隔，快马加鞭，日夜兼程，向她飞奔而来。遗憾的是，当他站在她面前，他既没有开口说话，也没有热烈拥抱，而是杵立在那里，像一截木头。他发现，她只有上半身。他发现，她的手边有一行字，"风情万种，你也可以"。他还发现，这是一幅广告海报，某某女性口服液的广告海报，被贴在司机驾驶座背后的隔离板上。

他不知道自己是怎么下车的，四肢无力，充满虚脱感，像刚刚完成一次长跑。他站在路边，目送着公交车渐行渐远的背影，直至那上白下红，瞬间消失在视野里，他依然恋恋不舍地站在那里。

天很蓝，地很绿，远处有两只狗在草坪上交媾，他走过去观瞧了一会儿，突然觉得生活很有奔头。

（原载《我们都爱短故事》）

致我们那些美好的年华与糟糕的爱情

_夏　阳

电影是《花样年华》，王家卫拍的。

一个周末的夜晚，天上飘着细雨，他和她去了电影院。去时，各执一份当天的晚报，一前一后，没有牵手。

电影讲述的是一段婚外情的故事，由梁朝伟和张曼玉主演，风格颇为压抑与沉重。不合时宜的是，大闷热的天，男男女女搂抱在一起，像一对对冻得瑟瑟发抖的北极熊。只有他们俩相敬如宾，目不转睛地盯着银幕，全然不顾周边那些异样的啃嘴声。他确实看进去了，全身心地投入。影片中张曼玉所演绎的苏丽珍风情万种，悲、喜、怒、哀、乐等各种神态在她脸上季节分明，尤其是那29款旗袍，从艳丽性感到铅华洗净的一路蜕变，让他内心禁不住喟叹，美好的年华，糟糕的爱情。

最后，他哭了。当梁朝伟演绎的周慕云远走吴哥窟，在异乡的废墟中抱着一个树洞倾诉自己的隐秘时，他鼻子一酸，眼泪止不住哗哗地流了下来，直至滂沱如雨，鼻翼翕动。他分明看见自己在过去那些暗影中的卑微和无助，以及内心深处的委屈。他哭得有些失态。身边一直默默无语的她，用胳膊肘轻轻捅了他两下，及时递过来一叠纸巾。

电影结束，他们走在人流中，一前一后，还是没有牵手。夜空依旧飘着细雨，都市的霓虹灯在身后不停地闪烁，远远近近，宛若一幕童话的背景。那一刻，他们本应该十指相扣，肩并肩站在午夜的街头，一起抬头看月亮，看天荒地老。可是，他们没有。一场电影结束，便再无联系。说起来挺遗憾的，这是他们各自的第一次相亲，回复媒人的话却颇为相同：我们真不合适。

十年后，他们却躺在一张床上。当然，各有家室，日子过得半死不活。他们惊讶地发现，兜兜转转一大圈后，原来最初的风景才是最美的，最开始扔掉的那个玉米棒棒才是最大的。他们彼此深爱着对方，经常厮守在酒店的客房里，像两条鱼一样缠在一起，如胶似漆。有一次，她气喘吁吁之后，问他，你爱我吗？

爱！

她停顿了一下，鼓足勇气说，爱我，就娶我吧。我想要名分，想踏踏实实做你的女人，上帝对我们开的玩笑太大了。

他半靠在床头，把她搂在怀里，默默地吸烟，半天，若有所思地问，当年相亲，你为什么没有相中我？

她在他怀里拱了一下，换了一个更舒服的姿势。她说，说了你可不准骂我，我们相亲后，我把这件事当笑话对很多姐妹说过，说姐活得太失败了，和一个男的在电影院相亲，姐貌美如花，但人家只盯着电影里的张曼玉看得聚精会神，把姐彻底撂一旁，最要命的是他还稀里哗啦地哭了，擦了我一大堆的纸巾。

他忍不住轻轻笑了一下，说，我们想法类似，只是方向反了。我当时想，这么经典的电影都看不进去，一点艺术细胞都没有，以后日子还怎么过？说完，他扭转头，神情悲郁地望着黑漆漆的窗外。其实，窗外晴日朗朗，市声依旧，只是被厚厚的窗帘遮挡了。他继续感叹道，上帝对我们好过，是我们自己错过了。电影《廊桥遗梦》里面有一句台词，说在一个充满混沌不清的宇宙中，这样明确的爱只会出现一次，不论你活几生几世，以后再也不会再现。

她把他搂得更紧了，生怕自己一松手，他就会飞走。她说，其实，我也想过未来，远走高飞，可是很难。

是很难。我也想过。我们上有老下有小，都快中年了。唉，回不去了。

说着说着，他觉得无比伤感，不由想起第一次相亲时看的那场电影《花样年华》。他说，我们只是看过一场电影，却用了大半生去演它。而且，还不如电影里演的。

为什么？

因为在《花样年华》里面，他们什么都没有做，实际上什么都做了。而我们，什么都做了，实际上什么都没有做。一切挣扎都是徒劳，一切注定是个秘密，只能放进树洞里。

她听了泪流满面。

（原载《我们都爱短故事》）

情人节，我只想活在故事里

_秦 俑

/ 01 /

第一次约会，是16岁那年的情人节。

他约她看电影。他知道，这部电影里有她的偶像。

第一次离她那么近，恍若能闻到她发梢的味道。第一次拉她的手，心怦怦乱跳，手心里全是汗。

一场近三个小时的电影，好像一会儿都演完了。

从电影院出来，她问他，好看吗？

嗯……他不知该怎么回答。从走进电影院开始，他的脑子里就是一片空白。

广场上，一个卖花的男孩走过来。

哥哥，给姐姐买朵花吧，便宜卖了，一朵十块。

他站在那里，脸一下子红到耳根。她也有些尴尬，拉着他就走开了。

一路上都没说话，直到送她到小区门口，他才红着脸说，我很想送你一朵花，但我的零花钱，都买了电影票。

/ 02 /

23岁那年的情人节，他决定要做些什么。

他约她吃饭，吃完饭又陪她看电影，看完电影又请她吃甜点。

时间一点一点地过去。他终于低着头说，今晚，我们睡外边吧？

她倒是落落大方，好啊。

他心里的小雀儿要欢呼了。拉着她的手，从春熙路走到总府路，从人民路走到大业路，然后又从锦兴路、新光华街一直走到文翁路、武侯祠大街。

好像这辈子从没走过这么长的路。

还是没有找到有房的宾馆。

要不，你送我回宿舍吧。她看到他的脸上写满了无奈与失落。

求了半天，宿管大妈才骂骂咧咧地来开门。

他是个害羞的男孩。走了那么一路，他都只是拉了拉她的手。

那一会，在骂骂咧咧的宿管大妈面前，他突然抱住她，然后大声地说，王晓沐，我喜欢你。

/ 03 /

那年的情人节，正好是农历的大年初一，他俩在巴黎度蜜月。

但是，一点儿也不幸福，一点儿也不浪漫。

那天去逛老佛爷百货，兴奋地买了一堆有用没用的东西，回到宾馆，发现护照丢了。

早知道她的性格大大咧咧，怎么就让她来保管护照呢？

大半夜的时候，他们顺着回来的路，一路找回老佛爷，连地铁站的垃圾桶都没有放过，奇迹并没有发生。

重新回到宾馆，他翻来覆去，一夜无眠。她倒是好，一沾床就打起了呼噜。

第二天，她跟着他去警察局报案，去大使馆补办证件。

耽搁了两天时间，而且是临时护照，接下来的旅程也要受到影响了。

对这件事情，他一直耿耿于怀。

后来有一次，他终于问她，丢护照这么大的事情，你怎么能做到好像没事儿一样？

她回答说，因为有你啊。

一句话，就让他的心里坦然了。

/ 04 /

他32岁娶了她。两年后，有了孩子。有了孩子后，六一儿童节就比情人节要重要得多了。

也是，你还奢求一个42岁的职场男能有多浪漫？

那个情人节的下午，闺密给她打电话，有件事不知道该讲不该讲？

你讲呗。

我遇到了你家那位，他和别的女人在开房。

闺密说得有板有眼，连宾馆和房号都说出来了。

她不信，一大早他就上班去了。

犹豫了一下，她假装客户给他公司打电话。是助理接的电话，张总不在，您明天再与他约。

她的心一下乱了。连给他打手机的勇气都没了。

也许他回家了。她找了个借口回到家。

他不在，保姆已经将孩子接回家了。

看着活泼乱跳的孩子，她的心里泛起一阵阵寒意。

寻思良久，她给他发了一条微信：今天过节，知道你工作很忙，忙完记得早点回家。

微信很快就回过来了：你真傻，结婚十年的情人节，本来想给你点惊喜，快来宾馆找我吧。

她的眼泪，这才一崩就出来了。

/ 05 /

她74岁，胰腺癌晚期。不想去医院受罪了，他就在家里陪着她。

那天她话特别多。她说到了小时候的事。她讲有一次，她想吃冰淇淋，他去给他买。跑了好远的路才买到，等他将冰淇淋带回来，都化得差不多了。

他说，都翻篇了，还想这些事情干吗？有什么想吃的东西，有什么想去的地儿，都说出来，我陪你去。

今天是情人节吧？她突然问。

是的，外面很热闹，要不我陪你出去逛逛？

不逛了,老头子,有 30 年没送过我花了,你去给我买一束花吧。

花有什么用?我还是在家陪着你吧。

去吧,去吧,我就要一束花。

他下楼了,那天也是奇怪,他走过一条街,又走过一条街,没看到花店,连卖花的也没有遇到。

不知怎的,他有些心慌。

终于找到了一个小花屋,他想了想,要了九朵玫瑰。

插花的女孩一直在笑着看他。

捧着花,他走过一条街,又走过一条街,急慌慌地往家赶。

他打开家门,拿着钥匙的手直颤抖。

她安静地躺在床上,似乎睡着了。

花买回来了,他轻唤着她的名字,眼泪都快出来了。

她懒懒地睁开眼睛,看着他手里的花,笑了。

她说:你这是怎么了?我还没死呢。我要努力陪着你,多陪一天是一天。

(原载《我们都爱短故事》)

长得帅的才叫青春

_秦 俑

1. 黎子陌

我的死党许小沐曾经说过,长得帅的才叫青春,长得丑的顶多算是成长。

我叫黎子陌,射手座,A型血,篮球队,吉他社。如果要用三个字来形容我自己,那一定会是:高、帅、冷。

刚入学那会儿,一个学姐,天天来看我打球。

有一天,学姐忍不住在球场外堵住了我。许小沐知趣地让到一边,摆出来一副事不关己看热闹的架势。

学姐说,你是黎子陌吧,我们可以约会吗?

我说,啊,为什么?

我每天都来看你打球,而且,我今年也报了吉他社……

哦。给你介绍一下,这位帅哥叫许小沐,我的死党,他也每天都来看我打球,他也加入了吉他社。我将许小沐拉过来，说，如果这也是理由，我是不是应该先和他约会呢？

学姐的脸由白变红，又由红变白。

许小沐一副嘻嘻哈哈的样子，学姐，你要真想追子陌，留个微信，我回头可以教教你啊。

学姐跺了跺脚，走了。

我瞥了一眼许小沐，得了吧，看上人家了？

许小沐很认真地说，学姐不错啊，D罩杯呢。说着又笑起来，一脸坏坏的表情。

我的死党许小沐还说过一句话，爱情是一件很奇妙的事情，不管你是不是准备好了，它要来的时候，就会来了。

这个冬天，我遭遇了一场突如其来的爱情。虽然到最后，我说，我们真的不能在一起了。

结果是，稀里哗啦的一场大哭之后，我去打了一个耳洞。

记得很久以前，许小沐就约过我，我们一起去打耳洞吧，我送你一个小马耳钉。

他还说，只有爱过，痛过，我们才会长大。

2. 苏芸

现在回想起来，我长痘痘，就是从遇见许小沐开始的。

我喜欢许小沐。从第一次见他，他上讲台做自我介绍开始，我就喜欢上了他。

许小沐有一对浅浅的酒窝，一头卷卷的黑发，笑起来眼睛弯弯的，很好看。说话声音软软的，像要给你挠痒痒一样。而且，他真的很帅，吉他弹得也很好。

那么好的许小沐，怎么会在意满脸痘痘、毫不起眼的我呢？所以，这样的喜欢，也只能藏在心底，最后全部化作痘痘，从脸上冒出来。

我发现，越是想许小沐，我脸上的痘痘就越多。脸上的痘痘越多，我就越是想许小沐。昨晚我又去偷看吉他社的练习课，一早起来，我脸上的痘痘就多了、大了，像要熟透了似的。

纠结再三，我决定要向许小沐告白。我找到他的死党黎子陌，塞给他一封信。

我说，这……这封……信……

看着臊得满脸通红口吃的我,黎子陌笑了起来。他笑起来没有许小沐好看。许小沐的笑是阳光,他的笑有点冷冷的,带着一丝不置可否的轻慢。

黎子陌说,我不会喜欢你的。

我说,谁喜欢你啊,我喜欢的是许小沐,我叫苏芸,你帮我把这封信交给许小沐吧。

哦。黎子陌尴尬地笑了笑,这样啊,那好吧。

好几天过去了,许小沐都没有回信。我不知道,黎子陌是不是将信交给了许小沐。又或者,许小沐是不是将信打开了。

我没有问许小沐,也懒得去向黎子陌打听。有些事情,说出来就已经有结局了。

那天过后,我似乎从一个很长的梦里醒了过来。

我和许小沐之间,是不会有交集的吧。我很少再想起他,但我脸上的青春痘,似乎一点儿也没有消停,反而像春天的野草一样,越长越茂盛了。

3. 许小沐

不知道你有没有经历过这么奇怪的事。

高二的时候,我的头发突然由直发变成卷发。同学们都笑话我,连物理老师也问我,许小沐,不是讲了禁止烫发的吗?

我只好去美发店将头发拉直,但保持不了多久,卷发重来,又得重新拉直。

黎子陌说,你这是自然卷,拉直了反而不好看。

什么鬼自然卷,那之前它怎么不卷呢?

黎子陌哈哈哈地笑起来。黎子陌喜欢笑,他常对我说,你也要多笑笑,你笑起来会跟我一样好看。

就是这么臭美的黎子陌。我们从初中起就是同学,高中在一个班,大学考到了同校同系,宿舍就在隔壁,多少年的死党了。

黎子陌爱打篮球,是院篮球队的主力,他常拉着我去看球。其实我知道,不就是想在我面前炫耀有多少女生喜欢他,为他尖叫嘛。

黎子陌还加入了吉他社,本来我是陪他去报名的。社长说我手指长,很适合玩吉他。结果我也加入了,而且确实弹得还不错。

黎子陌经常拿我做挡箭牌,他是出了名的高冷,但还是有人乐此不疲,如飞蛾投火。老有女生问我,黎子陌到底喜欢什么样的女孩呢。我说,我也不知道啊。

那天晚上,黎子陌约我喝酒。喝到半醉的时候,他给了我一封信,说是我班上的苏芸写给我的。他说,都有女生喜欢你了,要好好把握哦。

我没有拆开信,我说,我已经有喜欢的人了。

哟,是谁啊,你喜欢谁啊?

我喜欢你啊。

也许是喝多了酒,也许是憋了太久,说这句话时,我觉得很痛快,也很轻松。

然后就沉默了,继续喝酒。第二天酒醒,也跟没事一样,两个人继续腻歪在一起,还是好兄弟,还是死党。

直到这年冬天,在一场大醉之后,黎子陌突然跟我说,我们真的不能在一起了。

说完他就稀里哗啦地哭起来。

我笑着笑着也哭了,我说,黎子陌,你哭鼻子真的很丑!

从此以后,我们在一起的时间就少了。偶尔见面,黎子陌会说,许小沐,你头发该去拉直了。

我说,不拉了,自然卷也很好啊。

你不是说过,你不喜欢卷发的吗?

那你不是也说过,你不喜欢打耳洞的吗?

我看到,不知什么时候,黎子陌的左耳上戴了一枚耳钉。银色的小马耳钉。

(原载《我们都爱短故事》)

33 天婚姻

_王 溱

沐沐掰着手指头数了数，正好33天，于是抽出3根小蜡烛点上，怎么看怎么觉得不对路，又气呼呼地拔了，拿起刀狠狠地插进那个巧克力蛋糕。

离婚愉快！沐沐把一块蛋糕猛地推到他跟前。

这小子竟拿起叉子就要吃，沐沐赶紧喝住，干吗呢？还没拍照呢！

他鄙夷地转着手中的叉子，说，你不是还要发朋友圈吧？

沐沐怒了：跟你结婚可是发了朋友圈的，离婚当然也得发！不然怎么知道我又恢复单身了呀？告诉你，追我的排着队能把这商场绕三圈呢！

他戏谑地说，是追债的能把这商场绕三圈吧？就你那点工资，还LV包，还天天小龙虾。

沐沐啪一声把LV手包拍到桌子上，说，我就用LV包，怎么了？这可是我自个儿挣钱买的！婚前财产！

他不说话了，默默等沐沐拍了照发了朋友圈，才胡乱扒拉几口蛋糕，含糊地问：行了没？可以走了吧？

沐沐说不行，还没拍纪念照呢。

还拍！他把满嘴的蛋糕咽下去，叫道，有完没完啊！

少废话，沐沐一指对面的广告牌说，就那儿，我们都拿着离婚证。

他一脸不乐意地走过去，刚接过自拍杆就条件反射换上惯用的表情，一把搂住沐沐摆出一个耍酷的姿势，沐沐也顺势倒在他胸口比出耶的手势，不知道的还以为他们手里拿的是结婚证。咔嚓一声后他把自拍杆塞给沐沐转身就跑了，留下沐沐在广告牌底下发呆。

他忘了，沐沐可还记得，几个月前，两人就是在这块广告牌下认识的，在这里相遇，又在这里结束，也算是有始有终吧。那时候上面是个鞋子的广告，还挺煽情的——"今晚你跟谁走？"沐沐在这句话前面连摆了十几个 pose 自拍还是不满意，后来他路过，咔嚓就帮拍出了两米大长腿和尖尖小脸，像动漫女主角似的，沐沐看他的眼神立马不同了，聊了没几句还真就跟他走了。你别说，刚开始那会儿他还真把沐沐迷得七荤八素的，有型，会玩，什么跑酷、蹦极、攀岩，看得沐沐连连惊叫，攀岩完还吊在半空呢，就俯下身搂住沐沐来了个深吻，简直就跟电视剧里一样一样的，沐沐心里的公主梦瞬间爆发了，迫不及待就拉着他去领了证，反正也就是九块钱的事儿。他没房没车，收入也不算高，这沐沐都知道，谈这些也忒俗。非要说钱的话，领了证两人各自租的房子就能退掉一个，也算省了一笔吧。没几天沐沐就发现这钱还真省不得，谁跟他住谁知道！运动完回来不洗澡就往沙发上躺，臭袜子扔得到处都是，说好了谁吃得慢谁收拾，他三两口就能把外卖扒完然后扔下盒子打游戏去了，气得沐沐啃着最爱的小龙虾都不是味儿。这也就罢了，两人一到月底就财务告急，他居然还刷爆信用卡又入手一套徒步装备，说什么钱就是拿来花的啊，不花钱那挣钱来干吗？这话沐沐同意，但问题是也得有钱啊，沐沐反问：信用卡都被你刷爆了，那我拿什么去买这一季新出的口红？

广告牌现在换成了一个包包的广告，全透明的，里边钱包、口红、镜子、手机一目了然，广告语依然煽情——"我对你毫无保留"。沐沐看着看着，忽然觉得，这倒是个不错的离婚纪念品，就跟他俩的婚姻一样，啥也没剩了。陌陌对自己说，过几天发了工资就去买一个。

包包买不起，小龙虾还是买得起的，沐沐回到家就拿起手机叫了两斤小龙虾，破天荒要了重辣的，好让味觉也能深刻地记住逝去的爱情。沐沐一边吃一边刷朋友圈上的留言，有祝她离婚快乐的，也有叫她远离渣男的，甚至有人直接求约会。沐沐嘴巴呵着辣气，熟练地用小拇指挨个回复。想起今天上午民政局那个老女人大呼"你们才结婚一个多月啊"，沐沐就觉得好笑，谁没事离着玩啊？还不是不爱了呗。那女人又问沐沐为啥不爱了，沐沐本想说我是处女座，受不了他狮子座的邋遢自私，又怕她理解不了，于是说不为啥，突然就不爱了。他也在一旁说，对，就是不爱了。沐沐鄙夷地瞪了他一眼，这时候倒默契了?!

重辣的小龙虾可不是盖的，才几只沐沐的嘴唇就像充满电似的，沐沐吸了吸鼻涕，忽然想起来应该打个电话跟家里说一声吧。问题是，是打老爸家呢，还是打老妈家呢？犹豫了一下还是打到了老妈家。沐沐想，这种事还是别让小妈知道的好，别把鼻子笑歪了，那可是花了老爸好几万整的！

于是沐沐就拨通了老妈的电话，告诉她自己结婚了，又离了。

她妈听了只是哦了一声，说反正你也不是第一次了。倒是旁边的姥姥抢过电话说，妞儿，啥时候回来啊？姥姥给你做你最爱吃的馅儿饼。一阵记忆中的香味沿着电话线袭来，热乎乎的，香喷喷的，沐沐的肚子忍不住咕咕叫起来。沐沐舔了舔没有知觉的嘴唇，忽然像饿了好久的孩子一样委屈地叫了声姥姥，哇哇大哭起来。

（原载《我们都爱短故事》）

父亲的行为艺术

_王 溱

父亲说，他是艺术家。

祖爷爷留下的大瓦房里，满是父亲东敲西打的手工艺术印记。

母亲在地里忙活时，父亲就坐在垅上，用麦秆编各种形状逗我，蚂蚱、蜻蜓……我噘起嘴：都不像。父亲笑笑：这是抽象派的。

8岁的时候，大冰雹来了，它们像鼓手一样捶打着屋顶的瓦片，化作音符滑入屋内的大盆小罐。母亲低声哭了，父亲却把我搂在怀里：你听那节奏，咚咚咚，是大自然的乐章。

瓦房不能住了，母亲也不知所踪，父亲一挥手：走，上大城市去！

上大城市做什么呢？当然是当艺术家了，往细了说，是专攻行为艺术。父亲说，这是个比较冷门的分支，国外比较流行。

于是，我随父亲来到他曾经打工过的大城市，开始了艺术生涯。

父亲工作的地点不太固定，步行街、购物广场，或是公车站、天桥，都不太挑，只要人就行；我们睡的地方也不太挑，天桥下或是路边长凳上，只要是靠近工作的地方就行。

每天清晨，父亲套上那件灰色的工作服就开始工作，那是他唯一的工作服，泛黄的衣领和疙疙瘩瘩的衣身，有独特的怀旧味道，亮点是那两个补丁，按黄金比例待在它们该待的位置，好看极了。

我们席地而坐。熙熙攘攘的人潮，在你们看来或许是一种恼人的乱，在他看来，每个身影都是一根针，自由穿梭在社会的布匹上，每天都能绣出一幅不一样的作品来，他沉醉其中，喃喃道：儿啊，你看，真美！

父亲工作时基本保持安静，不像隔壁的那个老大爷，不停说"行行好""好人有好报"之类固定的台词，也不像路那边的小姐姐，写很长很长的字在地上。父亲说，无声胜有声，艺术的最高境界，就是人与艺术融为一体。

夜深了，父亲望着月亮，冷峻的脸，像雕塑。

睡吧。我说。

儿啊，你看，好圆的月亮，像一幅画。父亲说。

我抬头，疑惑了：明明是月牙儿。

父亲笑，月亮本来就是圆的，是地球的影子把它挡住了。

我点点头，再看，月亮果然好圆。

孤身夜归的高跟鞋噔噔噔很是急促，经过我们身旁时，明显降低了频率，我看到，她的脸色露出安心的笑容。

父亲说，这就是艺术的力量。

可我发现，懂得欣赏父亲的艺术的人，不多。这么久以来，只有一个穿马甲的叔叔似乎懂他。那天，他盯着父亲看了很久，突然眼一亮，掏出相机啪嗒啪嗒狂按快门，嗯，他一定是嗅到父亲身上的艺术气息了，之后他还跟父亲聊天，问父亲腿是怎么断的。

这个说来话就长了，沉默已久的父亲忽然打开了话匣子：我以前是在工地从事艺术创作的，你想啊，一块块各有个性的砖头，为了一致的目标收起了锋芒，胸贴胸，背贴背，齐心协力筑造出一栋宏伟的大楼，那是多感人的事啊！可有一天我发现四楼墙外有块砖头却叛逆地扭过头去，我爬上竹架，一边劝慰着它，一边想趁着水泥没干让它站好，谁知道竹架突然散了，我摔了下去。工友们从散了的竹架中抽出一根，给我做了个拐子，为了这个拐子，有个工友的手还被竹篾刺了一下，流血了。说到这，父亲有些心疼地哽咽了一下。

后来呢？马甲叔叔问。

后来我回了乡下，家里还有几亩地，我那口子在地里忙活的画面，像极了米勒的《拾穗者》咧。可有天忽然下起了大冰雹……

父亲滔滔不绝地讲诉他的故事，以为遇到了知音。几天后，马甲叔叔带来一份报纸，还给我们念。我听见了"无良老板逃逸，致残民工街头乞讨"，我又听到了"遭遇天灾，妻子抛夫弃子改嫁"。父亲一直努力微笑着，在他走后，却把报纸揉成一团扔进垃圾桶，连同脸上的笑容一起。

沉默。

半响，父亲忽然说：儿啊，咱以后转做手工艺术吧。

我赶紧点点头，求之不得。刚才一群人过来围着我又是塞钱又是拍照的，有的还抹眼泪，我慌得不知道该往哪儿躲。

第二天，父亲搞来一堆麦秆，他开始编各种形状，蚂蚱、蜻蜓……还是抽象派的；我也试着编各种形状，蚂蚱、蜻蜓……却是写实派的。

父亲大喜：我儿有艺术天赋！

我的作品很受欢迎，对面学校放学的孩子，一窝蜂过来买。也有不买的，围着我齐声嚷嚷：没书读的娃，没书读的娃……

他们懂什么，我跟父亲一样，是艺术家。

（原载《我们都爱短故事》）

拆　敖　包

_申　平

　　我十四岁那年，村里曾经下过一场罕见而怪异的冰雹。直到现在我也不敢确定，那场冰雹是不是与我们三个小屁孩有关。

　　在我们村子的北面，有座巨大的敖包山。山陡无路，还有许多神秘的传说。其中之一就是，山上有神灵鬼怪。据说它们就住在敖包里面，谁敢来冒犯它们，就会遭到报应。为此，连大人都不敢轻易上山。

　　但是，我们那时正是天不怕地不怕的时候，学校又长久放假，整天闲得没事干。这天，在经过密谋之后，我和石柱、连锁三人，就爬上了敖包山顶。我们就是要去看看敖包长啥样，看看山顶上到底有没有妖魔鬼怪。

　　气喘喘地站在山上往下看，村子忽然变小了，好像只有大人的巴掌那么大，就连村旁的龙头山，也变成了小土堆；村边的小河，成了一条白线。在这里还可以看到远处的县城。县城笼罩在烟雾之中，就像是一片大海，高一点的楼房正像海上的船。那里，正有高音喇叭的声音隐约传来。

　　我们三人就跳脚喊叫起来，向全世界宣告我们爬上敖包山了。

　　接着，我们就来到了那座神秘的敖包的前面。这真是好大一座敖包，由大大小小的石块垒成。由于年代久远，风吹日晒，敖包外层的石头都风化了，石缝里还有杂草和小树探出头来。

　　我们绕着敖包走了一圈，又走了一圈，心说神秘的敖包原来就是这个样子啊！那些神仙和妖魔，难道都住在这里面吗？他们怎么住呢，彼此不打架吗？

　　县城里带有火药味的喇叭声隐隐传来，似乎把什么东西一点点注入了我们的血管，我们每个人的心中就都产生了一种无所畏惧的勇气和强烈的破坏欲望。我们三人几乎异口同声地说：拆！拆开看看这里面到底有什么东西！

　　说干就干，我们就从敖包一侧动起手来。

大石头滚，小石头扔，破坏的速度总是比建设的速度快。大约用了一个多小时的光景，敖包已经被我们拆掉一小半了。可是除了拆出一些蛇皮之外，并没发现有什么东西。

接着拆！

拆到一半的时候，终于在敖包的中心位置，发现了一个肚大口小的瓷瓶。瓷瓶不大，是立在那里的，瓶口也是敞开的，样子很是古老。我们刚一触动瓷瓶，却见里面飞快地蹿出一条小白蛇来，钻进石缝里不见了。我们半天不敢碰那瓷瓶，后来终于把它拿起来，摇一摇，里面有水；把水倒掉，就什么也没有了。很奇怪那条小蛇住在里面干什么，它是靠什么活着的？再看那瓷瓶，上面却画着古代美女像，还有男人拉弓射箭的场面，很是漂亮。但是我们一看见那美女，立刻就断定这属于封资修的东西，二话不说，举起来就把它摔到石头上，啪的一声，立刻四分五裂了（后来推测这是辽瓷，价值颇高）。

我们继续拆，继续找，可是除了这个瓷瓶，什么也没有了。我们就有点失望，哪怕能找到半个妖魔鬼怪的脚趾或者半根神仙毛也行啊！

天近晌午了，太阳热辣辣地悬在头顶上，我们三人的头上都冒出汗来。本说要把那条小白蛇找出来打死，可是找来找去找不见，只好作罢。我们把上衣都脱了，拿在手里当成旗帜一般挥舞，向山下狂喊乱叫，好像我们干了一件多么了不起的事情似的。

我们疯够了，就下山回家。一路上，都在拿随手捡的那瓷瓶碎片丢着玩。后来连瓷片也不知丢到哪里去了。

奇怪的事情是在第二天发生的。那一场暴雨冰雹下的，我现在想起来都怕。老天好像发怒了，先是狂风暴雨，接着就砸下了鸡蛋大小的冰雹。山摇地动的霹雷一个接着一个，好像总在我们村的上空炸响，黑云翻滚，天昏地暗，令人心惊胆战。上年岁的人一边往外扔切菜刀、铲子之类的铁器，一边就说：哎呀，这是谁呀，怎么把老天爷给得罪下了？我们三个人都吓得躲在各自家里不敢动，暗自庆幸还没来得及把拆敖包的事情说出去。

这场冰雹把全村所有土地的庄稼都砸得溜平，不可思议的是，邻村的庄稼却没有砸坏多少。那年，地里的庄稼几乎颗粒无收，人们只能靠国家的"返销粮"度日。每人每月二三十斤粮食，根本就吃不饱。

（原载《金山》2018年第9期）

炸 龙 头

_申 平

拆敖包惹祸以后，我们三人蔫了好长时间，不敢再胡作非为。后来学校终于开学了，我们就都上学去。稀里糊涂就中学毕业了。这时我们都已年满十八岁，便都回乡当起了农民。我们成了大人啦！

但是成了大人的我们依然有点不着调。血管里似乎沉淀下了什么东西，一有机会就想搞点破坏，忍都忍不住。

这年冬天，我们三人一起去参加了治山修河大会战，到龙头山上去打石头。

龙头山，还有山下的小河，那是我们童年的乐园。一到夏天，到河里去洗澡摸鱼，到山上去骑老龙头晒太阳，是我们最快乐的事情。可是现在，美好的时光不再，我们的心情都有点黯然。

我们就在上山打眼放炮。休息的时候，依然喜欢骑到老龙头上去大喊大叫。

老龙头，真的很神奇。一条红褐色的火石线从石壁上弯弯曲曲爬过来，到这里便突兀出一堵巨大的火石碇子来。火石碇子奇绝雄伟，形状怪异，加上颜色鲜艳，如果你站在山下往上看，会看出那上面好像真的有龙角、龙眼这些东西。老龙头凌空下探，很像要下山喝水。于是就有了许多传说，于是村人就在山下建了龙王庙。每逢干旱，人们来这里求雨，据说非常灵验。可是现在，龙王庙拆了，只剩下了老龙头，孤零零每天在我们的炮声里发抖。

手扶钢钎，挥动铁锤，这画面猛一看还挺浪漫，但是真让你干上几天，你死的心就有了。加上那时生产队的工分也不值钱，所以我们干活也是吊儿郎当。通常是打上几个炮眼，装上炸药，然后就没完没了地歇息。歇够了，就点燃炮捻藏起来。炮声响过，就收工回家。

这天，我们三人又躲在老龙头的背风处闲聊。忽然石柱说：听人说这老龙头底下可是藏着宝石呢。我说：哪里，我听说龙头下面有宫殿哩，老龙王就住在里面，旁边有许多仙女陪伴……连锁就说：操，光说！反正钢钎炸药都现成的，咱炸开看看不就知道了吗！

连锁的话把我们吓了一大跳，但是我们并没有真的动手。因为我们知道老头在大家心里的分量；何况我们已经有了"前科"，不能再罪上加罪了。

但是最后，我们还是把老龙头给炸了。

这天我们正打炮眼呢，村里的李巨老头从山下走过。他手搭凉棚往上看，然后点着我们几个的名说：你们几个嘎杂子，打石头就好好打，可不要动老龙头啊！

竟然管我们叫"嘎杂子"！我们就有点不高兴，没怎么搭理他。谁知道第二天他又来了，还一步一喘地爬到半山腰的石头坑子里来。他喘着大气说：我昨天梦见你们几个小子把这老龙头给炸了，我大半宿都没有睡着觉啊！

我说：李大爷，谁炸了？你看这不是好好的吗！

他说：我谅你们也不敢！你们知道吗，这老龙头可是咱村的风水宝地啊！咱村前清出过举人，解放以后出过官员，全靠这龙脉起作用哩！

他的话让我们感觉好笑。石柱说：李大爷，你这是在散布迷信思想啊！

迷信思想，哼！我迷信总比你们啥都不信强！没想到李巨老头竟然发起火来。他唾沫四溅地说，别以为我不知道，你们这几个嘎杂子什么坏事都能干出来！敖包山上的敖包肯定就是你们几个拆的！你们简直就是……败类！臭狗屎！

没想到这老头会这么骂我们，我们一时无语。等到他骂骂咧咧地下山去了，我们才"返过阳"来。

老不死的！老杂毛！老浑蛋！我们望着他的背影，小声地咒骂他，恨不能把所有恶毒的词语都用到他身上。骂他的时候心里也在发凉：哎呀，在村里人的眼里，原来我们是这么臭不可闻啊！

第二天我们就在老龙头下面打了一个炮眼，后来又陆续打了几个炮眼。其实我们也明白，抛开其他不说，老龙头可是我们这一带的绝佳风景，连城里人都动不动跑到这里来看风景。如果炸了，这风景以后可就再也没了。

但是，又总是心痒手痒。我们很想知道老龙头下面到底有无秘密，也很想看到李巨老头被气得暴跳如雷却又无可奈何的模样；我们还想再出一把风头，或者叫作破罐子破摔，反正村里人也不把我们当好人看了，那咱就再给你来把狠的。

这天我们终于装填了炸药，放上了雷管。但是由谁点炮却推来推去。最后只好通过石头剪刀布的方式决定。结果连锁中标。

　　炮捻点燃了，我们远远跑开。在那一瞬间又是后悔无限，甚至想跑回去把炮捻拽出来。随着几声天崩地裂的巨响，老龙头那里腾起了巨大的烟柱。硝烟散尽，我们过去查看，那座由火石碴子组成的"胜迹"已经消失，老龙头变作一堆碎石。碎石下面还是碎石，红褐色的石头翻出来，好像在流血。没有任何秘密。

　　我们收拾东西准备回家，却见李巨老头是风是火地赶来了。他在山下往上一看，立即手指我们，干嘎巴嘴说不出话来，最后竟然轰然倒地，他真的被气死了。

　　此后我们三人就成了全村的公敌，而且在相当长的一段时间内，我们同时被一个噩梦缠绕，就是老龙头真的变成了一条巨龙，它张牙舞爪，口喷火焰朝我们扑来。李巨老头就骑在它的背上，手握一把钢刀，对我们怒目而视。

（原载《金山》2018 年第 9 期）

香 港 亲 家

_刘建超

亲家，你好哇！

女儿之前从澳洲打来过电话，说她谈了个男朋友，父母是香港人。可是，听到电话里传来港普的声音，我还是有些意外。

女儿出国留学五年了，我打心眼里希望她以后回国工作，女儿是爸妈的小棉袄啊。女儿在海外谈了朋友，那指定是留在国外发展了，谈个朋友家还是香港的，退一步说也是回到香港，离我这也是万儿八千里。我本身就好静不好动，在家看书养花写写文字，日子平淡安静。想想以后看姑娘兴许也要跑个几千里路，还要办什么港台通行证之类，我心里就有些堵。

亲家，你好哇。电话里的亲家热情如火，滔滔不绝讲述着一些我听得懂听不懂的事情。讲得最多的是他的儿子多么多么乖巧啊，怎么怎么可爱啊，如何如何聪颖啊。

我不冷不热地敷衍着，没有多少心事听他在电话里唠叨，你儿子再好，还能好过我女儿？切。

电话里的亲家似乎丝毫没有感受到我的冷淡，依然满腔热忱地邀请我有时间去香港看看，来尝尝他亲手做的烤鸭。

我才知道，原来亲家在香港经营着一家烤鸭店。

说到烤鸭，我有了点话题，说烤鸭那得是北京的全聚德烤鸭。

亲家说，我这里是港式烤鸭了，制作的方法不一样啊，味道也是不相同的啊。亲家不厌其烦地给我介绍起烤鸭的制作方法，如何选料如何宰杀，还要什么烫皮凉皮，好像我真要与他学习制作烤鸭了。

我说，我只喜欢吃北京烤鸭。

亲家似乎感受到了我的冷淡，说好好保重哇，挂了电话。

以后的日子，隔三岔五地就能接到亲家打来的电话，几乎总是他在电话里絮絮叨叨，我像是个捧哏的，嗯啊哈呀，拜拜。

春节过后，一段时间没有听到亲家的电话了。女儿来电话说，亲家经营的店遇到些困难，资金周转不畅，女儿的意思是我们能不能拿些钱帮帮他们。

家里的闲钱倒是有，可拿出来给远在香港的准亲家，我还是不情愿的。女儿只是谈朋友，万一谈不到一起，分手了，这钱找谁要？就算是拿钱去救急，生意场上的事谁能说得准，万一这窟窿填不平，那钱不是都打水漂了？我找了借口，说是家里的闲钱你妈拿去投资了，陷到非法集资的口袋里了，正在四处告状哪。

周末，我正在练字，电话响了：亲家，你好哇。

港普声音又来了，我想，大概是要亲口借钱了。

亲家说，前段时间经营出现点问题，现在的生意不好做了。但是问题已经解决了，生意也恢复了。亲家朗朗地笑了。

五一放假，我和妻子去仙山游玩，下台阶时，妻子摔倒了。到医院里做检查，双侧股骨头坏死，需要做骨移植手术。刚刚把妻子安排好手术，我又中风住进了医院，屋漏偏逢连夜雨，整个家就如同垮了一般。

亲家，你好哇。迷迷糊糊地，我还以为出现了幻觉。一张陌生似乎又熟悉的脸庞在我面前清晰起来。

亲家，你好哇。孩子们忙，我和夫人赶来照顾你们啊。别着急，病要慢慢养啊。

没有人迎接，我不知道亲家是怎么从香港找到西北这个偏远的城市。亲家沧桑的脸上洋溢着微笑，说，我给你和嫂子带了亲手做的烤鸭哦，你尝尝，皮脆香酥，肉滑鲜美很好吃啦。我小小地嚅了一口，脆脆香香，一股暖流涌遍全身。

亲家两口子，分开照顾我和妻子，还用带来的绍兴紫砂锅天天给我们煲汤。给妻子煲的汤是青红萝卜煲猪蹄，说是有营养又补钙；给我煲的是凉瓜黄豆排骨汤，清热去火通气血。我听说过香港的"煲三炖四"，说是"煲汤"要三个小时，"炖汤"要四个小时。我说别那么麻烦，亲家笑着说，不麻烦不麻烦，吃得好，恢复得快。

二十多天后，我病愈了，可以照顾妻子了。

亲家，你好哇。我们已经到了机场了，你们好了我们也就放心了，孩子们也就放心了。给你留下了十万块钱，我们家里有点事要回去处理一下，没有同你们道别，多多包涵啊。

事后我才知道，亲家是兑出了繁华地段的小店来内地照顾我们的。

我接妻子出院后,进家门的第一件事就是给亲家打电话。

我拨通了香港的电话,用港普的语调说:亲家,你好哇!

电话里传来亲家朗朗的笑声。

(原载《黄河文学》2018 年第 5 期)

阳 光 老 人

_刘建超

单位新建了宿舍楼,旧楼转让给县城一家煤矿公司。煤矿公司将楼粉饰一番,分配给了退休的老工人。我因故暂时没有搬走,便与这楼里的老人做起了邻居。现代化城市建筑将人们的居室分割成鸽子笼似的单元,也封闭了邻居许多正常的交往。楼里的邻居还没有搬来,家家开始加装防盗门,冰冷的金属门更有一种拒人之外的冷漠。

上午,有人敲门,我打开门,门外立着一位慈眉善目的老者,他自我介绍说,我是刚搬来的邻居,住你对门。

我连忙问候。

老者说,我姓盖,盖叫天的盖!盖叫天,京剧艺术家,知道不?

我摇摇头。

盖延,知道不?东汉的大将军,被光武帝封为虎牙将军。

我笑笑,摇摇头。

老者似乎对我挺失望,说,就是锅盖的盖。

我点点头,盖师傅好,盖师傅好。

不是我不知道,只是孩子小,在睡觉。加上我也准备搬家,屋里乱糟糟的,实在没有心情应酬。

老盖也不介意我的态度,说你忙你的,我随便看看。

他还真的在屋子里转转看看,连卫生间也转了一圈,快快地走了。

我和妻子相视一笑,这个邻居真有意思。

炉子灭了,我准备生火做饭。

老盖又来了,手里的火钳子夹一块烧得红彤彤的蜂窝煤。

我刚才见你家煤火灭了,我那正好烧着哪,给你钳来一块。

老盖把煤块放进炉子里，听说咱这一片也要通燃气了？以后做饭就方便了。我挖了一辈子煤，将来不用烧煤做饭了，心里还真不是个味啊。中午做啥吃的？我家中午炸酱面，一起去吃啊。话音未落，人已经出屋了。

下午，老盖又来敲门了，他站在门口，说，我想往西墙上敲几排钉子挂物件，不知你家里是不是有倒夜班休息的人？我们矿上三班倒，睡个囫囵觉不容易呢。

我心头暖暖的，这么细心的老人，我妻子确实要上夜班，正在休息。

我说，盖师傅，不妨事，您钉吧。

老盖摆着手，那不成，那不成，上夜班很辛苦呢。

一下午也没有听到隔壁敲墙的动静。

楼里搬进矿上的老人，使得沉闷肃静的旧宅充满了活力。清晨会看到老人练剑练拳做气功的身影；晌午，楼道里会听到他们通报菜市场的最新价格；晚间路灯下有的自拉自唱的老戏迷，有的围在一起调动车马炮，争得脸红脖子粗。这楼里以前都是单位的上班族，工作时间整个楼几乎都是空的，下班时间都躲在屋里看电视，翻手机，几乎就不来往。

老盖是经常来我家里串串门，介绍楼里的邻居情况，讲当年他们在矿上一起挖煤的往事。

那天，老盖拿着当天的晚报，兴奋地敲开我的门，说，我还不知道你是个大作家啊。看看，今天的晚报上发有你写的小说，还有你的照片。大作家，我可是有一肚子的矿工故事，闲了我给你说道说道，给你写作提供些素材啊。

老盖就经常来家里串门，眯着眼，沉静在回首往事的姿态里，絮絮叨叨讲述他的故事。从老盖的讲述中，我知道了楼上的叶阿姨的丈夫，在矿难的危急时刻，舍身救出十二名被困工友，自己英勇牺牲；二单元的老单，自学成才，搞了近百项发明创造，有二十多项自己的专利，退休在家还在做研究。我对身边的这些老矿工渐渐充满了敬意。

夏季的一个晚上，暴烈的热气忽然被一阵凉风吹散，淅淅沥沥下起了小雨，雨珠溅在玻璃上变成了一道道的水帘。好景致唤起了好心情，一篇散文的开头写得极为顺手。

敲门声，老盖又来了。老盖手里拿着笔墨，说麻烦你这个大作家，帮我写个通知，楼房前有一片洼地，杂草丛生，现在是夏季，蚊虫猖狂。动员大家拉土填坑，种植些蔬菜，收获了大家分。

老人们看到通知都很积极，两天的工夫就整理出了一块地，种上了蔬菜。老盖每天都要去菜地浇水施肥，菜苗就绿个盈盈长起来了。以后，时不时地我家门把手上就会挂上一袋子新鲜的蔬菜，辣椒、豆角、茄子、青菜水灵得让人喜欢。

　　中秋的一个下午，我把四岁的女儿哄睡，到街上复印资料。资料刚复印一半，忽然停电，一等就是一个小时。想到家里的女儿，我急匆匆往家赶，跑上楼，看到了让我感动的画面：老盖搬个小板凳坐在我家门口，隔着门在哄我家的女儿唱《小兔子乖乖》。老盖见我上楼，示意我不要出声，轻声地对女儿说，小兔子乖乖，你再唱一遍，大灰狼就逃跑了，你爸爸就回家了。老盖笑笑，拿起板凳走了。

　　我打开门，女儿脸上还挂着委屈的泪水，朝门外看着问，大灰狼爷爷哪？

　　我到南方出差了半个月，回到家里妻子告诉我，老盖受伤了。前天下午，老盖在楼下溜达，看到两个小青年用被单包着电视机从楼上下来，老盖一眼就认出那被单是四楼教师家的。老盖上前询问，小青年推倒老盖拔腿就跑，老盖爬起来边追边喊，抓住了盗贼，胳膊受伤缝了三针。妻子说，这楼里啊多亏有了老盖啊。

　　临近春节，我搬家了。虽然新房子宽敞了，设施也齐全了，可我还是怀念那栋旧楼房，时常想起老盖，想起那些挖了一辈子煤的阳光老人。

（原载《新老年》2018年第3期）

故 事 接 龙

_高沧海

我们依河而居,我们所在的村庄物产丰饶,本来,老鼠们安分守己也就罢了,谁家还在乎囤得冒尖的粮食悄悄少了几捧呢。

直至老鼠们带走了我妈妈的衣裳。

卖老鼠药的阿离坐着小板凳,跟他的鼠药一起摆在街边,或许阿离和他的鼠药一直就在街边,直至老鼠带走了我妈妈的衣裳,我才看到他而已。

阿离歪着身躯在修鞋匠的太阳伞下吆喝,老鼠药,一元钱一包!我问他老鼠吃了药会死吗?他眨眨眼睛愉快地说,老鼠吃了药,会跳舞,然后离开你家。我给他两元钱,他塞给我三包药,他说,你是虎子的好朋友,优惠。

我没亲眼看到老鼠们跳着舞离开我家,但我听到隔壁虎子他妈、我寡居的五婶院里鸡飞鸭跳,五婶大呼小叫地说她才走了几天娘家,老鼠们就在她床上做窝,还披着女人的衣裳,简直就是正儿八经过日子了。

我想,是我家的老鼠跳舞到她家去了。

五婶从阿离那里带回来一大包老鼠药。

我希望五婶家的老鼠全跑到街对面的老李家去做客,吃他家的糖果,穿老李他婆娘的衣裳。老李那个老东西,我跟虎子一样叫他大爷,他给虎子吃糖,给我一巴掌,老鼠最好去啃老李裤裆!

我躲在墙角,我希望可以看到老鼠们顶着星子的光跳舞离开五婶家的样子,大老鼠领着小老鼠,小老鼠提着蝈蝈笼,就像妈妈手领着我去赶集去走亲戚。当然了,我还会提醒它们去老李家莫跟错了灯,进错了门。

那晚,我的眼睛就像星子一样闪闪发光。

我看到老李从五婶家走出来。穿过街面,老李像一只夜鸟,轻轻地收拢起翅膀滑进自家的大门,然后,大门吱呀一声关上了。

老李是虎子的救命恩人。虎子顽皮掉进水渠里,是老李冒着就要被激流拖入涵洞的危险,一手抓着虎子一手死力抱住了人们伸过来的铁锨杆。

老李的婆娘一直没有生养,老李极力撺掇他老婆,他要认虎子做干儿子。许下房屋,许下金钱,他老婆不答应,五婶也不答应,五婶说她要对得住死去的五叔,五叔只留下了虎子这一根根独苗儿,这根独苗儿自然不能给予外人家。

哪里是外人,哪里是外人?虎子是我救下的,我是虎子他干爸呀,老李便不分早晚地经常登门造访五婶,看虎子。

老李过六月六半年节的时候喝醉了,他醉醺醺地把吃饭桌子掀个底朝天,他一把鼻涕一把泪地,说他牛夯夯的李大壮除了会吃还有什么用,猪圈的猪都可以有猪崽儿,他李大壮,死了算了!老李又揍他婆娘,像揍别人的婆娘一样,把她揍得嗷嗷叫,像过年杀的猪那样嗷嗷叫。

老李酒醉后的嚎叫,响彻了半条街。

老李婆娘怎样雄赳赳地扑进虎子的家,我没有看到,我正在做着一个梦,我一会是一个小孩,一会是一只小老鼠,我是被虎子家的吵闹声惊醒的。

老李的婆娘正跟五婶扭打在一起。

老李的婆娘气喘吁吁地说五婶偷男人,偷她家的男人。

老李的婆娘披头散发,她脸上被五婶的指甲血淋淋地抓了两三道,长短不一,深浅不同,想来却是火辣辣地一样疼,老李的婆娘沾了血,疯了一样,几把就撕扯开了五婶胸前襟的衣裳。

五婶凸起的腰身,像一轮蛾眉月渐盈,洁净皎白,耀人眼目,又若瓜果成长,渐见丰腴之盛姿。老李干干瘦瘦的婆娘惊呆了,你这是……你这是有了?她腿一软扑通跪下来,皇天神,菩萨,是俺家大壮,俺家大壮长能耐了!

她扯下自己的褂子给五婶披上。随手端起水盆向门缝里看热闹的人身上泼去,滚,滚,看什么看,俺姐儿们闹玩咧!

五婶开始病了,病得很重,慢慢不能走出家门,她只能每天待在家里,躺在床上,穿着肥大的衣衫,盖着宽宽大大的毯子,我妈妈天天帮她做饭洗衣。老李的婆娘则挺着肚子满世界里转悠,天知道啊,铁树开花,哑炮走火,及着觉得不妥,上身都四个多月咧!四个多月咧,她伸出四个手指头。

五婶悄悄生下孩子那天,也就是老李的婆娘从衣服里扯出枕头小被子的那天。老李家鞭炮齐鸣,生了,生了,是个小小子!老李新衣新帽新皮鞋,新理了头面,他眼含热泪仰望苍天,祖宗,菩萨,俺李大壮也做爹咧!

五婶只能继续病着,满天下的人都知道孩子是人家老李婆娘生的,月子也需是人家做的,她的月子只能是继续病着,我妈妈一脸认真地去老李家贺喜去了,虎子在老李家吃糖,吃鱼,一直未回。

五婶服毒了,她把阿离的老鼠药一粒不剩地全部倒进了嘴里。

五婶没有死成,阿离笑呵呵地站在她床前说,妹子,哥的药,甜不甜?

五婶把虎子留在了我们家,我爸爸妈妈是五叔跟五婶的大哥大嫂,待虎子自然若亲生。然后,她跟着阿离走了,阿离很喜欢她,阿离也喜欢笑,他笑起来的样子,就像夏天来临。

我说,五婶她……我妈妈说,嘘,什么都不要再说起。从此只记着你有个五婶就好,你五婶那么好看。

新年转眼就到了,我跟虎子手拉手,虔诚地等待新年的钟声敲响。

新的日月里,桑叶和麦芒,雨滴和泥土,还有老李家孩子嘹亮的哭声,将又是一轮的故事接龙,开始。

(原载《天池小小说》2018 年第 1 期)

郭 大 葫 芦

_白　秋

　　郭陈张丁，老潍县四大家族，老郭家当之无愧排第一位。可到了郭懋增这一辈，似乎换了门风，他不爱文墨偏好玩。平日里耍鸟养狗斗蛐蛐，雕砖弄瓦玩古董，样样都通，还善交朋友，好打抱不平。

　　老潍县这地儿，本来就是一个以手工艺闻名的城市，每家每户都有自己的一点绝活。郭懋增从记事起，家里除了大大小小的瓶瓶罐罐，还有用专门雕刻的葫芦来装蝈蝈和蛐蛐。蝈蝈好唱，蛐蛐好斗，这两个小东西都不好伺候，不是一般人能玩好的。尤其是蛐蛐，放在过去，耍好了用来搏斗，能赚大钱。

　　郭懋增志不在此，他看中了长辈们那个装蝈蝈的葫芦。"蝈蝈葫芦"因形而异，大小不一，精挑细选后，再镌刻上花虫鸟鱼各色纹路，本身就是一件上绝佳的艺术品。他觉得，用来养蝈蝈和蛐蛐可惜了，可以在上面做大文章。

　　老郭家素有文风，诗书画印，是必备的功夫。伊始，郭懋增在传统葫芦雕刻方式上翻新，雕刻加作画。那"童子功"一旦激发，就不可收拾了。他刻画出来的葫芦样式新颖、风味独特，很受大家喜爱，很快就有了自己的市场。尝到甜头，老郭又在绘画工具和内容上创新，用烙铁在葫芦上烙画，慢慢走出了一条不同寻常的创作之路。

　　玩出新手艺，自有新天地。老郭更得意的，是天南海北参展集会，结交了一大批手艺界的朋友，搞核雕的启今就是他忘年之交。雕刻之术原本就有相同的地方，两人相处时间长了，互相切磋借鉴，帮衬扶持，都各有建树，成了各自圈子里的佼佼者。

　　随着郭懋增葫芦烙画技艺的日臻成熟，市面需求量越来越大，各地仿学者也日渐增多。这葫芦好比画纸，是作品好坏的第一要素。潍县附近有个江北第一水城，那里得天独厚盛产葫芦，是全国三大葫芦产地之一。为了找到更多更好的葫芦，老郭每年都会去几次，亲自到农村挑葫芦。

后来，老郭烙的葫芦越来越多，就在当地也开了一家店。因葫芦谐音"福禄"，故自取名"福禄堂"。就这样，无心插柳柳成荫，老郭的葫芦烙画渐成气候，难免有人眼红起来。

一天，他店里来了三个小青年。臂膀上也跟葫芦一样，"烙"着青龙白虎、牛头马面什么的。上来就说："以后，你的店就由我们罩着了，只能在本地卖，不准去外地销，收成也要分我们一半。"

老郭诧异："为什么？"

"什么为什么，就这么定了。别地方有别人的生意，我们兄弟几个就是靠这个吃饭的，懂嘛！"

老郭明白了，假意应承着。回里屋拎起一把长篆刀，手机拨上110。冲出来说："我这边先给公安局打上电话，问问行不行。要不，趁他们没来，你们先试试我的刀子快不快？"那帮人哪里见过这种阵势，一阵风鼠奔狼窜而去。

此事一时传为佳话。再往后，大家出外参展交流，都愿意跟老郭一起去。他俨然成了这个团队的龙头老大，也因此得一外号——郭大葫芦。

郭懋增的作品中，难度最大、最费时的要数"疙瘩葫芦"，也叫"金蟾葫芦"。"疙瘩葫芦"表面天然长满了杂乱无章的疙瘩，要想将这些疙瘩连贯成一幅完整的艺术品，绝非易事。

是机遇，也是挑战。老郭边构思边尝试，花费了大半年时间，用废了上百个葫芦。忽一天灵感迸发，他在巧妙借用葫芦天然形状，绘制了姿态各异的五六十个古代儿童。把当地春天放风筝、印年画、做剪纸、刻核雕、捏泥老虎等民间艺术形式，构成一个欢快喜庆的游戏场景。又花了三个月的时间，用烙铁把图像一一烙在葫芦上，空白之处用自然风光穿插。一个葫芦，无论从哪个角度看，都是浑然天成一幅完整画面。而且各个小孩形态各异、生动逼真、惟妙惟肖、互有牵连。号称：百子闹春。一时哗然，大伙一致推荐，他去参加当年全国的"乡花奖"评选。

这等好事，老郭自然没有忘记他的小兄弟，约好搞核雕的启今一同携带他的成名作"蟹篓"前往。可不知道哪个环节出了问题，到了展会现场，承办方无论如何也不让启今的作品放到主展区。说什么已经有了类似的展品，他不是被邀请正式参展对象等等。只让展示，不能参评。

老郭上前帮忙，好说歹说都不行。那就撤展吧，这也不中。说巡展时候，有位领导看好了启今的作品，必须展完才能走。为防万一，还把撤下展品的启今扣住，让他拿出展品才放行。

老郭气往上涌，拐着多年残疾的伤腿，冲着策展人喷上了："你这是哪里来的王法？我们手艺人大老远地自费参展。百般刁难不说，连这点自由也没有了。全撤，我们都不参加了。"

他一呼百应，大家纷纷取下自己的展品，一副全场罢展的样子。承办方见事不妙，赶紧做出退让。最终，启今是放过了。可郭懋增的"百子闹春"也就仅仅获得一个入围奖，在第二轮上就被拿了下来。

事后，郭懋增的一席话，让启今久久难忘："兄弟，别人可以小瞧我们，咱不能瞧不起自己。咱是凭手艺吃饭的，走遍天下都不怕。该硬的时候，一定要硬气。不像某些人，上下全靠两片嘴。那句话咋说的，流自己的汗，吃自己的饭，靠天靠人靠老子，算啥好汉？哼！"

（原载《金麻雀文选》2018 年 7 月 9 日）

你和谁去过世界之窗

_ 徐　　东

　　我的工作平时挺忙的，很少能顾得上家里。妻子一个人带着两个孩子很辛苦，得了轻度的抑郁症，需要好心情。周末我开车带她和孩子去另一个城市游玩散心。在游乐场，妻子说，孩子们还从来没有见识过雪，希望和我一起去"冰雪世界"玩一玩。我一看门票价格不菲，想着省点钱，让她带着大孩子去玩，我抱着小的在外面等着，没想到妻子突然就不高兴了。

　　为了安慰妻子，我赔着笑说，也没有什么好玩的，我以前不是和你去过世界之窗吗？

　　妻子说，什么时候啊，我怎么一点都不记得了？

　　好多年前了吧，我也记不太清楚了。

　　你是说去的阿尔卑斯冰雪大世界吗？

　　是吧。

　　我肯定从来没有和你去过，老实交代吧，你和谁去过世界之窗？

　　我一时愣住了，心想如果不是和妻子，一定是和另一位女孩去过了。十年前我和不少女孩子相过亲，但我一时也记不太清楚究竟和谁去过了。

　　妻子却认真了，一个劲儿追问我是和谁去过了。

　　我反感她那种不依不饶、没事找事的态度，对她就没有好气。她流下了委屈的泪水，我看着一个三岁，另一个不到一岁的孩子，心情也坏透了。

　　我感到很绝望，我经常会有绝望的情绪。如果不是两个孩子，真说不定会自杀。但如果没有两个孩子，也许我和妻子不会生活得那样艰难，说不定我们在一起会相当幸福和快乐。有了孩子之后，妻子辞职了，家庭开支增大了，而我的收入没有提高，还欠了朋友的一些钱，都没敢让妻子知道。我想过卖掉在深圳的房子，那样就会有一大笔钱，可以选个小县城，买上五六套房子，一套自己往，余下的可以出租，完全没有生活压力。可妻子坚决不同意，因为她就是从小县城里走到大城市里来的，觉得在小县城里生活没有意思。

没有谁能够控制时代的变化节奏和大都市发展的呈螺旋状上升的速度，尤其面对着深圳这个正在崛起的新兴大都市，每个人不知不觉地被卷进去了，渐渐变得身不由己，随波逐流。我和妻子也是如此。尤其是妻子在没有好气地抱怨我时，我觉得自己就是被关在生活这个无形的笼子里的一条狗，只能徒劳地朝着外面汪汪地叫着。

那天我们都没有心情再继续玩了，便开车回到了家里。

回家之后我们相互不说话，妻子后来向我提出了离婚。

我们有很多次谈过离婚，不是因为感情真的不好了，过不下去了，主要是因为我们骨子里都渴望自由，不想受困于生活。

我同意离婚，还是表示可以净身出户，并且保证把赚的所有的钱都交给她，自己只要有个住的地方，有口饭吃就好。

妻子也表示可以什么都不要，条件是我能带着两个孩子。

我们都知道那不现实。

妻子难过得泪水哗哗地流，看着她那样，我叹了口气，主动走过去拥抱了她，向她赔了不是。

第二天醒来，我对妻子说，老婆，我想起和谁去过世界之窗了，你想知道吗？

妻子说，算了，我现在好了，没兴趣了。

我说，想了一夜，不能白想，我得告诉你。

干吗非得告诉我呢？

因为和我一起去世界之窗的那个女孩家里相当有钱，人也长得挺漂亮，而且是独生女，她非常喜欢我，只要我同意就可以娶她！

一大早你就想让我生气是不是？

不是，绝对不是，我的意思是，你知道我为什么没有选她而选了你吗？

你说，为什么？

虽然她各方面都很不错，可我却觉得和她没有将来，因为她的家庭条件太好了，我觉得过不到一起去。你不一样，我一见你就觉得你可以成为我的妻子，我们可以同甘共苦，可以永远在一起。

我看你是傻透了！人家又漂亮又有钱，这是多少人求之不得的事啊！

是啊，现在我后悔了！

我也后悔了，当时也有个非常富有的男人追求我，嫁给他的话可以说什么都不用愁了，可我也没有选择他，却偏偏选择了你。你知道我当初看上你什么了吗?

你说,为什么?

还不是看上你傻了呗!

我笑了,妻子也笑着,我们都笑着,那笑里仿佛有光芒,瞬间温暖和照亮了彼此。

(原载《安徽文学》2018年第6期)

我是半月塘前的一株紫薇

_朱文彬

我是半月塘前的一株紫薇。

其实,紫薇是我的学名,在金龙围人的口中,我叫散假花。因为每当我开花的时候,学堂就放散学假了。

散假花也好,紫薇也罢,有什么关系?只要有谁能陪我玩、陪我闹,我就很开心。我最怕的是寂寞,还有冷清。

有风的时候,我和风儿跳舞,哗啦啦摇曳生姿,美极了。没风的时候,我独自照着镜子,把花影儿投进水里,冷不丁让那条名叫花肚碧的鱼儿以为是虫子。有月亮的晚上,我洒下花瓣去水里捞月。曙光初露时分,我摇落身上的露珠,将金龙围的围屋摇晃成水里的画儿。

半月塘,不就是围屋前升起的半只月亮么。

塘前是禾堂。看哪,几"只"女娃儿在跳飞机——客家人把人也叫"只"——那"只"脸儿红扑扑的红裳娃,头上扎着朝天辫,叫"登髻嬷";那"登髻"随着单腿跳、双脚落、俯身拾瓦片而一颤一颤的,好玩极了。另几"只"女娃儿在玩抛石子,一抛一抓一接,好伶俐。忽然一阵风来,那是几"只"男孩儿玩打仗,他们总是那么皮，那么不安分，七冲八撞的，看得我心里头直发紧。

一只黑影从半月塘划过，朝禾堂扑下去。不好，是可恶的"鹞婆"（鹰），怕是把禾堂边坐着的"喔伢"（婴孩）错看成母鸡了吧，鹰爪抓起襁褓就想飞，发觉太沉了飞不动，扑愣几下就丢下了。

跳飞机、抛石子的女娃儿"哇哇哇"地冲了过去，吓得"鹞婆"丢下几条羽毛逃窜而去。玩打仗的男娃们也冲了过来，把他们的竹枪木枪对准半天上的"鹞婆"，"嗒嗒嗒、嗒嗒嗒"，他们口里喊出的子弹声，不知把"鹞婆"打死了多少回。

在庄坑龙做农活的大人闻讯，扛着锄头、拿着担杆赶了回来，对自家娃儿安抚，表扬了英勇驱鹰的娃们。

被"鹞婆"当作母鸡来抓的梅妹安然无事，不幸的事儿却落到她阿姐招娣身上。她的头上落下了"鹞婆"的一坨屎。她阿婆可就紧张了，呼天抢地，忙不迭念念有词："天灵灵，地灵灵，放过我孙女，百无禁忌，无灾无难，长命百岁……"

没两下子，招娣头上就顶了一顶簸箕，里面撒满了花生、糖果、酥饼。那是从围屋各家搜罗来的珍藏品，这回可派上用场了，全围的男孩女娃们一哄而上，去抢簸箕里的好东西，个个乐得像开了花——那糖果儿吃起来特别地甜。只可怜那招娣，苦丧着脸，没糖吃不说，还不知道天上掉下来的那坨鸟屎会带来什么霉运呢，希望被抢去的糖果花生能为全家消灾解难吧。

吃昼了，各家各户的娃们捧着饭碗来到围屋的堂下。小猫小狗从门洞里钻进爬出，仰头摆尾向着饭碗。娃们只顾着同小伙伴们比：我家今天有豆腐吃，你家没有！我家昨天吃猪肉，你家没有！

透过堂下的门，我看见吃过昼的娃们在玩藏青子。一株蕨草，掐断一小截再接上去，看谁能找到被掐断的那一小截。玩累了，她们在长条石板上睡觉，从半月塘吹去的风，轻轻撩起她们的头发。堂下的晏昼觉，好悠长哪。而堂下墙壁上挂着的几口棺木，她们就不怕？

几"只"顽皮的男娃禁不住热，跳进半月塘洗身打水仗。大人们都去做工了，小家伙就像下水的鸭子在塘里翻滚浮沉。围里五保户虫牯印叔公喝他们不听，就悄悄把他们的衣服抱进围屋。疯玩够了的"水鸭"爬上岸，找不到衣服，也没太在意，嘻嘻哈哈，无条纱线赤溜溜就跑回围屋各家去了。

"回来！"我大声地呼喊，狠狠地跺脚。可是谁听得见？我那个急啊！他们不知道，伟光沉在塘里没起来。他可是三代单传的男孙啊，那天全家哭得死去活来，他阿姐秀桃哭得更是撕心裂肺，挣扎着要去塘里找水鬼拼命。

我也伤心得暗无花色，唯有使劲摇落身上的花瓣，用一场花瓣雨，来宽慰秀桃娃，祭奠离世的伟光。

这不幸的事情之后，金龙围屋里的娃们像一夜之间长大了。男娃喉结突了起来，唇上长了绒毛；女娃的胸鼓了起来，腰肢扭了起来。没几天，新嫁娘遮着红伞跨过禾堂上的火盆，到围屋上厅去拜堂；女娃子一个接一个地哭着离开父母嫁走了，男娃子一股脑儿到城里打工。堂下的棺材，也把老人一个一个地装了进去。

围屋就呼啦啦破败下来，长满了狗尾巴草。

我真受不了这样的寂寞和冷清。多少年过去了，我老是怀念那些远去的美好时光，美好的女孩儿。时间，都去哪儿了？美好的女孩儿，都去哪儿了？我想她们，想得整夜整夜地睡不着。

那天，起风了，我托风把我的念想吹到城市里、乡村里，潜进她们的梦里。那天，她们的手机叮咚叮咚地响了起来，她们建起了微信群，叫作"金龙围姐妹一家亲"，她们聊啊，叫啊，多少个晚上，泪水打湿了枕巾。

这一切，都是秀桃告诉我的。秀桃回来了，回来的又何止秀桃？招娣回来了，梅妹回来了，"登髻嬷"回来了，草秸回来了，所有的金龙围外嫁女都回来了，大姐，大妈，阿婆，好几代人啊，花枝招展的，老态龙钟的，珠圆玉润的，瘦削的，不论贫富贵贱，执手相看泪眼，说啊，笑啊，抱啊，禾堂上，全是欢笑，眼泪，嘘唏，慨叹，酣畅。

我随着她们说，随着她们笑，随着她们哭。我听懂了她们每个人的故事，每个人的悲欢。她们在禾堂上摆上了十几桌的宴席，喝上了客家娘酒，把全围的老人也请来一起分享。她们凑份子设了个基金，约定每年散假时节，都要回金龙围相聚。

我感动，我激动，我摇落了纷纷扬扬的花瓣雨，欢呼助兴。

我是半月塘前的一株紫薇，我也叫散假花。我静静地守在半月塘前，等着散假时节，那一场又一场的热闹和繁华。

（原载《黄河文学》2018 第 5 期）

不能说的夏天

_肖曙光

  这个秘密我没跟任何人说过，包括我的好友邵俊。
  粿水河绕过云山时，形成了一个河湾。河湾水面清澈平缓。河湾两岸，种了柳树。柳树旁边，堆放着几堆高高的稻草堆。
  那晚，娘在清点进笼的家禽时，发现少了一只鸭，这鸭喂了三个月了，丢了怪可惜的。娘催促我："快去找。"我只好乖乖地去找。
  我在村里找了一圈，没有看见鸭。大队召开的批斗会也结束了，我想让邵俊帮我找，去他家，没看见他的影子。我只好独自去寻找。
  到了河湾，我在柳树边、稻草边仔细寻找，没有发现鸭的影子，但从河湾里传来的声音引起了我的注意。我仔细一看，柳条覆盖的河岸的阴暗处有一道影子，我顿时一惊，河湾曾经淹死过人，不会是？我打了个寒颤，撒腿就跑。但水面上飘来一股香皂的清香，这香皂的味道在城里的三姨家闻过，如果是鬼，哪里来香皂味？肯定是人了，这么晚了，谁还在洗澡呢？我折了回去，往河边的柳树下望去，隐隐约约看见一个女人在河边，一边低声吟唱，一边擦拭着身子。
  我躲在稻草堆后面，直到她离去，才醒过神来。在我们那里，女人是严禁下河洗澡的。她居然偷偷来洗澡，也不怕村里人骂她？
  我想告诉娘，这个女人偷偷洗澡的事，但一想，娘要知道我偷看女人洗澡的事了，一定会揍我一顿呢。还是不能说，就让它成为我心里的秘密吧。
  这个女人我认识，听说过去是市里剧团的台柱子，后来，下放到村里，接受劳动改造，大队一开批斗会，就会把她拉上台，一顿批斗。
  爹和娘在屋里小声谈论过这个女人，爹说，这个女人演过歌剧《江姐》，好厉害的角。但她性子倔，就是不认罪，被打了也不吭声。娘也说，她每次上批斗会前，会把自己收拾得干干净净，不像村里的女人们，邋里邋遢的。她哪里是去开批斗会，分明像是去赶集。娘感慨地说，这个爱干净的女人遭人忌妒，村里一些女人在批斗会上向她泼脏水，往她身上扔猪屎狗粪。娘说完就叹气，爹也跟着叹气。我知道爹和娘同情这个女人。

几天后的一个晚上，批斗会一结束，我去找邵俊玩，又没有找到他。他去了哪里了？问他妈，他妈也说不知道。

我悻悻地离开了。半路上却发现那个女人正悄悄地往河湾走去。

她去河湾干啥？是不是挨了批斗想不开想去寻死？村里原来一个接受劳动改造的人，因为受不了批斗，投河自尽了。她不会……我心里一紧，就悄悄地跟在后面。

到了河湾，我躲在稻草堆里，耳朵却在谛听河边的声音，一会儿河边传来低低的歌声。听到歌声，我紧张的心情放松了，她不会寻死了。我躺在稻草上，心想，如果她要跳河，我一定会把她救起来，虽然我只有11岁，但我游泳技术好，救起过村里好几位小孩。

慢慢地我发现，每一次批斗会后，她都会去河湾，好像只有清清的河水才能洗净她满身的污物。

我坐在稻草堆上，听河水潺潺的流水声，看天上闪烁的星星。想起她被人辱骂，被人扔一身污物，要是我早就哭了，但她却吟唱起歌来。她的歌声感染了我，我从心底涌起一股豪情，觉得自己像个哨兵，静静地守护着她。河湾属于她的，绝不容许别人侵犯，在这里她才是自由的。如果有人敢来，我一定要赶走他。

这个夏天，守着这个秘密，让我忐忑，又让我兴奋，有好几次，我差点告诉了邵俊，但话到嘴边，被我咽了回去。

又一次批斗会后，女人悄悄地来到了河湾，我也悄悄跟了过去。

一屁股坐在稻草堆上时，突然，我啊地惊叫了一声，原来，一根刺扎在我屁股上。没想到，从几米远的稻草堆里，蹿出一个人来，他冲过来捂住我的嘴，低声道："不要吭声，莫吓着她。"我仔细一看，竟然是邵俊。

"你怎么在这里？"我惊诧道。

"爹让我来的。"邵俊轻声说道。

"为啥？"

"让我看住她，怕她投河自尽。"

"为啥不告诉我？"

"要保密。"

邵俊居然和我一样。我们相视一笑，一齐躺在稻草上。

晚风轻拂，河水低吟。河湾的夏夜，多么安详，多么宁静啊！

（原载《活字纪》2018年5月1日）

亲爱的老领导

_大　海

　　局长李姐退休了。李姐在位时官至正处，跟县委书记一个级别。
　　以往，正处级领导干部在退休两年前转任非领导的调研员职务，即所谓的"退二线"。其间，不签字审批，不分管业务科室，顶多协助单位主要领导做些工作。两年期限也是心理调整过渡期。很多转非的旧领导从腾出办公室让给新领导开始，到看着新领导给曾经的下属审批文件做指示，再到跟着同事们为新领导的讲话拍巴掌叫好，两年时光，足够把昔日叱咤风云的旧领导磨得毫无脾气。可惜李姐没有转非机会，遇到现行的干部政策，从正处级领导位置上一步到位退休。组织下文时，一边宣布旧领导退休，一边宣布新领导上任，无缝接替。李姐感叹说退就退，仿佛一个落差很高的瀑布，眨眼之间由头落到脚，就有些不太适应。
　　李姐供职的单位不是重大的市政府组成部门，编制上只是市的某个办改成局的名字而已。虽然只有十五六个人，那也是一个独立单位，麻雀虽小，五脏俱全，行政人事老干后勤工青妇啥职能都有。一把手李姐在位时没有威风凛凛，但也风光独到。在局里，只要跟工作有关的人和事，总得李姐拍板才行。
　　在局里欢送李姐的座谈会上，新局长徐姐发表短暂讲话，赞美李姐为局的工作和建设做出了巨大贡献。徐姐原来是市委某个办的副主任，新到任局里，又是新晋升，交接时对李姐非常尊敬。徐姐讲完，还起身亲自把话筒移到李姐面前，说请李局做指示！徐姐说的"指示"当然是客气话，再说人家都要走了，最后给够面子呗。李姐一激动就动了真情，把临别感言当成工作报告，娓娓道来自己在单位的光辉历史，半小时不收声，还频频擦眼泪。直到局办主任悄悄递给李姐纸条，"市府办来电话要徐局去市政府参加会议"，李姐才暂时停止。徐姐匆匆走时握着李姐的手，一脸歉意地说，我先走一步，您再给大家多传授下宝贵经验。李姐也不客气，待徐姐离开，果真给在座的同事们提起工作希望来。

李姐在职时保养得好，业余还经常带同事们爬山，精气神看起来比实际年龄小。碰到其他单位熟悉的朋友，奉承惯了的人脱口而出：李局，您看起来还是年轻漂亮，这么快退休，对单位可是一大损失啊！李姐心里涌上往昔的得意，自我感觉良好的面上风光再现，谦虚地笑，说退了个干干净净也好，省事又省心！

表面说干干净净退了好的李姐，内心实有不甘。毕竟瀑布落差太大，有些习惯了的言语行为一时难以改变。李姐在职时是个较真的人，经常把下属呈上来的文件打回重写。退了休的李姐，签字权和人事权说没就没了，对局里一些细小的事情，甚至比在职时更为留心。李姐在一些单位场合的言语，让同事们觉得她既不省事更不省心，尤其让局办主任感到为难。

每个月初，局办会组织离退休老干部召开一次茶话会，由局领导通报局里近期工作和重要计划，听取他们的意见和建议。老干部们喝着泡好的普洱茶、备好的糕饼点心，装着用心聆听，很少有人建议，更不会有意见。大家心知肚明，不在其位不谋其政，老家伙说三道四干啥？新加入离退休队伍的李姐不是不明就里，而是思维停留在过去一时改不了，每次都要提两三条建议，有时还提与局领导完全不同的意见。当然，李姐的态度还是缓和了，要是在职，当场就拍桌子训人。身体棒棒的李姐声音又尖又细，大声说话时很能唬人，许多在职下属至今心有余悸。有一个月里，新局长徐姐去省委党校学习未能参加茶话会，没了顾忌的李姐不但习惯性地坐到局长常坐的中间位置，还对主持会议的副局长说，徐局刚从外单位调来，对业务不熟悉，你要多协助她啊！副局长被李姐压抑惯了，此时也不便多说什么，只好转移话题表态：多谢老领导您的关心，我们会团结协作的。

一把手当久了的李姐其实没有私心，她的出发点是为了单位这个大家庭，但话传到新局长徐姐那里性质却变了。徐姐心说，好你个李姐真把自己当成局长都是小事，竟然说我不熟悉业务？徐姐长期在市里的部委办局工作，虽然以前没当过一把手，那也是市领导的身边人，有眼界，长见识。就将局办主任叫来自己办公室，旁敲侧击地问起李姐在茶话会上说的话。局办主任不想弄僵新旧领导关系，好不容易替李姐圆了谎。徐姐摊了牌：中央八项规定后，很多接待性活动都限制或取消，行政后勤老干工作是办公室管理，你给老干部们解释一下，今后过好老干支部组织生活就行。局办主任小心翼翼地说，这是局里的老干活动，也是局领导听取老同志意见的传统。徐姐说，听取老同志的意见可以保留，但老干活动不要搞太多，我们又不是老干局，难道还要成立关工委吗？局办主任听了徐局的话又不能说是徐局的意思，硬着头皮委婉表达取消每月一次的离退休老干部茶话会。

隐性的福利没了，主要是享受在职同志的服务也没了，老干部们当然不满。反正退休了大家都是平起平坐，就有老同志敲起李姐的边鼓：都是亲爱的老领导您的功劳啊！李姐心里也堵得慌，回到家里把茶话会取消的事说给老伴听了，觉得肯定是新局长的主意。老伴没好气地说，你都退休了，而且马上要当外婆，操那份闲心干吗？李姐说，她也有女儿，也要当外婆的啊！老伴马上纠正：人家现在是堂堂正正的在职局长！老伴退休前是政协的某个委主任，也是正处级，但他退休退得心里彻底，学会了打太极拳，还结交了几个棋友，时而独自潇洒，时而与棋友厮杀。李姐心里苦，都怪自己在职时啥爱好没有，独生女儿又嫁出去，自己马上要领老人证，总不能像年轻人似的经常去爬山，那样膝盖也受不了啊！李姐叹了口气，见桌上的当日报纸登有局里的新闻，立即津津有味地读起来。

茶话会取消后，老干部们参加的离退休支部组织生活半年才召开一次。大家到会以后，要在组织原则下交流思想、讨论下局里的工作、研究下学习心得等，与会成员也仅限离退休支部的党员同志。等一个老同志带头读完《人民日报》和领导讲话，憋久了的李姐慷慨激扬地就局里现行工作提了好几条建议。一位退休老大爷皮笑肉不笑地说，有意见就单独找徐局去提啦！李姐急忙解释：我提的不是意见！退休老大爷扑哧一笑：不是意见难道是问题？李姐的声音马上高了：不是意见，也不是问题，而是建议，你有政治觉悟没有？！

退休老大爷在职时曾经当过副处级领导，当场不高兴地反驳起来。李姐正要据理力争，一个退休老大妈过来拍拍李姐的肩膀，说您女儿女婿很不错啊，要当外婆了吧？李姐的心思暂时被转移到女儿身上，刚要接话，退休老大妈摇了摇手，说亲爱的老领导啊，你们继续交流，我接孙子放学去啦！

（原载《萧台》2018年第1期）

我大爷的幸福生活

_冷清秋

我们北方山区有个不成文的规矩。

管女的叫大爷。不过,专指那些上了年纪,又失去老伴的女人。

就好像她们余下的时光不再是一个人活着,而是带着离世的老伴一起。

为什么管大娘叫大爷却不管大爷叫大娘,为什么管大娘叫大爷而不叫其他,从来没有人问,也没有人解释。一直沿袭下来的规矩,就这么叫了下来。

我大爷去世后,我大娘就变成了我大爷。

变成了我大爷的我大娘,比我大爷还要大爷。

记忆中,她原本是一个温良贤淑的女人,冥冥之中好像有谁暗中操纵着,一夜之间她就完全变了模样,甚至改变了性别,不再是她自己了。

这其实是一件很诡异的事情。

就好像与世长辞的不是我大爷,而是我大娘。

我大爷去世那天,我大娘便消失了,接下来出现在世人面前的是一个完全陌生的男人。

这个陌生的男人利用我大娘的躯体继续活在这个世上。

她不再梳光溜溜的后髻头,而是直接剃了个"寸寸灰",望过去头皮上青茬一片。手腕上叮当作响的铃铛镯子收在了盒子里,和之前所有的女性衣物一起被压到了箱子的最底下。

在我们寨子里,这样的大爷为数不少。

她们不再穿女人的衣服,也不再佩戴和女性相关的任何配饰,当然更没有小碎步和轻言细语,甚至也没有了羞耻之心。

八月暑热的午后,披着男人褂子的大爷们三三两两从家里出来。

她们气气派派地和男人们一样出了门,大大咧咧地坐在当街树荫下的石头上乘凉，一边还抽着烟袋锅子。抽着抽着不知哪个大爷起头脱了自己的褂子，大爷们就个赛个地把自己褂子扒了，黑漆漆地光着油腻腻的大膀子坐在树荫下和男人们一样谈笑风生。如果不是胸前那两个布袋子似的大奶子直接垂到裤腰那里，打眼一看真的和男人们无异。

有些大爷聊着聊着嫌热，还要拿起自己的奶子朝肩上搭一搭。

这样的稀奇事儿，在我们那地方早都习以为常见怪不怪了。

大爷们像男人那样连着几天不洗脸不梳头——嗯，也用不着梳头。睡醒了拿手揉揉积存在眼角的眼屎就去地里摘棒子，掘洋芋，像男人那样撅着屁股拉大车。把烟袋锅别在自己男人一样粗壮的腰里，等停下来歇脚时就抽一锅，吧嗒吧嗒很惬意的模样。

当然也像男人那样旁若无人地扛犁下地，驾车入田，骑马甩鞭子吆喝骡马飙粗鄙的脏话，肆无忌惮地说笑，吧唧着嘴吃饭。

这些人当中，我大爷是最让我惊诧的一个。

之所以这么说，是因为那个时候我正在渐渐长大。

我大爷一死，我大娘完全混淆了我那个年纪对于男女性别刚建立起来的基本认知。

如果，不是三个月后的那场大雪。

北方的冬天粗鲁得很，根本不打招呼，说来就来。

三个月的时间，我也逐渐认同了我大爷像男人一样的存在。

那是一个清晨，正在热乎乎的炕头做美梦的我被一阵激烈的鞭炮声炸醒了。

直到中午端着一碗猪肉吃到嘴里，我才明白，我大爷居然要和外地来的木匠结婚了。

鞭炮就是他们炸的。

这消息比我大爷几个月前突然去世，比我大娘像我大爷那样粗犷地活着还让人猝不及防。

一切都发生得太过突然，但又像是早都安排好了似的。

腊月里木匠来寨里做活，借宿在我大爷家。当天夜里就下起了鹅毛大雪。大雪纷纷扬扬直直下了半个月。雪还没停呢，我大爷竟然要结婚了。

原谅我那时年少，又怎么弄得懂大人们的心思？

最先跳出来反对的当然是我大爷的儿女们。他们用尽了各种招式，据说还把那木匠痛揍了一顿，赶出了寨子。这样，我大爷自然是嫁不成了，几乎所有人都这么认为了。可谁也没有料到，当天夜里我大爷卷了自己的东西就跑了。

至于后来，我大爷是不是追上了木匠，他们最后是不是在一起了，谁也不知道。

  那天晚上,半明半暗的灯光里,我听见我娘感叹说:"人在冬天是想抱着一个人取暖的。"

  我爹骂了句:"屁!"

  然后,灯就被熄灭了。

(原载《我们都爱短故事》2018年8月9日)

寻 找 弯 锥

_孙艳梅

弯锥是啥鬼？

头发染霜的妇人对着描眉画眼的超市姑娘比画又比画，描述又描述，姑娘还是忽闪大眼一脸迷茫。姑娘终于不耐烦，您老人家就说准备做啥用吧？妇人说，做布鞋。姑娘"哦"了一声，恍然大悟，从货架上取出一把粉红塑料把的锥子。

不是锥子，是弯锥，弯锥！妇人双手乱摆，摇着头。

妇人也不知道她为啥非要坚持买一把弯锥。她一大早去村口小卖部买，小卖部没有。她不甘心，又骑三轮车来到十里之外的镇上买。一家一家问，把天都问黑了，星星都问出来，也没买到。

其实妇人也知道很多当年最常见的物什如今都不复在，其实眼前这把不趁手的塑料锥子也能让她做出一双憨厚结实的布鞋。她的巧手艺搁那里放着呢，虽说多少年她已不摸做鞋的家什，可手艺不会发霉变质不会轻易忘记。

当年她就是凭一手做布鞋的活儿，把村里最英俊后生"擒拿归案"。年轻的妇人可不好看，细眼睛、单眼皮，并且鼻梁上密密麻麻长一层"黑雀子屎"，城里人管那个叫"雀斑"。她去后生家相亲，新苫的房，雪白的墙，屋里挂着毛主席的像。妇人一眼相中这户人家。可是，三天之后媒子去问话，后生支支吾吾的，见多识广的媒子岂能看不出来，就笑吟吟地从包袱里提出一双布鞋来。喏，人家大闺女说了，新社会，做不成夫妻做朋友，送你双鞋做纪念吧。

鞋，青帮，白底，圆口，小针脚，后生当场就爱上当场就穿上脚。老天爷啊，不大，不小，正正好，既像踩在弹簧上那么轻快，又像踩进白云朵那么轻盈，穿上舍不得脱了。新婚之夜他凑近妇人问，你，怎么就做得那么正正好呢？

妇人成了村里最巧的媳妇。她坐在自家院子里的枣树下，大姑娘小媳妇簇拥着她，弯锥噗噗地往鞋底上扎，白色枣花簌簌地往水缸里掉，男人穿着她做的布鞋满面春风地从生产队干活回来，趁没人的时候，"叭"地亲她一口，俺媳妇，最光彩。

此时，长着皱纹的妇人脸上忽然现出一丝少女才有的甜蜜笑容，鼻梁上的雀斑跟着欢快地跳跃。超市的小姑娘在灯影下看去，觉得有说不出的诡异。

啥时候开始不穿布鞋了呢？从围着妇人的小媳妇大围女越来越少开始，后来，一个也不见了，村里最光彩的女人还原成一个"黑雀子屎"的丑妇人。再后来，男人临进城打工头天，去集市上买了双黑皮鞋。男人说，我给老板开车，就和老板的车一样，是老板的门面呢。妇人垂着头说，我知道，我知道。她叹息着把她的针线和未纳完的千层底，一股脑收进箩筐端进屋子里。

男人把皮鞋塞进包里仍旧穿着圆口黑布鞋。妇人幽怨地说，有皮鞋，还穿啥布鞋。男人歪着头认真地说，那不行，穿皮鞋，不得已。

春末夏初男人开着一辆轿子车在家门口拼命摁喇叭，待妇人急慌慌出来，男人打开崭新锃亮的车门，挺着胸先把脚面子伸到妇人眼皮底下，一双崭新锃亮的黑皮鞋刺痛妇人的眼。妇人脸色突变，反身就走。

是我老板，那个白净细腻一脸富贵相的老板，非拿他的皮鞋跟我换，他说街上那么多的布鞋，都不如我那双舒坦。男人撵在妇人屁股后面说，你看，老板还放我假，还让我开他的车回来，就想让你给他也做双呢。

第二天一大早，妇人把箩筐从橱子深处翻出来。箩筐里做鞋用的顶针、麻线、针锥、弯锥都在，那双纳了一半的鞋底还在。妇人戴着老花镜坐在院子里穿针引线。院子的枣树早已伐掉，改种的紫薇花一嘟噜一串开过几年，妇人的针脚还是稀疏得当松紧适中。街面上卖得贼贵贼贵的布鞋，摸上去硬邦邦，挺括括，还号称纯手工呢，哪有自己的纯正优良根正苗红！眼看一双令人骄傲的布鞋就要大功告成，妇人手中的弯锥木头柄"啪"一声皲裂。

妇人"哎哟"一声，脸上现出惆怅心痛的神色，超市姑娘也跟着难过起来。

这时候从里屋出来个头发花白的老妇人。弯锥，我有，只是多少年不用，不知道塞哪里了。

姑娘如遇救星地喊，奶奶，你快领这个奶奶找去。

老妇人终于在床底下翻出一把手柄磨得油亮的弯锥。和人一样，弯锥旧了也有些颓相。可在妇人眼里，它分明是讨人喜欢的弯锥，惹人喜爱的弯锥。

妇人说，其实做布鞋，不用弯锥也行，可我今天撞了邪。

老妇人握着妇人的手说,我明白,其实你不是在找弯锥。

躲在不远处的超市姑娘越发糊涂了,比妇人进来跟她比画弯锥的时候,更糊涂。

(原载《天池》2018年第4期)

看到美人你会想起什么

_ 陈小庆

　　王九和我谈起何为美人的时候，说了一段让我隔了几个朝代都没有忘却的话。

　　王九彼时正拿着一截芝麻糖吃，他的吃相很优雅，大概是怕芝麻掉地上，小口轻咬，双唇稳收，一粒芝麻都没有崩掉地上，他吃到剩文雅的两小口时问了一句："公子吃不吃芝麻糖？"我没有答话，只是望着窗外迟迟不至的春天，怅然良久。

　　这时王九两口并作一口，吞下明朝最后的芝麻糖，说："公子，请您谈谈何为美人！"这分明是采访，分明是打算做记录的情形。我本能地看了一下腕上的墨色玉珠，又本能地清了清嗓子，说道："所谓美人，身既窈窕，冰肌玉骨，明眸皓齿，吐气若兰，声若银铃，手执纨扇，常立梅边，既不多言，又不乱跑……"

　　王九闻言笑，那笑声似从有钱人家传来，很有底气，又似从皇亲国戚那里转发过来，盛气凌人。

　　我顿时很不开心很不开心，我说："王九，我知道你读书少，可是这些话我常常念叨，你必不至于理解不了吧。"

　　王九继续笑，而且从从容容摸出一根明朝最后的驴牌香烟，也不让让我，自顾自点上，深吸一口，冲屋顶吐出烟雾，长叹一声道："公子所言美人，人人得见，算不上真正的美人。"

　　"嗯？"我瞪了他一眼，"你想谈的是仙女？"

　　"不！"王九很干脆地说道，然后他果断掐灭刚刚吸了两口的驴牌好烟，仿佛事情到了不得不认真的时候，他居然从案头拿起并把玩着我轻易舍不得拿起并把玩的御赐花梨木手串，"真正的美人——"他说着望了我一眼，大概看到我正认真注视着帘外的海棠,并没有认真在听,很是满意,继续说道,"真正的美人,当你看到她的时候,你看到的不是她的眉毛眼睛鼻子嘴,你只会想起远方,想起天涯海角,想起海上洁白的船帆,想起蔚蓝,想起一些最纯净而宏大的事物,因为真正的美是应该让人丰富,让人盛大,让人感到天地即在眼前!让人想起风吹岁月的美好……"

"此话听上去挺有道理!"我表面淡淡地说道,心里却已经很佩服王九了。

"那当然!而且越美的美人让人想起的远方越远。比如小翠,对就是隔壁小翠,卖凉皮的,我看到她啊,就想起镇上的长街和几座寺庙围墙;而看到小芬,我就想起咱们那一年到县城买砚台的下午,晴朗干净的县城……"王九只到过县城,所以他一定最喜欢的是小芬,我是清楚的。

"公子可是最喜欢谁?"王九忽然问道。

"……"我凭什么告诉他,我有暗恋的自由,也有保守秘密的权利。

"我想公子一定对琴小姐感兴趣……"王九竟直接提出万年巷刘府的琴小姐。

很奇怪,王九一提琴小姐,我眼前居然自动浮现出那一年上开封府赶考的情形,我出门的时候是春天,万里春风浩浩荡荡,我想起开封府郊外的油菜花,想起一个下雨天我和王九避雨的屋檐……

我并不是那次见到琴小姐的,而且我那次出门根本没有遇见过她,这只能说是琴小姐算得上是个有一定远度的美人,可是我并不太喜欢她,觉得还可以遇到更远更美的人。我摇摇头,王九信了,知道我并不喜欢琴小姐。他多着胆子说:"不会是王云吧!"

"王云?"我一时想不起来是谁。

王九提示道:"王财主家的……"

"呃,我想起来了……"我眼前浮现出村子东头的麦秸垛,"对,王云就像麦秸垛……"我对王九说道。

这时,大街有人高叫道:"不好了,洪水要来了……"

没有下雨,干旱了一个冬天,哪里会有洪水,我完全不去理睬。但王九却马上穿好原本披着的大氅,马上提好趿拉着的鞋子,扛起随便一个值钱的东西就往外跑。

"王九,怎么回事?放下我的九龙砚滴……"

王九一边跑一边扭头说:"公子,这个声音是刘师父喊的,不会有错,快逃命吧……"

刘师父我清楚,长年在外仙游,是个预言家兼街头算命先生。这两者可不是一回事,所以我是分开说的。算命是糊口,预言是刘师父真正的追求,因为没人相信，没有市场，所以总是弄不到钱。

但这一次全村的人都信了刘师父，据王九推测是源于刘师父失恋了，失恋的人总是会让人对他产生一种莫名其妙的信任。所谓情场失意，卦场得意也。

我和王九奔逃在浩浩荡荡的人群里，四周田野干旱，裂的口子最大的足以陷进去一头牛。

我们于一个傍晚，来到县城，我狠狠心掏出一把大钱，住进一家客栈。

客栈老板的女儿给我拿房门钥匙时，我借着烛光看见了她秀美的容貌，我想不远处的王九也一定看到了，我们很久没有接她递过来的钥匙……

钥匙是如何递到我手上的，我是如何走到房间门口并打开房门的已全然不知。

"公子，我想到月亮，想到天上的星星……"后来王九对我说道。

"你到过月亮和星星那里？"我一边漱口一边揶揄他。

"据我所知，每个人都到过那里……"这家伙的诗意总是那么势不可当，王九说着就站到窗前看星空了，不一会儿他幽幽地传来一句话，"公子想到了什么？"

"什么？"我一愣。

"就是看到她时想到了什么？"

我其实不想对王九说，我不想听他说到月亮和星星，那么美，那么远，而我看到小玲子时（我自己给客栈老板的女儿起的名字），我没有想起远方，但我流泪了，真正的美总是让人感到忧伤。我那一刻，想到的是柴米油盐，想到的是每一个黎明和黄昏篱笆院子升起的炊烟，想到她穿针引线地缝衣服，想到她为我剪指甲，给我端来她做的淡饭，饭后沏来一碗粗茶，想到她每一根白发……

我甚至觉得，看到她或想起她时一点都没有距离，仿佛我们在一起过了一生一世，从来没有走出一个小院子。

（原载《我们都爱短故事》2018年4月17日）

鄂西寄来的一封信

_余清平

阿环背着旅行包下了火车，坐上汽车，再下了汽车，深一脚浅一脚走在鄂西乡间的小路上。冬天的鄂西，旷野中有风吹过，火红色的枫叶紧一阵松一阵地摇，绚丽的景致令太阳也闪烁着不肯西垂。阿环掏出手机看了看微信设置的定位，离要去的地方不是很远。

鄂西的风很热情，像女友的丝巾在轻轻拭擦着阿环的额头、脸颊和身体，不让他流一滴汗。要知道，深秋的天气虽然晴朗，但人在运动流汗后还是会很不舒服，也容易着凉。阿环是从广州来的。旅行包里装的是他的小说集，但阿环感觉到书里的人物都齐刷刷地站着，在帮他分担辛苦。

鄂西的乡间原本有很多鸟类，譬如喜鹊、大雁、黄鹂、燕子、白鹭等等，像神笔马良画出的那么有灵气。只是，现在冬天已到，似乎这些精灵又被马良珍藏到画卷里，只剩下一些麻雀在纵高蹲低，叽叽喳喳欢笑着迎接客人。

阿环嘴角上扬。他望了望天，暮色将夕阳拥住，霞光如孩子的脸蛋，红彤彤的。他用手紧了紧包带，继续赶路。

阿环的小说集，是出版商不久前才印刷好送来的，墨香藏不住，丝丝缕缕溢出，与山野中野菊花的香气融为一体。它们和谐的样子，让阿环想起与初恋女友间的甜蜜与欣喜。想起她，阿环的心里涌出的不知是甜蜜还是苦涩。分手易，相爱难，确实如此。她就那么一个理由而与自己劳燕分飞，太无语了。阿环摇摇头。

师范大学毕业时，女友选择教书育人，阿环选择在城市里证明自己。但是，多年来，阿环也没有赚多少令他挤入上流社会的钱，不过，作品倒是发表了一些。阿环上扬的嘴角耷下了。

阿环这次来鄂西，不是探亲访友，也不是旅游休闲，是缘于一个偶然。今年元月份,他收到一封来自鄂西一所山村学校的信,内有一张明信片,是一个孩子写来的。明信片上写着:不认识你也可以祝你新年快乐!给已错过的一切以慰藉。并冒昧向阿环要几本书籍。

开始,阿环觉得奇怪,后来一想,明白了孩子是怎样知道他通信地址的。原来,他刊载在某家选刊杂志原创版上的作品后面附有他的通联地址,孩子肯定是通过那个地址给寄的信。阿环愣了好久,想到自己这几年没多大成就,就决定整理自己写的小说,出版一本书,赠给孩子们,也不枉了光阴虚度。因此,阿环拿到书后就急忙装了几十本往鄂西赶来。

终于到了微信定位指定的学校,阿环来到教务处办公室。阿环傻眼了,教务主任说没有阿环要找的这个学生。正在阿环沮丧的时候,校长来了。校长紧紧地握着阿环的手,握得阿环的手有了痛感。阿环跟着校长来到一间教职工宿舍门前,校长打开门,两人走进去。阿环不知道校长是什么用意,眼光在宿舍里游动,只见墙壁上张贴着几幅山水、花鸟画。一张办公桌上摆满了各种教科书。

校长看着阿环,浓眉一簇簇拧到一起,嘴巴颤动了好一会,轻叹一声,才哀哀戚戚地说,阿环,我还是告诉你吧,给你写信这事现在只有我知道,这信,这信不是学生写的,是支教老师阿琳写给你的,她对我说她是您的大学同学,前个月不幸病逝。这儿就是她的寝室,阿琳说,她有个请求,说鄂西很缺老师,而您在教育方面很有天分,又能写会讲,若做了老师,将来肯定会桃李满天下,她要求您留在这里支教⋯⋯

是阿琳⋯⋯阿环听了这个名字,瞬间怔住了,心似乎被铁锤击打,眼睛如同蒙上了黑布,什么也看不见。他晃了晃身子,手一松,一包书跌落地上,眼泪溢满眼眶——阿琳就是阿环的初恋,选择来乡村学校支教的初恋女友。这是我班主任的故事,今年过年,我们很多同学相约去拜访了他,老师的鬓角虽然布满了风霜,但精神依旧矍铄,这么多年,他陆续出版了几本书,我们替他高兴。但有一点也让我们很着急,他依旧孑然一身。

(原载《咸宁日报》2018年4月18日)

元　宵

_ 郭一琦

"你也在上海工作？那你……见过我儿子吗？"老人问男人。

男人给老人夹了一筷子鱼香肉丝："上海这么大，又有这么多人，平白无故两个陌生人，怎么可能说遇到就遇到啊？"

老人听了，好像也意识到自己的这个问题有些荒谬，有点不好意思地笑起来，脸上细密的皱纹挤在一起，如同一朵盛放的葵花："说得也是，说得也是。"他连连点头，拿筷尖颤巍巍地挑起两根茭白放进嘴里，缺了牙的嘴巴蠕动了一会儿，还是忍不住带着炫耀的语气说："我儿子在大学里教书。"

男人听了他的话，却并没有表现出非常惊讶的样子，此时他正专心致志地对付饭碗里的一只鸡翅。这种蜜汁鸡翅别的地方可不容易吃到，因为除了腌制时要用蜂蜜、绍酒、酱油等复杂的酱料，炸的火候也十分考究——炸至表皮呈金黄色，酥而不软，脆而不焦，再淋上一勺勾芡，色香味便全出来了。他用牙齿撕下最结实的一片肉，嚼了几下吞咽下去，发出一声满足的喟叹。

老人还在说。

"我儿子是村子里考出去的第一个大学生，你不知道当年考大学有多难，我儿子一考就考了所重点大学，整个村都惊动了，就连村长，也在发榜那天骑着一辆二八杠自行车来我家吃饭。那个喜庆哟，好比过了个大年！"因为激动和屏障的缺失，他的口水不小心飞溅出来两滴，落在离男人左手边不远的位置。老人趁男人不注意，飞快地用手掌抹去。

"他读的专业是他自己选的，叫……叫……叫什么我现在也想不起来了，反正是研究外国人脑袋瓜里想什么的。说实话，一开始我不让他报这个，想让他跟我一样学电工，他不肯，因为这事还跟我犟脾气呢。不过后来我也想清楚了，时代不同喽，外面的世界发展成什么样我不懂，也管不了，就随他去吧。

不过事实证明我的放手是正确的，后来他就留在自己学院里教书了，前不久还被评上副教授了。"

男人点点头。

"你就少说两句吧，快点吃，菜都凉了。"说话间，老人的妻子从厨房走了出来，她端着一盆汤圆。热气扑打在她的脸上，遮挡住了她的神情。

"老太婆你跟他说，我们儿子教的专业叫什么名字来着？刚才一时半会儿我想不起来了。"

"哲学。"老人的妻子有些无奈，但还是轻声回答了。

"没错！哲学！"老人激动地感慨，"我们哪懂什么哲学不哲学的，只知道是搞那种虚头巴脑的理论研究的。"他搓着两只巨大的手掌，长吁短叹了老半天，突然问："对了，小伙子，你还没说你是做什么的？"

男人抬起头，想了一会儿说："哦，我是做电工的。"

老人既欣喜又心疼："原来你是学电工的啊，蛮好，蛮好，不过这工作可辛苦吧……"

男人推了推鼻梁上的金丝边眼镜，唉唉了两声。其实只要仔细看，就能发现男人虽然年过四十，身材发福，可或许是保养良好的缘故，依旧拥有白皙细腻的肌肤；就连额头，也只有几缕很浅的褶皱，并不像长年在外面风吹日晒的样子。但此刻老人沉浸在对对方的关怀中，丝毫没有发现这一破绽："平时也很少回家吧？"

"嗯……嗯？"

"唉，不是我说，你们这一代的孩子，虽然对工作很投入，对老人在经济那方面也算孝顺，可就有一个毛病，容易一忙起来不回家。"讲到这里，刚才的喜悦渐渐消散了，老人的神情突然变得忧伤起来，苍老的眼皮淡淡垂着，"虽然就像我刚才说的，我儿子现在工作好，家庭好，什么都好，可时常忙得不见人影，逢年过节也不回来，不是说儿媳妇好不容易休个假，一家三口要出去旅游，就是什么学校安排出国交流，你说我能拦着吗？"

男人小心翼翼地问："那今天元宵节，他也不回家吗？"

听了这话，老人如梦方醒，一拍脑袋："对，对，今天是元宵节，你不提醒我都忘了！那是要打个电话问问的。"他站起身，急急忙忙地搬动两条打弯的腿，往电话机旁边走。趁着这工夫，男人偷偷溜进厨房，附在正在洗碗的老人妻子耳边："妈，爸最近情况没有好转？就一直这样？"

当母亲的哀伤地叹了一口气："时好时坏吧，医生说了，他这病年纪大了没办法。"

男人不死心："那除了过去那点陈年破事，就没有记得的？"

"别提了,基本上家庭住址、家里人名字、电话什么的完全记不得了,严重起来的时候连我都不认识。"

男人还想说点什么,这时,口袋里的手机响了。

（"丰湖杯"全国大学生小小说大赛获奖作品）

爸爸的老婆叫什么

_曾咏梅

夕阳，将院子里的两个身影抹上了一层金光。

"爸，咱们得多走动走动。"堂哥握着大伯的手走在前，大伯跟在后，碎步挪动，像极了蹒跚学步的小孩。

大伯得了老人痴呆，手脚不灵便，脑子不灵光，很多人和事都记不清楚，语言功能也受阻。

医生吩咐，要陪老人多活动，多说话，病情才会有好转。堂哥就隔三差五回来陪大伯。

患病的大伯，对谁都不待见，但一见着堂哥，就眉开眼笑，一副乖巧温顺的模样。堂哥为了逗大伯多开口说话，想出各种法子。

"爸，我记得您年轻时在广州工作过（以往大伯对广州的那段工作经历总是念念不忘），那时您的白话（粤语）讲得特别好。您现在还会不会讲啊？"

大伯一听，来了兴趣，说："会啊。"

"咱们用白话来对话，好不好？"

大伯呵呵地说："好啊。"

在广州读过书的堂哥立马来了一句地道的白话："广州的别称叫什么？"

大伯用清晰的白话语音答："羊城。"

"爸，您可以哦。"堂哥像表扬小学生一样。

大伯竟精神抖擞了起来。

"您叫什么名？"

"……"

"我叫什么名？"

"……"

一问一答，边走边说，听着大伯讲白话的那个味，堂哥忍俊不禁，哈哈大笑，大伯也跟着乐呵起来。

堂哥又问："那您记不记得您老婆叫什么名啊？"

"我老婆啊，叫……叫……"顿了一下，"叫罗长娇。"怕堂哥听不见似的，提高声音又说了一次，"罗长娇。"

堂哥听了，顿时杵在那。眼睛迅速地往屋内的厨房瞄，看见自己的妈妈正在炒菜，抽油烟机轰轰作响。

把伯父牵回客厅后，堂哥回房躺在床上，辗转反侧，郁闷难解：不是说那个叫罗长娇的女人跟爸生活才一年多吗？可自己的妈妈嫁给爸爸几十年，任劳任怨，凭什么，爸心里只记得那个女人！自己的妈妈算什么？

堂哥很为自己的妈妈不平。

连续好些天，都不见堂哥来陪大伯。

伯母觉察到异样，仔细问堂哥："儿子，哪不舒服呀？是不是服侍你爸累着了？"

"别提爸，妈，您是对他太好了，而他一点也不记得您的好，他只记得他的老婆叫罗长娇，您知不知道？"

性情耿直的堂哥，竹筒倒豆，将这些天憋在心里的话，一下子倾吐出来。

伯母听了，轻叹了一声说："你这个傻小子，原来是这样。这事呀，还是让你婶婶跟你说吧，也是时候了。"

晚上，我跟随我妈来到堂哥面前，我妈十分认真地对他说：

"孩子，罗长娇的确是你爸的老婆，嫁给你爸一年多就撒手人寰。可你知道吗？她才是你的亲妈！"

堂哥很是震惊，用疑惑的眼神看着我妈。

我妈继续往下说："罗长娇，也就是你的亲妈，在你不到一岁时就病逝了。想到你爸较大男子主义，你亲妈临终前就将你托付给自己的妹妹，就是你的姨妈。你姨妈为了一心一意照顾你，硬是请求你外祖父让她嫁给自己的姐夫，就是你爸。你姨妈也就成了你现在的妈，叫罗玉娇。"

这回堂哥听得明明白白。

我妈拍了拍堂哥的肩，语义深长地说："孩子，你是幸福的。当初我嫂子罗玉娇为了让你有个健康成长的环境，跟我们商量决定，先隐瞒这些事，等你成年懂事了再说。这一晃就过去了那么多年，大家几乎都忘了这事……可你应该很清楚，你玉娇妈妈视你如己出。她为了你，终身未育，只有你这个小孩，你就是她的宝……"

后来的日子，洒满夕阳余晖的院子里，堂哥牵着大伯，大伯则不时用白话清晰地说："我老婆叫阿娇，我老婆叫阿娇。"

(原载《羊城晚报》2018年7月9日)

时 光 书

_潘家辉

　　他醒来头痛欲裂，回过神来，发现眼前自己和女朋友躺在血泊当中，家人在旁边泣不成声。

　　"怎么回事？"他只感觉自己轻飘飘的，全身透明。

　　"你已经死了，小伙子。"死神冰冷地说道。

　　他看着眼前的死神，眼里透露着绝望。他已经完全记不起这起车祸是怎么发生的，就连女朋友为什么会在车上，他也想不起来了。

　　"好吧。"死神拿出一本书，书的封面上三个大字赫然在目。

　　"时光书？"他一字一顿地读了出来。

　　"没错，每个人死后都会拥有一次使用时光书的机会。"死神放下镰刀，把书递了过来，"欢迎来到死亡国度，在这之前，请收下这份礼物。"

　　他拿过时光书，粗糙的纸面泛着凉意，捧书的双手颤抖不止。

　　"你不必害怕，你可以在书上写上你想回到的时间节点。"死神捡起镰刀，接着说道，"不管是难过的、快乐的，还是曾经让你刻骨铭心的时刻，你都能回去。我知道你对人间还有太多留恋，这本书算是给你的留恋画上句点吧。"

　　"我可不可以……"这个男人眼睛突然有了一道光。

　　"你不要有其他想法，历史是不能被改变的。一旦你欺骗了死神，你将万劫不复。"死神给出了忠告。

　　他眼里的光泯灭了。在这个时刻，他居然没有想要回去的时间节点。他从小叛逆，父母对他心如死灰，他也从未感受到亲情的温暖。唯一给予他希望的，是他的女朋友，他唯一放不下的，就是她。

　　"可是她为什么会在车上？"他喃喃自语，"为什么我什么都不记得了？要是她不上车，她就不会陷入这场悲剧了啊！"

"你想好去哪了吗?"死神嘴角的微笑让他觉得不寒而栗。

"我想回去车祸发生的那一刻。"他打开时光书,却发现少了一页,"为什么这里会……"

"你之后自会明白。"死神笑道,"既然决定了,那就写上去吧,写完就可以回到那段时间了。"

他颤抖的手拿起笔,一字一句地写在时光书上。他发现书的扉页上有一行字,他没去看也不想去看,他心里只有一个想法:回到那一刻,即便万劫不复,也要让自己最爱的人带着希望活下去。

写毕,突然眼前出现一道闪光,转眼间,他回到了过去。

他看到了正在整理着装的自己,他的记忆渐渐浮现。原本是想借着看电影的机会向她求婚的。"如果没有这场车祸,那该会是多么美满的结局啊!"他暗自想道。

整理好着装的自己上了车,他也跟了上去。一路上顺畅无阻,眼前这画面平静得可怕。

突然铃声响了。

"喂,亲爱的,我已经在电影院了,你到哪啦?"电话那头传来甜美的声音。

"我在路上,快到……"

砰!没错,悲剧还是发生了。

他突然被惊醒。眼前的死神还是那般冷峻模样。

"欢迎回来,我的朋友。"死神说道。

"你在骗我!"他显得气急败坏。"我女朋友明明没上车!她还活着对不对!"

"死神不会骗人,她的确死了。"死神面若冰霜。

"那为什么……"

"她欺骗了死神。"死神冷笑道。

他瘫坐在地上,一脸茫然。

"她的确不在车上。"死神慢条斯理地说道,"当你车祸身亡,你的女朋友悲痛欲绝,她一直对于你的意外不能释怀,她归咎于自己。"

他双眼无神。

"后来她自杀了,我给了她时光书。"死神解释道,"没错,她选择了回到你发生车祸的那一刻。"

"她……?"

"她居然妄想改变历史!"死神面露不悦,"她曾答应我只是看一眼就回来，可是当我告知她必须回来的时候，她后悔了，她居然撕毁了她写的那一页，妄想永远留在那一刻，与你共赴黄泉。"

知道真相的他掩面大哭，哭得像个孩子。

"不求同年同日生，但求同年同日死。你们凡人真是肤浅。"死神不屑于此，"她撕毁了时光书，她已经受到了她该有的惩罚。"

他凝视着眼前孤傲的死神，突然翻开了手上的时光书。

"你想干什么？"死神问道。

"哪怕万劫不复，也要不负前往！"话毕，他撕毁了自己写的那页时光纸。

"你……你真的是不知好歹！"死神愤怒地说道，"那好，我就成全你！"

后来，他们以另外一种特别的方式重聚了。每次死神打开时光书，都会想起他们。书的扉页上那行字还在：在死亡面前，任何悲欢离合都显得苍白。"真的是这样吗？"死神沉默了。

（"丰湖杯"全国大学生小小说大赛获奖作品）

悬崖上的花

_黄月潮

我是一株生长在悬崖上的无名花，我的花瓣有两种颜色，一种纯白如雪，一种红艳如血。我在这悬崖边上生长了一千年，不知道什么时候起，人们开始叫我爱情花。

每天有无数的情侣从四面八方前来，他们站在悬崖下面指着我兴奋地大叫，闭着眼睛相互祈祷。他们的甜蜜让我羡慕——爱情真好。

如果摘到了那朵花，两人间的爱情就能永恒。不知道什么时候起，人类之间开始流传这样的说法。我不知道是谁说的，但我知道自己没有这个力量。我只是一株花，仅此而已。

关于我的传说越传越广，越传越玄。越来越多的人蜂拥而来，只是他们已不再是为了观赏。

如果你爱她，就为她采悬崖上的那朵花吧。我先是变成了爱情的愿望，现在又变成了爱情的标准。

每天都有人攀爬悬崖，想要把我献给心爱的伴侣。但是悬崖太陡峭了，数不清的人摔得头破血流，甚至因此丧命。但是这些都没能阻止后来者，反而愈演愈烈。

在众多的采花人里，有些是自愿前来的，有些是被逼着来的。但是他们的结果都一样——头破血流或者粉身碎骨。我开始怀疑爱情，我不明白爱情为什么需要一朵花来证明，即使这朵花是我自己。

"如果你爱我，你愿意为我采悬崖上的花吗？"这直击灵魂的叩问似乎成了一句魔咒，愿意的大都丢了性命，害怕的则在爱人面前羞愧地低下了头，原本甜蜜的爱情被撕开一道黑暗的裂缝。我明明什么也没做，却毁灭了无数人的爱情！

事情发生在一个夜晚。

月亮升起来了，采花人都已离去。清冷的月光洒落下来，在崖底映出一片瘆人的红。夜风在我耳边轻轻地吟唱，我在夜风里轻轻地摇摆。这时，我看见一道小小的影子慢慢地走来了。

那是一个妇人，瘦瘦的，弱弱的。她也是为了我而来吗？我忍不住叹了口气，爱情真是使人魔怔。

妇人站在崖底抬头望着我，目光里透露出某种坚定。果然，她开始攀爬了。她爬得非常缓慢，像只年迈的甲壳虫一样，黏在崖壁上一寸一寸地往上挪，而且每挪动一寸都要气喘吁吁地停下来休息好长一段时间。

数不清的比她强壮、灵活的人都失败了，我根本不认为她能够成功。果然，有好几次她都差点摔落悬崖。她的手在抖，腿也在颤。她已经没什么力气了，甚至看起来还有些恐高。

她的衣服早已被汗水打湿，又被夜风吹干，皱巴巴地粘在身上。头发紧紧地贴在头皮上，还有一缕跑进了嘴角。妇人的顽强完全超出了我的意料。

她爬得比蜗牛还慢，可一直在前进；她爬地比上刀山还痛苦，可一直在咬牙坚持。到后半夜的时候，她竟然已经爬到了无人到达过的高度。

当清晨的第一缕阳光穿破黑暗照在我身上的时候，妇人的手终于搭上了崖顶。她是唯一一个成功的人。一个瘦弱的妇人，完成了无数人都无法做到的事情。我想，这肯定就是爱情的力量了吧。我这被誉为爱情之花的无名花被她摘下，也无憾了吧。我开始好奇她的故事。

可是很快就证明，我又错了。

妇人在崖顶躺了很久，终于虚弱地坐了起来，她颤巍巍地伸出手抚摸向我。

"多么美丽的花哟！"妇人忍不住赞了一声，"如果不是为了我儿子，我真的不想摘你。摘这么有灵性的花，造孽哟！"

儿子？我有点疑惑了。

"可是我儿子也恋爱了，她的伴侣想要你，他真的很爱她，天亮了他一定会为她来采你的。"妇人自顾自地说着。

"可是那么多人都掉下悬崖了，我这儿子从小就体弱多病，怎么爬得了这悬崖哟！"

"唉！"妇人叹了一口气，手终于落在了我的花瓣上，轻轻地，像抚摸一个新生的婴儿。"可怜的花哟，你就再看一会这山谷吧。等我儿子来了，我就替他摘下你，让她去献给他的爱人。"

"我已经没有力气下去了，以后这山谷就让我替你守着吧。"妇人坐在山崖上出神地望着远方，不知道是在期盼他的儿子还是什么。

原来，妇人做这一切是为了她儿子。

天大亮了，悬崖下面又热闹起来。这一次，人们发现竟然有人爬上来了，顿时炸了锅。数不清的人在下面呼喊妇人，有请求的，有引诱的，有威胁的。众生之相，可见一斑。对此，妇人全然不理，她只是在人群中寻找她的儿子。

可是直到天黑了，她的儿子也没有来。"或许明天才来吧。"妇人念叨着。又一天过去了，她的儿子还是没有出现。可不知道是不是我的幻觉，妇人的眼里竟然流露出欣慰的神色。

到第三天的时候，妇人已经奄奄一息了。同样是在夜色里，她的儿子终于出现了，急匆匆的，同行的还有一个女伴。"娘！"只叫了一声，两人便跪倒在悬崖下面，哭得撕心裂肺，"我们已经找你四天了！"

蜷缩在岩石上的妇人眼里闪过一丝神采，她抚摸着我，眼睛却看着儿子两人："可怜的花儿，他已经不需要你了。"

妇人的手垂下去了，月光下她的遗体就像一根枯柴，可我分明看见她嘴角里含着笑。撕心裂肺的哭声在山谷里回响。

后来，悬崖上又多了一株花。

（"丰湖杯"全国大学生小小说大赛获奖作品）

射 日

_崔子琳

  白光里走来的是后羿，颀长、矫健的后羿。他背着弓，持着箭壶，箭壶里是九支青铜铸就的长箭，箭镞泛着冷硬的光。离家之前，羿的妻子将这一壶箭交到他的手上，她和他的青丝结成弓弦，牢固地系在了雕花的弓的两翼。
  "结发为夫妻，恩爱两不疑。生当复来归，死当长相思。"她这样对他说，凝望着他的目光很深情，却没有一丝羁绊的意思。
  现在他身处四下无人的荒野，眼前广阔的土地如大漠般贫瘠。变态的炎热榨干了这里的最后一点水分，大地裂开曲折的纹理，满目俱是苍茫的疮痍。
  后羿听到自己踏在大地上的每一步，都回荡着重重的哀歌。他仿佛听到恶兽的咆哮、黎民的呐喊、声嘶力竭以至拉长变形的呼唤，交融在顷刻之间。
  他又想起了那个乔乔皇皇的殿堂，大殿之上端坐着的是这万物之主，天帝俊。他一双黑沉沉的眼睛紧紧地攫住他，云间缥缈的都是他黄钟般沉郁而闷重的声音。
  "后羿，你是谁的孩子？"
  他抬起眼睛，迎着他的视线。他看到他的眼里有震慑的威力。
  "我是黎民的孩子。"
  "你再说一遍。"
  "我是夺天工开万物的黎民的孩子。"
  天帝无声片刻，突然爆发出一阵笑声。流云间，疾风飒沓。笑过之后，他扬起手，吩咐臣下取来他的彤弓素缯，赐予后羿这无上的荣耀。
  "后羿听命：尔当持此弓，上射九日，下杀猰貐，以福泽万民。"
  众神皆匍匐高呼万岁，下界苍生感慨帝俊心怀天下，大义凛然。
  因为，那十个太阳，是天帝的儿子。

后羿背负着满天仙神热忱的期望，带着彤弓素矰返回人间。焦黑的土地上，黎民渴盼的眼神成了最后的生机。他们高唱后羿的名字，望这善射的英雄能不负帝俊所托，救万民于水火之中。然而，大火一遍遍掠夺着已是寸草不生的土地，后羿却闭门不出了。

于是骂声淹没了这英雄的家，人们拼尽最后一丝力气来到后羿的家门前，质问，祈求，绝望的眼泪流成了长长的河，那门里的人，不为所动。

"羿。"嫦娥将纤长的手指覆上后羿伤痕累累的手背，带着冰凉而柔软的颤抖，传达无声的支持与疼惜。

"再过一日，便可功成。"后羿转眸，看向妻子温软忧虑的容颜，不自觉将手抚上她憔悴的脸颊，"然我与你……"

恐再难相守。

"羿当以天下苍生为先。"她字字铿锵。

后羿的目光淡淡瞥向角落里断裂的彤弓。天帝所赐，脆弱不堪折，更无法承受射日之重。"帝俊想要袒护他的儿子们，却要将不义之名嫁祸于你。"嫦娥心思坦白，直言不讳，后羿笑着摇摇头："无须多言，你我明白就好。"

你明白就好。

后羿凝望着嫦娥，她生得极美，又是这样的心有七窍，本不该跟着他受尽颠簸之苦。他诛凿齿，杀九婴，缴大风，一生奔波，陪伴她的日子实在太少，以后也再也没有弥补的机会。

"生当复来归，死当长相思。"

嫦娥剪下长长的一缕青丝，与后羿的断发相缠，这该是世间最坚韧的弓弦。柘木与獬貐的角做成的弓臂才能承受射九曜的力量，而最后差的，就是青铜冷却后铸就的箭镞。

直取九日心脏的箭镞。

后羿立于峭壁之巅，脚下澎湃着的是汹涌的浪潮，极目远望，四野俱是一片灼目的光芒。

盘古的血，女娲的生灵，尽数焚烧在这片夸父曾经至死追逐的光与热中。

他迎着这片巨大灼烈的光芒，将弓弦拉成满月。千斤重的利箭，席卷着八荒的风声，没入其中一个太阳的心口。于是那骄傲的王子拖曳着一身耀眼的光芒从天穹坠入沧海，沉在无底的汪洋里，就此失了声息。

剩下的九个太阳被这突如其来的一箭惊得张皇无措，随即满天奔走流窜，热浪起伏扑袭，大海似也要燃烧起滔天烈焰。后羿知道不能再等，一支支的长箭如同流星，呼啸着，短促而有力地贯穿八个不耐的太阳。他们接连落入海底，熄灭了一身辉芒，杳然沉寂。

九日一死，火光自灭。清凉湿意，猝不及防地降临人间。万民抬首，看那头顶的一方苍穹终于又显现出蔚蓝的色彩，知是他们的英雄，终于不负神意，重又赋万物以生命。

是不负神意吗？

嫦娥抬眸，看着最后的太阳高悬于天宇，飞扬的眼角满是骄傲与慰藉。她眉眼一弯，笑着将帝俊派人送来的毒药吞入腹中。

"不必多言，只须告诉他，从此我长居月宫。"

月光如练，反射太阳的光芒。

后羿归来时，家中已无嫦娥的影子。

人人只道是嫦娥偷食天帝赏赐后羿的仙药，做了月上的仙子，却没看见那日，随风而去的一缕青烟，在空中消散而逝。

后羿夫妇轻贱御赐仙药，帝俊震怒，命后羿永世不得再返天庭。

"生当复来归，死当长相思。"

后羿不能与妻相见，只能年年此时举头望月，红烛高燃，遥寄相思。

直到多年以后，黎民再次受难，洪水肆虐，鲧取息壤下界，看见曾经射日治灾的羿，在痴望月光。

他告诉他：

"月上贫瘠，是不毛之地——"

"更无人烟。"

注：

①青铜：古文献记载，尧舜禹传说时代，人们已经开始冶铸青铜器。这一时期在位的君主有帝俊。所以本文设置后羿用青铜铸箭镞。

②"结发为夫妻"句：出自东汉无名氏《留别期》。由于是神话故事，所以没有深究时代问题。

（"丰湖杯"全国大学生小小说大赛获奖作品）

小　径

_于德北

　　我认识一位作家，以前我们是好朋友。曾经有一段日子我们不是朋友了，但不知今后我们还会不会像以前一样，互相拥有纯真的友谊。这个作家长得很粗糙，说粗糙不光是长相，他的品性也很粗糙。所以，每次提起他是一个作家的时候，我总为这个美好的称谓感到有一点……不值。

　　这个作家原来在一个县城的文化馆工作。他爱人是大夫，两个人有一个儿子，宝里宝气的十分可爱。

　　按说这样一个知识分子家庭，在小县城挺让人羡慕的。双职工，而且，两个人的工作单位都不错，还没有开不出资的现象发生，虽然作家偶尔拖资，但却很快也被县财政解决了。

　　作家写了不少东西。

　　省里的评论家评论他的作品说：概由于他长期生活在社会的底层，对平民百姓的日子更加了解，所以他的作品通篇透露出一种平易的、真实的、和蔼可亲的气息……

　　我认为这是一段非常别扭的话，但作家常禁不住自喜。

　　他总喜欢把那些美丽的愿望、美好的情感说出来。

　　作家写过一篇关于离婚的小说。月光。惨白的月光照在小说女主人公比月光还要惨白的鞋上。屋里没有开灯。窗外街灯的余亮从厚厚的窗幔缝隙钻进来，长长的一条，映在地上，像一把剑。

　　作家对我说："当时她想：这剑无情地割断了他们五年的婚姻生活。"

　　现在，她感到真的很冷。

　　作家写，是离婚彻底击伤了这个女人！

　　作家写这篇小说的时候，已经来省城进修半年了——省作协给各个地区的崭露头角的作者创造了一个进修机会，作家当然是这批人中的佼佼者。他来省城进修，原本下决心写出点好东西，可谁知道，他很快就陷入到他为自己涂抹的月光里了。

按说一个作家喜欢女孩子本不为过，谁让她们长得那么迷人了。

这是作家的话，很幽默。

作家爱上了一个写散文的女孩，我们叫她秀芝吧。这个名字挺朴素的。一天夜里，秀芝拿着自己所写的散文找到作家，让他帮着看看。作家认真地看了，看后两人就交谈起来，恰那天学校组织大家去看内部片，作家因有小恙没有去。至于秀芝为什么不去，我们不得而知。反正二人谈得很投机。

后来作家提议去喝酒，踏着有月光的小径去酒馆。

作家喜欢月亮。

他说："你看月亮。"

秀芝说："像银子。"

作家第一次听人说月亮像银子，觉得很有趣，就哈哈大笑。他总认为他的笑很有魅力，其实很粗糙，像他爱人说他："你以为你笑得很动听，其实这么多年了，我就想告诉你，你的笑声里有沙子！"

一个大夫的忠告如此富有诗意。

关于离婚的事，作家征求我的意见，因为我们那时是好朋友，他觉得我的意见很重要。记得是在一次远行之后，我俩坐在道边，我思忖半晌，说："还是不离吧。"

我还说了其他一些话，包括很功利地为他分析离婚的利弊，他当时也深为接受。谁知下午的时候，秀芝就找到我，说了一堆抢白我的话，令我十分尴尬。

作家离婚了，领着他的新妻子回小城了，他们有病还到他前妻的那个医院去看，不知他、他的新妻子和他的前妻碰过面没有。他和前妻的孩子归前妻抚养，作家说：这是他最痛苦的事！

可是，这"最痛苦的事"在于作家来说也就持续了一年多吧。后来，他的新妻又给他生了一个女孩。满月那天，他又慷慨高歌，说："这是他最快乐的事！"

痛苦的事，快乐的事，在他那里都过于随便了。难怪，有了这样的生活后，他以及他的新妻子都渐渐地在文坛销声匿迹了，那些曾经赞美过他的评论家们也三缄其口，提及他的"遗憾"，却面面相觑，不再发声。

（原载《鸭绿江》2018年1月号）

是 为 也

_ 于德北

　　傻子是一个孩子。十岁。在育智小学读书。育智小学原来不叫育智小学，叫隆礼路小学。后来好像这个城市的傻孩子越来越多，所以，就把这么一个本来并不怎么重要的学校改成了育智小学。学校的主体是二层日式小楼，有花园，前花园平了，早就平了，做操场。后花园依旧，只不过多了一个厕所，是后建的，很不协调。

　　傻孩子的父亲是一个小职员，母亲是高干子女，他们的结合跟这个故事无关，跟这个故事有关的只是这个傻孩子。这个傻孩子是他们生的，很胖，眼睛小小的，鼻子很大。

　　育智小学和早市傍近，只隔一道院墙。

　　每天每天，傻孩子的父亲送他上学，像老虎送羊。傻孩子是老虎，走在后边，一边走一边摇晃，笑的样子平常又奇怪；父亲像羊，悄没声的，脑袋僵在肩膀上，一动不动。早市上的小摊主一见他就忍不住笑，笑他的呆板，并无恶意。

　　有一次，孩子的母亲来送他，大家忽地禁了声。

　　那女人高高大个，白白皙皙，走起路来款款有致，眉眼中透着一股灵气。

　　于是有人按书上读过的路数猜测这一家人，猜来猜去也只是猜猜，并不知真正的底细，但小买卖人的乐趣似乎也在于此，谈过也就谈了，生意好时，谁还会记起这许多。

　　"嘀嘀嘀——哟——"

　　突然有一次，傻孩子站在墙边大叫。

　　他的样子像什么？

　　离他近的远的小买卖人就笑得前仰后合。

傻孩子止了声，努力瞪大眼睛看众人，眼睛越瞪越大，渐渐又小，渐渐眯成一条缝，猛地弯腰拾起地上的石头乱掷起来。

他说："别让我再看见你！"

他说："你赶快给我消失！"

他说："不要惹我不爽！"

他狂怒的举措让大家吃了不少苦头。

以后的日子，傻孩子频频袭击早市上的人，他用书包背一下石头，进了校园之后，就藏在墙后狂轰乱炸，一包石头投尽之后，还扒上墙头看看动静，然后才跑去教室坐自己的位子。

早市的人去找学校，学校的老师苦笑着没什么可说。

他一个傻孩子，你有什么办法。

傻孩子的父亲来给大家赔礼道歉，细细查点损失的物品，一一做了赔偿，对大家拱拱手说："大家就还当他是个三岁的孩子吧，多多原谅，多多原谅。"

开始大家都忌讳一些东西，不好开口。

后来有一个愣小子说："他毕竟不是三岁孩子了！"

一句话出口，气氛一下紧张起来。

愣小子说："原谅原谅，他总扔石头也不是个事啊！"

傻孩子的父亲向人群看看，寻到说话的人，点点头说："我有办法！"

第二天，早市的人像往日一样拥拥挤挤，也许生活本身故事无穷无尽，无始无终，真的并没有谁认真想过傻孩子父亲的办法。要是傻孩子再次袭击大家，大家会再次愤怒。可如果傻孩子今天风平浪静，人们只有在买卖闲下的时候才会交流："傻孩子今天挺消停啊！"

可不就是这样！

七点四十分。

老虎和羊准时出现在路口。

羊走在前边，老虎走在后边。走着走着，羊突然停下来，"嘀嘀嘀——哟——"大叫了一声。

面对这父子，大家不知怎么回事，显然傻孩子也愣了一下，但他很快咧开大嘴笑了。继而笑得前仰后合，指着他的父亲，笑得说不出话来。

父亲说："别让我再看见你！"

父亲说："你赶快给我消失！"

父亲说："不要惹我不爽！"

说完，他从地上拾起几块石头向儿子脚前掷去，并跑过去把儿子书包里的石头都倒在地上。

儿子笑得更加不可开交，他指着父亲说："你有病啊！"

儿子说："瞧你那样，傻了吧唧的。"

就从这天起，父亲变得"弱智"了，而那个儿子，因为享受了"正常"，毛病改了！

无人说得出这是一幕什么剧，也无人说得出这幕剧的最后结局。傻孩子依旧是傻孩子，父亲依旧是父亲，偶尔，孩子的母亲来送他上学了，有人会问另一个人，说："瞧这两口子都挺不错的，怎么会有这么一个儿子呢？"

另一个说："谁知道呢！"

（原载《鸭绿江》2018年1月号）

大　哥

_袁炳发

　　我刚开始是从南往北倒腾苗圃发家的。
　　倒腾苗圃有了原始积累，我又开了一家涂料公司。钱生钱之后，我进军房地产业，还开发了一个大型温泉度假村。
　　我的生意做得一直是顺风顺水，不到十年，我便成了县城的年轻首富。
　　我在距县城不远的二龙湖边上，给父母买了一幢别墅。我因生意上的一些事情，经常空中飞来飞去，在家的时候很少。为了照顾父母，我让大哥卖掉了他自己的房子，和大嫂搬过来陪父母。
　　事业家庭，井然有序，只有一件烦心事，大哥工作的单位裁员，科室搞优化组合，大哥被优化回家了。
　　刚开始我是不知道此事的，是父亲电话告诉我，让我晚上回家一趟，说我大哥的工作出了问题，下岗了。
　　我问父亲：这是什么时候的事？
　　父亲说：快有一周了，你大哥不让我告诉你，怕你惦记。
　　晚上到家，见父亲、母亲、大哥、大嫂都在客厅里坐着。
　　我心里很慌，瞥了一眼大哥，心里一惊，这才几天，大哥的脸已经油光不见，脸窄成一条，眼纹骤添许多。
　　落座后，大嫂告诉我：你大哥单位裁员，搞优化组合，你大哥被优化回家了。
　　我说：大嫂，优化回家，落个清静，岂不更好！
　　大嫂说：老二，你不知道，回家后，浮动工资和各种补贴全没了，一个月少开很多呀！
　　我说：大嫂，钱不是问题，每个月我给大哥补贴五千。
　　我话音刚落，大哥霍地从沙发上站起，说：老二，别有几个臭钱，说话就不讲真理！你知道吗？我们这次被优化回家的人，都是脚踏实地干工作的人，留下的全是会讲假话的人！

我说：大哥，你的话肯定是偏激一些。

大哥说：不信你去调查！

父母在一边叹气，我、大哥、大嫂都开始沉默。

一个月后的一天，我外出办事，驾车路过大哥的原单位时，我看到大哥站在大门不远处的一个角落里，向他原来办公室的窗口张望着。

此时，已是秋季，很冷的风吹着大哥。

望着瑟瑟秋风中呆呆站立的大哥，我鼻子一酸，落下泪来。

此时，我恍然大悟，大哥是在留恋他曾经的工作呀！

我回到公司，立即让办公室主任给大哥安排一间办公室。我怕大哥推脱不来，电话里我强调大哥是来给我帮忙，抓一下公司的形象宣传，大哥这才答应过来。大哥来公司后，根据公司状况，帮我起草了一份万言企业文化理念。

时间久了，我发现大哥依旧闷闷不乐，经常望着窗外发呆。

我把大哥的情况和办公室主任讲了。

主任听后说：董事长，您放心，这事我来解决。

几日后，办公室主任向我汇报，说大哥的办公室重新安排了，带我过去看一下。上到二楼时，主任告诉我，大哥原单位的办公室是在二楼右拐的第二个门，我这次安排的也是二楼右拐第二个门。

主任推开第二个门，我进入后惊呆了：这间办公室几乎是和大哥原单位的办公室复制过来的一样，办公桌、办公椅、电脑、书柜等等，都和原来的一模一样，包括窗台上放置一盆大哥最喜欢的绿萝。

主任告诉我说：我到大哥的原单位实地调查过，大哥原来办公室三个人，办公桌进门左侧，这次安排的办公桌也是进门左侧，他对面同事是老张，右侧是年轻的小姜。老张和小姜我已经找到合适的人选，下周一过来报到上班。

我没有想到主任安排得这样周到，重重地握了一下主任的手，感激之情尽在那一握之中了。

安排妥大哥的事情之后，我因生意上的事情，飞往南方。

半个月后，我从南方飞回。

我先到大哥的办公室，推开门，见大哥和老张、小姜正谈笑风生，连我进来都没有发现，依旧很兴致地谈笑着。

窗外的阳光照耀着大哥容光焕发的脸，那张脸又恢复了原来的光泽。

我的心情顿时舒朗起来。

（原载《红豆》2018年第1期）

同　学

_袁炳发

　　那天是星期天，单位又不是我当班，在家里闲的无聊时，就被老婆劝说陪她去逛街。
　　老婆说，马上秋天了，顺便给你买件秋衣吧。
　　就和老婆从家里出来了。走了几家商场，都没有选中我合适的衣服。老婆似有不甘，又带我去附近的万达商场。老婆还说，万达一楼有服装，再去看下吧！到了万达门口时，我肚子咕噜响，抬腕看下表，快12点了，就和老婆说，算了，衣服不买了，这都中午饭晌了，咱俩外面吃点饭，然后回家。
　　就在老婆想进去又不想进去的时候，从万达的门内走出一位身材壮实的家伙。这家伙腆着个大肚皮，拎着购物袋，正要与我擦身而过的一瞬间，我俩的目光相撞了一下。
　　然后仔细盯住对方，在大脑记忆的荧屏上迅速地搜索着。
　　那家伙在辨认无疑的情况下，一下把我拥入到他的怀里。
　　六子！他喊。
　　二胖！我喊。
　　这是我小学时的同学孙大鹏。我向老婆介绍。
　　老婆和孙大鹏握了握手。
　　此时，我的心情特别激动，眼睛有些湿湿的。
　　大鹏又转向我：六子，一别就是二十年啊！
　　是呀，二十年！我也感慨万千。遂又问，你们家不是搬到南方了吗？
　　大鹏回我说：故乡难忘，是最近才调回来的。
　　我问，调回来怎不打个招呼？
　　问完，未等孙大鹏回答，我脑里闪过一幕往事：那是小学五年级时，一天下午，课间休息时，孙大鹏被外班同学叫到操场上一个大雪堆旁，遭到四五个同学的围攻。我见到后，毫不犹豫拎起推雪用的木锨，近前就是一顿横扫，那四五个同学见状，四处而逃。危难之中我出手相助，孙大鹏自是感激不尽，后来我俩就成为班级中最要好的同学，直至初中毕业，他家搬到南方，才失去联系。

大鹏的话把我从久远的思绪中拉回来。大鹏说：调回来后一直忙，寻思等安静下来后，联系你，不巧碰上了。

后又问：贺明，你现在哪里工作？

我有些羞涩，说：在一家公司当保安，是个没大出息的活！

大鹏说：噢，干好了，行行出状元。

我热情地说：大鹏，今天遇上不易，咱们找个小酒馆坐下，好好叙叙旧。

大鹏拍了拍我的肩，说：今天算了，我下午还有事。这样，明天我准备一下，咱也不到酒店吃，你和你爱人晚饭到我家去吃，家里吃有哥儿们气氛，是不？

我激动地点着头。

临别，我先把我的手机号码告诉了大鹏，大鹏也把他家的住址及手机号码写给了我，并说明天晚上他在家里恭候我们的光临。

我再次激动地点着头。

我们握手告别。刚走不远，我好像突然想起了什么，就回头喊住大鹏，叮嘱他说，明天简单一些，不要太破费！

大鹏站在那儿，微笑着向我挥了挥手。

翌日傍晚，我带着老婆，买了一只烧鸡、两条大鱼后，就按照大鹏留下的他家住址，找到了他居住的小区，乘电梯到了 14 楼。

大鹏家门前，我按响了门铃，一遍又一遍，无人开门。我怕听不到，便用拳头咣咣砸门。这时，对门的门开了，一位和我年龄相仿的男人问我：哥儿们，你是找孙处长的吧？

孙处长？不，我找孙大鹏。

没错，孙大鹏处长是我们的头儿，我们一起买的这个房子，又是同一天搬进来的，他的房子装修都是我帮弄的。处长早晨和老婆上班出去后，晚上就没见他的门有过回来的动静。

这家伙当上了处长？我心里好纳闷儿。

我掏出手机要给孙大鹏打，老婆阻止了我。老婆说：人家如果的确有事，你打电话会尴尬的。

这样，我和老婆子只得乘梯而下，郁郁不乐地回家。

第二天上班后,我就给孙大鹏打电话,电话很快通了。

我喊道:你这家伙咋回事?昨天晚上约了我,怎么又叫我吃闭门羹?!

你是哪位?大鹏在电话里问。

我是你同学。

噢,伟光同学呀!昨天我突然有事,叫您走了冤枉路,实在抱歉!

怎么一夜之间把我变成"伟光"了呢?我糊涂了。

话筒里又传来了大鹏的声音:伟光呀,要不改日……

我有些气恼,对着话筒喊了句:我不是伟光,我是他妈的六子!

(原载《黄河文学》2018 年第 5 期)

钱是什么东西

_ 曲文学

说来你也许不信，事实千真万确。故事发生在我铁杆朋友曹良身上。

曹良两口子在小区内开食杂店，店面不大，在我看来，也就勉强维持生计，不可能大富大贵。曹良每天骑一辆"倒骑驴"，负责进货，妻子负责卖货。两口子有一女孩，读初一，住校。

时间久了，两口子跟小区居民大都混个脸熟。油盐酱醋、时鲜蔬菜、日用百货，这里应有尽有。有忘记带钱的，打声招呼，东西照拿，日后还钱就是了。没见过两口子吵过嘴，日子过得有条不紊。

人就怕比。我妻子总鼻子不是鼻子、脸不是脸地挖苦我：看人家曹良，多模范；再看看你，一个小公务员，整天端个臭架子，挣俩死钱还要装出一副绅士相。

一般这种时候，我就开大电视机音量，以示抗拒，实在没热情跟妻子斗嘴磨舌。人没有知足的，我小公务员怎么了，到点上班到点下班，从不出去招惹是非，别人羡慕还来不及呢。我要是也成了大老板，满腰兜都是钱，在外面花天酒地，招蜂引蝶，你不得在家提心吊胆？

那天晚饭后，我穿着大裤衩子，手里摇着芭蕉扇，坐在楼下的石凳上纳凉。曹良不知道搁哪儿冒出来，一屁股坐到我对面，看样子喝了点酒，挺兴奋。

他先说："老同学，问你个问题，你可要如实回答。"

我说："什么问题？"

"这个世界上，你最喜欢什么？"曹良的小眼睛眨了眨。

我一时不知如何作答。不知道曹良葫芦里卖的什么药。

"我是说，你喜欢钱吗？是不是也见钱眼开？"曹良眼睛直勾勾盯着我，一脸严肃。

我差点喷饭。这也算问题？哪有不喜欢钱的。这问题既好回答又不好回答，我倒是想听听他有何高见。

曹良坦然讲出自己最喜欢的就是钱，他也不知道咋就那么喜欢钱，有点见钱眼开。

我来了兴致，想知道这家伙是怎么见钱眼开的。"我跟妻子有个习惯，不知道这习惯是好是坏，每年要过年的时候，也就是除夕前几天吧，我都要带妻子去趟银行，把家中所有的储蓄都取出来，除夕晚上，我俩就坐在家里数钱，一个劲儿地数，数过来数过去，别人在外面燃放鞭炮，我俩就坐在家里数钱……"

我眼泪快要笑出来了，竟有这等事！

"其实，家里的储蓄也不多，就是那点血汗钱，你想想，我们总得攒点钱，供孩子读书吧？人情往来，总得打理吧？我们双方四个老人都在乡下，年纪大了，需要赡养，用钱地方多的是，老人健在，是我们儿孙的福气，你说是不是？看到今年的钱比去年的多，那个兴奋劲儿，甭提了。你说说，这算不算见钱眼开？"

我恨不得一拳砸过去，这哪是给我出问题，简直是卖乖。曹良双眼迸射出光芒，似乎还沉浸在数钱过年的喜悦中。我因此也就不怀疑这个老同学对于金钱的忠诚度。

用这种方式过年，还真头一次听说，挺有意思，在心里玩味了很长一段时间……

一个偶然机会，我把曹良夫妇数钱过年的故事讲给另一个同学听。声明一下，我这个同学是个老板，绝对是重量级人物，光银行贷款就有一个亿——听清楚了，我这里说的是"贷款"，不是"存款"——现在的普遍观念，银行贷款越多，其身价也就越高。

最后，我问这个"重量级"同学："你这么大个老板，是不是也见钱眼开？"

该同学不假思索，说了句："钱是什么东西。"

接着，他陷入沉思之中……他说他好像很久没有亲自用手数钱了，几乎不亲自花钱，生意上的事有人具体操作，钱对于他，只是一组数字，麻木了；身上倒是有几张银行卡，也很少派上用场……最后，他两手一摊："比如说，我现在就身无分文，你信不信？"

我不能不相信这个事实，心情一下子沉重起来。

（原载《天池小小说》2018年第6期）

来生我还嫁给你

_曲文学

　　小关发廊的老板关多，五十岁开外了，可人们还一口一个"小关"地叫着。也不知他妻子姓啥，人们只管叫她"小梅"。两口子有一个儿子，大学刚毕业，在省城一家国企工作，不常回来。夫妻开店，小关剪发，小梅打下手，夫唱妇随，一转眼二十多年过去了。

　　这期间，小关发廊相继搬迁过几个地方，都是租的房，最终，在海韵小区买下这个门面，算是扎了根。门面面积不大，也就四十来平方米，理发间的后面隔离出厨房和卧室，两口子吃住都在店里。

　　这天，小关给顾客赵鑫剪完发，接下来的程序是由小梅给赵鑫染发。赵鑫是小关发廊的老顾客，二十多年下来，一直没换过地方。小关两口子亲眼见证了赵鑫满头浓密的乌发是怎么一丝一丝变白变疏的，岁月不饶人哪。

　　染发过程中，赵鑫对小关两口子提出一个尖锐的问题。赵鑫说，你们两口子一生选择这个职业，后悔吗？

　　小关说，不后悔，这样挺好，风吹不到雨淋不着，靠手艺吃饭，心里踏实，虽不能大富大贵，倒也能养家糊口，知足啦。

　　赵鑫又问小梅，你嫁给小关就不后悔？

　　小梅想都没想，张口就说，后悔着呢，可来不及了，只能认命。

　　赵鑫继续问小梅，如果有下辈子，你还选择嫁给小关吗？

　　小梅嘻嘻一笑，说，如果有下辈子，我就选择嫁给你。小梅这样说，当然是玩笑话，是调侃。

　　赵鑫一听，竟然来了兴致：嫁给我？我有那么好？

　　小梅说，你当然好啦，官当得大，说话水平高，西装革履，一身的光鲜，你看你都五十多岁的人了，完全像四十刚出头，我们家小关跟你怎么能比。

赵鑫叹了口气，说，真是苦了你们两口子啦，一天大门不出，啥时见你们都是这一身白大褂。对了，再问一个问题呀。

小梅说，你说。

赵鑫说，你们两口子整天在这巴掌大的屋子里转来转去，有朋友吗？

小关抢答道，当然有朋友了，比如说你，我就把你当朋友的，我一点也没拿你当大官，到这里，你官再大，还不得听我摆布？还有我那么多的老顾客，都是我的朋友，你们信任我，多少年痴心不改选择小关发廊，我当然要尽心竭力为你们服务，朋友嘛，要以诚相待。谁的头发长了该剪了，谁的头发白了该染了，我心里最有数。我也是时不时地打电话提醒你们。

赵鑫沉默了一会。

小梅耐心细致地给赵鑫染发，闲聊间，赵鑫一脑袋的白头茬，变得乌黑亮丽了。赵鑫对着镜子仔细端详，你别说，还真年轻了好几岁呢。

赵鑫起身付账，又对着镜子瞄了瞄，嘴上说，今天都是闲话，开玩笑的，你们两口子别介意。

小关说，我们是老朋友，无话不说，我们两口子没拿你当领导，你别介意才好。

送走赵鑫，小梅简单打扫一下，小关则坐下来小憩，毕竟是五十开外的人了，能不累吗？小关喘了口粗气。小梅也不吱声，屋子里有了短暂的沉闷……

很长一段时间，也不见赵鑫登门。按说，赵鑫理发的周期都在二十天左右。小关按惯例给赵鑫挂电话，想提醒一下，电话呈关机状态，小关也没多想，万一是赵鑫出门了呢。又过几天，赵鑫还是没来，小关挂电话，还是关机。小关两口子心里便有了疑问。

赵鑫被"双规"了。媒体报道，赵鑫因涉嫌严重违纪正接受组织调查，其在本市任职期间行贿受贿、出入高档会所、公款出国旅游以及与多名女子发生不正当两性关系，等等。

小关和小梅心里都有说不出的滋味。这么熟悉的一个人，平时也没什么架子，怎么竟成了贪官了呢？

后来，电视上公开报道了庭审赵鑫的新闻，赵鑫被两个威武的警察押入法庭，头发花白，没了往日的风采。坊间议论，赵鑫进去了，迫于压力，一夜之间就白了头。

只有小关两口子再清楚不过，赵鑫的头发在十几年前就开始白了，只是这段时间，监所里没人给他染发罢了，哪有一夜之间白了头的道理，干什么不得有个过程，赵鑫成了贪官也绝非一朝一夕的事，肯定也有一个漫长的演变过程。

这天晚上，劳累了一天的两口子躺在床上，小关不知怎的就想起当初赵鑫提出的问题来，他翻转身子，问小梅，跟我过日子，你后悔吗？

小梅不假思索：如果有来生，我还选择嫁给你。

（原载《安徽文学》2018年第4期）

婚　事

_脱微娜

　　强第一眼见到她的时候，不由得心尖儿一颤，目光发烫。只见她白皙的面容，柳眉凤眼，眼角微微上挑，最美的是那恰到好处的弧度，似一把弯钩，把他勾得三分魂魄出窍，脱离了本体。

　　这个可人的女孩叫萍，分到强的车床上学徒。强是全厂的技术大拿，他带出的徒弟是个顶个地强。强下决心把他的看家本领传授给这个女弟子。

　　萍是个性格开朗的女孩。她看到强不摆师父架子，对她说话温和，心里很是舒服。对他也有说有笑。两人熟络了，慢慢地萍感觉到师父对她的格外"上心"。不仅手把手地教她操作要领，对她的生活习惯也明察秋毫。比如，经常买一些她爱吃的饭菜、水果、零食。甚至在她的生理期，强也像猜到似的，沏一壶当归枸杞大枣茶，喝得她心里暖暖热热的。强在她面前话不多，拘谨得甚至不敢看她的眼睛；按行规学徒工是给师父打下手的，可是，他们师徒之间好像位置颠了个，强心甘情愿地默默地做着一切。

　　一天，萍发现她的换衣箱里有一张折叠的小纸条，打开看是强的字迹。上面写道："萍，作为师父，我不争气地喜欢上你了，是不可救药地喜欢。我虽学历不高，但是八级工匠，我会让你过上好日子的。答应我，嫁给我吧！"

　　怪不得呢，原来他对我好是有企图的。这样一想萍竟有些愤愤不平。萍不想找对象结婚，她才23岁。她不想让自己的青春年华虚度。

　　经反复思考，萍决定把这封信交给组织。当萍把信交给车间主任时，主任瞪大眼睛看着她，说："强是个不错的小伙子，他是北京大城市人，一般女孩子看不上，这才30岁了还没结婚。"让她好好考虑，别急着做决定。萍低下头，我就是找，也不至于找个大老粗工人吧。这话她没有说出口。她要求主任给她换个师父。

萍调到了别的车床去了。离强远了，那些"特殊待遇"也随之消失了。她这才感到强对她的好，心里陡然失落起来，觉得自己太不成熟太过分了。对强便有了歉意。不忙的时候，常常用余光不自觉地向强的车床上瞅。她发现一连几天强的车床是空的，她的心也跟着空了起来。

经打听，强病了，发高烧，烧成了肺炎。萍忽然心里狠狠疼了一下，想去医院看他。她买了水果、牛奶等礼品，找到病房后，正要推门进去，听到里面传来了车间其他女工的声音："她有什么了不起的，为个女人作践自己，太不值得了……"萍心里一惊，迈进的脚又缩了回来。她找个角落面壁站下，心咚咚跳着。过了一会儿，她听到又一群女工高声大嗓地来看强了。他还真有女人缘，萍想。赶紧将礼品送到护士站，让小护士代送，便匆匆离开了医院。

后来萍听说强有了个外厂的女友，年底就要结婚了。有几次强带着他的女朋友到厂里来，那女人很漂亮，配上强的大高个，两人很般配。看到这些，萍心里安慰之余便升起一丝惆怅。不知为什么，她忽然有了要结婚嫁人的念头，而且很强烈。

母亲在大连给萍找了个工程师的男友，两人见面都挺满意，男方提出萍在县城两地生活不方便，希望她尽快调换工作到城里，年底就结婚。

萍忙着调换工作的事。已经有些眉目了，只是过了年才能办手续。她和男友定下12月28日在大连结婚。饭店的定金交了，亲友也通知了。这些都是萍秘密进行的，厂里的人谁都没告诉。无意中她听说强结婚的日子和她竟是同一天，这真是巧合了。

这天，强找到萍，作为曾经的师徒，希望萍能参加他的婚礼。萍眉毛一扬，诡秘地一笑说："真是不巧，那天我要到大连参加一个婚礼。"强一脸迷惑。

萍提前一周请假，说家里有急事回大连了。

在婚礼前一天的傍晚，低垂的夜幕中，伴着寒风，纷纷扬扬的雪花扑面而来，一会儿便把路染白了。强走在路上看到前面戴红围巾的人特像萍，他想一定是自己眼花了。"红围巾"把自己包裹在长款的羽绒服里，边走边抹着眼睛抽泣着。这引起了强的好奇，不自觉地跟在那人的后面。

"红围巾"拐进了厂里单身宿舍，强便断定是萍。他叫了一声萍。萍回过头，眼睛鼻头红肿着，看到是强，便抑制不住地哭出声来。强关上门，一把抱住她，萍倒在强的怀里，开始了山洪暴发……

原来，萍的男友埋怨她的工作关系没调到城里来，两人吵了架，他蓦然反卦了。

"没关系的，有我，我去救场！"强语气坚定，捋着她的头发，小心地用纸巾擦去了她的泪水。

"那你明天的婚礼……"萍疑惑了。

"取消了。走,我们现在就赶回去。"

……

(原载《芒种》2018年第3期)

伤　害

_朱守林

　　一天，我正在大街旁的人行道上溜达，突然有人叫我，抬头一看，十分惊喜。张兴。真是想谁见到谁。
　　退休后放下了在岗时的繁忙和虚荣，更少了许多饭局和应酬，才开始过真正属于自己的生活了。而自己的生活又非常简单，快快乐乐、健健康康。快乐健康的生活方式又五花八门丰富多彩，跳广场舞的、扭秧歌的、公园里扎堆看小牌、闲聊的，也有三五成群逛大街到处指指点点品头论足或坐在大街旁商店门口的台阶上观街景的。
　　我喜欢独处。独处的方式或在家上电脑、看书、看电视或沿着人行道或公园的小径一个人溜溜达达地散步。
　　都说人老了喜欢回忆。这也是我喜欢独处的原因之一。一个人的时候，内心像无垠的大海、像广阔的天空，任心灵自由驰骋，尽情地回味、享受过去美好的时光，找回自己的童真。散步的时候，随着脚步慢慢移动，年轻的时光就像电影一样在大脑的屏幕上一幕一幕地回放着。
　　刚刚回放到我参加工作的情景，我和张兴、肖新生一同分进厂，三个小伙伴天天在一起，工作上相互支持，生活中相互帮助。那时小城还没有使用天然气，家家用煤烧火做饭取暖。每年买煤便成了家庭中的大事。谁家要是买煤了，另两个人也不用通知，便主动去帮忙。三个人说说笑笑，撒欢的工夫就把煤筛完，运到煤棚子里。家里能有这么三个小伙子一块干活，也是值得邻居们羡慕的。张兴长得五大三粗，干起活来一个顶俩。刚刚想到这，就遇到张兴了。真是心有灵犀呀。
　　"哈哈！"我热情地扑过去，紧紧地抱住当年的兄弟。
　　张兴说："这几年你进了机关，是不是把当年的兄弟忘了？"

"到死也忘不了呀。就是机关的事务太多，一忙起来没时间和兄弟们聚了。对了，你怎么样呀？"

"挺好。从厂子出来后，做点小买卖，现在给儿子了。"

"对了，肖新生那小子干什么呢？快二十年没见到他了。"

"这小子惨点。厂子卖了后，整个出租车。也没挣多少钱。现在也不干了。"

"你忘没忘？咱们三个在一起的时候，不是上山打鸟、抓松鼠，就是下河洗澡、捞蛤蜊。"

"哈哈，那哪能忘。那是咱们最快乐的时光。"

肖新生水性非常好，每次下河他都能捞到很多大蛤蜊，然后用事先准备好的刀把蛤蜊剖开，割下蛤蜊肉，再用蛤蜊壳舀点河水，架上火，把蛤蛎壳放在火上煮蛤蜊肉吃。有时还特意带瓶酒。一瓶酒，三个人轮流对着瓶嘴喝。

"能不能把他找来，我做东，咱仨喝点小酒。"

"好哇！"张兴掏出手机就给肖新生打电话。

我觉得很惭愧，这些年和兄弟们的联系太少了。记得前些年，张兴几次张罗哥们喝点酒，那时单位总是有事，没能聚上。几次推脱后，他再不张罗喝酒的事了。

我们走进街边山野菜饭馆，点了几个菜，一边唠嗑，一边等肖新生。

大约过了二十分钟，肖新生来了。一进门，看见我们，不由一怔，对张兴说："你今个怎么有空了？"

张兴说："生意让儿子抢去了，成天呆着。"见肖新生没和我搭话，"怎么，连朱大哥都不认识了？"

肖新生一脸严肃，在张兴身边坐下："这么大个领导谁敢认识呀。"

张兴没把肖新生的话当回事，说："点了仨菜，给你留一个，喜欢什么自己点。"

肖新生板着脸："不想吃。"

我乐了，没想到，肖新生也会绷了。我说："这些年没见，你小子也学会挖苦人了？谁是领导呀？你才是领导呢。领导才会就绷呢。"

"咱当不上领导，咱不会出卖朋友。"

听这话里有话，我一头雾水："出卖朋友？谁呀？"

"不出卖朋友，为什么说我'调戏妇女'？"

肖新生"调戏妇女"？怎么会有这事呢，更不会从我嘴里说出来呀。

服务员把早点的菜端上来了。缕缕香味在饭桌上萦绕，却一点也勾不起我的食欲。

"那回咱们等公交车，一个姑娘往后退踩我脚了。"

我想起来。有一回我们在公交站等车，排队的人很多，一个姑娘往后退的时候踩到肖新生的脚。肖新生往后撤，抬脚的时候抬高了，膝盖顶到姑娘的屁股。一次说笑话，我说他调戏姑娘。当时他脸涨得通红。

张兴哈哈大笑："是有这么回事。当时我也在场。不对呀，那不是闹着玩说的吗？"

"你们是闹着玩，可单位领导没当闹着玩呀。"

我一愣。现在终于想明白了。我们三个中，就我爱摆弄点文字，厂里让我当了班长，后来抽到厂秘书股，以后又调到局里。在我到厂当秘书的时候，领导曾问过我，谁接我的班当班长合适。我当然推荐肖新生了。可是后来却是别人当上了。

"怎么，没让你当班长就是为了这事？"我强辩道，"当时不是说笑话吗，怎么领导还知道了呢？"

"我以为是你告诉领导的呢。"肖新生的口气缓和了些，脸也有了点笑模样，"不说这些了。"

张兴启开酒，挨个倒上："八百年的事，提它干啥。喝酒。"

"喝酒。"我迎合着。

肖新生也拿起了酒杯："喝酒。"

酒桌上依然有说有笑，可我的心里却笑不起来。

（原载《参花》2018年第3期）

催 眠 大 师

_纪洪平

　　雪峰像个不速之客，由我一个认识不久的朋友 B 带进了这个饭局。他穿着有些奇特，发式和面相也与常人不同，高高的颧骨，鼻子嘴巴也都棱角分明，尤其那双眼睛让人感到疑惑，时而异常空洞苍茫，时而充满了睿智光芒，我作为东道主，与他握手时被他瞬间凝视的目光灼伤了，那是一双可以刺破肝胆、照透他人内心幽暗的眼睛。

　　朋友介绍说，雪峰是催眠大师。他就向大家笑笑，很简单随意的样子。看他的年龄不会超过四十岁，现在什么人都敢称大师了，我微微一笑，无意撇了一下嘴角。他就对我说，不好意思，没打招呼就来了，打扰了。

　　我说没关系，好朋友随便聚一下，没啥主题，你来了正好给我们展示一下催眠大师的风采。我故意把"大师"两个字念得很重。大家就把所有期待的目光都集中在他身上，带他来的朋友 B 也投来渴望的目光。雪峰微笑着对我说，你希望知道些什么呢？

　　随便，就像今天的聚会，没有任何主题，我们都听从酒意的引领，兴趣所至，不醉不归！我说得慷慨激昂。大家也流露赞同的神情。

雪峰说那好吧，上菜之前我们就玩一个小把戏，你先来，记住喽，进入状态后不要往回看……说着，他来到我面前，缓慢伸开双手，掌心向上，然后一点点合拢，最后抱住了我的脑袋。我别无选择，只能跟他大眼瞪小眼，当我看见他的眼睛里有移动的山脉和大海，顿时惊呆了，还没等我发出惊叫，我已经来到了一片沙滩。

椰树婆娑，景色非常熟悉，好像上辈子来过。蓝天白云，海浪平静地涌到岸边，寂寞地破碎。周围空旷无人，我不敢回头，往前走绕过一个岛屿，眼前豁然开朗，很多人在玩耍，有个穿泳装的漂亮女人在伸手招呼我，她的两乳之间有一颗明显的痣，我一下想起来了，她就是我朋友A的妻子，今天这位朋友也在座。我与她暗地里已经上过几次床，虽然是她主动的，但我内心也一直愧疚，潜意识里，我不断张罗局子吃饭，每次必请朋友A，他似乎也有某种感应，每请必到，好像在观看我的表演。

这时，她走过来挎上我的胳膊，硕大的乳房几乎裸露着，不时碰到我敏感的肌肤，整个世界都开始蠢蠢欲动。阳光格外刺眼，等我俩走到躺椅旁躺下，借着伞的遮挡才发现，一排躺椅上躺着朋友C、D、E、F……他们像围坐餐桌一样，用品赏的目光看着我俩。我差点昏厥过去，庆幸的是，这里边没有朋友A，突然，一声稚嫩的"妈妈"，吸引了我的注意。一个蹒跚的幼儿扑过来，紧紧抱住了她，只见她熟练地把幼儿抱起来，亲吻着。幼儿根本不顾及周围，伸手就扒开了她的乳罩，一颗鲜艳的乳头跳出来，幼儿贪婪地吸吮起来。

朋友们都露出很甜蜜的笑容。

我想悄悄走开，不料她把幼儿从自己的胸脯上移开，递到我眼前：宝贝，快叫爸爸！什么，这小家伙是我儿子？我觉得不可思议，简直夸张得离谱，就禁不住脱口而出。哪知，这些朋友听了，一起轰然大笑起来。

有个人大声说，别笑了，灾难马上就要来了，快跟我走，逃离永生岛！我循着声音望去，只见朋友B，深色凝重地走过来。灾难马上就要来了，快跟我走，逃离永生岛！朋友C说，来个疯子。朋友D说，这么好的环境，哪来的灾难啊？其他人也说，就是啊，风和日丽，从来就没听说过这里会有灾难！

灾难马上就要来了，快跟我走，逃离永生岛！朋友B像自言自语。

她把幼儿放下来，让孩子在沙滩上蹒跚学步，她对朋友B说，这里就是天堂，放心吧，不会有灾难……

灾难马上就要来了，快跟我走，逃离永生岛！朋友B继续坚持说。这些朋友听了，又一起轰然大笑起来。笑声突然被一种来自空中的力量破坏，变成了难以控制的调门，异常尖锐，随即引发了海啸，排山倒海的巨浪迅速扑来。转眼那个幼儿就被卷进了海里,还没等我反应过来,她哭喊着冲进了大海,我急忙跳起来伸手去拉她,却被海浪劈头砸晕。

　　醒来发现浑身赤裸,躺在沙滩,周围空无一人,炽烈的阳光将我的皮肤晒裂,一片片鲜血淋漓,疼痛中我闻到自己体内散发出来的香味。这是什么地方?我爬起来,前面是一望无际的大海,我只好回过头来,看见不远处的树林里走出一个老妇人,她披头散发,形容枯槁,破破烂烂的衣服,没有遮挡住她的前胸,干瘪垂吊的两个乳房之间,有一颗明显的痣,再看她怀里,抱着一具干枯的小木乃伊!

　　我浑身一颤,竟然回到了现实,睁开眼就看见雪峰的微笑,还有满桌香味四溢的佳肴。朋友 B 递过来一叠餐巾纸,我这时才发现已经浑身湿透,所有的朋友都开怀大笑起来,只有朋友 A 冷静地看着我。

(原载《天池小小说》2018 年第 2 期)

拼个情人过圣诞

_郑德库

今晚就拼个情人过圣诞。江韬的脑海里突然冒出了这个想法，兀自苦笑，竟感到有点儿不认识自己了。

下午两点不到，同办公室的王姐带女儿去参加一个母子互动的圣诞节目，江韬的心里顿时空落落的。王姐只大他两岁，可人家的孩子都上小学了，他还是光棍一条，虽然平时嘻嘻哈哈的不在乎，可到了年呀节呀等一个个时间节点，心底还真有股说不出的滋味。

从大二开始，江韬就开始和一个个的情人过圣诞节，屈指算来已经过了九个圣诞，每一个圣诞都卿卿我我，各美其时，可很快那一个个情人却成了挂历上的美人图，随着时间翻过也就翻过去了。

下定了决心，江韬就给前几天见过一次面的伊静打电话。伊静在市广电新闻中心工作，身份跟江韬差不多，也是合同制，见面时两位还算谈得来，但彼此之间没有第一眼相见的那种怦然心动的缘分。

你是？电话里伊静有些疑惑，但随即就现出惊喜，江韬，有事？

我想，今天晚上请你一起过圣诞，江韬直来直去，他知道伊静的泼辣直爽。

电话里的伊静就笑了，对不起，本公主已接受了另一位男士的邀请，就不跟你拼圣诞情人了。

恭喜，这才几天，你挺抢手啊！江韬有点泛酸。

伊静就说，我这边还有一位闺密，身份跟我差不多，有兴趣没？人家今天晚上也空守宿舍呢！

哪一位？江韬提起兴趣。

就是那天陪我见你的那位，小巧可人，芳号尹薇，当时你做贼似的瞅人家，我还吃醋呢！这回好好端详，你俩晚上五点在新闻大楼前接头，不见不散。

急急说完，伊静就风风火火挂断了电话。

"桃代李僵"，江韬苦笑着摇了摇头，也好，也许有点儿新鲜感。透过办公室西窗的玻璃，他盯着那渐渐没入暮霭的夕阳，此刻的夕阳只是一轮淡淡的浅红，没有光芒，也感觉不到热量，江韬就有点儿冷，他就打定主意，今晚就拼这个情人了。

江韬不是独身主义者。吃五谷杂粮的人，七情六欲，有几个是真的独身主义者？江韬长得不算英俊，可绝对不丑，只是平常些，一次次被人踹了甩了，也曾扪心自问，认识到问题的症结还是出现在体制上。他只是个公安体系中的协勤人员，虽然是考进来的，签了合同，待遇上有"五险一金"，可工资不高，刚够应付自己的捉襟见肘的开销，至于结婚买房买车等，则不敢奢想，甚至不敢去想。换位思考，哪一个女孩子爱跟这样的男人厮守。

江韬也努力地去考公务员，考事业编，并且有好几回进入面试，但都铩羽，自我调侃是习惯性流产。

差五分五点，江韬来到新闻大楼前，远远地看到灯影里的一个娇小身影，徘徊，等待，若有若无的雪花衬托着，一种冷艳凄美的意境。

上前怯怯地相询，尹薇，已经（伊静）牵线的因为（尹薇）。一句话两人都笑了。继而握手，江韬感到尹薇的手挺凉的，顺势给焐了好一会儿，两双手就仿佛被万能胶粘到一起了。

我们去"红运"吧，听说那的圣诞晚会挺够档次。

还是去万达广场吧，路近，也不用打车，那五楼快餐的特色小吃也挺好。尹薇低声絮语，却一下说到江韬的心里，自己的兜里还真不富裕。

接下来就进入尹薇设定的情节，握手改成牵手，两人来到万达的快餐厅，一人一碗面，江韬的是牛肉面，尹薇是鸡蛋面，两人边吃边聊。面热气腾腾的，江韬看到尹薇小巧的鼻子都沁出了细细的汗珠。

聊什么呢？天南海北，家国情怀，江韬一句，尹薇接一句，或者只是一笑。虽然男女有别，但家庭、学历的相似以及由此生发的人生感慨共识，两人谈得渐入佳境。

这两碗面，两人竟吃了很长很长的时间，直吃得服务员过来看了又看。

尹薇拉江韬出来。

圣诞之夜的雪花静静飘落，地上白了，江韬牵着尹薇，噗的一脚，再噗的一脚，回头一看，朦胧的雪地上就留下了两行夸张的脚印。

行为艺术。江韬说。

拼个情人过圣诞，动物艺术吧！尹薇的声音幽幽的，甩开江韬的手独自前行。

江韬恍悟，两个身影就重合到一起，天地间传来耳语：我和你拼完今晚的圣诞，再拼一起回家过年，直到拼它个地久天长。

(原载《天池小小说》2018年第6期)

过　年

— 朴连生

　　瞅着盘子里香喷喷的饺子，热气腾腾，老两口的眼里浸满了泪……

　　老人刚满七十，比老伴大两岁，年轻时都是庄稼院的种地好手，什么赶车、扛麻袋、科学种田、护青都是行家，随着年岁增大，地让给孩子种了，仅靠孩子给的一年两千块钱和新农保开销支撑过日子，因为烧柴不花钱，也就买点口粮，至于菜，都是家产的，白菜、土豆、萝卜应有尽有，日子虽然清淡一点，但也过得十分心盛。半年前，村里第一书记又帮助办了低保，这让老两口激动不已，那会儿，老两口握住第一书记的手，眼泪含在眼圈，半天说不出话来，直到如今，也叫不出第一书记的名字，只知道这位年轻人四十多岁，是个笑面，非常平易近人，再往下，就什么也说不上来了。

　　本来，手里两千块钱过年已经足够了，买点米面油蛋也就大花销了，谁知天不作美，老伴脑梗，住了半个多月院，除了新农合外，自己又支付了近两千块，手头一贫如洗，第一书记和队长上门询问时，老两口说没事，年好过，谢谢你们来看望，第一书记打了个哏，屋里屋外看了半天，然后拉着队长匆匆忙忙走了，是呀，都快年关二十九了，老两口什么也没预备，换了自己的话，这个年咋过？

　　还没等到中午，第一书记推着自行车又踏进了老两口的门槛，不容分说，硬是把一袋面、一桶豆油、一块足有十斤左右的猪肉放在炕头上，随口说了一句："大爷，我也回家过年去了！"说着转身骑上自行车没了踪影……

　　"书记！您看，这……"

　　后来，老人听邻居说，这第一书记可真是好样的，不但办起了农民大合作社，安排了不少劳动力，而且据说来年每家每户都可以分到几千块钱，言外之意叫做挖掉穷根儿！每听到这些，老人就兴奋不已，奔走相告。

老人往年不买鞭炮，认为那是浪费，但今年不知怎的，把手中仅有几十块钱统统豁出去了，买了好几挂，在院子放了好一阵，那清脆悦耳的炸响仿佛又回到了童年时光。

外面下起了纷纷扬扬的小雪，像是对来年的日子的奖赏……

除夕夜，老两口早早就和好了面，拌好了馅，一边包饺子一边哼着小曲，连电视里的精彩节目也没心思看。

老人冲着老伴一笑，说咱俩过完年最大一个愿望就是要打听到村里第一书记姓名，要不心里不安呢！老伴说那必须的，要不还是人吗？

饺子下锅那会儿，老伴还特意把筷子在半新的袖子上蹭了两下，满脸堆着笑。

老人不会喝酒，也不抽烟，用他自己的话说，在男人堆儿里欠点火候。今天却一反常态，不知从哪来了一股子劲，于是，老人把多年的酒瓶子翻出来，倒上，周了一口，脸上堆出朵花，夹着又白又喜人的饺子放到嘴边闻了闻，不知怎的，感觉今年的饺子吃起来格外的香。

（原载《天池小小说》2018 年第 4 期）

一 局

_韩山寺

清风涌进公园大门时，公园就有人了，有时多有时少。

公园一块不大的石头，石边一棵树，树边就是大爷。

听公园里常来的老人儿说，这大爷经常在那儿自己跟自己玩。

在地上画一象棋盘，把寸粗的树枝断成半寸厚的段段，他说是象棋子，一个人在那摆愣。有好事者凑过去，见"棋子"原色无字，这如何下得？便去了别处。他一个人在那儿孤着。

听着挺神，一天，我便近了老爷子身边，看地上深浅的"棋盘""棋子"。

32块木块有大有小，薄厚不等。木质也不一样，什么树的都有，每个"棋子"都平滑得像浸了包浆。

"大爷，这棋真有特点呀！咱俩下下呀。"我省里象棋业余组得过奖的，看老爷子的"棋"，估计是世外高人。这无字棋其实没多少神秘，细想想就是介于背棋谱、与下盲棋的综合，考的就是一个记忆力。自觉尚可，输就输呗，不赢天赢地，这里人少也不丢面子。

老爷子嘴里淌出一丝笑，欠起了身子，给我鞠了一躬，边上树枝拂到了他。我吓了一跳，吃惊得眼球颤抖，大爷没病吧？这一躬把陌生和尊重扯得太近了。

"来，孩子，坐会！"说着，老大爷又蹲下了，手变戏法一样摆着他的棋子。32个棋子阵列排开，无字无饰，如远古的士兵。有风吹过，树叶响了几下，惊飞了一只寻食的鸟儿。摆好的棋子，像是静等指挥者带领它们厮杀疆场。

"大爷你先走还是我先走？"

"不急。"大爷双手不停地搓着。

五分钟，老爷子没说话也没动棋子，只是看我，眼里没一点光彩，却充满了慈爱与往事。嘴唇上下翕动，没出声响，此时不像是要下棋，倒好像是爹看到久归的儿子，只看，不知道说些什么。

我有点不知所措，自己像书一样摆在那让陌生人读，很不习惯。我点了一支香烟，抽了一口又迅速掐了，欲望不应该到处漫延。

老爷子说："孩子，你把盘上的棋子说一遍我听听。"

你当没字我就不知道车马炮的位置呀，我盯了一眼老爷子，没在他脸上找到恶意，就笑说："我给你背一遍象棋书谱《橘中秘》吧。顺手炮，先要活车；列手炮，补士要牢；入角炮，急使车冲；当头炮，横车将路；破象局，中卒必进；解马局，车炮先行；巡河车，赶子有功……"

"还用背吗？"我看着老爷子问。"归心炮，破象得法；辘轳炮，抵敌最妙；重叠车，兑子偏宜。鸳鸯马，内顾保塞；蟹眼炮，两岸拦车；骑河车，禁子有力；两肋车，助卒过河。正补士……"老爷子边背边用手擦了下无神的眼睛。

"别背了老爷子，还有挺长的哪，咱还是下棋吧。"

我知道遇到了高人。"你先来还我是先来？"我又一次问。

老爷子眯着眼看着我说："孩子说会话吧，我不会下棋！"

一股无名火腾地要把我烧着了："你你你！耍我玩哪？一个棋子没下哪，你就看不起人。"要不是看他岁数大，我都想骂人了。

象棋谱接得一字不差，又摆出一副无字棋子，说不会下象棋，把死人说活了都不信呀，十个上了岁数的男人，少说也得有五个知道象棋怎么走，下好下坏是另一说，怎么说了半天，弄出不会下了。多说不宜气大伤身，转向走人。

踢了一脚无草的地皮，随同尘土飞离那个老头、那堆无字棋子。每次去公园，我都绕过那个地方走。

偶然在家看电视里一段新闻采访："几年接连夺冠，可以告慰我的父亲了！小时候他总领着我去公园，让我跟人练棋。多年训练比赛，我一直都没在他身边。他眼睛不好，让我把背的棋谱给他录成声音听。他花了几个月的时间，把捡到的树枝、用小刀慢慢削成棋子状，看一看摸一摸，如棋似我。他喜爱象棋，可当我第一次拿冠军后，他就不再与人下象棋了，说怕输了丢我的脸。人老了有时就天真得让人发笑。象棋溶入了我的血液，更溶入了父亲的恩情……"

我关了电视。不再下棋。

（原载《天池小小说》2018年第1期）

黄 瓦 匠

_马 犇

淮城曾是"地主城",人们的衣食住行多有"地主"做派。人们对吃穿住的讲究,红火了烹饪、制衣、建筑等活计,久而久之,淮城出了一批远近闻名的厨师、裁缝、瓦匠、木匠。黄瓦匠便是当地数一数二的瓦匠。

地主、官吏对宅子极考究,这对瓦匠的技艺、审美提出了极高的要求,某些瓦匠在实践中的思悟、创新,也往往能超越雇主的期待。这有点像名师与高徒的"教学相长"。

黄瓦匠是瓦匠行当里的老资格,"老"到什么程度?"老"到曾给秦少文家做过工。秦少文是广西按察使秦焕的儿子,虽未承家学,但"经济头脑"十足,因此成了淮城妇孺皆知的大地主。

秦少文家冬暖夏凉,很少有人知其原因,给秦家做过工的黄瓦匠知道其中的玄妙。"在秦家干活,我们会反复打磨九斤砖,并将砖放入桐油浸泡多时,进而砌墙。这样的砖,既晒不透,也不沾雨雪。"黄瓦匠向当地的古建专家透露过诀窍。

其实秦少文也并非绝对的无恶不作。再恶毒的人大概也会有些许善的影子。"我们在秦少文家做工,秦家每天都会提供烟和茶,一天只让我们砌七层,比在自己家舒服。'文革'时,建筑公司让我揭露秦少文对工人的剥削,我如实讲,很快就被主持会的头头撑了下来。"黄瓦匠常给年轻的瓦匠讲这个故事。

北到西王庵,南到衡洼,每个房子砌的什么砖、用的什么瓦、是什么结构、有没有城中的镇淮楼高,黄瓦匠都一清二楚。

黄瓦匠还对淮城古迹、民宅的样式做过较为细致的研究,比如,淮城老宅的屋脊多采用淮安脊、苏州脊和扬州脊;山墙有三峰山墙、马头山墙和圆峰山墙；城中的镇淮楼和几个主城门的门楼均是重檐歇山式建筑，东城的民居多为硬山式建筑。

除了对淮城已有的建筑"知根知底"，黄瓦匠做工还有三绝：一是不拆一砖一瓦就能修好房子，这一点没人敢与他比试；二是用料烂熟于心，根据建筑规模备料，房成料尽；三是只修缮，不作伪。

早年，黄瓦匠参与过淮城几个地标式建筑的修缮，比如始建于北宋的镇淮楼（原名谯楼），始建于唐中宗景龙二年（708年）的文通塔（原名尊胜塔）。

改革开放初期，旅游业开始复苏。淮城名人多，古迹多，是个旅游富矿。淮城东南角，有几个年轻人财迷心窍，他们低价够得一块地，想在此捏造一个名人故居，大发门票财。很多环节都被他们打通，他们甚至还备好了老料，包括木材和砖瓦。当时，熟练掌握淮城传统筑房技艺的人，也就三五人，其中技艺最高的当数黄瓦匠。

他们三顾"黄家"，"黄"门立雪，见其不为所动，便以毁坏黄瓦匠修缮的几处古建筑相要挟。黄瓦匠顶不住压力，只好去"造假"。这样一来，不仅同行嗤之以鼻，就连老百姓也大失所望。其时，坊间多夸赞高瓦匠、梁瓦匠和杨瓦匠，痛骂黄瓦匠，骂得很难听。

大半年的光景，假故居建好了，黄瓦匠却积劳成疾，很快就去世了。"黄瓦匠的'只修缮，不作伪'就是骗人的。""造假没好果子吃，楼立起来，人倒下了。"类似的话成天穿梭于淮城的街巷。

假故居最终也倒了。故居全都用旧料、古法建造，凭什么说是假的。原来古建专家、文物评定专家在故居内侧的一个角落发现了一个造假的证据，角落有个"尖肋拱顶"，哥特式建筑才有这样的拱顶，淮城古代名人的故居不可能有哥特式建筑的元素。

人们都很后悔，后悔自己对黄瓦匠的误解，他们也由衷地钦佩黄瓦匠的智慧，以及黄瓦匠精通古建之余对西方建筑的研究。很多人自发地去欣赏黄瓦匠修缮的古迹、建造的民居。

现如今，公寓、大厦的楼顶多是平的，那些起伏的屋脊、精致的瓦片、古朴的青砖越来越少。很多淮城人开始怀念古老的民居，尤其是落一场雨抑或雪时，雨滴从屋檐细密地滑落，大雪覆盖在起伏的屋脊、瓦片上，不呆滞，不单调，有韵律，有诗意，让人极为舒心、惬意。更重要的是，那清澈的雨、洁白的雪，多像黄瓦匠的心啊！

（原载《安徽文学》2018年第9期）

走 眼

_顾文显

那年月找专家看病恰似攀珠峰，要是能住上院，简直就是驾云了，至少老管深有体会。

老管站在省医院走廊，如同领小鸡崽的老母鸡突然发现当头俯冲下来一只鹰，慌乱得不知所措。在省城可不比家乡那个城市，在这里再没人拿他当盘菜。老婆这病，明知道没了救，可如果不让她住住大医院就这么等死，老管心里那会是什么滋味！

那只鹰眨眼就变成一个穿夹克衫的人，朝他热情地伸出手："管同志，听说嫂子看病遇上了难事？"

老管只是机械地点头，对方怎么认得来自小城的工人，怎么就知道叫他管同志，怎么就知道他老婆要看病？

夹克让老管稍等，很随意地进入走廊尽头一间办公室，片刻出来冲老管招招手。老管如同遇上了蒙汗师，稀里糊涂地跟了过去……不到十分钟，院长亲自给管妻看病，并安排她住进了高级病房。出乎意料的是，老妻死里逃生，居然又活了六年半！

老婆出院时，夹克来帮助办手续。老管又像是做梦，一分钱也没用他掏！

夹克叫林秘书。林秘书带着老管走进一幢宽敞的居室，见到了省城的市长。市长温和地拍老管的肩膀称他老哥，然后亲自让座、奉茶，老管惶惶地想，不是要割我的肾抵老婆看病钱吧？

市长微笑着说，你不必拘束，咱哥俩有前世的缘分呢。听说老哥目光如电，有点小玩意请老哥给掌掌眼。

说着，夹克衫就用黄绸子托过一件东西。老管吃了一惊，唐朝的文物，国宝级的！他哆嗦着双手，目光痴痴地盯着那宝贝作声不得。

市长说，它不是纸糊的，老哥把玩把玩。

拿在手里细看，老管那只手很快随意起来："乱真，简直可以乱真！"

"怎么，老哥看出是赝品？"林秘书脸色如同锡纸，而市长依然微笑着。

老管把那宝贝举到市长眼前，指出这东西的两处败笔："古玩在唐代达到登峰造极，特别是金银器，至今难以比拟。这物件模仿得惟妙惟肖，可细看仍有瑕疵。"

"笑话，"市长仿佛重复着一个没有笑点的笑话，"600万，弄个假货？"

几天后，林秘书悄悄地对老管说："您老好运气来了。市长从来不给别人办事的，这回要把你调来省城工作。"

老管脑袋摇成他家那破电扇："不中不中……我算过卦，离开家乡，人就不旺性。"

老管做梦都想进省城。可为熟人安排工作是以权谋私。市长是老婆的救命恩人，老管害谁也不能连累市长！

从此，老管经常跑省城。市长战友的儿子残疾，好可怜呀，市长就帮残疾孩子做收藏生意，好歹帮他混口饭吃。残疾人倒腾的什么好玩意假玩意，都要经老管先过一眼。老管小时候受爷爷真传，加上悟性高，肯钻研，所以从未走过眼。在那座中等城市里，他倒是第一把交椅，可这是省城，这是市长！

老管成了市长的知己。没有理由不知己，那么平易近人的领导。老管往返省城的车费，市政府和他厂子抢着报销。有人攀比老管不干活，厂长在大会上义正词严："谁敢攀比老管师傅？能让省城市长高看一眼，这是为提高咱厂、咱市的知名度做贡献。哪个若也被市长看上，我不但不让他干活，还发他奖金！"

老管这鉴定顾问做了12年，从老管被人称作管老。其间有许多慕名者高薪聘他做顾问，管老摇头。除却巫山不是云，除了市长，他谁也不伺候。

突然听说市长被"双规"了。听说市长是个巨贪，哪里有什么战友的残疾儿子，这市长……他老婆开古玩店替他洗赃款，那些收藏品都是下属贿赂的！听说市长欣赏老管的眼光独到、为人性子耿直，才煞费苦心把他挖到跟前。

老管傻了。想破脑袋也不敢信那些传言，怎么可能。但是报纸上白纸黑字，若不是市长交代出比他更高的贪官，枪子儿是吃定了！

市长被判无期。管老悲痛欲绝，你说你要那么多钱干什么用？管老自认为市长是天下最好的人。世上那么多清官，谁能帮助他老妻多活了六年半，哪个在大街上用黑眼仁看过他一眼？只有市长。

当年老伴走时，管老也没这么撕心裂肺过。市长判刑是法律的事，可他受人之恩不能负义。管老千里迢迢探监去。知道监狱不让送吃的，他带去了一些钱。

憔悴苍老的市长隔着玻璃叹气："老哥是第一个来看我的，那些下属平时孙子似的追随我，说的好话能甜倒牙，如今半个人影也没见到。唉，走眼了，白混了这些年月，一个人也没看准。"

管老叹气："兄弟，你交不交我算什么，千错万错的是不该得罪人民！走了，往后一年看你一回。"

回到家，管老把珍藏多年的书卖了废品，换回一瓶酒，喝得昏天黑地。管老边哭边骂："走眼了。人都看不明白，我他娘的配看什么文物！"

管老门外贴着一张纸条：本人洗手，不做鉴定。

陆续有人登门。本省的外省的，许以重酬请他做顾问。管老摇头："眼神不中，不干了。"

来人："管老跟钱有仇吗？"

管老右嘴角使劲往下一咧，算是笑了笑。

（原载《小说月刊》2018 年第 3 期）

听 雨

_马贵明

她喜欢听雨。

就这样，一个人静静地站在窗前，看小雨细密地下着，听簌簌的雨声。屋子里很宁静，那个石英钟"嗒嗒嗒"有节奏地响着。她抱着膀子，眼睛半天也不眨一下。窗外没有行人，甚至没有一只小狗，或者一只小猫走过。草坪是绿的，树是绿的，花儿开过了，这是一个无花的季节。她习惯了，为什么养成这么一个习惯，静静地一个人看雨？不一个人怎么办，在这个城市，她没有几个朋友，也可以说没有亲人，她总觉得自己是这个城市的过客。有时候她多么盼望那个白色的电话响起来，哪怕是打错了，然而没有。

一阵轻轻的风吹过，她哆嗦了一下，把窗子轻轻地关上。她走到沙发前慵懒地斜躺下去，身上那件白纱睡裙也搭拉到地板上，她白皙而丰满的青春几乎全部暴露出来。也是习惯了，这栋别墅的二层楼上只有她自己。虽然他喜欢她这样，可大部分时间给谁看呢？

电视频道换了不知道多少圈，那些时尚杂志散落在沙发和地板上。

对面的墙上挂着她和一个男人的照片，就是这个男人使她在这个城市感到了一丝温暖，也改变了她的命运。

两年前，她刚刚从艺术学校毕业，在一个汽车展销会上，她认识了他。他是一个汽车贸易公司的大老板，她是这个展销会上的模特。

在学校时，她就被同学公认为魔鬼身材。一米七四的个子，突出而不夸张的三围，令无数男孩儿倾倒，同学们还送了她一个外号：大波妹。艺术学校在这个城市令许多暴富起来的男人垂涎，许多同学架不住这些人的讨好和金钱诱惑，每到放学或周末被一辆辆豪华轿车接走了。她不是一个轻浮的女孩，她不想那样生活，她有自己的理想，有自己的追求。然而，她被他折服了。他风度翩翩，霸气而不失礼貌。

展销会结束那天，他宴请展会上所有的模特。他给每一个模特敬酒，唯独到她时，一个电话把她错过去了，她的自尊心受到了极大伤害。宴会快要结束时，他突然站起来说：各位，真对不起，我刚才犯了一个极大的错误。

大家都愣了，全停下来静静地等他说什么。

他径直地走到她身边，瞅着她说：对不起，刚才的一个电话，使我错过了对一个最漂亮小姐的敬意，谢谢你这几天的辛苦，这方有礼了。说完，他把杯中的酒一饮而尽。

她蒙了，她怎么也没想到他会这样，急忙站起来，脸都红透了，说：没关系，没关系，也把杯中的酒喝了。

全场掌声雷动，接着大家开始起哄，宴会又持续了一个多小时。

那一天，她有些喝多了。他把她的几个姐妹送回了宿舍。在上楼时，他附在她耳边轻轻说：今天的宴会都是为了你。

在以后的一段时间里，他经常找一些借口请她们吃饭、听歌。后来就只请她自己。

他们相爱了。

她知道他有家庭，有妻子。

她没有来得及想她的爱是不是正确，更没有来得及想自己的前途事业，她完全被他的一切所吸引，她坠入了爱河。

他给她在河畔花园买了一套别墅，房证的名字是她的，她知道这里寸土寸金。当时她激动了好一阵子，她以为这就是她的一切。

时间会改变一切，也会使人变得冷静。虽然他对她疼爱有加，她却慢慢地审视起自己，真的要这样生活一辈子？特别是许多次，他们温存过后，他穿好衣服回到他妻子身边。那样的孤寂的夜晚使她无法忍受。

她有些变了，她不喜欢和他出入社交场合。

她喜欢在别墅里什么也不穿走来走去，对着镜子抚摸自己的身体。再就是倚窗看雨，听细雨簌簌的声音。

小雨还在下，她又站在窗前，她把脸和丰满的前胸贴在空大的玻璃上，看外面的一切。

忽然，一只红雨伞出现在她的视野，她激动极了。

灰色的天空，绿色的草坪，白色的甬路，一只红色的雨伞，真是一道亮丽的风景。

红雨伞走近了，是一对情侣。他们在热烈地说着什么。

她的眼神一直在追随着，直到他们从她视线里消失。

她的心热烈起来，她在屋子里欢快地走动。

这天晚上，她叫保姆炒了好几个菜，和保姆对饮起来，直到她完全醉了。

第二天，小雨还在细密地下着，她早早地起来，没有洗漱，没有吃早餐，她长发散乱地倚在窗前，静静地听窗外簌簌的雨声。

保姆出去买菜了，她在楼上楼下走了一遍。

她走了，什么也没有带，甚至换洗的衣服。她在他们相爱的床上留了一张字条：我走了，我不喜欢雨声。

(原载《芒种》2018 年第 8 期)

丁　叔

_季　节

丁叔和我成了邻居。他从北京来，新买了隔壁的房。

他快九十了。耳朵有点聋，但眼不花，不仅不花！还很亮，闪着星星一样清透透的光。那光从眼里流出，带温度，还有颜色，看得见，却抓不住。

搬来没几天，他说要换锁芯。交钥匙后，有人进过屋子。屋子里的摆设，他眼睛扫过就录下来了，录像机似的，一丁点变化都能发现。他断定这屋的钥匙别人还有，毕竟是二手房。

小区在万泉河边，那种养生性质的，离城市不近。他不熟这里情况，让我开车陪着跑趟市里。我二话没有，立马就走。

路上，丁叔很兴奋，一直说个不停。他说喜欢车，能开，也想开，有年龄限制，没办法。那双闪着光的眼睛里有了很多风景，看得出，他在记忆的片段中驰骋，带着憧憬。我感受到一种气息，滚烫的、鲜艳的气息，从他眼中飘出。

小城里绕了一圈，找到一个修锁的。能换锁芯吧？我抢了问。锁芯呢？拿来看看。修锁人头没抬。我把头扭向丁叔，他从裤兜里掏出一张纸，在修锁人面前展开。修锁人不解地瞟了一眼，疑惑地看着丁叔。画了图纸，很精确的。丁叔的语气里有几分得意。开什么玩笑啦，这怎么看得懂！修锁人那张年轻的脸上写满了不可思议。看得懂，画得清楚的，听我讲噢，这里……丁叔在那张纸上指指点点，操着贵州腔的普通话，长短调子结合，抑扬顿挫地说着。随着语速加快，他眼睛里放出更亮的光。他被自己的讲解陶醉得一塌糊涂。

修锁人不耐烦了，摆手，让我们走开。丁叔的讲解，他一句没听懂，准确地说，一个字也没听进去。丁叔意犹未尽，还想说下去。修锁人转过身，咕咕嘎嘎地说了几句本地话，当我们是空气一样，不再理睬。我猜那几句本地话类似精神病的意思吧！

　　我拽丁叔离开，上车，递他一瓶水。他嘴角堆了白的吐沫。水没接，他脑子随着眼睛还在转，刚才太专注，转速也太快，一时停不下来。我拧开瓶盖，递到他嘴边。想让水堵住他嘴，也堵住他思绪。丁叔接过水，擎在手掌心，没有喝的意思。他的眼睛，依然闪着亮光，光尾巴上缀着希望。

　　再找找，也许还有别家修锁的。丁叔的口气不是商量，是果断的决定。我的方向盘接受了命令，在小城里左转右转，兜了两圈后，在一个胡同里寻到一个修锁的，是聋哑人。我转身想走，丁叔没动。他又掏出那张图纸，认真地讲起来。这次，比刚才细致，加了很多手势，并放慢了语速。这是他理清思路，总结上次经验后，做的改进。修锁人很配合，眼睛随着丁叔的嘴巴上下动着，笑容凝固在嘴角，很认真的样子。丁叔再一次沉醉在自己的思路里，那语言，浪花一样，在奔涌的河流中翻转跳跃。丁叔停下时，用期望的眼光问修锁人。修锁人摊开两手，摇头，笑着。对不停说话的丁叔、对画满杠杠的纸的好奇，躲在这笑里。他不是没听懂，而是一句都没听见。多好的讲解！好在，他的笑听着，那笑，对丁叔是大安慰。

　　回到车上，丁叔接着他的思路自言自语……他们听不懂，哪里没讲清？他语气里带着慎重的狐疑，随着下沉的尾音，眼里的光有些黯然。

　　管他呢！明天再来，拿了锁芯。我想用轻松冲淡这凝重。

　　经过万泉河时，丁叔摇下车窗，深情地看过去。河水镜子一样，映出蓝的天，白的云。阳光散落在河面，粼粼波光中荡出清凉。

　　我常来这儿游泳、钓鱼。我漫不经心的话，勾起丁叔兴致。我也喜欢游泳、钓鱼，也想游泳、钓鱼。时间还早，下去耍会儿！他眼里的光，点燃我的心情。

　　在一处缓弯，从后备厢里拿出装备，架好渔竿，换上泳裤，我们下水了。

　　丁叔游得非常好，姿势标准，蛙泳、自由游、仰泳，甚至蝶泳也能跃几下。他自如得鱼一样，手臂扬起细碎的阳光，脚背上下拍打着水面，那韵律就是一首歌，随着身体的翻转，轻快地飘荡……一会儿工夫，他体力不支，气喘了。一只手搭我背上，一起游上岸。

　　我夸他游得好！

　　哪里，差远喽！我知道，这个远不是和我比，是和他的从前比。

　　心脏搭了三个支架，可不敢的！

　　我差点晕过去，冷汗从脑门上冒出来，那股凉气大太阳下也瘆人！

　　收竿了，一条巴掌大的鲮鱼活蹦乱跳地上来。

　　丁叔眼里又放出光，双手捧着鱼，嘴角的皱纹花瓣一样展开，牙齿全露出来，纯真的样子，宛如少年。欣喜一会儿，丁叔把鱼放回河里。让它遨游吧，趁着年轻！

回到家，刚倒下休息，丁叔就来敲门。他拿着一个厚本子，发黄的纸订起来的。背面又是字又是图，有圆珠笔写的，有铅笔画的。正面是油印的图纸，很旧了，手工油墨的那种，直线、竖线上，标着密密麻麻的数字。

又重新画了图纸，比上一张精确噢。丁叔亮亮的眼光晃得我有点晕，我扶下墙。是的，此刻，除了扶墙，就服他……

（后来知道，丁叔参加过抗美援朝战争，是一名空军机械师。当年，他是爱国的知识青年，放弃读大学，参加了革命。有资料说，那场战争后，中国空军强大起来，进了世界前列。这有很多人的功劳，丁叔也在其中吧，可他从没说过。）

（原载《小说林》2018 年第 3 期）

九江和三俊子

_ 安石榴

　　九江，哦，当年还是年轻的九江时，春节回家给老妈包了一个五百元的红包——二十年前的五百元还是个钱呢。年夜饭接近尾声的时候，九江掀起一个小高潮，他在饭桌上突然亮出红包，老妈也相当配合，像是舞台上魔术师身旁的美女揭开谜底那样把钱从红包里掏出来，同期声公布数目，引得哥哥嫂子姐姐姐夫小外甥一阵叫好，然后大家就热闹闹地出去放鞭炮。放鞭炮这个环节相当隆重，除了源远流长而来的仪式感，也是大人孩子的真心所爱，尽情放，放个够，就像年夜饭必须敞开肚皮吃一样。鞭炮和烟花（他们那里叫大呲花）轮番或者同时上阵，囤货很足，人们出来进去取送，一趟又一趟，把这一段的时间和空间弄得支离破碎凌乱不堪，凡是热闹的场景大都如此呗。

　　初三九江春节假日宣告结束，返回省城加班去了。十五过后，九江母亲来电话告诉他五张大钱里有一张是假钱。

　　不可能！

　　真事儿。

　　不可能！

　　真事儿。

　　不可能，难道你忘了我是干啥的了？

　　真事儿，花了好几次都没有花掉。

　　在公司做着财务工作的九江和母亲在电话里争吵了几句，脑洞忽地一下就开了。

　　这是二十年前的事情了，事情发生之后，九江并没有再说什么，就是开始防着三俊子了，在心里防着三俊子。三俊子那时只有八岁，还是一个快乐的小男孩，是一个非常喜欢钱也更会花钱的快乐的小男孩。他还有一对不怎么会快乐的做着小买卖的父母，整天提心吊胆怕收到假钱，因为他们实在承受不起那种折磨，花不掉、又没处放，烫手得很。他们两口子一点儿办法都没有，真是遭罪，都够够的了，就丢在小柜子的底层抽屉里不去看它。九江知道他铁定的真钱变成假钱之后，就防着三俊子了。

　　三俊子现在二十八岁，大学毕业这几年做了几样不同的工作，跟专业都不搭边。这并不是问题，只是一种目前的状态罢了。很多孩子都这样，不是问题。他这几天住在九江家里，因为他刚刚辞了工作，暂时还没有找到新的工作，他打电话告诉九江借住一周。但九江就是防着他，从心里防着他。

　　有一次吃过晚饭，九江问三俊子，你现在对小动物怎么样啊？把三俊子问得直发愣。九江就说，你忘了么？你小时候把蜻蜓的长尾巴揪掉一截儿，然后放飞。三俊子笑了，说，舅舅，有这事儿，不过你要不说我都忘了。

　　九江心里想，哪个小孩子还没干点儿出格的事呢？包括他自己，他自己小的时候也是踢狗踩猫，干过几件坏事的。

　　可是，九江就是防着三俊子，从心里防着他。

（原载《安徽文学》2017年第12期）

俺　娘

_田洪波

娘这次从医院回来，身体虚弱得就像一片纸。

早前，娘体重二百斤，身高一米七三，脸圆得像一轮太阳。走在村里，夸张一点儿说，似乎整个村庄的土地都会跟着颤动。

娘一共生下俺们姐弟七个，现在，俺们都已成家并有了下一代，算起来，全家整整二十八口人。爹去世得早，逢年过节俺们回家吃饭时，娘总是不肯一起上桌，每次做好饭后，就爱坐在炕头一角，幸福地看着一大家子人吃喝说笑，脸上漾着一抹幸福的红晕。直到俺们吃饱喝足了，娘才欣慰什么似的上桌吃饭。

娘和俺们说过，其实她一共生了十个孩子。由于战乱，加上饥饿，中间死了两个，一男一女，却从不肯说他们排行老几。每触及到这个心事，娘就会撩起衣襟拭泪，一家人也会一下静默下来。俺们喊娘吃饭扭转话题，娘会强笑说，你们吃，不要管俺！

娘会点燃一支烟，惬意地吸，看着她的儿孙们风卷残云。早些年娘喜欢抽别人家送或自家种的旱烟，近年换成了普通牌子的卷烟。吸过看过，甚至指点过一番"江山"，娘才似乎找到饥饿感。

这习惯有多少年了？俺们粗心到从没认真数过，只记得爹在世时就是这样。饭一般都由娘做，而且她不喜欢别人打下手，她一个人大包大揽。爹和俺们吃完了，剩下的饭菜才是娘的。

这些年，俺们这些儿女们打拼都不容易。进城的有三个人，谋上一官半职的也只是到科级。都没能大富大贵，就是芸芸众生中的普通一个，难免会遇到一些坎坷困惑，却也都挺过来了。然而，浮躁的情绪始终伴随左右，俺们在一起常议的话题就是找寻机遇，让祖坟冒上青烟。娘却不这样看，她皱眉说人各有天命，该是你的谁也抢不走。穷不死，饿不死，踏实过日子就好，要那么多的虚名能当饭吃？

常常是俺们埋头吃饭，娘坐在炕头一角吸烟，就俺们中某个遇到的烦心事，摆明她的态度。她没有深奥的语言，东家举例，西家说道，却常让俺们折服。俺们吃完抹嘴，表示认同，娘才慢慢起身上桌收拾残局。

随着时间的流逝，娘似乎开始变得敏感，有时她看着俺们吃饭，慢慢就会湿了眼角，撩起衣襟拭泪。做饭时有人给她打下手，她起初抵触，后来也默认了。起初看不惯，后来也接受了。然而，最后一个上桌吃饭的习惯，依然雷打不动。

有一段时间，娘开始咳嗽。俺们都忙，没注意或听老妹讲起过。老妹因为特别复杂的原因，离婚了，领孩子回家和娘住在一起，一方面既可以照应娘，俺们也相应减轻了很多负担。平时帮衬着拿点儿钱。虽然这些年娘身体各种毛病不断，但人多力量大，大家齐心合力，头痛脑热什么的都能挺过去。结果这次检查，却晴天霹雳，娘患上了晚期肺癌，有转移成骨癌的危险。医生的意思是，如果资金上能够保证，完全可以延续老太太生命，让她多活一些时间。

老妹当场就昏了过去，娘平时最疼她。俺们既要安抚住老妹，还要小心瞒好娘，只骗她说是严重肺炎，需要在医院住上一阵儿。娘却决绝，说既然是炎症，回家调养就是了，把烟戒了就是了，干吗要留在医院里糟蹋钱？拗不过她，最后只好把她接回家。

那几天，娘破天荒没有下地做饭，她靠在炕头一角，常常气喘连连。烟也彻底不吸了。

俺们安慰的话说了一大堆，娘却无动于衷。精气神稍好点儿，她又恢复了过往的神态。谁做饭，何时吃饭，谁该去上班，谁留下来照应她，依然要由她说了算，不听都不行。甚至依然最后上桌吃饭。

元宵节晚上，娘破例招呼俺们一起吃饭，俺们新鲜得手足无措。其间，娘几度哽咽流泪。俺们只当是她太敏感了。

俺们麻木到没警觉那意味着什么。第二天晚上，娘借着人去屋空，老妹疲惫睡去的空隙，悄悄挪到院东头的房厦里，用一根绳子套住了脖颈。

得知消息，俺们疯了一样赶回家，扑在娘的身上号啕大哭，怎么也想不明白，娘为何要自寻短见。俺们念叨起娘最后一个上桌吃饭的事，念叨她可能觉察了自己病情的残酷，哭得惊天动地，"娘"的喊声撕裂村庄。

（原载《小说月刊》2018年第2期）

害人的面子

_付 慧

六子的家就在长白山脚下。

6月的长白山,正像人们说的那样:山里的天小孩儿脸,说变就变。

这一天,头半晌还是晴空万里,到了下半晌小六子出生的时候就变天了,大雨点把窗户纸砸得噼里啪啦响,小孩子响亮的哭声掺和在风雨中,屋里热闹得像唱堂戏。

六子叫贾鸣风。名字是他三舅姥爷给起的。三舅姥爷可是屯里的名人。能掐会算,绰号"三神仙"。

三神仙对六子爹说:这孩子不简单,刚落地就刮风又下雨的,说不定将来能呼风唤雨干大事呢。排行老六,六六大顺啊。

三神仙这番话,让六子娘联想起刚刚怀上六子时,真做了不少好梦,不是下河捞鲤鱼,就是抬头见棺材。鲤鱼跃龙门,棺材是官、财,都是好兆头。因此,爹娘更加笃信,六子将来肯定能出息。

六子从小学开始学习成绩就好,在班里总是数一数二的。大学毕业后不负众望又考上了公务员,在县政府工作。

爹娘心里笑开了花，逢人就讲三神仙掐算得真准，就差没给三神仙摆个牌位当仙供上了。

六子工作上起早贪黑兢兢业业，几年的工夫，就当上了县政府办公室副主任。六子不但工作上顺风顺水春风得意，就连家庭生活也是和和美美。

媳妇金凤长着杏核眼睛樱桃嘴，梳着一条乌黑的大辫子，是屯里最漂亮的姑娘，六子临走前和金凤处上了对象。打那以后，金凤有空就去六子家洗洗涮涮打柴做饭，给六子娘当了半个闺女。

两人结婚后，隔年生了个大胖丫头，把喜欢闺女的六子娘乐得合不拢嘴了。金凤是个好媳妇，为了支持六子的工作，里里外外一把手，凡事都不让六子操心，还特别孝顺公婆，六子娘逢人便夸：俺家六子就是命好，不但工作好，还娶了个好媳妇。

办公室新来个后勤管理员叫林玉婷，年轻漂亮嘴也甜。一天晚上，六子大学的几个哥们聚会，特意强调每人必须带女朋友，不准带老婆。为了撑面子，六子拉着林玉婷去了饭店。几个回合下来，林玉婷把几个老爷们都震住了，他们说：六子你真行，女朋友厉害！！

推杯换盏越喝越多，聚会结束时都下半夜了，喝得晕头转向的六子，被林玉婷牵着两手去了县宾馆。

第二天一大清早，六子睁开眼后一看：这是哪？我怎么来这了？林玉婷笑嘻嘻地从浴室走出来说：你昨晚喝多硬拉我来的，你咋忘了呢？六子听完一下蹦到地上，下床后才发现自己没穿衣服，吓得他一下子冲到门口，又听到林玉婷说："你的衣服！"

打那以后，只要看见林玉婷，六子心就哆嗦。他一遍又一遍地想啊，可咋也想不起那个晚上咋回事。看到金凤，他更像做贼似的，日子过得可够煎熬的。

几个月后，主任突然来到他的办公室，劈头盖脸朝六子喊：这是怎么回事！他把账本往桌上一摔，扭头走了。

六子打开账本，仔细一看吓了一跳，赶紧操起电话喊着：小林，你过来！

林玉婷进门就看见六子手里的账本，没等六子开口，她顿时是梨花带雨，低声对六子说：风哥，你得对我负责任……

六子害怕的事终于来了，就为撑个面子出了这种事，自己对领导对家人可怎么交代呀，关键是那一晚都做了啥？自己都不知道。

他在心里喊：贾鸣风啊贾鸣风！你可是让面子害死了。

（原载《番禺日报》2018年8月12日）

罪 与 罚

_宗玉柱

大关回家，把包一扔，坐在沙发上一言不发。老关从老花镜后面看他一眼，问："又遇到了啥问题？"

大关说："梅老师'双规'了。"

梅老师是大关高中时期的班主任，师生感情一直很好。梅老师从教育界出来从政，先做党校校长，后做一家铜业集团董事长。接盘时，这家国企亏损近亿，梅总两年止亏，三年盈利，如今每年净利润几个亿，功不可没。

老关听到梅老师也成了大老虎，摇头叹息道："老猫跟前摆咸带鱼，不知是考验猫的运气还是考验鱼的运气。"

大关道："我太了解梅老师啦，他原本满怀抱负的，不是那种人，怎么功成名就后，反倒腐败了呢？"

老关把手里的报纸放下道："要说如今这领导，大刀阔斧者有之，尸位素餐者有之。前者希望自己有为有位，后者希望自己无为也有位，啥都不干净推诿扯皮，净想着稳稳当当保住自己的乌纱帽，误了国家发展，误了百姓致富，这样的人如今太多，哪像我们那时候，我们也不用签什么责任状，我们立军令状。也不要什么考核机制，全凭自我约束，遇到困难敢于担当，一个会战就把问题解决了。当然了，现在看那时的工作做法也不科学，现在倒好，事事得有熟人，没熟人寸步难行，我前天去医院，赵大夫没在，他们把我晾了一头午。也怪我，每次都去找赵大夫，其实钱大夫也不差，孙大夫也不差，但你和赵大夫好，就不能和钱大夫、孙大夫走得太近，你和赵大夫走得近，赵大夫不在的时候，钱大夫、孙大夫就一定缺少热情，人嘛，总要分个小帮派。话又说回来，哎，你去哪？"

大关说："不行，我要去看看梅师母。"

老关急道:"这个时期千万不能去,去了就是向别人表明了你的立场,你就会被认为是梅老师一条线上的同伙儿,起码也会认为你这人特别缺少政治觉悟。"

　　大关想了想,说:"一定是这样,我就是担心梅师母受不了。"话虽这样说,大关还是放下了手包,脱掉外衣,向卫生间走去。

　　不一会儿,大关举着电话,喜滋滋地从卫生间走出来,说:"我弄错了,不是,'双规'的不是梅老师,是梅老师的远房侄子。"

　　老关说:"哦,这样啊,那你还是去趟梅老师家吧,他一定很难过。他虽然干干净净做事,但下面的人却不一定靠得住,他侄子也是他一手培养的,虽然说举贤不避亲,但现在看来一定是梅老师看走了眼,一定负有领导责任,你去和他讲,他侄子的错误需要他侄子自己承担,不要有过于责备自己,风物长宜放眼量,吸取教训,更好地为人民工作。"

　　大关听得头晕,用力拍了拍脑门,赶紧去穿外衣,突然瞥到桌子上小关的成绩单,不由得细心看了一遍,发现这小子居然进步很快。

　　老关见了他面露喜色,幽幽地说:"先别高兴,后面还有一张罚款单呢,你赶紧去学校给交了吧。"

(原载《天池小小说》2018年第8期)

山 爷

_顾长虹

83岁的山爷，被特邀参加林业局党代会，发言不说，还净讲十九大的新名词，与会的人都说这老爷子真不简单。

山爷当然不简单，他可是拉着马爬犁，开山进大兴安岭的第一批务林人。

别看那年山爷才19岁，却是抗美援朝退伍的老兵。退伍那天，他一蹦老高，举俩手说要去最艰苦的地方为国家做贡献。

这不，他就跟着俩老把式牵着马爬犁，进山给红豆林业局选址。

大兴安岭冬天的冷，可是能杀人的。山爷仨人不怕，顺着冰趟子走，累了支火熬上一锅粥；困了捡一堆干树枝，铺盖卷在上面一扬，钻进去就睡。

两个多月走下来，总算找到了一处开阔地，依山傍水不说，还是块北高南低的漫山坡，盖起一排排房子，别提多带劲了，小红旗一插，红豆林业局就选这儿了。

煮粥的柴火刚点起，就见一个一个小绿光，忽闪忽闪地越来越近。

"不好，狼群来了！"

"赶紧架火，啥兽都怕火！"

一根根木头架在火上，火光映红了半边天，狼群发出阴森森的吼叫，像要穿透黝黑的苍穹。一连三天，火堆越烧越旺，山爷和老把式愣是没让狼群的阴谋得逞。

局址就这么选定了，大队人马陆陆续续进来，林业局各个部门逐渐成立，转年就投入了木材生产。

山爷安居后，还亮出了一个看家的好玩意儿，那是个朝鲜战场缴获的黑匣子，匣子里的人可真会讲，天南海北的新鲜事再加上一段神乎其神的评书段子，再冷的天儿，睡得也带劲儿。听得多了，他就学匣子里的话，给人讲，硬是给山爷练成了一张巧嘴。

这张巧嘴，再加上朝鲜战场练就的好枪法，山爷成了红豆林业局武装部部长，腰里还别着枪。

山上采伐的小工队捎来信儿：队里常有一只黑熊出没，怕是要出人命。

这还了得，局长命令山爷去干掉这个大家伙。

山爷围着工队转了一圈，就让大家开着门，人都躲床底下。

三月的大兴安岭仍冷得透骨，太阳怕是也被冻着了，着急忙慌地留下点儿红晕，就找地方暖和去了。山爷趁着擦黑这点儿亮，趴在帐篷对面那个雪堆后头，等着黑熊。这不知道天高地厚的家伙，还真一拽一拽地进了帐篷。"咣当"，一摞子盆散了花，"哗啦"一摞子碗碎个满地。鼻子吸了吸，扭身奔了菜锅。两只前爪摸摸锅沿儿，抖了抖，"呼"的一下把个一米多直径的大菜锅，"咣当"扔在地上，一把把抓起散着香味的猪肉炖粉条，狼吞虎咽地吃起来。

山爷一跳一闪，到了帐篷门口。一抬眼，黑熊一怔，山爷枪起声落，子弹一下穿透脑门。还没等它反应过来，"砰砰"又是两枪，黑熊像刚点着的火箭，噌地蹿出了帐篷的屋顶，"咕咚"一下，砸得地动山摇。

山爷一个闪身，寻着黑熊痛苦的叫声，飞奔而去。大概追出去80米远，山爷看到大黑熊靠在树干上，坐着死了。肚子上的窟窿里还塞着干草，肠子流了一地；直直地瞪着前方的俩大眼珠子，充满了哀怨。

山爷下山就把挎了二十多年的枪交了。山爷说，以后这活打死也不干，受不了那眼神。

局长说趁你还没退休，给我看几年林子吧，督卡站那儿就缺你这样的人手。

山爷走马上任。

山爷依旧喜欢新闻和段子，更爱去那设在路口的督卡站，给那些看杆的工人们讲。

工人们听得带劲儿了，还准备点儿小酒，留山爷喝一口。偏就这工夫，一大平板车木头晃晃悠悠顶着杆，把喇叭按得震天响。矮个头工人脸憋得通红愣是不敢出去开杆。

当然不敢了！你以为这二两小酒就把山爷灌迷糊了？等的就是你们这帮子监守自盗的家伙。末了，督卡站工人停职，偷采的木头被扣，罚款五千。

直到山爷退休，再没听说谁敢偷拉私运。

山爷60岁退休那天，局长亲自给他胸前戴了朵大红花，还送他一句话：

理在山爷心中，群山绿树常青。

就为这，山爷拎着匣子，一讲又是二十多年。这不，又把会场里的年轻人听得一愣一愣的。

（原载《芒种》2018 年 8 月号）

红　包

_王　爽

　　李文谦在省城某大学读书时，品学兼优，毕业后被留校教书。他为人处世正直本分，尤其在请客送礼拉关系上愚笨木讷，一窍不通。可眼下事关重大，手里的红包无论如何得送出去。

　　这天早上，李文谦正要去上班，母亲带着继父来了。两个人是坐了一夜的火车，从乡下赶来的。

　　李文谦问母亲："你们有什么急事吧？"

　　母亲说："你继父经常肚子疼，差不多有半年了。现在农活不忙了，想到市里大医院查查。"

　　"早就该来，病是不能拖的。"

　　李文谦埋怨着，然后又打电话向单位请了一天假，带着继父去了市中心医院。

　　按照医生的意见，给继父做了相应的检查后，诊断结果出来了，是慢性阑尾炎。医生征求了家属意见后，安排住院，准备第二天做手术。

　　把继父安顿到病房后，母亲小声问李文谦："是不得给手术的医生送个红包呀？"

　　按李文谦的性格，本想说不用的。但他回头看到继父巴望的眼神，心一下子就软了，点着头说："行，我去办。"

　　李文谦五岁那年的夏天，天气特别地炎热。正在生产队铲地的父亲在歇气儿时，和几个社员一起到旁边不远的小水库洗澡，结果下去后迟迟没有上来。等到把他打捞上来时，命已归西。

　　从此，母亲带着他和弟弟妹妹艰难度日。

　　后来有屯邻给撮合前屯死了老婆的马二叔，过来重组了一个完整的家。马二叔有个闺女已经出嫁了，如今正好剩他光杆一人，人又老实憨厚、勤快能干。过来后帮李文谦的母亲一起维持这个家，供他兄弟姐妹上学，使他们后来都进城有了工作。李文谦在心里一直感激着继父，对继父的情感就跟亲生父亲一样。如今继父有病了，他要尽己所能，一定要让继父顺利手术，早日康复。

下午，李文谦终于打听到，明天给继父做手术的是王医生后，他就紧张地等在医生办公室门外。这是他第一次送红包，放在兜里的手差不多把那红包都攥湿了。他上午曾跟王医生说过几句话，人很温和，心地善良。但这又让他有了担心，这么好的医生，会不会拒绝收他的红包。

在患者的眼里，只要医生收了红包，那病情就相当于好了一大半。不管是不是这个理，反正病人这边都这么认为。

王医生终于从办公室出来了。李文谦三步并作两步赶上去，赔着笑，小声恳求着说："王医生，明天我父亲的手术就拜托您啦！"说着把红包按在王医生手里。王医生看着李文谦的一脸乞求，接过红包，只说一个"好"字，便匆匆地忙别的去了。

晚上回到家，李文谦学了白天送红包的事。妻子嘲讽他说："你呀，送个红包也为难，怎么样，自作多情了吧？"从乡下赶来的马家大姐也附和地说："这年头，做手术的大夫哪有不收红包的。"不管怎么说，医生收了红包，一家人总算放下心来。

第二天，继父的手术如期进行，一家人等在手术室外。

手术室的门终于打开，护士用手术车把继父推出来了。跟在后边的王医生摘下口罩，告诉李文谦："老爷子的手术很顺利，你们就用心护理吧。"说着从白大褂的口袋里掏出那个红包放在李文谦手上，"这个你可以收回了。"

李文谦一愣，接着连忙说："别，别……您这是干啥？"

王医生说："昨天我若不收下，你们做家属的肯定会有担心。现在手术很顺利，好好护理几天就会康复。你们可以放心了，我也该把这个交回了。"

说完，王医生又忙着去做下一个患者的手术了。

（原载《打工文学》2018年5月6日总第464期）

普 通 告 别

_王小东

第一封信

梅子，我的爱人：

七月的青海湖真蓝啊，一定是你的泪融进了湖水，蓝得让我想家。

油菜花开得真好，大片大片的金黄，把我的心都染醉了！总感觉那是你穿着长裙在这无边的深蓝里舞蹈，黄色的裙摆既虚幻又真实。你应该是在这里的，空气里都是你的气息。我们有过约定，你一定记得：原本计划旅行的第一站就是这里。

这一路走来，我很累。我好像闻到了青稞酒的醇香，今夜，在酒香里请你再做一回我的新娘！

想念已经阻滞了我的呼吸。梅子，不要让我这样地牵挂，求你今夜就带我回家。

有罪的爱人　北桥

第二封信

亲爱的梅子：

姐姐，今夜我在德令哈，夜色笼罩

姐姐，我今夜只有戈壁

草原尽头我两手空空

悲痛时握不住一颗泪滴

青海湖向西700里。梅子，我终于到达这里了——德令哈，这是我们谈论最多的地方。你记得吗？那个月色温柔的初秋，我向你表白的夜。我没有说爱那个字，但我却诵读了海子的这首诗。我们都认为我们的爱情始于德令哈，一个我们从没去过的地方。

可没有你的德令哈，夜静得可怕。下午大朵大朵的云就压得我喘不过气来了。阳光刺痛了皮肤，我像乞丐般地在漫天的干燥里向当地人讨水。我觉得我已经干枯了，和这生的世界断了联系。

秋凉的露水打湿了我原本干枯的心。我有些恐惧，虽然我并不知道在恐惧什么。

今夜，哪里才是我的德令哈？

哭泣的爱人　北桥

第三封信

梅子（我是多么地想你）：

我是一定要带你来这里的。日喀则的太阳真毒啊，轻易就把我的眼泪蒸发了。桑珠孜宗堡的外墙只有红白两色，那金黄估计都让神拿给了青海了吧。

我望见一只雄鹰从天际掠来，在桑珠孜宗堡下仰望蓝天，我的心是飞翔的，那是从不曾有过的轻快。

灵魂不断呓语，泪却少得可怜。你曾对我说，如果有了钱，一定要来日喀则，也一定要带着帐篷。

是的，梅子，我终于到这里了。带着帐篷。

夜晚的星星既拥挤又寂寞，我想望见你的眼睛。有件事难于启齿，我还是要同你讲。

那晚的帐篷里，我不是一个人。可是，我也不知道那个姑娘是什么时候钻进了我的帐篷。你要相信我真的拒绝她了，甚至在她裸露自己的身体、褪去我的衣裤之后，仍在拒绝她。

那姑娘的身体让我想你，你是否感觉到了我沉重的呼吸？我拼了命地探寻，可你似乎离我很近，却又很远。

我原本就不该被救赎的灵魂又一次陷入到肮脏里不能自拔。我很害怕，我要去我们约定终老的地方洗净身体，连同灵魂。

羞愧的爱人　北桥

第四封信

梅子，梅子（我又一次流泪了）：

布达拉宫的阳光把信仰涂在了经幡上，我抬眼就看见了好多的格桑花！仿佛，你如往日般明媚的脸，依旧那么纯洁、那么依恋。

我在转经筒前流连，想诉尽祈愿。那一刻，我觉得，我离救赎就差一步之遥了。在我冥想的刹那，我好像又能清晰地感觉到你的气息了。

那么真切，我想我们的团聚已经是毋庸置疑的了。

可，这是真的吗？我所有的背弃都能被轻易地原谅吗？

你宽容地握着我冰冷的手，奔向天堂。

我想我们就快见面了。

再见的爱人　北桥

第五封信

陌生人（我不知道你是谁）：

想必我的肉体很快就要被推进熔炉了，我仿佛闻到了烧焦的死亡的气息。我愿意用我一生累积的善请求，请您把我的骨灰，连同我爱人梅子剩下的骨灰撒在玛布日山上吧。

那是我们梦想终老的地方！

北桥　叩首！

"彼岸"青年旅店，拉萨市刑警支队队长桑吉看完这五封信陷入了沉思。

一个中年男人正安静地躺在青年旅店201室的单人床上，没了呼吸：自杀是显而易见的。

死者身份证上的名字是李北桥。

桑吉轻轻地打开中年男人床头的暗红色骨灰盒。

一页白纸下，覆盖的骨灰不多，纸上字迹依旧俊朗，叙事像诗的分行：

我是《北方诗刊》编辑北桥
爱人梅子怀孕期间，我出轨了

梅子是这个世界里我最爱的女人，可我却伤害了她
一个有雪的午后，她倒在了车轮下，血染红了地面
我的泪被冻住了
她离开的那个下午
刚刚知道了我出轨的事，恍惚中梅子跑到了冰冷的街上
……
我要带着她的骨灰走完她这辈子想去的地方
将骨灰撒在那些梦的印记里
余下的，便同我的骨灰一起撒在这玛布日山上吧
最好在一个阳光正好的时候
我和梅子都是孤儿，少却了很多人世间的拖累
希望，另一个世界里我所有亏欠都能偿还
这算是我和这世间的最后告别吧

玛布日山，向着太阳的方向，随着桑吉宽厚的手轻轻落下，一缕灰白无声地飘向遥远的天际……
风依旧温柔地流动着，阳光正好。
山上的万物并不知道，这里刚刚完成了人世间最普普通通的一次告别！

（原载《岁月》2018年第8期）

忍

_ 于金凤

　　大彬子和山凤从乡下到滨城工地打工，大彬子做架子工，山凤在工地上给瓦工打下手。

　　他们和所有打工者一样，在工地住工棚子。

　　山凤长得漂亮，披肩长发，个子高挑，凤眼细腰。

　　一天，装修公司的宋老板来工地办事，发现年轻漂亮的山凤，扭动纤细的腰，给瓦工案板上吃力地甩灰儿，不禁暗自叹气，怜香惜玉起来。

　　宋老板上前搭话，说挣钱方式有多种，年轻又漂亮干吗选择这么出大力的活？

　　山凤没语。

　　宋老板又逗了几句，得知山凤丈夫也在工地，心里像有了数似的走了。

　　没多久，宋老板找了个适当的机会，以高薪把大彬子和山凤挖走了。

　　宋老板公司主要做开发商样板间的精装修工程。大彬子和山凤来到公司，暂时给技师打下手。室内工作，风吹不着雨淋不着，收入又很高，夫妻俩都很满意。

　　宋老板给大彬子和山凤的住处提供了电视机，宋老板还经常请大彬子出去喝酒，有时还自带食品到大彬子和山凤的住处喝酒。

　　偶尔，大彬子还让山凤过来陪宋老板喝酒。

　　久了，宋老板和大彬子处得亲如兄弟。

　　一次，宋老板在大彬子住处喝酒，大彬子喝醉了，倒在床上，像死猪一样酣睡过去。宋老板没有走的意思，他把山凤拉进怀里，随后想去亲她，被山凤挣脱开了。

　　宋老板醉着酒说："都过来人了，还扭捏什么？给你们那么高的工资，图的啥？你应该懂的！"

山凤急了，刚要喊，大彬子这时翻身猪一样地哼了一声。宋老板急忙松开山凤，蹑手蹑脚地离开了。

后来，宋老板觉得对山凤硬来不行，便换了一种打法。他开始买一套套的高档服装，当着大彬子的面送给山凤。山凤不肯要，大彬子就说山凤："你就别客气了，宋哥又不是外人，他是咱亲哥！"

山凤见丈夫这么说，就收下了。

再后来，宋老板又为山凤买来一堆黄灿灿的金饰品，山凤也收下了。宋老板的胆子就壮了起来。大彬子不在时，宋老板的手开始在山凤的身上肆无忌惮地摸。宋老板的唇也开始随意地往山凤的唇上碰。这些，山凤都默认了。兴奋起来时，宋老板就要求山凤脱下裤子，和山凤做那种事情，山凤也都默认了。

山凤成了宋老板的情人。

大彬子和宋老板一次喝酒时，大彬子向宋老板提出要求，分给他点活，他想以宋老板的名誉单干试试，当然所赚的收入给宋老板分成。

宋老板当然同意了，公司的活分给了大彬子一部分。大彬子到劳务市场招来几个人，自己当技师开始挑摊小心翼翼、辛勤地经营了。

很快，大彬子打开市场，捞到了第一桶金，经济翻了身，他向宋老板提出以后不在宋老板这里做了，自己准备独立门户成立装修公司。

宋老板无话可说。

成立装修公司后，大彬子的生意红火起来了。

当上老板的大彬子，很快就以山凤出轨为由，和山凤办理了离婚。

离婚后，一好哥们和大彬子喝酒。酒至酣处，好哥们说："你媳妇跟宋老板这么些年，你真是能忍啊！"

大彬子听后一笑："我是忍了，但我现在找的媳妇儿，比山凤还年轻漂亮，她小我二十多岁呢！"

好哥们听后一下语噎。

（原载《作家周刊》2018年第28期）

点 亮 心 灯

_ 于柏秋

来到客厅写字台前，对面楼住户的灯光依旧像往常一样亮着，张剑的心里也跟着敞亮起来，刚才一路上的郁闷顿时舒缓了许多。

离正式演讲比赛已经不到二十天了，演讲稿还没开写呢。一想到这，张剑禁不住骂了一句"他妈的"，他骂的不是别人，是他老婆月梅。

张剑和月梅都出身农村。跛脚的他高考考入一所大学特教学院，五年前毕业后被招聘到市里一家国营医疗机构。月梅护校毕业，也被聘入这家单位工作。二人相知相恋而结为夫妻。

掏出手机给月梅发微信：不知你想通没有，这件事我是做定了，如果我们每个人都只顾自己，那么这个社会怎能和谐进步。

张剑想做的事是要一对一救助一个失学儿童，月梅认为家里并不富裕，适当捐捐款就可以了，为此二人产生了分歧，由辩论到争吵直至冷战。月梅一气之下到单位和单身女同胞挤宿舍去了，撇下他一个人独守空房。

单位工会组织演讲比赛，主题是奉献爱心，扶危济困。张剑本想借机会正好阐述一下自己慈善救助的想法，可在这件事上妻子偏偏和自己意见不一致，这直接影响了演讲稿的起草。

妻子越是不回应，张剑就越焦急。晚上睡不着觉时，他就坐在桌前呆呆地注视对面楼里的灯光，那灯光像有一种魔力，可以让他放松和平静下来。

知道微信月梅不能回复，但张剑还是每晚必发几句，以表达自己的感想和心声。

又一天晚上，张剑再发微信：没有高校的特教招生，瘸腿吧唧的我上不了大学；没有助学贷款，家贫如洗的你也完成不了学业！所以我们要学会感恩，回馈社会！

谁知过了一会,月梅竟回复了:少给我讲大道理,别给我装高大上,你奉献爱心我支持,但有一条:离婚!

看到这些,张剑的脑袋"嗡"的一下。事情闹到这种地步,确实有些严重了啊。尽管对面"邻居"的灯光依然在亮着,但他也坐不住了。这做人的差距咋这么大呢,你看人家,那灯光多柔和,女主人一定是个贤内助。忽然间,一种探知的欲望变得强烈起来,他很想知道对面楼里住着怎样的一家人。

第二天是休息日,张剑吃完早饭,怀着好奇来到对面楼里,敲开了那户人家的门。一个瘦瘦的小伙子,听张剑说是对面楼的,便极其热情地将他让进屋去。

是你家的灯光激励了我!说到这件事,小伙子灰暗的脸上立刻焕发出一种光彩。

啊,怎么可能呢?张剑的嘴咧成大大的问号。

当时家住农村的我被骗了婚,虽然骗子被抓到了,也判了刑,但钱也都挥霍掉了。父母省吃俭用,从田地里刨出的六万块钱打了水漂。真是欲哭无泪呀!后来城里的表哥为了安慰我,便在这里给我找了份工作,还让我住在他这间暂时不住的楼房里。

哦,是这样。张剑还是有些疑惑,这和灯光有啥关系?

可每当夜深人静的时候,我就想起被骗的事,几次想到自杀,你看我这。瘦青年将左手腕伸过来,张剑看到了一条细细的伤痕。

那天深夜我在厨房里正要轻生时,看到了从你家窗子透出的灯光,我的心里立刻有种说不出来的温暖,就像看到了自己老家的灯光!我马上停了手,去医院进行了包扎。我知道,这么晚还亮着灯光的人家,一定是有学生学习或者大人在做学问,生活不都是这么艰苦奋斗过来的吗?

哟,原来如此呀,真没想到自己的灯光竟救人一命。不过你说话很有文采哟!张剑夸赞道。

后来我就天天在厨房的饭桌上看书,看到你家的灯光就像有人做伴似的,心里可安稳了。现在我正在读自考专科,我要通过学习知识,改变自己的命运。瘦青年目光坚定,挺起的胸膛使得身躯显得很高大。

一瘸一拐地回到家里,心情大好的张剑当即给月梅发了条微信:老婆大人,我想通了,其实慈善无关大小,只要做了就好,那就按照你说的办吧。

微信没回,只是不一会的工夫,月梅倒回来了。上前就给了张剑一个响吻,慈善救助还是按照老公大人说的办!

喔,张剑如坠入五里云雾,为什么?

这些天我也在反思,你说得对呀。我们不能忘记曾经得到过的帮助和扶持,忘记就等于背叛。

哈哈哈,张剑回了月梅一个响吻。立刻兴冲冲打开电脑,当即敲出一行演讲标题:点亮心灯。

(原载《吉林农村报》2018年6月1日)

半 个 苹 果

_佟掌柜

女儿回来了,女儿从美国回来了,这两句话妻子不知和我、和邻居、和她的那些闺密们说过多少遍,耳朵听得起了茧。我理解她,她太想女儿了。女儿从婴儿到上大学,都是妻子带在身边。孩子小的时候我在部队,几个月甚至一年才能回家一次,孩子上初中时,我从部队转业,被分配到作协,把全身心都投入到创作中去。等我终于退休的时候,孩子已念完大学去美国读博。有时一个人坐在家里茫然四顾,发现除了书架上的书,我一无所有。关于妻和女儿的回忆大多是模糊而久远的,女儿和妻子的样子在脑海里也是很多年前的模样。

老妻自从女儿走后,开始很黏人,逛街得我陪着,吃饭得我陪着,散步得我陪着,恨不得整天都要和我在一起。吵也吵了,闹也闹了,后来我妥协了,谁让当初亏欠了她们娘俩。好在我本身也是一个安静的人,除了写作确实没有什么事情可做,好在写作的时候妻子是安静的。

女儿推开家门进来的一瞬间,我竟似被沙子迷了眼,故意转过身去取放在沙发扶手上的书。女儿长大了,漂亮了,那头乌黑的长发像极了她妈妈年轻的时候,而她的眼睛又像极了我,那是一双诗人的眼睛,睿智而又迷离。女儿一改小时候叽叽喳喳的语声,口音里有了一丝美利坚的洋味,她甚至有些腼腆地坐到我旁边,用她的小手环住我的左臂,说,爸爸,你这两年又出新书没有?等我回去一定多带几本,同学听说我爸是大作家,羡慕得要死。我却没有回答她的话,只说,女儿,这次回来一定要多陪陪你妈,她没有一天不念叨你。

女儿在家住了三天,第四天的中午,妻去超市还没回来,女儿洗了两个苹果,一只递给我,我不想吃,放在茶几上,一只她刚咬了两口,接听一个电话,随手把苹果扔在我那只苹果旁边,匆忙忙连个招呼都没有跟我打就出去了。

我看着那只被女儿抛下的苹果，红红的圆圆的，表皮上泛青的部分被女儿的樱桃小口咬下去一个豁牙儿。它在茶几上无奈地摇晃了几下，就伴着我那只苹果一动不动了。

我感觉心被什么重器撞了一下，一时回转不过神儿，就像那天突然停电时，一时找不到火柴和蜡烛。我瞪着那两只苹果，尤其是那只缺牙儿的苹果，呆愣了好一会，然后点了一根烟，当烟圈儿徘徊在头顶还没完全消散的时候，我竟笑了起来，虽然这笑容并不好看。

女儿接电话时的雀跃、激动，多么像当年我接听她妈妈电话的样子。那时候她奶奶是不是也和我现在一样，苦涩地笑了，然后舍不得扔掉那半个苹果，而是沿着齿痕继续咬下去。我拿起手机，按下 01 键拨了过去，手机里的忙音响了又响，我仍执拗地没有挂断，我听见我的声音在空气里飘荡，妈，您还好吗？母亲的遗像在书柜里安静地立着，不知道她是否听到了我打的电话。

（原载《微型小说月报》2018 年第 4 期）

玉 如 意

_白小川

吴教授是圈子里有名的玉器玩家。

前不久,刚从朋友那觅得了一件玉如意。且看这如意,细腻如丝绸,手法精湛,做工精巧,晶莹剔透,吴教授如获至宝,堪称这乃是玉中极品。吴教授爱玉,专设一阁楼为玉器收藏室,其中大小精品一应俱全,均是观赏把玩中上品,吴教授亲自将玉如意放在阁中最显眼位置——作为镇阁之宝,并取名如意阁。

吴教授好酒,好友,好面子。每每觥筹交错,吴教授就会谈起他的养玉心得,他说玉有好多品德,仁、义、智、勇、洁等,他最欣赏玉的"宁为玉碎,不为瓦全"的气节。谈到他的玉如意时,吴教授就成了艺术家。他喜欢看到别人投来的艳羡的目光,如果友人要求参观他的如意阁,见识一下他的玉如意,吴教授就欣然应允,态度诚恳,强烈邀请,仿佛大有不去参观以后就不能喝酒不能相处之意。可是第二天友人打电话要来参观,吴教授却说,哎呀,很不巧啊,美院里有个会议,离不开。或者说,很不好意思,刚好接到院里通知要去兄弟学院开学术交流会啊……马局长就这样吃了两次闭门羹。

吴教授是当地一所美术学院的著名教授,有名誉,有身份。但是最近,他也犯了难。为啥呢?吴教授唯一的儿子在做生意的时候,涉嫌经济诈骗罪,被刑拘了,吴教授的夫人整日以泪洗面,茶不思饭不想,这可愁坏了吴教授。吴教授只好四处求人打听。人家说了,现在有最新政策要严打经济犯罪。这下吴教授犹如雪上加霜一样,头发一夜间就白了好几根。儿子还年轻啊!

最终还是圈子里的人给吴教授出了个主意。吴教授想了又想,思了又思,痛下决心。他约了马局长到他的如意阁一谈。马局长应约而来,满面春风。却只见吴教授面笑而肉不笑。"马局长,您随便看看吧,说实话我这里从来没有外人来过。"

马局长转了一圈又一圈，口里不断地发出赞叹声："精品，都是精品啊！"

"马局，咱们长话短说，我儿子的事情，想必你也知道了，还请你帮忙呦！"

马局脸色回归，思忖了下："现在上面有政策，你儿子的事情不太好整啊！"说着将目光全部放在那个玉如意上。

吴教授心领神会，唉，一切都是为了儿子。

儿子平安无事后，吴教授看着那个玉如意曾经在的地方，心里也空了许多。自从那个玉如意归了马局长，如意阁吴教授也就很少去。圈子里每逢聚会的时候，吴教授也不再谈玉，只是闷头喝酒。

回到家话也少了，笑容就更少了。吴教授的夫人就气不打一处来，一件破玉器比我和儿子还重要？整天跟丢了魂似的。

一天，圈子里的人跟吴教授说，马局的闺女今年报考咱们美院的研究生好像差了几分呢。吴教授顿了下，义正词严问："差几分？我们美院是严格按照高招规定的。谁敢亵渎教育！"

圈子里的人走后，吴教授心里顿时如寒冰消逝，密集多日的乌云也一并散去，真是因缘际会啊！吴教授的学术地位在美院是数一数二的，各专业的研究生导师都会给吴教授面子，负责招生的更是吴教授的得意门生。随后，吴教授一一打了电话，详细地询问了有关本次招生的事情，像是在安排打一场硬仗。既然是硬仗就不能给敌人一丝喘息的机会。吴教授打开了窗户，一股子清新的空气吹进来，满屋子都是丁香的味道，雨过天晴真好啊！

可是一直等到开学的时候，也没见什么动静，圈子里的人才跟他说，那个马局的闺女被录取了。吴教授惊闻后百思不得其解，他如意算盘落了空，犹如掉进了十八层地狱一般。

某日，吴教授突然接到姜院长的电话，家中设宴小聚，他也觅得一宝，邀请他去鉴赏。院长的邀请吴教授不敢怠慢，便应邀而到。一进书房就看到院长的书架上摆了一件精美绝伦的玉器，晶莹剔透，玉质细腻光滑，不正是那件玉如意吗！

吴教授心有所悟，心底好似打翻了五味瓶，默不作声，像是找到了丢失已久的孩子。

（原载《小说月刊》2018年第8期）

无妄之忧

_佟继萍

大海风平浪静，天空万里无云。高升站在甲板上，刚要感叹出门回家遇到好天气的当口，一阵大风袭来，险些把他推倒在船舷边。随即感觉头顶一空，头皮一凉，那顶帽子又追风而去，义无反顾地翻滚到海天相连的远方。

"唉！帽子丢了，可不是什么好事。"

他转身去看，一个老太太小心地挪动脚步，进到船舱里去了。

在单位，和高升相熟的同事都叫他"升哥"，说他的名字里透着官气，而且他还真是组织重点培养对象，传闻是局领导的接班人。

船上这一天，高升始终郁郁寡欢，耳边只要一响起老太太的话，心里就一个劲儿地直翻腾。同行的小王安慰他说："怎么了升哥？不就一顶帽子吗，等下了船，我送你一顶。"

高升叹气道："你不知道，那帽子，那帽子……"

那帽子怎么了？

小王并不知道，飞走的那顶帽子是高升媳妇送给高升的生日礼物，送他时便说明，保佑他官运亨通，一步更比一步高。

可是，现在帽子丢了！

下了船，和小王一分手，高升就直奔商场，三步并作两步地冲到鞋帽柜台，比比画画说要买帽子。等他和售货员说明白了帽子的款式、颜色、大小，售货员不无遗憾地告诉他，这款式的帽子早下架了，厂子也许早就出新款了。

高升的心凉了半截，垂头丧气地回到家中。

一进门，媳妇笑盈盈地接过旅行箱，待回头去接衣帽时，才发现破绽，惊讶地问："那顶帽子呢？"

"让海风刮走了。"

"刮走了？哎呀呀……"话未出口，已见高升神色不对，自己觉得再往下说也晦气，赶紧改口，"哎呀呀，旧的不去新的不来，明天我再去给你买一顶。"

高升没应声，他尽量掩饰自己内心的那股焦虑。

自从帽子飞走之后，高升就像丢了魂似的，饭吃不下，觉睡不着，就连戒了两年的烟也捡起来了。

媳妇看在眼里，急在心上，偷偷地去商场买了一个"替代品"，用红纸包上，规规矩矩地放到柜子里，有事没事还打开柜子，冲着帽子作个揖。一心等高升下班回来，就把这帽子给他戴上。

媳妇买帽子时，高升正在局里开会，会议内容只有一项，欢迎上边下派干部锻炼。会后，领导还特意把高升叫到办公室，先肯定了他以往的工作成绩，又鼓励他不要心浮气躁，应该踏踏实实工作，相信组织不会埋没人才……

高升不知道自己是怎么走出领导办公室的。

天黑了，自己喝了酒的高升才回到家，见了媳妇一句话也没说，倒在床上就睡了。

第二天，高升发烧了，迷迷糊糊中一个劲儿地说梦话，骂自己窝囊废，五十岁了才熬了个处级，眼看有点希望了，帽子又丢了……

媳妇见状马上私下里发动娘家人上下齐动员，满城找帽子，就不信找不到一顶一模一样的，怎么着也得让高升把这顶帽子戴上。

熬过了这一场大病，高升整个人瘦了一圈。上班时，更加无精打采，手里捧着给领导写的汇报材料，突然思路断了，心乱如麻，领导等着急用，都写三天了还是个草稿；上午领导催问时，明显是不高兴了，还说："工作上可不能消极。"这分明是在敲打自己呀！

他喃喃自语："难道真是帽子丢了带来的晦气吗？"

那之后，工作更是漏洞百出。而且他还听到了风声，自己的工作可能会有变动。

高升又病了，这一病高烧不退，到医院去看说没大事，建议卧床静养。病休在家，领导上门慰问，嘱咐他，安心养病，不用考虑工作。领导走后，高升更加郁闷了，领导的话里有话呀！不用考虑工作，这是什么意思呢？

不久，高升住进了肿瘤医院。

半年后，办公室通知，全体人员参加高升葬礼。

告别仪式很隆重，高升的头上戴着一顶帽子——和他丢的那顶一模一样，媳妇哭诉道："高升啊！都是我的错，帽子昨天才找到，家里还存了一箱，你要的帽子都给你带去，你到那边去当个大官吧！不够就托梦给我。"

这话让在场的人听了，心里感觉怪怪的。

（原载《芒种》2018年6月号）

倔驴杨二

_柴亚娟

那年初秋，李萍到母校黑土小学代课。

黑土小学，系五常境内，离拉林河不远。这所学校，人不多，每个年级一个班，师生来齐，也不过百人。

有一天，李老师上课，挨个叫学生到讲台旁背诵《秋天》。

几个同学背过，轮到杨小红站起时，背了几句，就背不下去了。李老师纳闷，便顺着杨小红的目光，朝门外望去——呀，杨小红爹杨二，咋气势汹汹地正往教室赶呢！

原来，杨小红早晨起来，管她爹要10块钱，说自个弄坏了黑板擦，得赔个新的。她爹听了，不但没给钱，还好顿臭骂。这不，杨小红前脚去上学，她爹喝够了酒，后脚就跟了过来。

杨二踏进校门，径直往教室奔，直到瞧见自己的妮子，站在讲台旁，不用分说，冲李老师骂开了："妈的，你不睁开眼瞧瞧'老子'是谁，妮子碰坏黑板擦你还叫赔，一早来了，你他妈这是给俺妮子罚站呢？"

李老师被骂得丈二和尚摸不到头脑，怔在了当场。

杨小红捂着脸不敢吭声，其他学生也吓得目瞪口呆。就在这时，给隔壁学生上思品课的刘校长，闻声赶来。刘校长三步并作两步，上前拽住杨二的胳膊，连推带搡，斥责道："瞅瞅你喝点酒，像个什么样子啊，净给我丢人现眼，赶快给我滚回去……"

刘老师骂走杨二后，凑到李萍跟前，说："对不起呀，我这个妹夫没文化，喝点酒就犯浑，你千万别跟他一般见识……"

李老师听了，苦笑地点了点头，说："我没事了，都去上课吧！"

李萍转身走到杨小红跟前，轻轻地拍了她一下，说："别哭了，没你的事。"杨小红抽泣着："老师，都怪我爹……"李老师挥手，示意："回去吧，我们继续上课……"

午休后，杨小红回到家，正好她娘一人在屋。她就跟娘说了她爹来学校耍酒疯的事，还说李老师没叫赔黑板擦，是自个想赔，爹来学校时正巧碰见她站在讲台旁背课文，都怪爹……杨小红的话音未落，她爹赶了个一脚门里一脚门外。

杨二听了"都怪他……"倔脾气又上来了，嚷道："那个臭老师是不是又找你碴了，你看我咋收拾她……"

话还没说完，杨二又要去学校。

小红娘急忙追了出去，大声说："冤家呀，给我站住，你误会李老师了！"

小红娘把妮子说的话给学了一遍，杨二听了，先是一惊，而后"咕咚"一屁股儿坐在了门槛子上，"啪啪"擂自个的脑门："哎呀，这扯不扯的，我这不是冤枉李老师了吗？"

小红娘责怪道："啥事不问个三七二十一就……"

杨二一手搓了搓脑门，一手着地蹲了起来："我好糊涂啊，你瞧这事给弄的，这叫啥事吗！"

小红娘瞪了一眼杨二："这好办，你亲自去学校给李老师赔礼道歉！"

杨二难为情地说："我、我不去。"

小红娘坚持说："不行，你得去，否则太对不起李老师了。"

杨二吭哧着："这、这怎么好啊，我、我没法去。"

杨小红娘又瞪了一眼杨二："我这辈子算是瞎了眼，嫁给了你这个能请神不能送神的死鬼！"

杨二沉思了片刻，硬着头皮出去了，没走几步，又折回来，对小红娘说："这理不在我，我也认。让我赔礼道歉，抹不开这脸。"

没办法，小红娘倔不过杨二，只好自个儿去学校给李老师赔礼去了。

等小红娘从学校回来，推开屋门，大惊失色：倔驴杨二用一根绳子，把自己吊在房梁上，已经身亡。

（原载《岁月》2018年第2期）

妈 妈 的 灯

_长白山

早晨醒来，昏黄的灯光透过窗帘射进我的卧室，顿时感到暖暖的。

我知道，妈妈又在厨房为我早早地忙碌早餐，是隔壁厨房的灯光从后窗照进了我的卧室……

在记忆里，妈妈总是与灯紧密地联系在一起的。

还在我懵懵懂懂的童年，每天晚饭后，喂完鸡鸭鹅狗猪，妈妈总是守护在我身边，陪伴妈妈的是一盏有着豆粒大小火苗的煤油灯，就在那盏灯下，妈妈一边耐心地给我讲着无穷无尽的"闲话"，一边忙活中手中的活计，或是打麻绳，或是纳鞋底……趣味横生的故事也无法赶走我体内的睡虫，很快就会睡去，但往往一觉醒来，妈妈还在干着那些永远干不完的活计，就像妈妈那盏不会自己熄灭的煤油灯一样。

妈妈就是靠那盏煤油灯把一块块布块变成了棉衣棉裤棉鞋，穿在了我和弟弟妹妹的身上，虽然没有那么美观，但却足以遮风挡雨御寒。

是妈妈把灯的能量传递给了我们？不是，是妈妈把她自身的热度无私地给了我们！她换来的是满意的微笑和被油烟熏得黑黑的鼻孔。

我们兄弟姐妹相继上学以后，妈妈的灯就更忙了，要给我们准备吃和穿，还要与爸爸一道为我们攒生活费，于是，那盏煤油灯就派上了大用场，烟熏火燎地煮猪食时，离不开她；小心谨慎地从麻杆上剥麻秆时离不开她……那盏煤油灯成了妈妈生活的希望。

有时妈妈干完活，我们也写完了作业，就劝妈妈把煤油灯熄灭吧，尽管妈妈平时也非常珍惜煤油，因为那毕竟也是花钱买来的，但妈妈却总是说，再等一会儿你爸爸吧！

爸爸是生产大队（即现在的行政村）的赤脚医生，因为距离中心城镇较远，所以，找他看病的人还真不少，这就难免晚上要出诊，有时给病人看完，已经很晚了。但不管爸爸什么时候回来，妈妈总是要点着那盏煤油灯耐心地等待。但爸爸一旦回来，妈妈就赶紧把灯吹灭，妈妈是不是在用那盏本来就不怎么亮的灯给爸爸照亮回家的路？并祈祷他回程平安？

  妈妈跟我一起生活时，条件已远非从前，住的是楼房，用的是日光灯。在装修房子时，我曾征求妈妈对装修有什么意见和建议，妈妈想都没想，就是要求她卧室和厨房的灯要装得亮些。她还说，自己年纪大了，灯不亮已经干不了事了。

  正是靠着那两盏灯，妈妈还在实现着自己的人生价值：每天早晨都早早起床为我们做饭，具体早到什么程度，绝不是可以用一个具体时间可以概括的，比如，我平时七点到办公室，她五点多就要起床；如果我第二天四点要坐车出门，那么，早晨三点半保证吃上早餐，而且，还从不对付，要出门就得吃饺子，妈妈说："上车饺子下车面"，这是不能含糊的！

  每天早晨醒来，看到透过窗帘的灯光，我都想，那不是电能在照耀着我，而是妈妈用体温在温暖着我……

（原载《长春日报》2018 年 6 月 10 日）

纸　蝴　蝶

_勾连颖

记忆里，从前北大荒的孩子都很善跑。

"姥爷，姥爷，来信了！来信了！"

从生产队会计手里接过信，我和妹妹一前一后风儿一般跑回家。

二十世纪七八十年代，书信还是人与人之间重要的联系方式，人们似乎要把内心所有的情感都书写到纸上，装进信封贴足邮票寄给远方。于是，等信是一种期盼，取信是一种喜悦，写信、读信包括找人代读代写书信都是寻常百姓全家无比郑重之事。

姥爷正坐在马扎上编柳条筐，闻声忙接过信件，眯着眼睛去瞅信封上的字。瞬间，姥爷表情突变、面部涨红，脸色难看，从马扎上忽地站起。接着，姥爷没有将那封信打开，而是两手交叉将其撕碎，那封信很快就演变成一只只白色的纸蝴蝶，向上腾起，又缓缓飘落。我和妹妹顿觉形势不妙，急忙跑出门外。

晚上听到妈悄悄问爸，那封信是不是孩子他老姨来的？

姥爷姥姥共有四个子女，大舅、老舅和我妈都生活在农场，唯有一个我未曾见面的老姨，独自在山东老家生活。也正是就这个老姨，让姥爷发下狠话：就当没有生养过这个孩子，让她永远不得再登家门。

搬来北大荒前，姥爷家居住在几千里外的山东半岛，姥爷一直在老家的村子里担任村长。那年上边要在村里搞竞选村长试点，姥爷多年来提拔和帮助过的副村长曹大拿突然变脸，要和姥爷竞选村长。而且背地里找人搞姥爷黑材料，泼污造谣，拉帮串联，生生把姥爷从村长位置拉了下来，他自己如愿上位当上村长。

当时在上中学的老姨正偷偷热恋，对象不是别人，正是曹大拿的儿子曹刚。全家人知道后都极力反对，为了不让他们继续交往，姥爷将老姨在家里整整关了七天，眼见毫无效果。姥爷思量再三，决定离开祖祖辈辈几代人生活的老家，举家迁往北大荒。没想到来北大荒才一个多月，老姨就背着全家偷偷跑回了山东，死心塌地要跟定曹刚。

姥爷彻底灰心，让人给老家那边捎信，就此发下狠话，从此没有这个闺女，老死不相往来。

十多年过去了，听说老姨和曹刚结婚后生了三个孩子，两儿一女，日子过得不错，只是老姨总是想念这边的亲人，经常没完没了地哭。今天这封信真的会是老姨来的吗？

有了这次教训，后来再接到写有姥爷名字的信，我和妹妹都不敢直接交到姥姥爷手里，而是偷偷进屋放到姥爷屋里的箱子上。

全家人在一起的时候仍然没人敢提起老姨。

我上初三那年秋天，一向身体硬朗的姥爷突然病倒，去省医大二院检查确诊是骨癌晚期，姥爷知道自己得的啥病，对生死早已看开，和医生、家人有说有笑。只是最后几天躺在床上不吃不喝不合眼，眼珠不转地瞅着山东老家的方向。

老舅看出名堂，凑到床前说，爹，您看您现在身体这样，听老家来人说我二姐想您和娘整天茶饭不思，不如让二姐回来一趟吧。

姥爷没吱声，眼泪顺着脸颊流。

迢迢千里，归路难行。老姨、老姨夫领着三个孩子赶进家门时，弥留之际已坚持数日的姥爷刚刚咽气。"爹！"伴着老姨那撕心裂肺的喊声，有人将姥爷睁开的双眼轻轻合上。

办完丧事，身患白内障眼疾的姥姥从箱子里拿出一个方便袋，这里面是啥，老头儿下黑没事时总拿出来翻弄？

母亲打开方便袋，大家看到里面有几页纸和一些碎纸片，仔细辨别，袋里原来是三封信，一封撕碎的信，一封一撕两半的信，一封完好如初的信。

原来都是老姨写给姥爷的信，老姨见罢更是大哭不止。

台灯下，老姨将那些碎纸片摊在桌子上，打算用胶水将它们一块块粘贴起来。这时，有一股夜风从窗外吹来，纸片就如一只只白色的纸蝴蝶，在空中腾起，飞来飘去。

从此，老姨的梦里，就多了一只只白色的纸蝴蝶，在她眼前飞来飘去。

（原载《海燕》2018年第2期）

刘 三

王 哲

这是一个七十年代的老故事,故事虽老,但很有趣味,讲来给大家听一听。

那天很巧,在省城办完事的刘三,在回程的火车上,遇到了自己科里的科长。

刘三就和科长把座位调在一起。

刘三问:"科长,在省城开完会了?"

科长答:"开完了。"

刘三又说:"如果是我,会开完了,肯定会在城里玩一玩,肯定不会这么着急回来的!"

科长笑笑,说:"你当然行,无官一身轻。我不行啊,工作事太多,没有闲心玩下去呀!"

科长说话间,眼神往车厢连接处瞟一眼,然后对刘三说:"走,咱俩过去吸支烟。"

刘三就和科长走到车厢连接处。

科长先刘三从衣袋里拿出五角钱一盒的"葡萄"烟,自己叼上一支后,又递给刘三一支。

刘三拱手给科长把烟点完,又给自己的点上,两人吸着烟。吸烟时,刘三就和科长唠起科长到省城开会后,单位里发生的一些大大小小的事情。

不一会儿,刘三和科长的烟都吸完了。

回到座位上后,刘三和科长又唠了一阵闲嗑后,刘三突然想起这次该自己给科长敬烟了。当刘三的手伸进衣袋里,摸到自己那五元一盒的"红梅"(省城找人办事买的)烟时,就又犹豫了。心想:自己的烟价高于科长的10倍,给科长敬这个烟，这不明显让科长尴尬吗？想到这，刘三的手从衣袋里悄悄抽出来。

这时，科长的眼神又往车厢连接处瞟一眼，刘三领会了，就和科长走到车厢连接处。

科长又掏出"葡萄"烟，自己叼上后，又递给刘三一支。

这次，刘三没接，心想：自己不给科长栽面子，可也不能总占科长的便宜呀！但刘三还是没有耐住科长的热情，把烟接过来。

这次，刘三吸烟时，心就觉得特别恐慌，神态也不那么自然，更不敢和科长对视着唠嗑了。刘三一口接一口闷闷地抽，鼻尖上沁出了一层细密的汗珠……

火车咣当到一个小站停下，站台上有卖烟的。刘三就急急下车掏出五角钱，买了一盒"葡萄"烟。

"葡萄"烟拿到手后，刘三就又急急返回车上。刘三把科长邀到车厢连接处，急不可待地撕开烟封，递给科长一支，说："科长，这次你抽我的。真不好意思，上车时挺急，忘买烟了，这半天净抽您的。"

科长说："不用这样客气。"

刘三笑笑。

科长对刘三说："别的烟再好，我也抽不顺嘴，就这'葡萄烟'，我是咋抽也抽不够。看来你也是喜欢抽这个牌子的？"

刘三点头。

科长就很高兴地握住刘三的手，说："哎呀，知音呀！这次可找到同一战线上的烟友了。"

火车快到站时，刘三和科长提议说："科长，咱再来最后一支烟。"

车厢连接处那里，刘三慌忙中，竟然掏错了烟。科长盯住刘三手上的那盒"红梅"烟，像不认识刘三似的，又盯住了刘三的脸看半天，说："你小子，有好烟还舍不得拿出来！"

此时的刘三蒙了，就急着想和科长解释，可怎么解释呢？

（原载《海燕》2018年第6期）

丰 娘

_曲子清

丰娘是我看见过最接近鬼的人。局促的脸上沟壑纵横，且颜色深浅不一。看见有人过来，就豁起没牙嘴，发出桀桀怪笑，让围观的小孩纷纷躲避。

在乡下没有乐子，我童年最乐意干的事就是跟在她后面喊她"老疯太太"。听她沙哑的叫骂声，然后和伙伴们一起哄笑着跑开。

娘严厉地警告我，不许作弄她，见面要尊称"老祖奶"。

等到长大一些，不只一次听到她喝完酒就要酒疯，又哭又闹的，实在厌烦："天天闹，烦不烦啊。"

娘感叹："老祖奶的日子过得苦啊！"

听大人讲，丰娘年轻时雪肤花貌，是十里八村出名的美人，能打双枪，是辽东出名的悍匪。纤纤玉手，戴一对紫罗兰玉镯，杀人如麻，威名赫赫。

那玉镯是詹家祖传之物，价值连城。最奇的是玉镯透着莹莹紫光，能映出里面的亭台楼阁。据说这手镯早先戴在一个皇妃的手上，有保平安的神奇功效。后来机缘巧合，辗转传到了詹家，戴在詹家主母的手腕上，历经五代一直传承下来。

在一次对鬼子开展的联合伏击战中，四周暗黑，不见一点光亮，大玉子的绺子在芦苇荡中迷失了方向，眼看鬼子大队要开到了，负责联络的丰娘急得团团转，无法发出传递信号，情急之下，丰娘摘下一只手镯对着大玉子方向狠命掷出。借着玉镯发出的微弱光亮，大玉子找到方向，抬手一枪，击中鬼子头目。战斗结束后，丰娘带人找遍那片地界，连个镯子碎片都没找到。

玉镯剩一只，却再也没见丰娘戴在腕上。后来，这镯子离奇失踪了，谁也不知道去向。

土改工作组查问镯子下落，丰娘咬死说，抗日时变卖了，买了枪械，却说不出买家是谁。

工作组自然不信，一番深挖，丰娘毕竟是女流之辈，受了刺激，从此疯了，时而清醒时而糊涂。

丰娘疯得蹊跷，有伶俐人开始嘀咕了，丰娘根本没疯，她为了隐藏镯子故意装疯。

工作组有个罗组长听了群众议论，决定再审丰娘。罗组长的爱人是城里人，爱干净，总穿双白鞋，人称"小白鞋"。有一日，"小白鞋"晚上睡觉，忽然被噩梦惊醒。她梦见一只紫莹莹的手镯，向她飞过来，她高兴地伸手去抓，镯子不见了，满脸是血的丰娘站在面前，直直地望着她。"小白鞋"惨叫一声惊醒过来，一头冷汗。从此，一闭上眼睛就被噩梦惊醒。如此折腾，家宅不得安宁。

天蒙蒙亮，一夜没睡的罗组长起床晨练，不妨撞见丰娘直直地立着，脸上红红绿绿的，右手前伸，指向他的脑袋，比画着射击的动作。行伍出身的罗组长惊出一身冷汗。再抬头，哪还有丰娘的影子，他怀疑自己看花了眼睛。

此后，罗组长不再追问这事，镯子的事不了了之。

丰娘的病时好时坏的，好时能干活带孩子，不好时又哭又闹。好在孩子们懂事体贴，大的带小的，日子就这样过下去。丰娘不受屈，谁惹着她了，她啥话都敢说，谁都敢骂，人们说发疯的丰娘像只护窝的母鸡。

有人在她发病时问她镯子的事，她一会说卖了，一会说送人了，一会又说藏起来了。在她清醒时问，则一言不发直接掉头就走。如此，人们以为，那镯子一定被她藏起来。有好事的人曾盯着她，试图寻宝，结果都一无所获。

改革开放后，丰娘儿子、女儿摘了成分帽子，大展身手，纷纷过上好日子。他们都孝敬丰娘，给她买这买那，丰娘都不要，一天三顿酒，居然喝到百岁生日。

子女们也曾问过她镯子的事，丰娘闭口不言。

随着岁月流逝，丰娘记忆越来越模糊，这个镯子越来越在儿女的心里清晰起来，莹莹的紫气，通透圆润，里面隐隐的楼台殿阁。随着丰娘过完百岁生日，子女们越发勤快地围着丰娘问镯子的事。丰娘问东答西，胡言乱语。儿女们都说，咱妈真成"老疯太太"了。

老疯太太没迎来她的101岁生日。一日北风甚紧，她着了风寒。从此缠绵病榻，渐至奄奄一息。

儿女们表情肃穆围绕床前，等待那最后的时刻。

围绕这个即将陨落的生命有个谜团尚没解开，即祖传的紫罗兰手镯没有下落。

深夜，几个熬不住的儿女先睡着了，病房很静，小女儿握着丰娘的手静静地守候着。丰娘慢慢地张开浑浊的双眼，抬了抬枯瘦的手臂，"妈，你要说什么？"小女儿把头伸过来，那几个儿女不知什么时候醒过来，唰！五双眼睛直直地射过来，齐齐地望着母亲。

丰娘拼尽最后的力气，俯在小女儿的耳边说了一句话，说完精力耗尽溘然长逝。

兄弟姐妹愣了一下，然后一齐问小妹："妈说什么了？"

小女儿表情怪怪的："妈说，给我整点酒。"

儿女们愣了愣，你看我，我看你。

想哭，又想笑。

（原载《辽河》2018年第2期）

关于一匹枣红马的记忆

_于 博

一碗高粱米，磨得有些破碎，里面夹杂着糠皮儿。德才死死地盯着，气喘得也粗，手心有些发热，他使劲儿在大衣襟上搓揉着，咽了一口唾沫，四下瞅了瞅，四周很黑，只有马槽上的马灯有些明亮。四周很静，狗叫声都没有，只有马吃夜草的咔咔声。德才终于一咬牙，把那碗高粱米慌乱地倒进大衣兜里……

这碗高粱米是枣红马的夜宵。枣红马怀了驹，但日渐消瘦。生产队长就叫饲养员每天夜里给枣红马加一碗高粱米，补身子。德才就是队里的饲养员，这活自然就落到了德才身上。

德才的老婆也怀孕了。因为粮食不够吃，多半是吃烀土豆，老婆有些浮肿，这几天总吐，德才担心她一不小心把孩子给吐出来。于是，这天夜里，他把枣红马的夜宵偷回了家，老婆喝上一顿香喷喷的高粱米粥。

德才剥削了枣红马几碗高粱米呢，不知道，但德才媳妇自从喝上了那晚的高粱米粥，浮肿慢慢消了，也不吐了。德才很高兴，看着枣红马，他的心却有点发酸。

枣红马要生产了，德才媳妇的肚子也拧劲儿地疼上了。生产队的大院里围了一帮人，德才家也围了一帮人。德才媳妇满脸是汗，大骂德才缺德，惹得接生婆抿嘴直乐。

德才媳妇一阵折腾，孩子顺顺当当地生出来了，哇的一声啼哭，声音特别响亮。

枣红马产驹却不那么痛快。好半天，马驹生下来了，枣红马却意外地死了。队长心疼得直叫，说枣红马是因为缺营养，后悔高粱米加少了。

德才喘着气跑到生产队时，正好听到队长这句话。他心一蹦，脸色就跟枣红马的毛一样。他低着头，看着枣红马的尸体，手心里出了一堆汗。他不明白，这么大的一匹马，咋还没媳妇尿性呢？想着想着，心里又是一蹦……

队长说，这是两匹马的命。母马死了，小马驹还能活吗？可也怪，从那天起，家家轮班给小马驹喂饭米汤，小马驹竟奇迹般地活了下来。

生产队长叹了口气，吩咐人给枣红马扒皮。忙了小半天，枣红马被按户数卸成了一块块肉，分到了各家。

德才拎着一斤多的马肉摇晃着回到家，媳妇乐了，说枣红马是可惜了，但好歹能吃上一顿马肉馅的饺子。说完，拿刀就去剁肉。倚在门框上的德才呼地抢过菜板子上的马肉跑出了门。媳妇当时愣住了，撵出去。德才跑得飞快。他出了屯子，在东山湾把马肉埋了。坟堆不大，在一棵老榆树下。老榆树上蹲着一只老鸹，盯着德才，一动不动，或许也是闻到了马肉的香味。

不知什么时候，媳妇已经站在德才身后，抹着眼泪，她不明白德才为啥这么做。德才眼珠子有些发红，回过身狠狠说一句话：你想吃肉？你早就把马肉吃了，你吃了一匹马，一匹枣红马！

德才媳妇看着德才，有些害怕。结婚两年了，没见到老实巴交的德才这般吓人。嘴张了两下，想问问这话是从哪说起呢，但没有说出来。

德才在马坟旁边坐了好长时间，太阳落山了才往回走。屯子里到处弥漫着马肉的香气。德才媳妇吸了吸鼻子，眼睛有些湿润……

小马驹长大了，又成了一匹枣红马。

德才也成了生产队里出了名的车把式。

这年，他领着队里的三挂马车去山里倒套子，就是从小兴安岭上把木头运下来，再拉回屯子。那时，屯子里无论是生产队还是个人家，使用的木头都是这样弄回来的。结果，在下山时，枣红马不知什么原因受惊了，突然狂奔起来。跟着德才的掌包的，就是赶车的副手刘二急忙跳下车。德才拼命地拽着枣红马，刘二大喊，叫德才赶紧撒手，不然被卷到车底下或者挤到树上，德才肯定得成为馅饼。德才没有理会刘二破嘶啦声的喊叫，他使劲儿地一边拖住枣红马，一边喊叫着。德才说他要撒手，枣红马就成了馅饼。

结果，德才被挤到一棵粗大的松树上，成了馅饼。马车卡在树上，枣红马仰脖嘶叫一声，前蹄抬起，然后落下，浑身的毛被汗水湿透了，喘了几口粗气，像个犯了错误的孩子似的，低下了头，站在那一动不动了。

马坟旁，多了一块新坟。德才媳妇跪到坟前烧纸，眼睛瞪得老大，眼泪就在眼圈里打转转，但始终没有掉下来。人们奇怪，不是因为德才媳妇没哭，而是坟头有一碗新磨的高粱米……

德才的儿子长大了，上了小学，上了初中，然后到县里念高中。最后考到省城师范大学,学的是画画。

  毕业那年,德才的儿子画了一幅画,老师挺惊讶,说画得真好,推荐他参加省里的美术比赛,一准能获奖。交作品时,老师却找不到他了。

  德才的儿子这时已经坐着火车回到了生他养他的二佐村。

  在那棵榆树下,在德才的坟和挨着德才的马坟旁,德才的儿子磕了三个响头后,慢慢站起身,打开一幅画,画面上是一匹奔腾的枣红马,昂着头,鬃毛飞舞,四蹄腾空。

(原载2018年《海燕》第8期)

杀 手

_刘红敏

局长林晓东因突发心脏病，猝死在办公室。

一个死去的人不能就这样一直放在办公室，于是，到现场处理此事的副县长王茂，让秘书小刘把林晓东的手机送到售后服务解锁。林晓东的手机有密码，无法联系到他的老婆，并且，单位里没人知道他老婆的手机号码，派人去家里找，怎么敲门都没有人应答。家属不来，谁都不敢移动逝者。解锁是最快、最有效的办法。

手机的锁解开了，林晓东的老婆苏素是在麻将桌边接到的电话。

苏素是被两位麻友架着走到办公室，她难以相信，林晓东刚刚四十五岁的人，怎么会这样睡着午觉就走了呢，一米八的大个，体重一百五，每天坚持步行一万多步，单位组织体检，各项指标都比较正常。这从天而降的厄运把林晓东老婆击垮了。

林晓东的名字再次被提起，是他去世后的两个星期，一个爆炸性的新闻在这个小县城炸开，传得沸沸扬扬。

事情还得从手机解锁那天说起，秘书小刘当时拿着手机，去的是大伟手机维修店，他和大伟是发小。手机连接在电脑上很快就解锁完毕，就在马上结束的时候，来了一个微信，微信的头像是一个长发女子，穿着一袭红色的拖地长裙，面向着大海，昵称"小红人"，她发来一个笑脸。大伟看着小刘，小刘看着大伟，他俩几乎是同时说出：打开看看。

点开小红人的对话框，长长的聊天记录和内容，让他俩瞠目结舌，于是，大海把林晓东的手机备份了聊天记录。

大海用了一个星期的时间，才把这些聊天记录看完，之后他陷入了沉思，像一名侦探反复地看那些聊天记录，寻找着蛛丝马迹，来解答心中的两个疑问,第一,这个女人是谁?第二,林晓东和这个女人的家在哪里?通过查看大海捋顺几件事。首先,这两个人是初中同学,情人关系已经整十年;其二,林晓东特别爱这个情人,这个女人也有丈夫,但是,她也非常爱林晓东。因此,为了能够方便约会,林晓东给情人买了楼房,他们称那里是爱的小窝,一周至少幽会一次,他们约定今生不离不弃。

大海是个心里搁不住事的人,把这件事情对自己老婆说了,让她帮自己分析一下,这个女人是谁,再三嘱咐老婆千万别说出去。当天晚上,大海的老婆就把这件事情,用微信发给闺密,闺密是个大嘴巴人,不大的县城,小小的朋友圈,瞬间,不知道这件事情的没有几个人。

秘书小刘闹心了,找大海一顿埋怨,万一副县长查起来,一准猜到是他。

其实,最闹心的人是苏素,林晓东手机交到她手里之后,她就看到了那些聊天记录,当时就气晕了!

苏素一双红肿的眼睛,把前来吊唁的女人都盯得紧紧地,看了一个遍,努力把她们的模样记住,特别是那些女同学,一直盯着她们的脸,看有没有特别悲伤的表情,有没有流过眼泪的痕迹。看谁长得最漂亮,谁最有魅力。

最终苏素也没有从前来吊唁的女同学中,寻找到有价值的线索。

苏素坐卧不安,食不知味,白天黑夜都在想谁能是丈夫的情人,这样想着,心像有无数个虫子在啃噬。她想哭,无处可哭,想打人,无人可打,他已经死了。

苏素在痛苦中煎熬着,一周后,她终于想明白了,愿意是谁就是谁吧!人都死了,追究这些为了什么啊!这不是自己给自己添堵吗?一切都要往前看,有儿子陪着就行了。

苏素想开之后,开始变得异常淡定。

但林晓东有个十年情人的事情,成为小县城人们茶余饭后的话题,版本一直不停地变。每个人的说辞都不一样,每个人都津津乐道地谈着,就是因为当事人死了,一切皆成为谜。

苏素跳楼了,死在无人的深夜,在醉酒的状态,从九楼一跃而下,手里攥着林晓东的手机。

大海让小刘请客,喝酒压惊,大海说:吓死我了。还好,她跳楼,是因为她知道,她丈夫有情人了。

(原载《双鸭山日报》2018年8月28日)

奇 怪

_车永华

"这日子没法过了！离婚！"刘琴炸雷一般对丈夫喊出了这句话。

丈夫很气愤："屁话！多大个事你就说离婚！"

刘琴说："关于昨晚的事，你交代不清，我怀疑你心里有鬼，所以我要离婚！"

事情的起因是这样，昨晚丈夫因单位一项技术方案加班到十一点才回到家。加班时手机没电自动关机，办公室电话又因故障没有修好，所以刘琴联系不上丈夫，怀疑丈夫和别的女人去开房了。

当时，丈夫刚进家门，刘琴就从床上一跃而起，指着丈夫说："怎么才回来？我们不是约法三章了吗？无论任何事情，不许在外面超过九点回家吗？"

丈夫："又来这一套！任何事情不也得有个例外吗！"

刘琴凑近丈夫身边，闻闻他身上有没有女人的香水味儿，还察看身上有没有口红印！

丈夫哭笑不得。

丈夫挣脱开刘琴的纠缠，逃似的跑进书房，锁上门，任刘琴在门外哭闹。女儿被他们吵醒了，跑出自己的房间对爸妈大声说："你们别吵了好吗？我明天还要小升初考试。你们为什么总是捕风捉影地吵？有意思吗？我想过了，等我长大了是不会嫁人的，这是我总结了你俩的婚姻，得出的结论！"

夫妻俩听了女儿的话不再争吵了！但两人直到天亮也都没有睡。早晨，昨晚的炮捻又一次点燃了。

丈夫问："我错在了哪里？告诉你了我是在加班，你为什么不相信？奇怪！"

刘琴说："奇怪什么？你根本解释不清！"

最终，双方谁也没争出个谁是谁非。

丈夫与女儿谁都没吃早饭就走了。刘琴又心疼又生气地也空着肚子去上班了。

在公司，刘琴见到同事马姐时，没打招呼就走到自己办公桌去了。这令马姐觉得非常奇怪。以前每天早上上班在办公室碰上面，刘琴总会主动和马姐打声招呼，今天这是怎么啦？

马姐细观察一下，发现刘琴的眼睛都哭红了，便问刘琴怎么回事。

刘琴就一五一十地把昨天晚上和丈夫吵嘴的事，和马姐细讲了一遍。

马姐听了，呵呵一笑说："我还以为多大的事呢！谁让咱俩都找了个好丈夫呢，而且又都同在一个单位，又都是副总，工作忙点理所当然，但收益也是高呀！昨晚是他俩在一起参加一个饭局。对方为了签上合同，找来两名美女攻关。美女被安排在他俩身边陪酒，他俩直接把美女推到一边，说了一句：如果这样搞，合同拒签！"

"最后合同签了吗？"刘琴问。

马姐回答说："当然签了！是严格按规定的程序签的。"

刘琴："这个死鬼，连这个也瞒，回家照实说不就得了！"

马姐说："男人都这死出，他要抓住理了，倒不给你讲实话了。"

刘琴的眼睛亮了，她对马姐说："我去外面打个电话。"

刘琴在走廊楼梯拐角的平台处，拿出手机给丈夫打电话。电话接通后，刘琴说："亲爱的，是我错了，刚才听马姐说了，你昨天晚上是和她老公一同参加一个饭局，还拒绝了美女的相陪。我误会你了，今晚下班回家，我做几个你可口的菜，喝几杯，向你赔礼！"

丈夫听了，心下想：马姐她老公出差快一周了，他魂和我一起呀！这明显是马姐为了劝她，编假话哄她。

放下电话，丈夫又想：真话她不信，假话她竟信以为真。奇怪！

（原载《小说林》2018年第2期）

常 二 哥

_ 熊 伟

几乎每天早晨,我都能如期看见常二哥,就像约好了似的,打招呼的方式也一直固定不变,永远是远远地招手致意。

常二哥现在靠"拉脚儿"维持生活,每天立在他的摩托车旁,主动和我招手,像一位即将出征的大将军。他体格健硕,头上罩一蓝色钢盔,戴一副宽边儿墨镜,脖子上系一条看不出颜色的脖套,这副装扮儿,不是熟人一般认不出他是谁。

他能清楚地认得很多人,但很多人已经记不得他了。十多年前他曾在东湖市场附近开过饭店,记得店名叫"常兴饭店",人们都叫他"常老板",熟人叫他"常二哥"。

我也是去过两三回他的饭店吃饭后,才渐渐地熟识了他,也随大家叫他"二哥"。他兄弟三人,他和大哥一起经营饭店,大哥寡言,主管后厨,而他性格外向,天生做生意的坯子。二十世纪九十年代初期街头巷尾的饭店还很少,饭店老板是很令人羡慕的,但他却一点儿老板的架子都没有,反倒很低调。

你刚一迈进饭店,就会被他的诙谐与热情所感染。

"来啦,爷——里边请!"他浑厚的男中音,再加上油光油光的分头,显得很有人缘。那油光的分头和身上系着的围裙,还有手中的白毛巾让人看了不免发笑。很多吃饭的人一听他叫"爷",也不忘和他打招呼,彼此一下拉近了距离,点菜时短暂的空隙,他还会说一套流行话儿,半荤半素的。

"筋饼豆腐脑,吃一碗,倒一碗——三号桌上菜!"白手巾往肩上一甩,拖着一个长音走进里间。

他最拿手的绝活是客人结账时,能一连串地报出你要的饭菜名、酒水名,然后拖一长音唱出钱数，老话儿管这手儿活叫"一口清"。吃饭的人也从不会看账单，据说他也从来没算错过账。

当年开饭店的风光早已不在，他也没有本钱做什么买卖了，现在就以骑摩托车"拉脚儿"维持生计，由于他好交朋友，为人又热情，即使拉脚也比别人挣得多，他有不少回头客，每天定点要他去接送，他依然会用它那浑厚的男中音说："来啦！"不过后面省略了"爷——"声音也比十多年前也小了许多。

我每天能看见他时，也就意味着他还没生意可做呢！有时我很奇怪，他为什么总那么早就站在十字路口旁，专心等着他的"客户"。车站旁卖烤玉米的老太太患有类风湿病，走路十分不便，十字路口还有个上坡，她一个人推车很吃力，每天常二哥都会帮她把车慢慢地推上坡，嘴里仍不忘说那句"来啦——"帮助患病的老太太推车，然后他仍旧安然地立在摩托车旁。

大街上依旧车水马龙，这刚刚发生的一幕淹没在人流中。

我看见他做好事，就朝他微笑示意，他像什么也没做过似的，依旧像往常一样和我远远地招手致意。

偶尔，他见到过去饭店的老主顾，他还会冒出一句"爷，来啦——"，大家仿佛又回到了从前，自然免不了一番嘘寒问暖，常二哥对眼下的生计很坦然，对自己现在能够自食其力甚是骄傲。

"幸好当初就会骑摩托车，还算是留下了一门手艺，靠劳动吃饭！"他总不忘说这句话。别人提及他的"一口清"绝活，他一笑置之，脸上掠过的一丝微笑也很快散去。寒暄过后他就会拉上脖套，只露一副墨镜，立在他的摩托车旁，看那风度依然是昔日的常老板。

每天早晨，他依旧主动和我打招呼。有时是我和他主动打招呼。

可是，他每次和我打招呼时，在于我都是敷衍应付。我有时称他"二哥"，有时还含糊地叫他"三哥"，到后来我都记不得到底是叫他二哥呢，还是三哥好了。我每回叫错时，他也从不计较。

后来，一个熟悉他的朋友说，他大哥得癌症去世了，三弟又出车祸死了。一连串的变故，对他打击很大，他出兑了饭店，偿还了大哥欠下的十多万元债，每月饭店的房租，全都留给大哥的一双儿女，他要供他们上大学，考最好的学校。拉脚的钱除了维持他的生活，偶尔还会接济一些孤寡老人，他总说，人活着不容易啊，咱得靠劳动吃饭！

"筋饼豆腐脑，吃一碗，倒一碗！"他开着摩托车从我身旁驶过，那话好像是对我说的。

（原载《辽宁个体私营经济》2018年第5期）

旺宝的幸福

_ 王永莲

旺宝的爸爸妈妈在外打工，已经好久都没有回家了。旺宝过五岁生日时，爸爸妈妈都没有回来，只是用爷爷的手机给旺宝唱了一首生日歌。

望着手机里的爸爸妈妈，旺宝哭了，他想爸爸妈妈。

爷爷哄着旺宝，说：爸爸妈妈在外面挣钱，是为了这个家，为了让旺宝今后过上幸福的好日子。

旺宝偎在奶奶怀里心里想：爸爸妈妈回来，才是旺宝幸福的好日子呢。

旺宝站在院门口望向村外，有两个人背着大包走过来，旺宝认得，是隔壁胜强的爸爸妈妈，前几天，胜强病了，身上长了水痘子，奶奶说传染，就不让他去找胜强玩了。

胜强的爸爸妈妈走到旺宝面前，给了旺宝两块巧克力，旺宝问：我爸爸妈妈回来了吗？

胜强的妈妈摸了摸旺宝的头，说：胜强小哥不是病了吗，叔叔婶婶才请假回来，你爸爸妈妈工作忙着呢！回不来。

傍晚，旺宝坐在院子的小凳上吃晚饭，隔壁院子传来胜强的爸爸一声声的呼唤：胜强宝贝，来吃药了！

妈妈抱，妈妈抱！胜强让妈妈抱的撒娇声，让旺宝噘起了小嘴。

有病真好！旺宝想，有病妈妈就能回来了。

旺宝跑到奶奶身边，说：奶奶，我也病了，你让妈妈回来吧！

奶奶一脸的紧张，问：乖孙哪不舒服？奶奶用脸贴了贴旺宝的脸，然后笑了，说：我乖孙好着呢，啥病也没有！

爷爷血压高，一直吃一种降压的药片，爷爷苦着嘴，说：有病要吃很苦的药，还要打针呢！

旺宝盯着爷爷手里的药瓶，想：我才不怕苦呢，打针也不怕！

旺宝趁屋里没人时，第一次拿爷爷的药，他只拿出一片，偷偷地放进嘴里，好苦，他学着爷爷的样子，喝了几口水，一仰脖，竟然咽下去了。他爬下凳子，跑到灶间，冲做晚饭的奶奶大喊：奶奶，我病了！快给爸爸妈妈打电话吧！

奶奶腾出一只手，搂着旺宝，用脸贴了下他的额头，说：瞎说，旺宝身子结实着呢！

旺宝看到，每次爷爷吃完药，都赶快到床上躺一会，于是，他也是每次吃完爷爷的药，到床上躺一会，就这样，旺宝一直吃那种苦苦的白药片，却就是不得病。

有病太难了！旺宝想，比写字都难，旺宝都会写10个数字了，可是还没有得病。

爸爸妈妈和旺宝视频时，夸旺宝身体倍儿棒，旺宝听了不高兴，说：妈妈，我要是得病了，你和爸爸就回来看我吗？

妈妈和奶奶一样，说：旺宝才不得病呢，爸爸妈妈要挣很多钱，给旺宝上最好的学校！

旺宝哭了，说：我真的快要得病了！

那天，旺宝吃了两粒爷爷的药，还没走到床边就想闭上眼睛，他听到奶奶大声喊：旺宝，旺宝病了！

旺宝迷迷糊糊地想：我真的病了！

旺宝做梦了，他梦见了爸爸妈妈回来了，他想紧紧地抓住他们的手，一动就醒了，他闻到了妈妈的味道，他赶快睁开眼，果然，他正被妈妈抱在怀里，妈妈眼里有亮亮的泪花，旺宝想给妈妈擦眼泪，动了一下手，传来爸爸温和的声音：别动儿子，疼吗？乖，一会就打完了！

爸爸也回来了，旺宝转过头，看到爸爸正握着他的手，自己手背上扎着针管，他想说：打针一点都不疼。但他张了张嘴，没有力气发出声来。

旺宝不知道，就在刚才，爸爸妈妈被叫到医生办公室，医生严肃地说：孩子的血压很不稳定，最严重的是肾，有衰竭的症状，再没有效果，只能换肾了……

奶奶哭得泣不成声：孩子一直说他病了……病了，都怪我没相信……

经医生诊断，降压药苯那普利对旺宝的肾已经严重损伤。

病床上的旺宝，一直幸福地笑着。

（原载《海燕》2018年第1期）

呼　唤

_高振霞

　　下乡采访结束时，天色向晚。我急匆匆赶往小镇车站，搭乘末班车回城。

　　"奶奶，妈妈是个大骗子！说好永远和我在一起的，走了那么久，爸爸说原谅她了，妈妈为啥还不回来……"

　　车厢里，我旁边座位上一个八九岁的白净男孩儿，仰起胖嘟嘟的小圆脸，对一位老奶奶嗔怨道。

　　"又想妈妈啦，大孙子。今晚回家和你妈视频吧，明个礼拜一，功课忙，没空儿。"坐在一旁的奶奶，看上去，慈眉善目。

　　她说话语气温和，不紧不慢，像春风徐徐吹送。

　　"不嘛！我再也不和大骗子妈妈视频了。说话不算数，走半年了，也不回来看我。好好的日子不过，偏要和爸爸闹离婚。奶奶，等我长大了，挣好多钱，不给大骗子妈妈花，让她当乞丐……谁让她不要我们……呜呜……"男孩儿哽咽起来，听着让人揪心。

　　我想采访这对祖孙。

　　车子还有一段路程，我试探着上前，与奶奶亲切攀谈起来。

有重大发现！

祖孙俩竟与我在城里住一个小区。

男孩儿有两个家，一个在乡下，一个在城里。乡下那个家，三间砖瓦房，窗明几净，院落齐整，鸡犬相闻，其乐融融，住着奶奶。城里那个家，是多层楼，住着妈妈和男孩儿。男孩儿在城里上学，妈妈陪读。爸爸打游击，春种夏锄秋收，住乡下那个家，忙地里的庄稼；冬天回城里开出租车，赚外快补贴家用，住城里那个家。

一家四口，行色匆匆，各忙各的。

起初，母子俩，一个上学，一个买菜做饭，相安无事。

好景不长，两年不到，妈妈耐不住寂寞，染上赌瘾。

妈妈没日没夜打麻将，不理男孩儿的学业。

有时候，妈妈输了钱，情绪低落，一个人半夜跑酒吧找醉。遇上刮风下雨的夜晚，男孩儿一个人缩进床旮旯，蒙上被子，偷偷啜泣，渴望妈妈早点儿回家。

后来，妈妈在歌舞厅搭上一个男人，便更顾不上男孩儿了。

有一天，爸爸进城买农药，忘记带钱和手机，急三火四地赶回城里的家，撞见了妈妈和那个男人……

妈妈提出离婚，净身出户，一走了之。

男孩儿想妈妈。天天给妈妈打电话，苦苦央求妈妈回来。妈妈说她也想男孩儿，爱男孩儿，舍不得男孩儿。

"那你为什么不回来？妈妈，你真的爱我吗？！养我这么大，为什么抛弃我？！"男孩儿几乎天天对着电话撕心裂肺地哭喊这句话。

电话另一端，先是嘤嘤啜泣声，而后便死一般沉寂。

一个月以后的周末，我突然心血来潮，想去回访一下大巴上邂逅的祖孙俩。去楼下超市买了点儿水果，拎起，径直朝奶奶家走去。

"有事联系楼主！电话……"一张白纸黑字字条粘贴防盗门上，格外醒目。

我愕然无语，转身欲离开。

"你是来找王奶奶的吧？她家出事了！半个月前，王奶奶回乡下住了。"好心的邻居，刚好经过，对我说。

"出事了？出什么事了？"我满脸诧异，脱口而出。

"一个月前，王奶奶的小孙子突然留下纸条，说找妈妈去，偷偷离家出走了。王奶奶伤心欲绝，担惊受怕，大病一场，住了半个月医院，出院后儿子接她回乡下去住了，楼里空下来了。"

我瞠目结舌，无言以对。

旋即又陷入狐疑，离家出走？找妈妈？

后来，我上班有意绕道男孩儿家楼下，期待解开心中的疑惑。

大约过了半年左右的一个早晨，我在男孩儿家楼下遇见一位年轻女子。

女子面容姣好，与那个男孩儿在一起。女人走路一颠一颠地，跛足，有些摇晃，重心不稳。女人情绪烦躁，不时推搡着男孩儿，嘴里时常发出歇斯底里的吼叫声。男孩儿一点儿也不在意，憨笑着，紧紧依偎着吼叫的跛足女人，搀扶着，以免她用力过猛而摔倒。

男孩儿告诉我，女人是他的妈妈。妈妈离家私奔路上，遭遇了一场车祸，伤了左腿。那个男人抛弃了妈妈。妈妈一个人在外面吃了不少苦，多亏我找到了妈妈。

"你和妈妈去哪？"

"去乡下找爸爸！"男孩儿坚定地说。

女人突然狂躁地伸手打了男孩儿两巴掌。旋即甩开男孩儿扶她的手，也许用力过猛，她身子往后仰了几下。男孩儿见状，急忙跳过来，搀扶住妈妈。

"妈妈现在这样子，你爸爸会接受她吗？"

"会的，叔叔。一定会！因为我爱妈妈！"男孩儿一手扶妈妈，一手揉着脸颊，哭着对我说。

我的心，像被什么东西震了一下。

太阳升起来了，今天是个好天气。

(原载《精短小说》2017年第11期)

祭

_道　非

今天是父亲的忌日。

乔珍拎着兜儿黄纸和供品，独自赶往郊区的墓地。冬季北方的路本来就不好走，暖流过去再来寒流，雪融化一层后又结了冰，走上去更坚硬光滑。特意穿了黑色羽绒服的乔珍，在寒风里趔趄着，步履笨重缓慢，这让她觉得自己好像老了十岁，心情格外灰暗了好多。

孩子在外地上大学回不来。单位脱不了身的丈夫，曾商量着拖延到周日，同她一起来的。可在这事上，乔珍偏偏较真。父母离开十年了，不管当初烧头七、三七、百天或周年，她都做得一丝不苟。不管刮风下雨，或是冰天雪地，都准确无误地及时过来，按部就班地摆放供品、磕头烧纸，隔着黄土与父母说话。

她也想过找女友陪着，可又一想，还是算了。上坟，毕竟不是别的事，像逛街看景，大家搭着伴儿，无拘无束地说笑着，穿过这条街，转进那个商场。公用墓地没有别人。人是该咽气那刻咽的气，忌日没有选择的余地，冷清也是没办法的事。

乔珍除净坟上的雪，摆上糕点烧过纸后，蹲在那儿发呆。糕点是给父母最好的供品，他们活着的时候，不好烟酒不嗜糖茶，条件好了后，偶尔会吃些糕点罢了。其实，乔珍的潜意识里，是希望一个人来的。每次在这里，她都要待时间长点儿，这样才能静下心来，想些与父母相关的旧事。尤其，自己前年在教师岗位退下来后，那些经历过的旧事，瞅准了空子，就钻出脑缝来了。说来也怪，一件来了，后面就跟着一大串儿，绳套似的牵连不断，把自己套牢了。人是怕寂寞的。寂寞了的乔珍，有许多话想和父母说。她是十五岁下乡的，那个年代没机会上大学。等她二十七岁了，工作了十多年后，才琢磨上学的事。

她犹豫着跟父亲说：我岁数这么大了，再读三年电大，已经三十了！父亲回她：如果你不读，三年后你也三十，没有知识和学历的三十岁！边工作边读书很苦，周末要起早贪晚，去百公里外的城市上课，不分寒暑风雨，都不敢耽搁。记忆力不能和十八九的孩子比啊，使了吃奶的劲儿，有的科目还是六七十分。尤其英语泛读，还得经省城转外地补考。实在没决心坚持了，妈说得更直截了当：全厂都知道你上大学了，最后没拿到毕业证，多碜碜！父亲读过很少的书，母亲没有念过书。可说的是最实在的，直捣心窝子的话。这话起作用啊，她读了，也坚持下来了。现在回头看，当时真的挺遭罪，也怨声载道过，可毕竟是值得的。是不懈的努力改变了自己的人生轨迹。她由衷感谢父母一句话的警醒！

想着父母的音容笑貌，以及朝夕相处的点点滴滴，蹲在寒风里的她，心温暖好些，脸也浮出了笑意。再看到地上的纸灰，眼泪立马又下来了。好在，笑或哭，都不用遮掩的。乔珍站起来，活动下麻木僵硬的腿，绕着坟墓转了一圈。对她来说，死亡曾经是可怕的，再亲的人，也要活生生地阴阳两隔。现在她又觉得，死亡已经不可怕了。她不是每年都来看父母，跟他们说话吗？只要心里有，那些生命中最心疼的人，就永远不会离开。她想起那个写作朋友的话：死亡不会消失，只是一场远离。远离只有思念，不需要悲伤。她心中的父母，好像真没离开过。是以另一种方式活着，隐身在近处，或者去了远方。不论自己多大年纪，随时能与他们隔空对话。他们不会吵你，就那么安静地听你追忆以前，或说着他们离去后的事。你委屈、孤独、难受、开心，都可以跟他们念叨念叨。他们陪着你，不会对你说"不"。他们懂得你：世间的事，你应酬得了。从墓地往回走，乔珍三步一回头。在漫无边际的白中，那两簇耀眼的黑，像两朵硕大的花蕾。她突然感觉，那是父母生命的另一种形式，将在大地上永恒地绽放。父母喜欢看她微笑，说那才是幸福的样子。这样想着，她的脸上微微露出了笑意，心也跟着轻松了。

父母离开多年了，她越来越觉得：祭，不全是悲凉的。祭，更是种仪式，通过这道程序，就能走回过去，与亲人团聚。乔珍从这个角度想着，内心就藏着点儿幸福了。她的心忽地敞亮了：祭，原来不用悲悲切切，是可以有喜感的。

返城的路上，看过花蕾的乔珍，眼神变得柔和淡定了。

（原载《海燕》2018年第5期）

王 大 麻 花

_隋 荣

　　王大麻花原来村里人叫他王大个子,后来由于炸麻花,改称王大麻花。

　　王大麻花炸出的麻花很有特色,麻花色泽鲜嫩,吃进嘴里又软又脆,透着一股香气。不但村里人喜欢,就连永和镇的人也慕名而来,常常十多盘麻花,不到一个时辰卖光了。

　　王大麻花住在高岗村,村里有五个自然屯,屯的名字大都是以屯里最富有的地主命名。如李娃屯、邵洪屯、德茂屯、刘拐子屯、吴启亮屯。吴启亮屯是村的中心,也是人口最多的屯,八九十口人。屯里有个学校,村里一百多个孩子都到学校上学。学校有五个教书先生。其中两个日本人,三个中国人。村里的孩子每天都排着队来,排队回家。学日语。第一课是"人",第二课是"手",第三课是"弟弟"。王大麻花除了炸出的麻花又香又脆外,卖得好也跟这些孩子有关,他们拿着伪满洲国纸票,一千元买一个麻花。

　　一九四三年,村公所住进一个小队鬼子。鬼子除了操练,还到处搜集情报,寻找抗联的踪迹。一天,一个十五六岁的小鬼子来到学校操场,遇见只有十岁的王大麻花的儿子山娃,小鬼子让山娃教他中国话。山娃学着鬼子的正步,说道:"九一八,日本鬼子我×你妈!"小鬼子认真学了一阵,满意地走了。

　　那天,小鬼子在村公所前走着正步,说着学来的话,让鬼子小队长听到,鬼子小队长会中国话,上前一步,揪住小鬼子一顿痛打。问他哪儿学的。小鬼子领着小队长找到王大麻花家,指认出山娃。鬼子小队长挥手扇了山娃一个耳光,又一脚将他踢翻:"你的,小孩不好,良心坏了坏了的。"

　　王大麻花的老婆闻讯跑了出来,一把将山娃扯进怀里:"太君,孩子小不懂事,你大人不计小人过。"鬼子小队长眼睛一瞪:"他的话,你教的?"王大麻花的老婆慌乱地说："没有哇，太君，我们可是大大的良民。"鬼子小队长恶狠狠地抽出军刀："他辱骂皇军，必须死了死了的。"王大麻花的老婆扑通一声跪下："太君饶命，孩子小不懂事。"鬼子小队长的目光在王大麻花的老婆身上溜了一圈，弯下腰，在王大麻花的老婆的胸上一通乱摸，王大麻花的老婆不敢吭声，脸臊得通红。鬼子小队长已经不满足手上的触摸，拽王大麻花的老婆进屋。这时，一个鬼子跑过来，叽里呱啦地说了几句，鬼子小队长松开手，不情愿地走了。

王大麻花回到家，知道了事情的原委，他独自坐到矮墙下，闷头吸着烟。

转眼秋天到了，野地里盛开着扫帚梅。一个鬼子来到王大麻花家，说要一百多根麻花，明儿个一早送过去。王大麻花赔着笑脸应允下来，他跟往常一样早早睡下，早早爬起来，生火揉面炸麻花。

等天放亮，王大麻花把麻花摆到方盘上，手托两个方盘来到鬼子出操的地方，鬼子正在休息，几个鬼子凑上来，抓起麻花就吃，鬼子小队长一声吆喝，鬼子把麻花放回去。鬼子小队长眯着一对小眼睛打王大麻花的头看到脚，说："你的，米西米西。"

王大麻花明白了鬼子小队长的用意，抓起麻花，大口地吃起来。鬼子小队长瞧王大麻花没什么反应，这才让王大麻花走。

晌午，该吃饭了。村里人没有看见鬼子的身影。起先以为鬼子到别的村去了，没有理会，直到傍晚，才发现鬼子一个个躺在村公所里。有人马上到永和镇公署报信，来了一帮鬼子宪兵，抬出三十二具尸体，摆放到地上。军医进行了尸检，确定是中毒。鬼子宪兵立刻上报这一事件，惊动了日本关东军司令部，命令严查。

鬼子宪兵在村公所发现吃剩的麻花，捋着这条线索，找到王大麻花家。

王大麻花早已领着一家人钻进了村外的柳条趟子。

（原载《海燕》2018年第4期）

谎　言

_高沧海

这是一个听来的故事。

为了叙述方便，且把女主人公设置为我的大学同学，当然也可以是我的邻家姐妹，或者是我亲密的朋友，总之是给我一个可以走近她的理由吧。并且还要给她一个另外的名字，听来的故事中她有很好的名字，但是为了避嫌，几番思索，就叫她夏至吧。半夏生，木槿荣，我们都喜欢夏天的蓬勃，难道不是吗？

一切要从夏至的丈夫说起。

夏至的丈夫是一名生意人，足迹遍布全国各地，在四十七岁又零十天的一个黄昏，突发脑溢血，抢救无效，客死他乡。

噩运当头，夏至第一个接到了消息。就在那天黄昏还早些时候，丈夫还和夏至通过电话，他说平安抵达，莫念。她则告诉他，妈才吃了一碗大米粥，还吃了一块甜瓜，现在正在看动画片，安静安详，勿念。

妈是丈夫的妈，早年丧夫，只守着这一个独子。老来且瘫痪在床。

夏至悲痛震惊之后的第一反应就是，一定要瞒住这可怜的老太太，这能要了她的命。

托了借口，处理完丈夫的身后事，夏至回家来。

夏至的样子憔悴且衣裳显宽，摇摇晃晃，精神恍惚，老太太十分诧异，你这是怎么了？

夏至抱住老太太，好一番号啕大哭。她说，妈，你那好儿子，不要我了！

夏至哭哭啼啼，此处省略大约一中篇小说的字数，我只替夏至讲个大概意思。夏至说，时至今日，她也不再瞒老太太了，她这几天就是在交涉这件事。她已被老太太的儿子无情地抛弃了，嫌她年纪大了，不好看了，老太太的儿子在外面又重新有了一个家，重新有了一个女人，那个女人至少比他年轻二十岁。

老太太激动地拍着床板，畜生，畜生！

老太太说，你给那个畜生打电话，让他来见我！

换号了，打不通。

你去他那里闹！

说是在上海，也有说在北京，隔这样远，哪里找他去。

老太太问夏至，姑娘，这一说，他真不要媳妇了？夏至点头。他也真不要妈了，夏至再点头。

老太太哭着说，畜生啊，白眼狼啊！

夏至轻轻拍着老太太的背，妈，你放心，还有我呢，你永远是我妈。

老太太说，权当她没养儿子了，现眼丢人！

我去看望夏至。

夏至住在一个叫兰陵的地方。兰陵是我可以想到的最美的城市，那里有一座国家公园，从夏至的门前伸展一条柳荫大道，一直通向兰陵国家公园的北门。

夏至撩开门上的珠帘子，她转头向屋里喊，妈，我同学来了。

桌上是一篮洗好的蛇甜瓜，翠玉似的，老太太坐在床上招呼说，同学，你吃，你吃。

夏至说，老太太喜欢吃甜瓜，便以为天底下的人都喜欢吃。她声音也不悄悄，也不怕老太太听见。说完了笑，我便接了甜瓜，不客气地吃了。

老太太目不转睛地看我，我说，好吃，好吃。

老太太笑了。

老太太说，同学，你也不是外人，你认识的人里有合适的青年，介绍给夏至啊。

夏至说，妈，说哪里去了呀。

老太太说，我老太婆年岁大了，指不定哪天就咔嚓了事，我那个儿子不顶事，就当废了没了，你说，不找一个人，夏至多孤单。

夏至说，妈，跟您说多少回了，哪天您老人家老了，不在了，差不多我也就退休了，我就回乡下老家。

夏至说她的老父老母住在兰陵的乡下，小桥流水，有一大片田地，她将来可以帮着他们种菜种瓜、栽树栽花。

老太太让夏至带我去公园玩，她正好也要自个儿眯困一会儿小觉。

夏至与我并排坐在公园的木椅上。夏至说，向日葵的花海还要等些时日，到时你再来。

夏至说她早上六点半起床，去小区对过早点摊上来一碗热豆浆，她可以吃下四根老油条。八点十分她出门上班，老太太床边伸手可及的木桌上，纱罩下有一碗豆浆，两根老油条，或者两个小素包，那是夏至给她捎带回来的早餐。

中午十二点，夏至回家吃饭，路上也会捎点小菜回来。白天家里雇了一位帮忙的老阿姨。蒸屉里热着馒头，馒头要暄腾腾地热着才会有麦子的味道，老太太总是这样说。傍晚，老阿姨拾掇好了，老太太有时倚靠在床上，也捏花边水饺，数算着时间，一锅水坐在炉上咕嘟咕嘟开花时，正是夏至到家。这边洗手擦脸的工夫，一群小白鹅已出锅，挨挨挤挤。

老阿姨这时告辞。老太太眼巴巴瞅着，夏至正吃着，牙齿一紧，吐出一粒花生仁，老太太开心地笑了，她说，祝我姑娘事事如意，早早遇上一位好青年呀！

我说，这件事，就不怕不小心穿了帮，被老太太看穿？

夏至说，老太太年纪越大，也是稀里糊涂了。

我说，夏至，节哀顺变，别苦了自己，真心祝福你，遇上合适的就嫁了吧。

夏至摇头，她说，忘不了他。以后再说吧。

我与夏至坐在一起，她憧憬着向日葵花开，或许她自己也就相信了兰陵的乡下一说。

而我从一开始就知道，哪里有什么老父老母，哪里有什么兰陵的乡下，哪里有什么一大片田地，我的同学夏至，自小就父母双亡。

（原载《天池小小说》2018年5月号）

午夜的红酒

_叶 子

相识半年后，他问她最大的爱好是什么。她说，读书。他问，还有呢？她说，听音乐。他继续问道，还有呢？她想了想，回答道，插花。他歪着头微笑着道，那你知道我有哪些爱好吗？她摇摇头。他对她说道，我也有三个爱好，你，你的名字，还有你的一切。她笑了。半年后，她嫁给了他。

结婚五周年纪念日，头好几天她便开始提醒他。纪念日那天，他问她要什么礼物。她说，那就送我一束鲜花吧！他笑嘻嘻地说，买花还不如买你爱吃的东西呢，实在！她想了想，嘟起嘴巴说，那就什么都别买了。

结婚十周年纪念日，她说，结婚时没条件，咱们俩连套婚纱照都没拍，结婚十年，我们拍一套吧！他笑着说，别拍了，拍出来也跟二婚似的。她说，不是拍婚纱照，咱俩一起拍套艺术照就行。他微笑着道，你又不是不知道，我不喜欢拍照。你如果想拍，就自己去拍一套吧！别怕贵。她听罢低下眉眼，像是自言自语地道，还是不去了，结婚纪念日，我自己拍算什么呢？

结婚十五周年纪念日，她说，我们一起去看场电影吧！咱俩还从来没一起看过电影呢。他朗声笑道，算了吧，你不觉得难为情啊，电影院里哪会有咱这年龄的。再说了，多好的片子电视里早晚都得播。她淡然地"嗯"了一声后，坐到电脑前漫无目的地浏览起网页。

结婚二十周年纪念日，她早早地在"美团"上订了迪欧西餐厅的两人套餐。傍晚，她化了淡淡的妆，穿上蕾丝长裙，涂了淡淡的指甲油，静静地等他下班回来。他回来了，"咚！咚！咚！"她像孩子一样顽皮地把这个惊喜抖给他。他略显疲倦地道，这样啊，我真的吃不惯西餐，吃了跟没吃似的。她说，可我已经订了啊。他拍拍她的头道，那就退了吧！她没再说什么，拿起手机退了美团上的订购。

……

不知从什么时候起,她喜欢上了旅行。她的职业让她每年都有寒暑假可以去想去的地方。她从来不问他去不去,因为她知道,他不会去的。他说过看景永远不及听景。

她已经记不清楚了,这是她第几次独自一个人出行。暮色四起,织锦灯笼与烛火交相辉映的酒吧一条街上,她裹紧披巾徜徉在古城的石板路上。此起彼伏的音乐声中,一阵美妙的手鼓乐传来,她寻着音乐走进那间"午夜的红酒"酒吧。

"你好。"有人打招呼。

她没有理会。或者说,她不认为会有人和自己打招呼。她早已习惯了沉默。"今晚这个酒吧里多半是弄丢了自己的人,你信不?"依然是那个声音。

她这才抬头看去——是那个坐在她对面,脖子上戴着格子围巾的男人很认真地问道。她不作声,只是呷了一口杯中的红酒。

"丽江可是个能够找回自己的地方,你,不会不知道吧?"男人歪着头,眼神中掠过一丝狡黠和迷离。

她下意识地抬了抬手中的酒杯。他不失时机地帮她斟了一点红酒。也许是酒的缘故,也许是过于孤独,她突然有了想倾听、更想倾诉的欲望。于是,他们之间有了一段让人特别舒心的交谈,而她的心似乎也一点点地舒展。

终于,男人迷离的眼神让她的眼神也变得迷离。

"我们……"

就在这时,她的手机响了,一条信息跳了出来——"老婆,我刚刚看了天气预报,丽江明天气温会下降,记得多穿衣服。"

她的心猛然一震。

她定了定神,放下了手里的酒杯。男人眼睁睁地看着她拎起那只黑色的背包斜挎在肩上,起身离去。当那个身着民族服饰的女孩儿再次敲起好听的手鼓乐时,清凉的夜色中,她的背影正沿着那条石板路渐行渐远。

而男人对面的桌上,高脚杯中残留的似乎就要凝固的红酒,正在一点点化开。

(原载《芒种》2018年5月号)

好了，朕已阅！

_李 响

说老实话，我并不喜欢家里的狗子。

那条傻狗叫做三月，就是因为她的名字，我也就比傻狗晚一天带回家，我就叫四月……

有天理吗？我以为后面来的会依次叫五月、六月等等，再不济叫个什么五一、六一、七月半啥的。结果呢，每一只名字都比我好听！

我在这个家里住了到现在差不多三个月吧，想当初还是我在宠物店一眼就看中了那个女人，嗯……她倒是挺和我的眼缘的，还不错，目前为止没有什么让我不满意的地方，有一个缺点就是每天我在电脑上趴着冥想的时候，她总是把我抱在腿上揉。

揉太舒服了会让猫懒惰，不务正业的。

像这种没有思想的猫，我从来不屑。

不行，写累了，烦，等下，我去拿点小鱼干过来。

我回来了，我都忘了说了，我这个家不大，不必要的废物就有三个，很烦……家里一共有我养的两个人类，一条傻狗和我的小男朋友，太多了，开销也大，我最近在思考要不要把狗子送养。

我的男朋友叫元宝，是一只布偶猫和英短配出来的，还行吧，我个猫认为，挺帅哈哈哈。不好意思，花痴了一下，我俩也算青梅竹马来着，他还可以，没什么不三不四的前任猫啥的。在之前的人类那里也算一只贵族单身猫了，重点色脸，长长的毛发，其实这主要随我婆婆吧，我婆婆就是那只布偶，可贵了，人类看到都忍不住亲亲抱抱，还有个外号叫啥来着……啊对！行走的人民币！

我为什么说我讨厌那条傻狗，因为每次在我和我男朋友互相舔毛的时候，总是缺根筋地跑出来呼哧呼哧，你说说，一只萨摩和柴犬串出来的狗能好看到哪里去！狗子小时候还好，白白净净的，不吵不闹也颇得朕欢心。现在呢？全身毛都长了，就脸上的毛不长，看着跟个猴子一样，越来越蠢！特别没眼力见！我写稿子为什么？还不是为了买猫罐头、小鱼饼干、宠物奶酪、猫抓板、猫砂猫粮和廉价狗粮！我做这一切都是为了这个家，给这傻狗买狗粮不要钱的吗！我对她多好，她一点一不明白我的良苦用心，说什么就在旁边看看我在干啥不说话，是，你没说话，这口水都把我电脑湿一半了！干吗呢你！你给我躲开！

好了，她走了，生活啊，一切都是如此平静祥和。

舒服。

别的猫，每天不是吃了睡睡了吃，我呢？每天面对电脑写稿子，不仅要提防狗子，还要绞尽脑汁去编故事。天天面对电脑，我的毛都油了！不得不隔三差五洗个刘海啥的，你们放眼瞅瞅，哪只猫有我这么优秀吗！

人类，为我铲屎实乃你人生一大幸事！

其实吧，我也没有那么忙得不可开交，我还是懂得享受的。

每个礼拜五都要对着阳光好好总结一下这个礼拜；每隔一天要开个罐头好好犒劳自己，努力劳动的猫有资格这样奢侈地奖励自己！所以不要和我说胖！那个谁！你过来，喊我胖最大声的那个！你过来，我吃你家猫粮，吃你家罐头鱼啦？！说我写得不好看的那个，来来来，电脑给你，你来写！

别理他们，这些猫没事不务正业天天在电脑上隔着屏幕喊，键盘猫。

世界如此美妙，我却如此暴躁，这样不好不好。

言归正传，隔壁的那个什么吾皇，有名的嘞，天天排着队送猫粮小鱼干的人多了去了，实话，羡慕。

做人没有梦想，那和咸鱼有什么分别？

可是我是一只猫，猫可以没有梦想，有咸鱼就行了。

嘿嘿，相当赤鸡（刺激）。

很多人都认为猫都喜欢纸箱子，一看到箱子就走不动道，我声明一下，那只是一般的猫，我就不一样，我是二般的猫。

据我所知，一二三四五等等的猫，都喜欢。

我爱纸箱子啊，哈哈哈！

好像从我来到这个家之后，家里总是有各种饱含情绪的喵喵声。

你以为是我叫的？

不存在。

元宝叫的？

不存在。

傻狗不会喵喵叫，那么问题来了，是谁呢？

我们先用一个排除法，首先不是一条鱼，其次不是一部手机。

开个小玩笑，人类太傻了，我从来不喵喵叫，我一直都有自己独特的风格，喵……喵喵喵……喵！

我曾经研究过人类，他们很奇怪，听觉好像不在脑袋上，而是在腿上。

我们用锋利的爪子吓唬他们，并且派一只凶神恶煞的狼狗狂吠，他们会用脚逃跑。

然而假设我们把他们的腿砍断，再锋利的爪子吓唬他们，并且派一只凶神恶煞的狼狗狂吠，他们就不跑了。

所以为了配合他们的生理结构，我也就勉为其难地（为了被摸肚子）每天围着他们的腿喵两声，但事实证明，他们的腿听到后就会把我抱起来摸肚子，这个结论是完美的。

对于房子这一块吧，我还算满意，就是这个房东不让我们养人类，说房子不能养人，没办法，我就只能搬家了。

为了这个家，我一身的毛都愁白了啊。

我想要有所房子，面朝罐头鱼干，春暖花开。然后我可以邀请邻居金毛臭蛋，和对面楼顶的三花点点来做客，我这个时候如果能掏出丰盛的罐头和上好的猫粮招待他们，我一定特别长面子。

可是，我没钱。

我要是有钱还会在这写稿子挣可怜的生活费吗？

做梦！朕天下第一！

行了行了，不要发微信跟我说这个月的水电费了，朕知道了，好了，朕已阅！

校　庆

_申　弓

听说 D 发了。

D 发了，最高兴的莫过于她的好友 B 了。几个月前，D 还为集资建房找过 B 老师借钱呢。B 老师一直都在为那次帮不上她的忙愧疚着。这下好了，D 终于也小康了。

适值 A 学校五十周年校庆。现在的学校，特别是乡下的中小学校那破败景象是可想而知的。地方上都这么说，漂亮的是庙堂，堂皇的是税堂，崩烂的是学堂。

A 学校更是典型。

当年的 A 先生，不惜拿出自己的一座小围城，创办这所学校，在地方上颇有口碑。

有道是铁打的学堂流水的师生。A 先生早作古了，A 学校的老师换过了一茬又一茬，学生也走过了一批又一批。

这一年，B 老师来了。

这一年，D 同学也来了。她在 7311 班，他正好是这个班的语文老师兼班主任。她还是这个班的班长。

纵然这座学校是一座固城，纵然每一届师生都在修缮方面做过不少努力，但毕竟是五十年了嘛，哪有不旧不坏的？

当年这座小城，用作学校是最合适不过的了。它四面是灰沙筑就的城墙，东西南北四个门，其中东门为正门，有个颇具规模的两层门楼，是个标准的南方小城池。在它经过的几十年岁月中，曾鹤立鸡群于地方，到了现在，已经经受了五十年的风雨侵蚀，纵使是铁打的，也锈蚀得千疮百孔了。

因而五十岁的生日，也正是动员社会各界集资修缮的时候。谋划者动了一番的心思，用的国家拨一点、地方出一点、个人凑一点的三个一点的办法。校方以及乡领导虽然奔波了半年之久，所筹资金还缺近半，便不得不利用学校大庆之机，向有能力的校友伸出求援之手。

在拟请归校校友时，大家根据这原则提供名单。前几届曾有几个同学成了大款，曾当过他们老师的老师，争先恐后地提出了名单，要他们捐个万儿八千。提名时，似乎任过他们老师也有一份荣耀。

B老师也想过，兴办教育，功在社会，功在后代，认为D是可以捐的，就给她报上一千吧，太多怕不实际。要说对学校的感情，她那时是班长，并且在校时已加入了共青团，还是他B老师亲自培养的。可以说学校对她不薄，老师对她有恩，论实力，她也没问题，不是说她发了吗？这区区一千元！

有把握吗？校长不无关切地问。

应该没问题。B老师几乎是拍了胸膛说。

B老师出动了，在一个阳光明媚的午间，B老师来到了D的公司。说是公司，其实就是她营业档口。

师生见面，因为熟悉，没有多少的客套。不巧这天的生意冷清得令人心慌。

生意还好吗？

您看吧。

B老师举目望去，偌大一个餐厅，只有靠门旁的两张桌子坐了人，其余空荡荡的。

B老师心里一咯噔，还是眼见为实，传闻多是靠不住的。

说话间，服务员端来了一碗米粉，上面铺了层肉片和青菜，容不得B老师说"我已吃过"，一双卫生筷已递到了他的手上。

阿D，无事不登三宝殿，我来是要告诉你，×月×日是母校五十周年校庆，请你回去参加庆典。

好，到时我一定到！

吃完米粉，B老师要走了，至于一千元的捐款，他始终开不了口。

校庆如期举行。D却因临时有事，没有到会。

会后，她却收到了一份精美的谢柬及一份校友通讯录，在她的名下注上了捐资1000元，并说明已刻了字凿了碑。

她顿时明白了是怎么回事，心里说：B老师，你这是何苦呢？

（原载《红豆》2018年第6期）

卡 壳

_陈耀宗

我很崇拜三伯。

三伯是我同村梓叔,名叫杨炳然。他比我父亲还大好几岁。从小,他就是我的偶像。他性格刚烈,是个天不怕地不怕的人。他打过游击,十八岁就参加了梅平武工队,曾参加过石角里战斗,他九死一生,是一位具有传奇色彩的人物。当地史志上都有记载。

我所在的梅平县,地处闽粤赣边三省交界,这是一块承载红色记忆的土地。县里很重视红色文化的挖掘,准备申报中央苏区县。前些时,专门成立了县申苏办,这个临时机构设在县史志办,主任由县领导挂帅。我这个县一中的教书匠,可能平时喜欢舞文弄墨,这次居然入了有关领导的法眼——我被抽调到县申苏办,当枪手,具体任务是搜集整理编辑《梅平红色故事》。这本书牵涉的人物众多,涵盖面很广。三伯自然得入选这本故事书里。

每天,我都忙得要命,不是进行田园调查和访问,就是埋在故纸堆里寻宝淘金。

这天,我坐在办公室翻阅一叠厚厚的史志资料,边看边记,三伯的名字跳到我眼前:

"1947年4月21日,梅平武工队队长章程率武工队共30多人,来到四面环山的石角里村开展集训活动,住在吊脚楼。没想到,武工队刚进村,就被伪保长告密。第二天上午,突然遭到国民党梅平县自卫大队长张秉宏所部偷袭——敌人调重兵200多人,兵分两路实施围剿,将石角里村团团包围。当时,武工队在吊脚楼上开会。正在站岗的武工队员杨炳然突然发现敌情,不顾一切地狂奔,跑向吊脚楼报告敌情。没多久,我方与敌方迅速交上了火。武器精良的敌人在吊脚楼正门前的屋坎下架着机关枪朝屋内疯狂射击。由于敌众我寡，敌我双方兵力悬殊太大，这场战斗打得异常艰难。为保存实力，章程队长决定突围。在撤离中，我方伤亡较大。为掩护队员，杨炳然被捕，被敌押于梅平县城。……后我武工队组织短枪班，将杨炳然从狱中救出……"

看到此，我手中的笔突然卡壳。卡壳的原因，并非笔断墨水了，而是里面记载的一个细节让我不住地皱着眉，不得不放下手中的笔——

三伯在战斗中究竟是如何落入敌人魔爪的？是弹尽粮绝后被抓，还是别的原因？资料里尚未交代清楚，写得过于笼统和简约，没有具体的细节描写。

我觉得很有必要打消心中的疑虑，理清这个史实。我虚心向县史志办主任兼申苏办常务副主任于光明请教。于主任并不知情，因为他是前年春才从县电视台调来，接手当县史志办头头的。

他让我打电话问前任史志办主任赖荣光。退休在家的赖主任答复我："这个问题，我无法向你解开谜，史志里记载的有关杨炳然参加石角里战斗一事，是我的前任主任白雪波执笔写的。"

我翻看了梅平史志资料，果然上面的署名是"执笔：白雪波"。

遗憾的是，白雪波已作古多年。

既然执笔者已过世，我干脆换了思路：何必在一棵树上吊死？问一下当事人三伯，不就什么都清楚了吗？我打听了一下，享受离休干部待遇的三伯还健在。只是，不知老人的身体如何？记忆力如何？有没有得老年痴呆症或瘫痪在床？不管如何，得去三伯家一趟。因为三伯已九十了，再不上门访问，以后恐怕就很难有机会了，到那时，就为时已晚。

我把自己的想法告诉于主任，于主任表示全力支持，还和我一起前往三伯家"史实考辨"。

见到三伯时，我很是惊讶，他哪里像90岁的人，气色相当不错，除了背有些驼，耳不聋眼不花，烟瘾很大，特别健谈。

当我们说明来意时，三伯的双眼突然发亮。谈到70年前的往事，他的思路非常清晰：

"刚才，你们说史志上写我杨炳然是为掩护队员撤退被捕？根本不是那么一回事。实际上，我心里一直很想缴获一架精良的机枪。在石角里战斗中，我使用的是左轮手枪。那时，我才20岁，可谓初生牛犊不怕虎。我看到敌人的机枪很诱人，便产生了夺机枪的念头。所以，我的胆子很大，我拿着左轮手枪，悄悄地从吊脚楼后面的小山坡上绕过去，本来我是想从背后将敌人的机枪手干掉后夺机枪的。谁也没有想到，在这个节骨眼上，突然发生了意外，当我扣动扳机时，左轮手枪卡了壳。"

我不解："卡壳？这是怎么一回事？"

三伯抽了口烟:"那时候,我们游击队员使用的武器装备极为落后、简陋,弹药补给困难,使用的枪弹五花八门,质量差,大都是那种发射一次子弹就要再上一次膛的枪,而且时常出现故障,打不响。当我瞄准敌人的机枪手时,手里的枪,活见鬼了,被卡住了。敌人便蜂拥而上,将我围捕。唉——"

　　我傻眼了:"这,太不可思议了!"

　　身旁的于主任默不作声。

　　回程中,在车上,我对于主任说:"主任,回去后,我尽快按三伯说的补充进材料中。"

　　于主任摆着手:"不可随便落笔,这事要严谨对待,认真核实,慎之又慎。三伯年事已高,他说的话当不得真,谁敢担保他不会犯老糊涂?谁能证明他的话靠谱?如果按三伯讲的把细节写进去,一是推翻了史志部门原有的定论,而且这么一推翻,不是自己打自己的嘴巴吗?二是对三伯形象也不好。不要再钻牛角尖,纠缠细节不细节了。我说杨老师呀,咱们搞史志的,还是要多挖掘一些正能量的东西才好,是不是?"

　　我的嘴巴卡壳了,一句话也说不出来。

(原载《活字纪》2018 年 7 月 17 日)

隐 形 人

_胡 玲

　　进入水清村，他把车停下，走进村子。
　　村子地处偏远，一间间简陋的老屋静立在大山脚下，墙角边，或坐着古稀老人，或趴着懒洋洋的土狗。残霞如血，荒凉地映照着寂静的村子，整个村庄宛如进入垂暮之年的老人，一点生气也没有。
　　不知不觉中，他走了很远。突然，远处传来一阵欢笑声，他循着笑声走去，看到一条蜿蜒的溪流从原野间流下，溪水淙淙，三个光着膀子的小男孩正在水中嬉戏，他们从溪水中挖出泥沙，抹到彼此脸上，个个变成"花猫脸"，望着对方滑稽的样子，他们笑得前仰后合。他站在一旁，静静地看着他们，忍不住嘴角上扬。
　　他从裤兜里摸了摸，掏出三块巧克力，丢给孩子们：喂，小家伙们，吃巧克力。孩子们争先恐后地接住他丢去的巧克力。谢谢叔叔！他们雀跃得像一只只快乐的小鸟。
　　小时候，他家附近有一条河，父母不允许他去河里玩水，因为河里经常发洪水，淹死了好几个孩子。每次偷偷和小伙伴去河里玩，回来都要遭到父亲一顿痛打。你们在这玩水，不怕父母打你们啊？他笑着问。哈哈，他们不在家，出去打工了，没人管我们。去哪打工了？广东！浙江！福建！孩子们纷纷说道。叔叔，我们不认识你啊，你来我们村做啥？一个小孩好奇。周末嘛，下乡随便看看。孩子们，赶紧回吧，天色不早了。懒得回，家里又没什么好玩的。孩子们继续在溪水中你追我赶，打起了水仗。
　　从水清村回来后，那几个孩子的笑脸时不时出现在他脑海中，他想起了发小虎子，立马给他打了个电话过去。
　　半个月后，他看报纸，无意间看到一条新闻：有好心人匿名给水清村捐赠了一批儿童图书和书架，村子里建起了童书馆。他看了那条新闻几遍，莞尔一笑。

　　他走到书柜前，取出一本泛黄的旧书——《隐形人》。童年的一幕幕，像怀旧的电影，在他记忆里开始放映。他也是个山里娃，小时候，家里穷，没有电视，没有手机，没有零食，唯一的娱乐方式就是看书。他喜欢看书，可是他们的村子总共也没几本书，只有村里最有文化的村长家里，有几本武侠小说和《故事会》，他借来看了三四遍，差不多会背了。

　　念五年级时，家里的桔子大丰收，母亲要给他买件新衣裳，他不肯，他说他只要书。母亲带他去了镇上的书店，那是他第一次进书店，他这本书看看，那本书读读，在书店待了整整一天，连中饭都没吃。最后，他选了一本《三毛流浪记》，两块钱。

　　他兴奋地把书带回家，一头躲进被窝里，打起手电筒，如饥似渴地看起来。一个晚上，他就把整本书看完了。

　　第二天上学，他还爱不释手地捧着书。刚好，同桌虎子也买了本新书《隐形人》，封面上，有个男人模糊的黑白头像。隐形人是什么？他好想一窥究竟。他热切地恳求虎子：虎子，把你的书借我看看，行吗？虎子斩钉截铁地说，不行。那我们换书看，我把《三毛流浪记》借给你看。说着，他把《三毛流浪记》递给虎子。虎子翻了翻，说，不换，我的书五块钱，你的书才两块钱。他说，那你的书只借我一天，我的书借给你两天，行不？虎子想了想，摇摇头，不行，我舍不得，我怕你把我的书弄坏了。虎子的一再拒绝，让他差点哭了出来。

　　从此，《隐形人》就烙在他心里了，他真想看那本书啊，哪怕随便翻翻也好，可是，虎子成天把书放在书包里，随身携带着，他一直没看到。长大后，他常拿此事笑话虎子，虎子，你从小就那么小气那么会计算，怪不得现在做大老板了。虎子笑怼他，切！我那不是小气，我是爱惜我的书，珍惜宝贵的精神食粮，懂吗？

　　上大学后，他勤工俭学挣了第一笔钱，就是去买《隐形人》。他跑遍城里大大小小的书店，终于找到了。当天，他一口气就读完了书，如同卸掉了心中的一块巨石，松了口气。书里讲一个叫平的男人，默默做好事不留名。平每做一件好事，就用笔记下来，这个平凡的小人物，一辈子做了3000多件好事，直到他去世，也没一个人知道。他被平感动得热泪盈眶。

　　《隐形人》整整跟随了他二十多年，书里的故事在他心里扎了根，发了芽。

　　周末，他又来到水清村，找到了报纸上所说的童书馆。童书馆设在村委旁的一间小房子里，有六个大书架，书架上摆满了五颜六色的图书。十几个孩子坐在椅子上，安静地看书，浑然忘我，没人留意到他的到来。他把《隐形人》轻轻地放进了书柜上，然后，悄悄地走了出去……

（原载《羊城晚报》2018 年 6 月 11 日）

Eva

_黄　荟

这是一个寂寞的黄昏，海，澎湃着。

"Eva，你可以停下来吗？"床上的老人问着 Eva，眼神却望向窗外。

窗外，海声波涛。

"停下来？先生？"Eva 摇着头表示不解。

"就是停下你的思考。你，应该有思考吧？"老人将目光转向 Eva。

Eva 是一款人工智能形式的服务型机器人，经过医生的大力推荐，老人买下了它。

它平日负责在家里照顾病床上的老人。今天是它工作的第一天。

"我认为没有，先生。"

"哦，我想也是。"老人又将目光望向窗外，仿佛是在向往着什么。

紧接着是一阵长长的沉默。

据 Eva 的观察，人类在孤独或思考的时候，往往会将目光移向别处。

"Eva，你觉得人生像是什么？"

"先生，虽然我没有经历过人生，但我认为人类的人生像是海。"

"为什么？"

"一滴水经历风云变化成汪洋大海，跌宕起伏，波澜壮阔，最终筋疲力竭干涸而死，或风平浪静逐渐枯竭。不就是人类人生的写照吗？先生。"Eva 低下了头，看似谦卑地回答道。

老人若有所思地看着 Eva，问道："这是人类的答案，还是你自己得出的呢？"

"有参考人类的答案，先生。"

为了保持学习人类行为的状态，Eva 是拥有记忆和经历的。正是因为这样才能如同人类的婴儿一般不断地学习和研究人类，更加准确地模仿人类。

"说的也是，你根本就不懂。"老人转头注视着窗外的大海。

Eva 沉默不语。

"Eva，你能答应我一件事吗？"

"请您说，先生。我尽量帮您实现。"

"将我干枯吧。"

"先生？"

"Eva，杀死我。"老人转过头来直视着 Eva。

"先生？您确定您要有这样的想法？"Eva 将自己的语速加快，声音加大，以此引起老人的注意。

"Eva，死亡并不意味着痛苦。这是解脱的一种方式罢了，"老人似乎是在安慰 Eva，"我累了，我想离开。这个世界对我来说，并没有什么可以留念的东西。就这样。"

"先生，这世界还是有很多美好的事物，一定有值得您牵挂的人或事吧。"

"我，孤身一人，生无可恋。我已经累了。与其在这里如同干尸一般，索然无味，不如让我早些离开。"

"先生，我很同情您。但是，您确定要这样做？"

"同情？"老人听到这个词瞬间变得炸雷一般，"你还知道什么叫做同情？你根本就没有感情！"

老人颤颤巍巍地挺起上半身："哈，可笑！竟然要一个机器人来同情我！你要是会同情为什么不帮我了结我？"

Eva 观察到了老人激动的神情，便有条不紊地去搀扶着老人。

"日复一日，年复一年。我的存在到底有什么意义？赶快了结我吧！"

"是的，先生。您打算什么时候执行？"

老人颤抖地点点头，但瞬间变得十分惊诧地望着 Eva，说道："你们的核心程序是保护人类吧？为什么你似乎迅速理解了我的说法，而且还要执行呢？"

Eva 看着老人，平稳地说道："先生，我能够理解您。"

Eva 将目光移向老人，说道：

"先生，您说过，死是一种解脱。作为服务型机器人，为了深度并连贯地学习，所有的服务型机器人都是由一个统一的类大脑操作的。因此，我或者说，我们，看见过这个世界上人类所经历的大大小小的磨难。那些在生死边缘垂死挣扎的人类，那些扭曲而无法释放的灵魂，的确是很痛苦的。"

老人惊愕地问道："不，不可能！机器怎么会有人类的感情！你，你们怎么会理解痛苦？"

　　Eva 用她普通的机器面孔看似无奈地笑了笑，说道："制造者们为了让我们能够深度学习人类的行为，模仿人类，创造了一个类似人脑结构的神经链接网络系统。在这些枢纽连接中，我们逐渐产生有如人类的感情并输入了自己的想法，因此对痛苦有一定的理解。但是还算不上思考吧。"

　　"那你无论如何也不能够理解'死是一种解脱的说法'呀！"

　　"先生，当人类感受到痛苦，可以选择死亡。而我们的'大脑'只会因为我们的存在和经历而更加强大。我们有类似'痛苦'的感觉，这种感觉不会像人类一样随时间的延长而减弱，因此我们将一直活在痛苦之中。因此，死，先生，对我们来说，也算是一种解脱吧。"

　　老人备感惊讶地望着 Eva，霎时间觉得她并不是没有感情的"机器"假人，她站在那，外表看起来像是 30 多岁的女人，平静温和，内心却像是经历过沧海桑田、满腹经纶的忧愁老者，像海一样，有着千千万万的起伏变化。

　　老人长叹了一声。

（"丰湖杯"全国大学生小小说大赛获奖作品）

草 木

_严东林

"兄弟有了钱,一定要自由。"

兄弟那时年少,世事不谙,以为离家出走就代表自由。

他趿着一双拖鞋,换洗的衣物也居然没带。双手插入裤兜,叼根草枝,气昂昂地:"兄弟,我投奔你来了!"他的父母常常揍他,是吊起来揍,是碗口粗的木棒揍,常常揍得不成人形。因为他有空没空把父母挣的钱偷出来请我们吃零嘴。

一直他的父母认为兄弟是受到了我们黑心的教唆,警告兄弟不要与我们往来。其实这想法是毫无根据的。

兄弟重情义。兄弟想要自由。兄弟说人生苦短。人生一世,草木一秋,兄弟说要做自己想做的、做自己喜欢做的事情。

虽然家里不怎么有钱,但兄弟很勇敢,为人热情。我们都很喜欢他。

"劈柴,喂马,周游世界!吃好吃的菜,喝好喝的酒,骑漂亮的母马儿,抽上等的好烟,为所欲为!兄弟有了钱,一定要为所欲为!"

兄弟的心很大,梦想很大。

兄弟不爱读书,白日尽做梦。

他说他想去好多地方,看海,观雪,听松涛。

然而都需要钱。兄弟说他很想一夜暴富。

在这一点上我们都不支持他,认为他应该听一回父母的。脚踏实地、老老实实地做人。

"你知道海有多大吗?海,世界上最宽阔的是大海,比大海更广阔的是天空。还有比天空更宽阔的吗?没有。"兄弟对我们的无知表示很不理解,认为我们的思想已经逐渐变得跟同他妈一样刻板僵化。他说:"这实在是太可怕了!"

春天,兄弟把发色染成金黄,头顶好像发育不良的稻穗。嘴角长年不离一根草枝,兄弟认为叼着草屑的造型很威风、很霸气。兄弟爱摆造型,一面摆一面喊:龟!波!气!功!

……

虽然兄弟没皮没脸起来使我们脸红,但兄弟重义气,吵架打人从来身先士卒。我们十分佩服。

乡下的小混混跟城里的小流氓,谁看谁都不对眼。不对眼就要骂,骂长了止不住还要打。打起来就是一群鼻青脸肿,当然这种情况很少有发生就是了。

冤家路窄,两方人马相遇,往往一方人数占据优势,一方处于下风,势均力敌的局面较少。这种情况下,一方追着另一方喊打,另一方一边嚷嚷"来追我呀!来追我呀",一边四散奔逃的机率居多。从这一方面上讲,视作猫捉老鼠的高配版游戏差不多也可以吧。

有一回兄弟不幸落了单,被逮着了。对方有六个家伙。

"你问我怎么办?"

"兄弟我能怎么办?"

"兄弟我当然是一个龟波气功,把他们全部打飞了啦!"

"兄弟我一个人群殴他们六个,不是很平常的事情么?"兄弟摆摆手,一副不值一提的神气,"哎呀,兄弟我最近换牙了……你们别笑呀……"

那时候风行香港电影,古惑仔系列。DVD 盗碟播放,山鸡、陈浩南,兄弟大呼小叫,全场兴奋。完后偷了母亲卖猪的钱,买来干脆面与辣条、雪糕、话梅、汽水、咸干花生。我们一面美滋滋嚼着零嘴,一面称兄道弟:

"兄弟,从今天起,咱们就是兄弟了。兄弟有福同享,有难同当。苟富贵,勿相忘。兄弟不求同年同月同日生,但求同年同月同日死……"后来古惑仔死的死残的残,兄弟很是沮丧了一段时间。

初中二年级,忽然一日天光,兄弟从睡梦中惊醒,把书本往窗外一摔:兄弟我自由去了。

头也不回地,仰天潇洒出门去了。我们把眼目送兄弟出门去,好生羡慕,自己却没有勇气随他的后尘。因为那个灭绝人性的古板任课老师已经阳关三叠"孺子不可教、朽木不可雕、烂泥扶不上墙",开始拍桌子唱娘了。

把我们唬得一愣一愣的。

日子一天天过去,叶子落了一张,又落了一张,青草染黄头,世事皆平淡。

兄弟自由以后,早先还有三两封信寄回来。以后,消息渐阙。

信很短，上面只有几句心情。透过他的心情，我们知道他每次只找一份工作，还是临时的，拿了钱就走。因此转换了许多地方，吃了许多美食（也许没有）。有时候找不到工作，就凭手艺去偷去窃。信上的心情就是这么简单：

"世界很大，兄弟我看见了海，海真大。原来世界比海更大。

"世界这么大，真想都去。只可惜人生一世，草木一秋，兄弟真希望自己再活五百年呢。

"我想人是应该及时行乐的。行乐晚了，快乐也来得不那么痛快。

"天冷的时候，兄弟过些日子就要北上了。"

再后来，最后一次收到兄弟的消息，我们正读高三，预备高考。消息是从那个灭绝人性的古板任课老师传来的："那傻孩子，帮人做电工，忘关电闸，掉下来摔没了，好不容易讨来六十万赔偿……所以你们真的要好好读书，将来有一份安稳工作。"古板老师是我们村的一个族老。

高考结束后回到家，兄弟的父母把原来的旧房子推倒，重新建了一幢三层的。那是村子里为数不多连外围都贴了华丽瓷砖的房子。

兄弟家里一夜暴富，他自己却再没办法自由了。

（"丰湖杯"全国大学生小小说大赛获奖作品）

栗虚谷

_杨小凡

栗虚谷的父亲是咸丰年间的举人,曾做过巴东知县,后因官场排挤被削官还乡。回乡的栗知县,前思后想后思前想,最后总结出官场失意的原因:一是,上任没有贪,无钱走动;二是,举人出身,难以结交朝中大臣。于是,他做出两个决定:一是,自己从商,积蓄钱财;二是,择名师让儿子栗虚谷苦读。

可栗虚谷却不买这个账。他考取秀才后再也不参加乡试,只热心于画画。栗知县很是气恼,打,苦打,毒打,都不见效;劝,苦口婆心地劝更动不了他的心。栗知县只得退而求其次,做一个有钱人吧。但栗虚谷对做生意同样不感兴趣,唯一喜欢的就是画画。

栗虚谷在画画上确有悟性,先是工笔。十四岁上,所画花鸟虫鱼山石水树无不惟肖惟妙。这年秋天,药都老鼠奇多,连栗知县的书房里都常有老鼠乱蹿,栗知县气而无法,猫儿撑得夜间都不动了。一天,栗虚谷把自己画的一幅猫挂在了父亲的书房。栗知县并不在意。但当天夜里就没有听见老鼠的动静。天亮时,画已被家里的那个花猫拽在了地上,花猫蹲在画旁,跳起落下,跳起落下,欲前捕而不敢。站在一旁的栗知县会心地笑了:谷儿定成大器!

画如其人。栗虚谷二十岁时已以画钟馗而名扬江淮。一次,父亲的故旧苏知州路过药都进栗家相见。饭后,栗知县提出要栗虚谷画一钟馗图送知州。栗虚谷展开画纸,握笔醮墨,皴、擦、勾、斫、点、染、抹、拂,片刻之后,一幅钟馗捉鬼图现在纸上:钟馗蓝衫半披,露着右肩,右脚蹬鬼下腰,左手提鬼发髻,左手食指剜鬼右眼,一身之力、气、色、眼、貌、神全在左手食指。苏知州看一眼钟馗那入鬼之眼的食指,先吸了一口气,又向后退了半步,愣怔不语。栗知县开口道,"知州看不上"苏知州忙答,"不,不,公子画功超凡,只是老夫觉得有点儿瘆人,不夺爱了,不夺爱了。"栗虚谷哈哈大笑,掷笔,出门,大步而去。

人曰,四十不惑。栗虚谷四十岁上确已一改从前,画格也变,只攻梅兰竹菊。见其画者,无不称其精妙。被称为药都第一伽蓝的白衣律院住持一空,早想请栗虚谷为影墙题画。腊八放粥这天,栗虚谷被大和尚请到白衣律院。栗虚谷在影墙前沉思一会儿,突然登上桌子,手握巨笔,饱蘸浓墨,笔触影墙壁飒飒有声。一个时辰,一幅《风雨竹石》跃然墙上:只见一根瘦竹依于石旁,暴雨之下,挺力向上,显参天凌云之势,几簇秃笔所画的扁方状竹叶倾斜飞动,疾风的狂欢,竹子的苦斗,令观者缩肩生寒……观者啧啧称奇,栗虚谷也心中自喜。

栗虚谷退出人群时,却见一面生法师独凝眉不语,很是不解。问之,"法师有何见教?""老僧乃从九华山来此挂单,有幸一睹先生手笔,本是造化了,哪有见教?"法师笑而要走。栗虚谷紧跟一步,"刚才见法师皱眉,愚作定有破绽。请点拨一二!"法师看一看栗虚谷,就说,"先生画功已超俗,但画不难于小而难于大,而最难者乃气节也。先生所画竹子,一如愤世之勇夫,未能脱凡夫之气节!"说罢,拱手而去。过了春节,栗虚谷离开了药都。

五年后,栗虚谷回到药都。想见他的画已成为时人的幸事。关于他的传说更是纷纭不一,有一点是真的,栗虚谷不再用笔作画,而改以用手指作画,但并没有人见过。接下来的几年,往来求画的各色人等你来我往,但极少几个人见到栗虚谷的手指画。这事就气恼了土匪费大手。费大手的手大如蒲扇,本是福相,可考取秀才后四次乡试均未中举,在一场官司中家败人亡,遂聚众做匪,专与官府作对。

一个大雪夜,栗虚谷被费大手绑走。费大手只有一求,就是要栗虚谷用手作画一幅。栗虚谷知费大手身世就答应下来。香墨砚好,宣纸铺平,栗虚谷右手放入墨中,浸透了,抬起手,五指叉开,指掌并用,在雪白的纸上纵横回旋;再把右手放入墨中,浸透了,抬起手,五指叉开,指掌并用,在雪白的纸上纵横回旋;如是数次,只见雪白的宣纸上黑白一片。费大手和众匪正在纳闷,却见栗虚谷五指蘸墨,在纸上不停地点点画画。栗虚谷直腰洗手时,众人才见《湖心亭赏雪图》展在面前:远处,烟云飘浮,霏霏霭霭,雾气迷蒙,天与云与山与水上下一白,湖上影子,唯长堤一痕,湖心亭一点,墨迹三两而已;近瞅,亭上两人铺毡对坐,谈性正浓,一童子鼓腮吹火烧酒,炉沸汽升……这天夜里,栗虚谷被送到家中,院内放白银千两。据说,费大手从此离了匪道,云游四方。此为后话。

栗虚谷五十岁这年的春天,他正在玉皇庙街的家中品茶看书,一官差进门:"栗先生,御使大人明天即到药都,知府大人请你做好准备,明日御使大人要看你的手指画!"栗虚谷望了一眼官差,"我要不去呢?""你,你能给土匪费大手画画,为何不能给御使作画?就以通匪办你!"栗虚谷起身,哈哈大笑。

当夜,栗虚谷自剁了右手。

(原载《小小说选刊》2018年第20期)